Georg Dignös

»Wenn ich im Sommer wirklich gehen muss ...«

Schicksalsjahre einer Südtiroler Familie

Fast ein Briefroman

Allitera Verlag

Weitere Informationen über den Verlag und sein Programm unter
www.allitera.de

April 2012
Allitera Verlag
Ein Verlag der Buch&media GmbH, München
© 2012 Buch&media GmbH, München
Umschlaggestaltung: Kay Fretwurst, Freienbrink
Printed in Germany · ISBN 978-3-86906-221-1

Inhalt

Bist narret?

eorg! Essen!«

Es ist die Tota, die ruft. Aber für Georg gibt es jetzt Wichtigeres. Er hat eine Entdeckung gemacht: Eine Schaufel hat er hinter sich hergezogen, über den Schotterweg, und das hat ein Geräusch ergeben, als ob die Ochsen die Holzfuhre den steinigen Weg aus dem Wald herunterschleiften. Ein gezogenes Quietschen, ein Knirschen, von Dunkel nach Hell, von Hell nach Dunkel. So echt! Könnte das nicht noch stärker werden, wenn man die Schaufel belastet? Das müsste aber schon ein Gewicht sein ... Ein großer Stein wäre da recht. Nur ist da keiner. Also in den Schupfen, wo der Bauer seine Werkzeuge hat. Der Hammer? Zu leicht. Da, der Schusterdreifuß, der ist fast nicht zu heben ...

»Ja Bub, bist narret?« Der Hansl. Der Bauer.

»Ich brauch das auf die Schaufel drauf.«

»Essen hat's g'heißen. Aber schnell!«

Na gut, dann halt später. Dieses ziehende, rieselnde Gequietsche! Dass das so leicht herzustellen war! Das muss er dem Pepi vorführen.

Jetzt wird halt erst einmal gebetet, im Stehen vor dem Herrgottswinkel in der Küche. Hansl hat seinen Hut auf den Haken hinter der Tür gehängt. Fängt *er* an oder ist es die Tota? *Vater unser* kommt vor und *Gegrüßet seist du Maria*, da kann Georg schon mithalten. Es dauert ziemlich lange. Einmal bringt Hansl den Rhythmus durcheinander, weil er auf »der Herr sei mit ... *dir!*« nach einer Fliege schlägt, die sich auf seinem linken Daumen niedergelassen hatte. Er lächelt dem Buben verschmitzt zu und entblößt seinen Goldzahn.

Dann setzt sich Georg auf seinen Platz an der Stirnseite, Hansl auf die Bank hinter dem Tisch und die Tota so, dass sie leicht zum Herd hinüber kann. Auf einem Brett bringt sie die frische Polenta. In der Mitte liegt ein Stück Speck, das Weiße ganz glasig. Hansl nimmt sich mit dem Löffel eine ordentliche Portion und schneidet den Speck mit einem spitzen Messer in drei Teile. Er spießt sie auf und legt sie in die Teller.

Der heiße Speck, das Beste, was es gibt. Er sondert etwas Fett ab, davon profitiert die Polenta. Aber der Salat ... Nein. Es sind zwar auch da Speckbröckchen drin, aber alles ist sauer, der Essig so etwas von scharf! Dennoch, die Tota nötigt Georg drei Gabeln auf. Sonst bleibe er nicht gesund. Was würde dann seine Mama sagen?

»Kommt die Mama am Sonntag?«

»Weiß ich noch nicht.«

Gesund bleiben muss er natürlich, also isst er den Salat. Der Mama hat er bei ihrem letzten Besuch das weiße Fleisch seines Oberarms gezeigt und gemeint, das alles verdanke er der Tota, die immer für ihn koche.

Jetzt wird wieder gebetet. Aber in Gedanken ist er schon woanders.

»Tota, darf ich?«

Sie weiß, was er will, wenn er so fragt. Er will hinunter zum Wirt. Da ist die Kegelbahn, da ist die Bocciabahn, da ist die Wirtsstube mit den Zigaretten und Toscanizigarren im Regal. Da sind immer Leute, und da ist der Wirtenpepi. Der ist aber an die zwei Jahre älter – und das ist viel bei einem Sechsjährigen. Ob Pepi sich für das Experiment mit der Schaufel interessiert?

Die Tota schaut ihn an mit ihrem gütigen Gesicht, und er weiß, dass sie nicht Nein sagen wird. Er solle halt gehen, in Gottes Namen, aber wenn jetzt dann die Schule angehe, werde das nicht mehr so oft möglich sein. Und wann er denn heute das Holz hereintragen wolle?

»Nach der Marenn.«

Hansl meldet auch Ansprüche an: Georg soll ihm helfen, Erdäpfelpflanzen auf dem Acker vor dem Haus zu häufeln.

»Alles nach der Marenn.«

»Dann vergiss nur nicht zu kommen zur Marenn.«

Die Tota und Hansl schauen ihm aus dem Küchenfenster nach. Er läuft hinüber zum Kirschbaum, barfuß, in seinem gelben Hemd und in der kurzen Lederhose, die ihm die Mama bei ihrem letzten Besuch gebracht hat. Aber plötzlich macht er eine ärgerliche Handbewegung und kehrt um. Als er wieder ins Blickfeld der Alten kommt, hat er eine Schaufel auf der Achsel.

»Ja, was will er denn mit der Schaufel!« Hansl macht Anstalten hinauszugehen.

»Geh lass ihn, er wird schon nichts anstellen.« Und nach einer Pause: »Wer weiß, wie lang er noch da ist.«

»Meinst nicht, dass sie ihn uns lassen?«

»Die Gretl vielleicht schon. Sie hat gemeint … wenn er das Höfl kriegt … Aber der Franz …«

»Er hat ja noch seine zwei Gitschelen. Man tät halt wissen, für was man arbeitet. Ich geh schlafen.«

Tata Franz am 23. März 1941 aus München an Mama Margret in Kardaun:
*Oh, ich möchte der Tante Tota und Hansl auch so einen lieben Buben
wünschen, aber ich fürchte gar sehr, daß das ganz und gar umsonst ist.*

Ja, es war eben ihre Kinderlosigkeit, die die Bäuerin Marie zur Tota, zur
Patin des halben Orts werden ließ.

Georg erwischt den Pepi gerade, als er vom Mittagessen auf die Veranda
herauskommt und ins grelle Licht blinzelt. Was die Schaufel bedeuten
solle? Er müsse ihm etwas zeigen, sagt Georg. Zögernd kommt Pepi die
Treppe herunter und brummt, er werde auf keinen Fall irgendetwas arbeiten. Georg geht rückwärts und zieht den Schaufelrücken über den Sand-
weg, drückt auch darauf, aber das Geräusch befriedigt ihn selbst nicht.
»Bist jetzt *ganz* narret?«, fragt Pepi, nimmt ihm die Schaufel ab und
schiebt sie mit der Spitze nach vorn, sodass sie einiges Material aufnimmt. »*So* geht das.«
Aber Georg schüttelt den Kopf und erklärt, worauf es ihm ankäme. Als
Pepi verstanden hat, geht er in den Schupfen und holt eine besonders breite Schaufel. Damit gehen sie hinter das Haus, wo ein vernachlässigter
steiniger Feldweg vom Weinberg herunterkommt.

»Steig drauf und heb dich beim Stiel.«

Georg muss sich sehr bücken und hat Mühe, die Balance zu halten. Aber das Geräusch ist jetzt so überzeugend, dass auch Pepi Gefallen an dem Spiel findet. Nach einiger Zeit kommt Rosa, seine große Schwester, schüttelt die hellblonden Zöpfe und fragt, ob sie ganz und gar narret geworden seien. Wie solle ihr Tata bei diesem Lärm schlafen? Pepi antwortet, es sei schon recht, sie könne wieder gehen, sie hätten jetzt sowieso aufgehört.

Sie gehen zur Bocciabahn, die neben der Kegelbahn in den dicht bewachsenen Hügel hineingeschnitten ist. Die dürren Blätter von den Akazien stören nicht weiter. Eher tun das schon die Äste und Steine, die der steile Abhang da und dort auf die festgestampfte Bahn entlassen hat. Pepi packt eine der Kugeln, die die letzten Spieler achtlos liegen gelassen haben. Er macht einen ersten großen Schritt, und gleichzeitig mit dem zweiten wirft er die Kugel unter der Hand hinaus, auf eine andere, die er so wacker trifft, dass sie wegfliegt, während die seine nahezu stehen bleibt. Er ist von diesem Treffer so begeistert, dass er einen Jubelschrei herauslässt. Georg probiert es auch, aber seine Hände sind zu klein, er kann die Kugel nicht von oben halten. Also wirft er sie von unten in die Luft und hat damit keine Chance zu treffen. Dennoch schlägt er ein richtiges Spiel vor. Also holt Pepi hinter einem Brett den Piccolo hervor, die Kugel, die kleiner ist als alle anderen, und lässt ihn hinausrollen. Georg muss die vier Genagelten nehmen, die er gar nicht liebt, weil die Nägel, die sie von den anderen unterscheiden sollen, wegen des häufigen Gebrauchs schon stark hervorstehen. Pepi rollt dem Piccolo eine Kugel nach, die aber erst drei Meter dahinter zum Stehen kommt. Da ist die von Georg schon viel besser. Pepi schlägt vor, die beiden Kugeln aufzuheben und neu zu beginnen. Aber Georg ist nicht einverstanden, also muss Pepi weitermachen. Seine zweite Kugel ist auch nicht besser, sie begibt sich neben seine erste.

»Was!«, schreit er empört und visiert die gute Kugel seines Gegners an, um sie durch einen direkten Wurf zu eliminieren. Nach erlaubten drei Schritten lanciert er sein Geschoss, ganz wie vorhin, als er so erfolgreich war. Aber jetzt ist die Entfernung viel größer, die Kugel schlägt irgendwo vorne auf und treibt sogar eine seiner beiden schlechten noch weiter nach hinten. Georg freut sich und ermuntert seinen Gegner. »Noch so eine!« Und Pepi tut ihm den Gefallen: Statt seine letzte Kugel in Ruhe *anzulegen*, also einfach zum Ziel hinzurollen, versucht er es mit Gewalt. Er feuert sie über die Bahn, wie beim Kegeln, um den Piccolo nach hinten zu stoßen und damit seine schlechten Kugeln zu guten zu machen. Aber er trifft nicht. Es knallt nur kräftig an der hinteren Begrenzung.

»Jetz woll!«, freut sich Georg. Er weiß von seinem Tata, der schon ein paarmal mit ihm *bocce* gespielt hat, bevor er »außi« gegangen ist, nämlich nach Deutschland, dass das geduldige Hinrollen immer der sicherste Weg ist. Und tatsächlich, die zweite Kugel *hat* auch. Pepi weiß, dass eine dritte oder gar vierte die Punkte verdoppelt.

»Hex, Hex, Hex!«, versucht er es mit übernatürlichen Kräften. Nicht ohne Erfolg: Die dritte bleibt an einem der Akazienstöckchen hängen, die in der Bahn herumliegen. Ein Protest wäre nutzlos, denn solche Hindernisse gelten ja für beide Parteien. Jetzt die vierte. Besonders gut ist sie nicht.

»Hat! Sechse!«, jubelt Georg vorsorglich. Aber Pepi stellt sich rittlings über den Piccolo, schaut nach rechts, schaut nach links und schüttelt den Kopf. Es beginnt ein umständliches Messen, zuerst mit den schmutzig grauen Füßen, hintereinandergesetzt und ungenau, dann mithilfe zweier Stöcke, die, aneinandergelegt, so lange verschoben werden, bis sie die Entfernung zwischen zwei Kugeln exakt wiedergeben. Das Messungsergebnis geht doch zugunsten Georgs aus, wenn auch knapp, und es spricht für Pepi, dass er, obwohl körperlich so weit überlegen, dies auch anerkennt. Er wird sich seine Punkte schon noch holen, die Partie geht ja, bis einer einundzwanzig hat.

Aber es kommt nicht einmal zu einem weiteren Spiel. Denn da stehen an der Kegelbahn auf einmal zwei junge Burschen in kurzen blauen Schürzen, lustige Brüder, die eben vom großen Dorf Kurtatsch mit ihrem Ochsenfuhrwerk heraufgekommen sind und zur Hebung ihrer Lebensfreude schnell ein Halbele auskegeln wollen. Ihren Ochsen täte eine kleine Verschnaufpause gut, meinen sie. Nun brauchen sie einen, der ihnen die Kegel aufstellt. Das bringt ein bisschen Geld ein. Dass Pepi sich als Erster anbietet, kann man ihm nicht verübeln. Dafür darf sich Georg auf den Weg machen, um der Rosa auszurichten, dass eine Halbe Rotwein gefragt ist.

Er kommt an dem Fuhrwerk der Burschen vorbei und betrachtet die Tiere, die sich mit Ohrenschlackern und Schwanzschlagen der Fliegen und Bremsen zu erwehren versuchen. Die haben aber dunkle Gesichter, die sind ja … ein bisschen unheimlich! Die Ochsen vom Hansl sind fast weiß und bestimmt viel milder, sanfter.

Margret am 15. September 1937 aus Penon an Franz in Bozen:
Hansl hat wirklich Ochsen gekauft und die Kuh verkauft und hat eine riesige Freude damit. Es sind recht nette Viecher, schöne Köpfe, jung und ganz gut genährt. Halt noch klein. Lire 4375.

Wie zum Beweis ihrer Wildheit ziehen die beiden Dunklen plötzlich an und schleifen die Carrula trotz angezogener Bremsen vorwärts, in Richtung Hinterpenon, wo sie ihren Heimatstall wissen. Eines der Räder blockiert mitunter, und da ist wieder das Geräusch, das es Georg so angetan hat, aber das kann er sich jetzt nicht lange anhören. Er läuft schreiend zur Kegelbahn zurück, von wo ihm bereits der Ältere der Brüder mit *Ostia Madonna* und viel Ähnlichem entgegenkommt. Jetzt setzt es aber eine Strafe bei den Ausreißern! Etwas haben sie ja auch verdient, die Unheimlichen, die dürfen doch nicht einfach lospreschen. Dass es dann aber gleich solche Prügel sind ... Mit dem ledernen, harten Handgriff der Peitsche schlägt ihnen der Bursche auf die Schnauzen, schnell hintereinander und wahllos. Mitunter klingt es hohl, mitunter patscht es. Die Wehrlosen können nichts tun, als ihre Augen zuckend zusammenkneifen und versuchen, nach hinten oder seitlich auszuweichen. Dabei geben sie keinen Laut von sich, während die christlichen Flüche ihres Herrn umso lauter ausfallen. Georg schneidet die brutale Aktion bald ins Herz, es ist vor allem die Lautlosigkeit der sich windenden Tiere, die er nicht ertragen kann.

»Aufhören! Genug!«, ruft er. Aber der Kerl hört nichts, so hat er sich in Wut gesteigert. Georg zerrt den Burschen am Hemd, bis der ihn anherrscht: »Willst etwa auch eine?« Das braucht Georg nicht zu beantworten, da geht er besser auf Distanz. Aber jetzt ändert sich die Szene, weil auf dem ebenen Wegstück ein anderes Fuhrwerk entgegengekommen ist, geführt von einem alten Graukopf. Der fragt den Prügler, ob er denn narret sei? Wenn er den Ochsen das Maul *derschlage*, könnten sie ja nicht mehr fressen, dann könne er seine Carrula selber ziehen. Das wirkt. Es erinnert den Burschen wohl auch daran, dass er sich zu Hause zu rechtfertigen hätte, und so lässt er seine verstörten Ochsen wenden, um sie am Bildstock neben der Kegelbahn anzubinden.

Georg besinnt sich auf seinen Auftrag und steigt die Treppe im Wirtshaus hinauf, um Rosa zu suchen. Er findet sie in der Stube, wo sie mit ihrer älteren Schwester Mizzi die Bilder eines Buchs anschaut, das Mizzi aber schnell weglegt, als der Bub hereinkommt.

»Ja was will denn das Georgele?«, fragt sie, und sie redet, als hätte sie einen Säugling vor sich. Fehlt nur, dass sie ihm am Kinn killekille macht.

»Einen halben Liter Wein«, sagt er trotzig.

»Ja, will denn das Georgele einen halben Liter Wein trinkelen?«

»*Ich* doch nicht! Die zwei Kegelmänner draußen.«

»Geh, Rosa.«

Georg wendet sich ebenfalls ab.

»Bleib doch noch ein bissl bei der Tante Mizzi. Was hast denn da für ein schönes Hösel? Nein, hast du ein schönes Hösel. Das ist ja ein Lederhösel. Wo hast denn das her?«

»Von der Mama.«

Mama Margret am 9. April 1941 an Tata Franz in München:

Am Sonntag war ich in Penon, unserem lieben Söhnchen einen Oster-
besuch machen. Er sieht blühend aus und wächst wie eine Tanne im
Frühling. Er war sehr erfreut und hat sich wirklich die Zeit genom-
men, uns Gesellschaft zu leisten. Ich brachte ihm auch eine Lederhose,
die ich von meiner Schwester bekommen habe. Er hat sie gleich an-
gezogen und war recht stramm und stolz damit. Professor Kramar ist
mit mir gegangen, er wollte auch Penon kennen lernen, doch es war
schlechtes Wetter und viel Nebel, so daß wenig zu sehen war.

»War sie da? Warum kommt sie denn nicht öfter zum Georgele?«

»Sie kommt schon. Sie muss Schule halten. Ich muss jetzt gehn, Kegel aufstellen.«

»Ist der Herr, der mit der Mama gekommen ist, dein Tata?«

»Nein! Du kennst doch mein' Tata!«

»Ja, wer ist es denn nachher?«

»Weiß ich nicht. Ein Lehrer, ein anderer Lehrer. Lass mich aus jetzt!« Sie hat ihn am Hosenträger gehalten, er reißt sich los und hört noch, wie sie nachsichtig lacht. Diese Ausfragerei! Und muss man mit ihm reden wie mit einem Kleinkind? Er kommt doch im Herbst schon in die Schule! Wie kann sie den alten Mann, mit dem die Mama an Ostern hier war, mit seinem Tata verwechseln? Der kommt aus Penon, von Voldersberg drüben, den kennt sie doch!

Gerade hält die Kugel reiche Ernte unter den Kegeln, das hört er schon von Weitem, da fängt er an zu laufen. Pepi vorn springt mit einem verwunderten »Jioi!« aus seinem sicheren Platz in das schräg gestellte Quadrat und räumt die Kegelleichen beiseite. Ein mächtiger Wurf, aber eine schwierige Konstellation! Außer dem *König* steht nur noch der *Eck* ganz vorne. Natürlich gilt es jetzt, den allein umzulegen und den König stehen zu lassen, ein *Kranzl* ist viel mehr wert als ein restlos abgeräumtes Feld. Wie aber …? Der Bursche, der jetzt dran ist, weiß, dass er den *Eck* nur allein wegbringt, wenn er ihn knapp seitlich erwischt und obendrein ganz sanft. Es ist der, der vorhin die Ochsen so grausam gezüchtigt hat, also wünscht ihm Georg, dass es ihm misslingt. »Hex, Hex, Hex!«, sagt er leise vor sich hin, und Rosa, die noch dasteht mit ihrem leeren Tablett, fragt ihn verwundert: »Ja warum?«

»Er hat seine Ochsen verdroschen.«

Rosa sagt nichts, streicht ihm aber über das Haar. Der Bursche hat den einen Zipfel seines blauen Fürtuchs ins Schurzband gesteckt, um ungehindert zu sein, beugt sein Knie fast bis zum Boden, und im Aufstehen, mit einem Schritt nach vorn, setzt er die Kugel auf das schmale Brett. Aber er sieht sofort, dass es nichts wird: Links, sie tendiert nach links. Mit einem gezischten *Oschtia!* und weit ausholenden Drehbewegungen der Arme versucht er, den Kurs zu korrigieren, vergebens: Die beiden Kegel bleiben unbehelligt. Rosa, die den glücklosen Spieler wohl in einem ganz anderen Licht sieht, droht Georg mit dem Finger: »Wenn ich ihm sag, dass du's verhext hast …« Ein bisschen Angst macht sie ihm damit schon. Dennoch bleibt er tapfer stehen, als der Bursche herankommt, um einen Schluck aus seinem Glas zu nehmen. Sie sagt aber nichts, und der Bursche scheint sich ohnedies nur für das Mädchen zu interessieren.

»Hast du schöne Zöpflen«, sagt er, nimmt einen in die Hand und führt ihn an seine Nase. Rosa wird rot und bewegt sich nicht. »Du wirst einmal eine schöne Gitsch. Oder bist es schon? Ich glaub, du bist es schon. Komm, gib mir ein Bussl.«

Rosa, dunkelrot, befreit ihren Zopf. »Geh, bist ja narret«, sagt sie leise. Georg kann nicht verstehen, dass sie nicht schimpft, wo sie doch so bedroht wird. Und sie scheint sogar ganz zufrieden ins Wirtshaus zurückzugehen.

Der andere Kegler hat inzwischen enttäuscht aufgeheult, weil er nicht nur den *Eck*, sondern auch den *König* umgelegt hat. Obwohl er jetzt getroffen hat, hat er insgesamt verloren, er muss die Halbe zahlen. Pepi stellt neu auf, aber das Spiel geht nicht weiter. Die Burschen scheinen sich auf ihre Pflichten zu besinnen, auch auf die Ochsen, die schon ein paarmal gebrüllt haben. Pepi bekommt seine fünf Centesimi für das Aufstellen und die sechzig für den Wein.

Das Fuhrwerk entfernt sich, es wird still in der Hitze des Nachmittags. Der Wind fährt zwar hie und da in die Akazien, auch Zikaden wären zu hören, aber die Buben nehmen das nicht wahr. Das Bocciaspiel fortsetzen? Pepi weiß noch Besseres. Georg solle nur mitkommen. Er schlägt den steinigen Feldweg ein, der hinter dem Haus hinaufführt bis zum Anfang des Weinbergs. Kein Vergnügen für die bloßen Füße. Im Vorbeigehen sehen sie die Trauben hängen, die anflugweise zu dunkeln beginnen unter den grünlichen Vitriolspritzern, aber es dauert noch Wochen bis zu ihrer Genießbarkeit, es hat keinen Sinn, auch nur eine zu versuchen. Georg fragt, wohin es gehe, und wie weit. Ihm ist eingefallen, dass er zur Marenn zu Hause sein muss. Pepi aber geizt mit den Antworten, das hat er seinem Tata abgeschaut, das ist männlich. Er geht voraus, durch eine Pergel, über sich haben sie die Trauben, unter sich dichtes Gras und Kraut. Das müsse demnächst untergepflügt werden, meint er einmal lakonisch. Am anderen Rand geht es aufwärts, und, etwas versteckt zwischen den Reben findet er das Pfirsichbäumchen, auf das es ihm ankommt. »Jioi!«, jubelt er, sobald er die rotbackigen Früchte sieht. Wenn sie jetzt auch noch reif sind … Und das müssen sie sein, sonst lägen nicht so viele schon am Boden und sonst würden jetzt auch nicht die zwei großen Vögel unter ärgerlichem Gekreische vom Bäumchen oben wegfliegen. Sofort hat Pepi ihnen einen Stein nachgeworfen, ohne Aussicht zu treffen. Es sind Gratschen, Eichelhäher, die offenbar auch einmal für süßes Obst zu Hause sind. Es gibt keinen, der sie nicht kennt. Die kleinen weißblauen Federn, die sie an der Seite haben, möchte sich jeder auf seinen Hut stecken. Jetzt haben sie sich außer Wurfweite niedergelassen. Während Pepi sich auf eine lange Querstange hinaufzieht, um an die Pfirsiche heranzukommen, sucht Georg am Boden. Sie sind alle etwas verschmutzt oder angeschlagen oder angefault. Der da! Ah! Das weiße, saftige Fleisch! Der feine Geschmack! Die samtige Haut!

»Die sind ja gut!«, ruft er hinauf.

»Das will ich meinen!«, antwortet Pepi schmatzend. »Jetzt brauch ich ein *Fürtig*.«

Aber keiner der beiden hat eines an. Nicht dass sie keines hätten. Kein Bub, kein Mann ohne blauen Schurz. Hansl hat Georg erst vor ein paar Wochen seinen ersten gekauft, in Kurtatsch, im Konsumverein. Aber heute ist es einfach zu warm, Hemd und Hose allein sind schon zu viel. Sie müssen sich anders behelfen. Pepi wirft die Pfirsiche herunter, Georg soll jeden einzeln fangen, was ihm in den meisten Fällen auch gelingt. Allerdings platzen die ganz reifen gerne auf, bald läuft ihm der Saft an die Ellbogen.

»Und jetzt?«, fragt er, als Pepi die Strecke am Boden besichtigt.

»Jetzt ziehst du's Hemd aus, deins ist sauberer.«

Sein schönes gelbkariertes Hemd, soll er es wirklich dafür hernehmen? Aber die Tota wird sich freuen, wenn er ihr so gute Pfirsiche bringt.

Wie spät es wohl sei, fragt er den Pepi, als er ihm das Hemd hinhält. Den Kirchturm mit der Uhr kann man von hier nicht sehen. Schmal kommt er heraus unter seinen Hosenträgern, und weißhäutig. Pepi meint, er hätte es vier schlagen hören. Da erschrickt Georg, denn um vier gibt es die Marenn. Er fordert hastig sein Hemd zurück, er will sofort heimrennen. Pepi aber bremst, was denn da so schlimm sei, die schönen Pfirsiche könne man doch nicht einfach liegen lassen, wozu hätte er sie denn so mühselig geklaubt? Er hält das Hemd auseinander, so gut es geht, heißt den Georg einfüllen und macht zuletzt eine Art Beutel daraus, indem er die Ärmel zuknotet. Die ersten feuchten Flecken werden sichtbar. Wie lang doch der Rückweg ist! Und die Turmuhr bestätigt, was Pepi gesagt hat. Schnell wird oben beim Wirt der Großteil herausgenommen, mit dem Rest im triefenden Bündel rennt Georg hinauf zu seinem Haus, atemlos, schuldbewusst, angsterfüllt. Durch das Hoftor, zur Haustür, die Klinke heruntergedrückt – zu! Es ist zugesperrt! Sie haben ihn ausgesperrt! »Tota! Tota!« Er rüttelt an der Klinke, weint, heult, von einer bisher nicht erlebten Angst besetzt. Keine Heimat! Nirgends zu Hause! Er tue das nie mehr, schreit er, sie solle doch nur noch dies eine Mal aufmachen, er habe so schöne Pfirsiche gebracht, für sie, nur deswegen sei er zu spät gekommen. Er hält inne und lauscht mit offenem Mund, ob sich etwas rührt. Aber alles bleibt still, sie sitzen da drin und wollen nichts mehr von ihm wissen. Weinend geht er zum Hoftor zurück. Ist durch das Küchenfenster etwas zu erreichen? Da fällt sein Blick auf den Schusterdreifuß auf der Werkbank. Den wollte er ... Ach, die Schaufel! Er hat die Schaufel unten gelassen, beim Pepi, da wird Hansl noch extra wütend sein. Gleich wieder hinunterlaufen? Nein, wenn er jetzt nicht dableibt, machen sie überhaupt nicht mehr auf. Er muss weiterbetteln. Also ans Küchenfenster hingejammert: »Tota, Tota, lass mi eini, bittschean, bittschean!«

»Ja Georg!«

Da drüben, da stehen sie doch, neben dem Brunnen, am Eingang zum Hohlweg, der den Weinberg, den *Geirich*, hinter dem Haus teilt. Da haben sie gearbeitet, Hansl mit der Hau, die er auf der Schulter hat, und die Tota mit der Sichel. Georg starrt sie an, ein Anflug von Lächeln erscheint auf seinen nassen Wangen. Also war dieser Schrecken umsonst?

»Was ist denn mit deinem Hemd?«

»Da! Pfearscher, für euch«, sagt er kläglich.

»Ja Madonzki, das ist ja wie Häuslsur, da drin«, sagt Hansl, nachdem er in das Bündel geschaut hat. Die Tota schlägt die Hände vor dem Gesicht zusammen. »Wie soll denn das noch sauber werden? Pfirsichflecken!«

»Die Mama. Die Mama wird's waschen.«

»Die Mama«, sagt die Tota resigniert. »Die Mama kann auch nicht hexen.«

»Doch! Die Mama kann alles.« Er lacht sie ein wenig an, schon ist so etwas wie Übermut in ihm. Er weiß, dass es ausgestanden ist. Sie sind selbst zu spät gekommen. Die Verzweiflung war unnötig, aber sie war furchtbar, so furchtbar.

Die Tota schüttet die überreifen Früchte in eine Schüssel. Hansl probiert und meint, sie wären ja so weit ganz gut, wenn man sie nur nicht mit dem Löffel essen müsste. Das Hemd wird vorerst einmal eingeweicht. Dann stellt Tota Milch auf für den Malzkaffee. Georg, in einem frischen Hemd, raunt ihr zu, er renne schnell, um die Schaufel zu holen, *er* solle nichts merken. Und wirklich, als der Kaffee fertig ist, ist er auch schon wieder da. Die Schaufel war noch an Pepis Scheunentor gestanden. Georg ist jetzt so glücklich, dass er anfängt, vor sich hinzusummen. Es gibt Weißbrot mit Marmelade, mit einer ganz besonderen Marmelade, die so fest ist, dass man sie aus einer kleinen Kiste herausschneiden muss. Hat auch die Mama gebracht. Er ist begeistert. Marmelade läuft doch sonst immer den Brotrand hinunter. Hansl aber hat sich ein Viertele von seinem Hauswein geholt und ein schmales Stück Speck von der großen Metzet im Keller herabgeschnitten. Georg erzählt von seinem erfolgreichen Bocciaspiel und von den beiden Gratschen, die vom Pfirsichbäumchen weggeflogen sind. Das mit den Gratschen interessiert Hansl. Dass sie auch Pfirsiche mögen, ist ihm neu. Dann bräuchte er eigentlich nicht zu warten, bis die Nussen oberhalb seines Gemüsegartens reif sind, um ihnen aufzulauern. Im vorigen Herbst war Georg einmal beim Ansitzen mit der Schrotflinte geduldet gewesen, aber weil er allenfalls flüstern durfte und die Gratschen partout nicht kommen wollten, es also nie zum Knall kam, hatte er sich bald wieder verabschiedet.

Fackengrint

*D*ie Mama kommt am Sonntag nicht, dafür aber ihr Bruder, der Onkel Karl. Ein schöner Mann, mit Löckchen auf dem Kopf. Vielleicht weil sein großes Gesicht so fleischig ist, nennen ihn Georgs Schwestern *Fackengrint*. Das bedeutet immerhin Schweinskopf, aber es stört ihn nicht. Er liebt Kinder, umso mehr, als er und seine Frau keine haben.

Jetzt allerdings, in diesen Monaten, haben sie ein Kind, nämlich Georgs große Schwester Annemie, die bei ihnen in Pension lebt, bis über die Auswanderung entschieden ist.

Der Onkel packt den *Manndl* zur Begrüßung hinten an den Hosenträgern und hebt ihn hoch, wie er es mit ihm oft gemacht hat, als er noch nicht aufrecht ging. Aber er lässt ihn schnell wieder herab, so schwer ist er geworden. Oder hat ihn der lange Anmarsch von der Bahnstation erschöpft?

Jetzt sitzt er hinter dem Küchentisch, der städtische Mann, zur einen Seite den Manndl, zur anderen Hansl, der vom Kirchgang noch im Feiertagshemd ist und sich dennoch geniert angesichts der *herrischen* Ausstrahlung. Vor sich haben die Männer ein Glas vom Besseren. Speck und Brot hat der Gast abgelehnt, um sich nicht den Appetit auf das Mittagessen zu verderben, an dem Tota vor aller Augen arbeitet. Nicht die übliche Polenta, sondern einen gebratenen *Gicker* soll es heute geben, mit Reis und Salat. Der junge Gockel war ohnedies nicht mehr zu halten gewesen, er war mit dem alten zu häufig in Streit geraten. Gestern hatte Hansl den wild flatternden Burschen in der Ecke des Stadels *derwuschen* und ihm kurzerhand den Kopf abgehackt. Dann war der blutende Geselle noch eine Zeit lang durch den Hof getorkelt. Während der Kopf auf dem Hackstock lag! Der würde nichts mehr spüren, hatte Hansl dem entsetzten Georg versichert, das seien nur noch die Lebensgeister, und es sei gut, wenn das ganze Blut herauskomme.

Wenn der Onkel redet, und er redet schnell, dann klingt es anders, nicht so lang gezogen und breit wie bei den Leuten in Penon. Hat er wirklich nichts mitgebracht? Draußen im Flur steht doch eine große Tasche! Worüber er redet, ist nicht so recht verständlich. Von Russland und großen Siegen, auch vom Franz. Ob der vielleicht auch einrücken müsse, *draußen*, fragt Hansl. Franz, das war doch der Tata! Tata einrücken? Was bedeutet das? Es hilft nicht, dass Georg beim Zuhören den Mund offen lässt. Der Onkel sagt etwas von »Dableibern« und sonst noch so manches. Das wird Georg allmählich langweilig. Einmal nach dem Herdfeuer schauen? Wie gewohnt nimmt er den Weg unter dem Tisch hindurch. Jetzt schau, was der Onkel für gewaltige Schuhe hat! Mit Gummisohlen wie Autoreifen. Doch, Georg hat schon ein paar Mal ein Auto gesehen. Er fasst die Stollen an, zieht daran, zieht sogar das Schuhband auf, worauf der Onkel ihm seine große Hand sacht auf den Kopf legt.

»Jioi!«, ruft Georg. »Sind das Schuhe!«

»Bind wieder zu, Manndl, wenn du kannst.«

Und ob der Manndl kann! Ein Schulkind muss seine Schuhe binden können.

»Brav. Dann kannst ja auch mit dem Baukasten hantieren.«

»Baukasten?«

»Lasst mich raus.« Er kommt mit einer großen silbernen Schachtel und einem schwarzen Stoffhündchen wieder herein, das er Georg zuerst gibt.

»Das ist von deiner Schwester Annemie.«

Georg drückt das samtene Tierchen an seinen Mund.

»Ja wie sagt man denn?«, moniert Tota.

»Danke.«

»Und das ist von mir.«

»Jioi. Danke, danke!«

Franz am 20. Juli 1941 an die *liebste Mammi*:

Ich sehe schon, der Sprössling wird von allen Seiten verwöhnt, daß sich seinerzeit Vati wohl sehr wird anstrengen müssen, um sich in Gunst zu erhalten. Karl sagst auch meinen Dank für seine liebe Für- und Vorsorge. Daß es nur etwas ganz Hübsches und Gediegenes ist, wenn es von seiner und mit Rosls Hand kommt, ist ja bereits gute Überlieferung.

»Jetzt mach nur auf!«

Georg hebt den Deckel. Durchlöcherte Metallplatten, blau, rot, in verschiedenen Größen, Schräubchen, Schraubenzieher, Räder, alles wohlgeordnet in einen Karton eingelassen.

»Jioi!«

Der Onkel holt ein Heft heraus und blättert es vor. »Das alles kannst machen.«

Hansl bläst durch die Nase und lächelt unsicher. »Da kannst ja, da kannst ja eine Carrula machen.«

20

Georg ist sich im Moment nicht im Klaren, ob groß oder klein ... Nein, richtig groß natürlich nicht.

»Ist *das* schön«, sagt die Tota. »Jetzt trags nur hinüber in die Stube, dass wir essen können.«

»Tu, was die Tant' Marie sagt«, meint der Onkel, der Hunger hat. »Danach bauen wir was.«

Er sagt Tant' Marie, denn sie ist die Schwester seiner Mutter, aber es ist die Stiefmutter. Die echte Mutter, die auch die Mutter von der Mama ist, Georgs Großmutter: nie gesehen, immer schon tot.

Georg will nur Reis, kein Fleisch. Mit Soße allerdings. Der Onkel zeigt sich besorgt, das Kind müsse sich richtig entwickeln, vielleicht müsse es bald in die deutsche *Balilla*, die Hitlerjugend. Georg reißt wieder Augen und Mund auf, was reden sie jetzt schon wieder? Der Onkel weiß noch mehr: Die Kinder der Abwanderer würden vom Bischof noch *herinnen* gefirmt, egal wie alt sie seien, weil nicht sicher sei, dass sie *draußen* überhaupt noch eine seelsorgerische Betreuung haben. Das ist für Tota ein Anlass zu fordern, dass der Bub doch herinnen bleiben sollte, dann könne für ihn alles ganz normal ablaufen. In vier Wochen sei zum Beispiel Erstkommunion, das sei ja auch schon viel zu früh. Der Onkel meint, er könne sich kaum vorstellen, dass Franz auf seinen einzigen Sohn verzichte. Für seine Frau Rosl könne er sich übrigens auch kaum vorstellen, dass sie die Annemie für immer behalten möchte, falls das überhaupt infrage käme. Solche Schwierigkeiten habe sie mit ihr! Die Schwester Annemie und Schwierigkeiten? Georg hat sie schon längere Zeit nicht mehr gesehen. Falls Schwierigkeiten zu Tränen führen, hat er Mitleid mit ihr. Und sie hat ihm doch das Stoffhündchen geschenkt, das jetzt neben ihm auf der Bank sitzt und heimlich ein paar Reiskörner bekommt.

Die elfjährige Schwester Annemie am 16. Mai 1942 an ihre Mutter Margret:

Liebes Mütterlein, es ist so schwer, Dir alles zu sagen, was ich auf dem Herzen habe, denn es ist so unendlich viel. Besonders will ich heute sehr brav sein ... Ich nehme mir jetzt vor, Dir immer die Wahrheit zu sagen und Dich nicht mehr zu kränken. Bitte verzeihe mir alles Böse, was ich getan habe. Viele Grüße und Küsse von Deiner Tochter Annemaria.

Nach dem Essen darf sich auch Hansl eine von den *herrischen* Zigaretten aus der Blechschachtel nehmen. Die Tant' Marie wehrt lachend ab, als der Onkel auch ihr eine anbietet, aber sie lacht so, als wäre es gar nicht ausgeschlossen, dass sie eine nimmt. Die Tota mit einer Zigarette! Hansl gibt Feuer mit einem *Maurer*, einem langen Zündholz, das vom Anstreichen bis zum Aufflammen eine Ewigkeit braucht und dabei einen kräftigen Schwefelgeruch entwickelt, ebenso aufregend für die Nase wie dann der Zigarettenrauch selber.

»Lass mich auch mal ziehn, Onkel Fackengrint!«

»Jetzt hör dir das an, er auch schon«, lacht der Onkel, der lediglich Angst hat, dass sein *Tschik* bei diesem Experiment zu nass werden könnte. Der Erfolg entspricht den Erwartungen: Ein Stückchen Rauch gerät dem Buben in die Luftröhre, sein Gehuste nimmt fast kein Ende.

»So, jetzt hast genug für die nächsten zehn Jahre.«

Der Gast hat dem Wein kräftig zugesprochen, und weil er früh aufgestanden ist, ist es kein Wunder, dass es ihn auf das Kanapee in der Stube zieht. Hansl verabschiedet sich in sein Schlafzimmer, Tota hantiert in der Küche, die Hennen und der *Fack* sind auch noch zu füttern. Georg bedrängt den Onkel, dass er mit ihm etwas baue. Also blättert der müde Mann im Anleitungsheft, geht aber bald in die Horizontale und kann gerade noch auf einen Wagen weisen, bevor ihm das Papier entgleitet. Der Bub steht eine Weile vor dem großen Gesicht, aus dessen offenem Mund es bald zu schnarchen beginnt. Dann geht er mit der silbernen Schachtel unter den Tisch, an seinen Lieblingsplatz. Die in Bodennähe umlaufenden Trittbretter bilden ein Gehege, in dem er sich geborgen fühlt. Von hier aus hat er schon einmal der Störschneiderin unter den Rock gespäht, was ein ganz eigenartiges Gefühl ausgelöst hat. Er stellt das Stoffhündchen auf das Brett und befiehlt ihm zuzuschauen, wie man eine Carrula baut. Bei einem Wagen fängt man mit den Rädern an, und da sind sie ja auch, wunderbarerweise haben sie sogar Gummireifen. Räder sind an Achsen befestigt, das müssen diese Stäbe sein. Man kann sie in das Radloch in der Mitte hineinschieben, aber mit dem einen Rad hier geht es nicht. Bei dreien geht es, bei einem nicht. Und die große blaue Platte, die müsste auf die Achsen. Aber wie soll sie daran befestigt werden? Hund, weißt du es? Schau mal *du* diese Zeichnung genau an. Und wie sollen dann die Wände hingebaut werden, die wie beim Leiterwagen verhindern sollen, dass etwas herunterfällt? Georg hat übrigens das Wort *Leiterwagen* erfunden. Sind es etwa nicht zwei Leitern, die da schräg auf dem Fahrgestell festgemacht sind? Also kann man das nur Leiterwagen nennen, so hatte er eines Tages gedacht. Und irgendwann hatte Pepi dieses Wort auch verwendet, was Georg sehr gewundert hat, denn er hatte Pepi doch gar nichts gesagt von seiner Erfindung. Er müsste jetzt mit Schrauben und Muttern arbeiten, aber mit denen kennt er sich nicht aus. Nägel, ja, die kennt er, wie oft hat er schon beim Hineintreiben von Nägeln zugeschaut, es auch selber schon probiert.

»Onkel Fackengrint, du musst uns helfen.« Er schiebt die Schnauze des Hündchens sacht ans Kinn des Schläfers und lässt es lecken. »Onkel! Onkel Fackengrint!« Ein Grunzlaut und dann, gerade noch verständlich: »Schlafen lassen.«

Da ziehen die beiden wieder ab. Vielleicht sollte das Hündchen auch schlafen. Im Eck neben dem Fenster steht Georgs Bett, darin wird es unter die Decke gesteckt, aber so, dass es noch gut atmen kann. Dann geht der Bub leise hinaus auf den kühlen Gang mit seinen gegitterten Steinplatten und öffnet die Tür zum Balkon. Von da sieht man hinunter ins breite Etschtal mit seinen gewaltigen Maisfeldern, von da hört man aber auch, was für ein Betrieb beim Wirt unten auf der Kegelbahn herrscht. Nein, da kann er jetzt nicht hinunter, die Tota wird auch schlafen, er kann sie nicht fragen. Ganz weit hinten, wo beinahe schon die Berge der anderen Talseite beginnen, sieht er einen Wurm, der sich nach rechts bewegt. Es ist ein Eisenbahnzug, das weiß er, auch, dass er *in die Walsch* fährt, nach Italien, und wenn er mit offenem Mund und geschlossenen Augen die Kegelbahngeräusche ausblendet, kann er ihn sogar hören.

Er geht zurück in die Stube, und weil der Onkel immer noch schläft, holt er das Hündchen aus dem Bett. Er erklärt ihm, jetzt sei es genug mit Schlafen, und bald gebe es eine Marenn. Dann wendet er sich wieder dem Baukasten zu. Warum geht das vierte Rad nicht in die Achse? Etwas ragt da herein in die Nabe, es ist ein Schräubchen, aber er weiß nicht, dass er daran nur ein wenig drehen müsste. Und die große Platte, wie soll man sie nun auf den Achsen befestigen? Da müssen Stangen sein dazwischen! Diese kurzen da, die könnten es sein, aber …

»Geh her, Manndl, dann zeig ich dir's«, hört er auf einmal den Onkel sagen. Er muss schon eine Zeit lang wach gewesen sein. »Das da ist der Schraubenzieher, mit dem geht es so.« Und er zeigt ihm, wie man eine Schraube dreht und wie man eine Schraubenmutter mit dem Schlüssel festzieht. Jetzt lässt sich auch das vierte Rad einsetzen, und bald ist die *Carrula*, die genau genommen ein Pritschenwagen mit Bordwänden ist, fertig. Wenn man sie anschubst, rollt sie wunderbar lang über die Bretter des Fußbodens, und der Stoffhund, der genau hineinpasst, genießt es. Auf die Frage, wie viel er auflegen dürfe, sagt der Onkel etwas Verblüffendes: »So viel du willst.« So viel er wolle!? Holzscheite, Steine, ja sogar den Schusterdreifuß? »Solang es Platz hat und nicht herunterfällt.«

Da wird Pepi Augen machen!

Die Tota schaut herein und fragt, ob sie für einen Kaffee aufdecken könne. »Nein, so was Schönes, aber du sollst Bauer werden und nicht Ingenieur.«

Und Hansl meint, weil Georg keine so kleinen Ochsen habe, müsse er das *Hündl* ziehen lassen. Aber wie sollte man es einspannen?

Die Tota hat einen Kuchen gebacken, ein süßes Brot, eine Seltenheit. Was für ein Tag! Hansl bringt eine alte Korbflasche, schüttelt sie und hält sie mit verschmitztem Goldzahnlächeln gegen das Licht. Sie enthält keinen roten Wein, sondern durchsichtigen Schnaps. An den aufsteigenden Bläschen, den Grallen, liest er den Alkoholgehalt ab, und der ist nicht gering. Davon gehöre ein Schlatz in die Tassen mit dem schwarzen Kaffee. Der Onkel grinst einverständlich, protestiert aber, als ihm die Zutat zu üppig wird. Im Qualm der Zigaretten, in den die Nachmittagssonne hineinleuchtet, reden sie über das Schnapsbrennen und wie gefährlich es sei. Die Finanzer wüssten natürlich genau, dass bei den Bauern bald nach dem Wimmen die Trester herumliegt. Jetzt hält es Georg für passend, ein Geheimnis zu lüften. Er hat vor ein paar Tagen in der ersten Pergel gleich oberhalb des Hauses das zugekorkte Halsende einer großen Glasflasche aus der Erde ragen sehen. Ob da vielleicht Schnaps drinnen sei? Hansl erschrickt. »Ja Bub, das darfst doch du nicht sehen.« Er muss gleich hinaus.

Der Onkel will ohnedies den Weinberg begehen, bevor er sich auf den Heimweg macht. Von dieser Abreise allerdings will Georg nichts wissen. Wichtig ist ihm, dass jetzt alle mitkommen, auch die Tota. Tatsächlich, die Ballonflasche steht ziemlich weit heraus. Hansl schaufelt zu, bis fast nichts mehr zu sehen ist. Der Onkel empfiehlt ihm, an der nächstgelegenen Querstange ein Zeichen anzubringen. Hansl schnitzt mit seinem großen Rebmesser einige Kerben hinein. Dann zieht Georg seinen Onkel den Mittelgang des Geirich hinauf, er will, dass er mit ihm ein Kalköfchen baut. Das geht aber nur oben am Waldrand, nur dort sind die richtigen Steine zu finden.

»Schau, wie viel da hängt«, sagt Hansl stolz zu seinem Gast. Der bleibt stehen, nickt eine Zeit lang wortlos und sagt dann: »Zu viel.«

»Was? Zu viel?«, schreit Hansl. Wenig fehlt, und er fragt, ob der Karl narret sei.

»Man müsste die Hälfte herunterschneiden und wegschmeißen.«

»Nein!«, schreit die Tota. »Was für eine Sünd!«

»Ja, das sind die neuesten Erkenntnisse. Einige tun's schon, oben in Überetsch. Wenn du einen wirklich guten Wein haben willst …«

Nein, das geht den Leuten über alle Begriffe. Die Gottesgabe! Die entsetzlichen Jahre, in denen dank der San-José-Schildlaus überhaupt nichts zu ernten war, die ständige Gefahr der Pilzkrankheit *Peronospora*.

»Schau«, sagt Hansl, deutet auf die hellgrünen Flecken auf den Trauben und Blättern und bleckt vor Erregung seinen Goldzahn, »schau da! Überall Kupfervitriol. Sauteuer und schon ganz rar wegen dem Krieg. Alles wegen der Peronospora. Und jetzt das Halbe herunterschneiden und wegwerfen!« Der Onkel grinst und lacht dann über das ganze Gesicht. »Ich versteh schon, dass das für euch noch nicht geht.« Dann schaut er Georg an. »Vielleicht passt's einmal, wenn der Manndl Bauer ist.« Und er lacht wieder.

Georg weiß nicht, wie ihm geschieht, er schaut den Onkel fragend an. Soll er nicht mit der Mama zum Tata, hinaus nach Deutschland?

»Nein, nein, ist ja nur ein Spaß«, sagt der Onkel dann und legt ihm die Hand auf den Kopf.

Als sie am Waldrand angekommen sind, beginnt von der Kirche herüber die tiefe Glocke. Das sei für die Nachmittagsandacht, sagt die Tota, aber sie könne jetzt nicht gehen, am Ende würde der Karl anfangen, Trauben herunterzuschneiden. Und sie lacht, wie es Georg gar nicht kennt an ihr. Er schleppt den Onkel an eine Stelle, wo ein Kreis aufgeschichteter, kinderfaustgroßer Steine von vorhergegangenen Baubemühungen zeugt. Das meiste Steinmaterial liegt aber ungeordnet in der Mitte. Georg erzählt, dass der Tata hier einmal mit ihm und den Schwestern gebaut habe. »Das Öfele war fast bis oben hin fertig, aber kurz vorm Anzünden vom Fuierle ist alles eingestürzt.« Der Onkel müsse das doch auch können.

Ja, sagt Hansl, mit den Steinen könne man tatsächlich Kalk brennen. Aber diese Kinderei sei gefährlich. Der Onkel, der an seine Heimreise denkt und an den langen Weg zum Bahnhof, lässt sich auf das Unternehmen nicht ein. Wie soll er ein Gewölbe aus losen Steinen hinbekommen?

»Nein, nein, Manndl, so viel Zeit hab ich nicht. Warum soll ich's besser können als dein Tata? Der kann doch alles.« Er zwinkert den beiden Alten zu. »Wer weiß, was der Franz noch alles dazulernt draußen in Großdeutschland.«

Georg schaut den Onkel unsicher an. Darf er jetzt stolz sein auf seinen Tata?

»Allein darfst du auf keinen Fall ein Fuierle machen«, sagt Hansl.

Ja gut, das weiß er, er weiß auch, dass er sich von der Kalkgrube oberhalb des Hauses fernhalten muss, weil sie nicht immer mit den dicken Brettern abgedeckt ist. Er weiß sogar, dass die gebrannten, aber ungelöschten Kalksteine am gefährlichsten sind, wenn man sie mit Wasser zusammenbringt. Dann brodelt es und zischt und stinkt, und wehe, wenn man in die Grube hineinfiele. Da würde man aufgefressen, hat Pepi einmal gesagt, da würde nichts von einem übrig bleiben.

»Leute, ich muss zum Zug«, sagt der Onkel. Rasch geht es den *Geirich* hinunter. Nicht einmal Zeit für eine Marenn ist jetzt noch. Hansl holt aber ein feines Stück Speck herauf, das die Tota einpackt. Und noch etwas bringt Hansl: Eine Flasche Schnaps. Da grinst der Onkel vor Freude. Georg hat nachgedacht, was er ihm für die Annemie mitgeben könnte. Ein Rindenpfeifchen ist ihm in letzter Minute eingefallen. Leider ist es schon ein bisschen eingetrocknet, aber es pfeift noch.

»Ja Manndl, hast du das selber gemacht? Kannst du das?«, fragt der Onkel, während er seine großen Schuhe fester bindet. Schon hat er sich von der Tant' Marie und Hansl verabschiedet. Georg zeigt ihm stolz seinen linken Zeigefinger, während sie über die Wiese hinuntergehen, vorbei an der betriebigen Kegelbahn. Die Narbe am Zeigefinger war zugewachsen wie ein kleiner Deckel. Das sei ihm beim Pfeiflschnitzen passiert. Die Hauptarbeit läge am sanften Klopfen mit dem Messerstiel, dazu müsse man die grüne Rinde dauernd mit Spucke nass machen. Zuletzt müsse sie sich wie ein Rohr herabziehen lassen …

»Manndl, ich glaub, du gehst jetzt wieder zurück.« Er tätschelt ihm die Wange und stürmt mit mächtigen Schritten den Weg hinunter. Georg schaut ihm nach und wundert sich, wie schnell der große Mann hinter der steilen Senke verschwindet. Wenn Hansl mit dem Ochsenfuhrwerk fährt, geht es ja so langsam, auch abwärts. Ochsen können nicht richtig laufen, und wenn sie einmal laufen, dann gehen sie durch.

Heute am Sonntag ist natürlich weit und breit kein Fuhrwerk zu sehen. Die Weiber sind in der Andacht, die Mannder beim Wirt. Georg wird gleich heimgehen zur Tota und zu seinen neuen Schätzen, er muss nur noch hier beim Wirt ein bisschen nach dem Rechten sehen. Was nicht kegelt, ist beim Boccia- oder beim Kartenspielen in der Wirtsstube. Die Partie mit Pepi müsste einmal fortgesetzt werden, aber da ist jetzt kein Drandenken, dass Kinder auf die Bahn dürfen. Kegelaufstellen ja, aber dafür sind schon genug da.

Die Wirtin, die Thresl, ist gewiss in der Vesperandacht, keineswegs aber ihre Töchter, die blonde Rosa und die hagere Mizzi. Ständig sind sie unterwegs mit den roten Viertele-, Halbliter- und Literflaschen. Und immer wieder das Heulen der Kegelkugel und das klingende Klappern der fallenden Kegel, begleitet von den lautstarken Kommentaren der Spieler. Wo ist Pepi? Auch er ist in Geschäften unterwegs. Er bringt gerade ein Päckchen Alfa mit einem Schächtelchen Cerini, Wachszündhölzer, die mit Holz nichts zu tun haben, eigentlich nur aus Papier sind. Und wem bringt er sie? Einem, der sehr wohl mit Holz zu tun hat, weil er nämlich Tischler ist. Und Georgs Onkel obendrein. Wieder ein Onkel!

»Ja Georg, bist auch da?«

»Tust du kegeln, Onkel Arnold?«

»Nur zuschauen. Ich hab euch schon gesehen. Es ist der Bruder von der Mama gewesen. Stimmt's?« Er legt den einen Fuß über das andere Knie und reißt an der Ledersohle seiner Feiertagsschuhe (die seine Hochzeitsschuhe sind, er hat erst kürzlich geheiratet) einen *cerino* an. Georg riecht den Zigarettenrauch nicht gern, seit er mittags bei seinem ersten Rauchen so stark hat husten müssen.

»Ja, und er hat mir was Schönes gebracht.«

»Das glaub ich gern. Vielleicht wieder so was, das ich dann wieder zu richten hätte?«

Dazu hätte Georg einen Kommentar gehabt, nämlich: »Der Arnold ist ein Kauz«, aber er behält das für sich. Es wäre die Wiedergabe einer Äußerung seiner Mama gewesen, nachdem Annemie erzählt hatte, dass der Onkel einen hölzernen Stößel, der eine Metallkugel in ein Spielfeld schleudern sollte, zwar wunschgemäß gemacht, aber dann übers Knie zerbrochen hatte, sobald er erfuhr, welchem »Unfug« das diente.

»Es ist ein Baukasten, aber aus Eisen.«

»Aha. Nein, beim Eisen hab ich nichts zu melden. Wie geht's denn deinem Tata? Schreibt er? Uns schreibt er nicht. Geht's bald hinaus nach Deutschland mit euch?« Seine Augen stehen ziemlich weit vor, sein fragender Blick hat etwas Kümmerliches.

»Weiß ich nicht.«

»Wenn du ihm schreibst, schreib, dass du bei meiner Hochzeit ein schönes Versl aufgesagt hast, ah, du gehst ja noch nicht in die Schule. Sag der Mama, sie soll's ihm schreiben. So, ich geh jetzt noch ein Glasl trinken.« Der Onkel winkt im Abdrehen und fährt mit der Hand über seine dichte Bürstenfrisur.

Moosochsen

$\mathcal{D}$ ie Tota muss ihn am nächsten Morgen zweimal wecken, denn er ist spät eingeschlafen. Das Stoffhündchen war noch eine Zeit lang auf dem Eisenwägelchen in der Stube spazieren gefahren worden, bis es endlich neben seinem neuen Herrn unter der Bettdecke, den Kopf an der Luft, zu liegen kam. Und auch dann hatte es noch einiges anzuhören gehabt.

Hansl fährt heute ins Moos hinunter, im *Tirgg* zu arbeiten, da soll Georg mit. Als der Bub mit seinem neuen blauen Schurz zum *Kaffee-Essen* in die Küche kommt, ist der Bauer schon mit dem Anspannen der Ochsen zugange. Das übliche Frühstück: eine Schale Gerstenkaffee mit Milch, den Zucker nicht zu vergessen, darin ein paar Löffel fein gewürfelter Polenta, soeben in der Pfanne geröstet. Das bringt Fettaugen in die *Pappa*. Tota richtet auch etwas zum Mitnehmen her, ein Stück Speck fürs *Halbmittag*, und für *Mittag* ein paar gesottene Erdäpfel, Pfeffer, Salz. Gegen die Hitze gibt es eine Flasche kalten Gerstenkaffee. Bis zur Marenn will Hansl wieder zurück sein.

Er hat eben eine *Penn*, einen riesigen, aus Haselstecken geflochtenen Korb auf die *Carrula* gesetzt und eine alte Plane hineingelegt, auf der sich Georg niederlassen kann, allerdings in Konkurrenz zu einer Schubkarre und den Werkzeugen, zwei *Hauen* und eine Schaufel. Die Ochsen, die den ganzen Sonntag nicht herausgekommen sind, wirken munter, bewegen aufgeregt die Köpfe, schlagen mit den Schwänzen. Hansl nimmt den Proviant in Empfang, sieht die Kaffeeflasche, lächelt ein wenig und holt aus dem Keller, gleich neben dem Stall, eine weitere Flasche. Die Tota, die derweil die Ochsen gehalten hat, tätschelt Georg die Wange, mahnt zur Vorsicht und winkt noch hinterher. Hatte sie nasse Augen?

Gleich hinter dem Bildstock an der Kegelbahn, die heute ganz verwaist ist, fällt der Weg stark ab. Keinesfalls könnte sich jetzt der Bauer einfach in die *Penn* setzen. Er muss nebenhergehen und die zwei Kurbeln der *Schrepfer* bedienen, der Bremsen, deren Klötze auf das vordere und hintere Räderpaar drücken. Nur so kann er die Tiere entlasten, die sonst den mächtigen Schub des Fuhrwerks allein mit dem Joch abfangen müssten. Dauernd muss er korrigieren und justieren. Bald sind die Räder zu frei, bald sind sie blockiert. Im letzteren Fall gibt es das schleifende Knirschen, das es Georg so angetan hat. Es sollen aber auch nicht die eisernen Reifen ungleich abgenutzt werden. Gelegentlich gibt es Rinnen im Weg und Sandanhäufungen, die das Fahren nicht einfacher machen. Ist etwa der Wegmacher seit dem letzten starken Regen mit der Arbeit nicht nachgekommen? Allenthalben liegen die noch feuchten oder schon trockenen Fladen der Zugtiere. Wenn ein Ochse seine hintere Luke öffnet und herauslässt, was trotz Wiederkäuens nicht verdaut worden ist, könnte sich das auch beim Bremsen auswirken. Der Fuhrmann geht dann aber lieber beiseite. Bemerkenswert übrigens, dass die Tiere bei diesem großen Geschäft unbeirrt weitergehen können, während sie beim kleinen stehen bleiben müssen. Ihr Strahl bohrt dann veritable Löcher in den Weg, so mächtig und lang kommt er heraus. Der Bauer muss diese Unterbrechung respektieren, mag sie gelegen kommen oder nicht.

Jetzt haben sie das Steilste hinter sich, es geht flacher nach Kurtatsch hinein, Hansl kann aufsteigen. Da rechts steht das Haus, von dem Pepi einmal gesagt hat, es sei ein Spital, da seien die Kranken und die Verletzten. Georg spitzt die Ohren, ob er das Stöhnen und Schreien hören kann, aber er hat noch nie etwas gehört, und so ist es auch heute, es bleibt still. Wo die Straße einen rechten Winkel nach unten macht, mündet ein Weg von drüben herein, da kommt gerade ein anderes Fuhrwerk daher. Und neben den Tieren geht, die Geißel steil nach oben, ein braun gebrannter Bursche, der einen fröhlichen Juchzer herauslässt. Er begrüßt Hansl und macht ihm ein Kompliment wegen seiner sauberen *Öchslar*. Er müsse zum *Binder*, die beiden Fässer richten zu lassen, die er da in seiner *Penn* liegen hat. Er lacht Georg an. »Ist ja nicht gut, wenn der Wein ausläuft, gell Biabl? Du bist doch der Georg vom Franz, der so eine schöne Schwester hat«, sagt er und ergänzt triumphierend: »Mei Weibele!« Dann fragt er Hansl: »A Glasl trinken?«

Aber Hansl widersteht. Nein, dafür sei es noch zu früh. Ein andermal. Er fährt weiter, sie müssen ohnedies den Weg frei machen, denn da kommen noch andere Fuhrwerke. Hansl erzählt, wie lange der Hubert hinter der Gusti habe *herschmecken* müssen, bis er sie bekommen habe. Georg versteht das schon, irgendwie. Der Bursche, der neulich beim Kegeln Rosas Zopf in die Hand genommen hat, hat er nicht auch daran geschmeckt? Die Tante Gusti ist ihm übrigens die liebste von den drei Schwestern seines Tatas in Voldersberg, sie ist die Schönste, glaubt er. Hansl wechselt das Thema. Wenn der Hubert saubere Ochsen haben wolle, dann müsse er ihnen mehr einstreuen und sie hie und da auch striegeln. Ob Georg gesehen habe, wie sie aussahen?

Sie sind unten am Konsumverein angekommen. Ein paar Gespanne stehen davor. Es ist schon recht heiß und es gibt leider keinen Platz im Schatten mehr. Hansl meint, Georg solle heraußen warten und aufpassen. Aber das geht nicht, Georg muss mit hinein, zu interessant ist es da drinnen, und außerdem hat er auch ein Geschäft vor.

»Ich muss doch selber was kaufen.«

»Was willst *du* schon kaufen.«

»Wirst sehen.«

Hansl schüttelt den Kopf. Was soll er machen, er weiß, dass der Bub seinen eigenen Kopf hat, und obendrein etwas Geld. Er schiebt die dicht gehängten Glasperlenschnüre beiseite, die die Hitze und die Fliegen abhalten sollen. Schon der Geruch in diesem Laden! Mortadella, frisches Brot, aber auch Uraltes, was nur? Vielleicht der Stockfisch. Am Ladentisch stehen ein paar Männer, die jetzt herschauen. Ein größerer Bub fixiert Georg. Hochnäsig? Er hat keinen Schurz an, ist überhaupt herrisch gekleidet. Er gehört wohl zu dem Mann im hellen Feiertagsgewand.

»Ja der Herr Baron«, sagt Hansl ehrfürchtig und macht eine Art Verbeugung, »Grüß Gott, Herr Baron.«

»Grüß dich. Wie steht's denn mit deinen Trauben heuer?«

»Gut. Es sind so viele wie schon lang nicht mehr. Gestern hat einer – ein Studierter! – gesagt, es wären zu viele, man müsste sie herunterschneiden.« Er schlägt sich an die Stirn, so sicher ist er, dass der Baron das auch absurd findet. Aber der wiegt nur unschlüssig den Kopf. Der Verkäufer im grauen Kittel hat eine braune Tüte vor ihn hingestellt.

»Pfüagott«, sagt der Baron. Sein großer Bub erschreckt Georg im Vorbeigehen mit einer brüsken Handbewegung, lacht aber dabei.

»Hast g'sehen, Hansl, der Baron war gar nicht so entsetzt von der Idee«, sagt einer der Bauern, der noch ziemlich jung ist, »und er ist im Vorstand von der Genossenschaft.«

»Nein, nein, nein! Trauben wegwerfen! Schlimmer als Sodom und Gomorrha«, entrüstet sich Hansl.

Da lachen sie. Dann sagt ein ganz Alter: »Schlimmer ist schon was anderes, nämlich der Krieg in Russland.«

»Jetzt aber! So kannst ja nur du reden, du Dableiber. Der Krieg ist schon beinahe gewonnen. Nichts als Siege. Der deutsche Soldat … es gibt keinen besseren.«

»Ja! Brauchst dir nur vorzustellen, die Walschen wären allein in Russland drüben«, meint der Verkäufer, und wieder haben sie etwas zu lachen.

»Geh, gib mir zwei Wecken Brot«, sagt Hansl, »und einen neuen Wetzstein.«

Als der Verkäufer diese Sachen gebracht hat, meldet sich Georg: »Und ich krieg zwei Schulhefte und eine Tafel Schokolade.« Er präsentiert sein silbernes Fünflirestück. Einen Augenblick ist es ruhig.

»Ja, Biabl«, sagt der Verkäufer, »die Schokolade musst aber schnell essen, sonst läuft sie dir durch die Penn. Wären einfache *Zückerlen* nicht besser, bei der Hitze?«

Das Gelächter verstummt, weil eine junge Brillenträgerin mit kurzem dunklem Haar hereinkommt. Das ist keine von hier, die ist alles andere als bäuerlich, die ist Italienerin.

»Buon giorno«, sagt sie dementsprechend, aber sie schaut keinen richtig an. Sie trägt eine weiße Bluse und einen nicht allzu langen schwarzen Rock. Die Bauern starren heimlich auf ihre Beine.

»Tschorno«, antwortet der Verkäufer mit unbewegtem Gesicht.

»Il mio giornale, per favore, *La Provincia di Bolzano*.«

Der Verkäufer zieht eine Zeitung aus einem Fach und legt sie auf den Tresen. Sie zählt dreißig Centesimi hin. Dann mustert sie den kleinen Georg und lächelt. »Tu vieni da me a scuola?«

Georg, wie immer, wenn er nichts versteht, bleibt der Mund offen. Hansl winkt mit dem Zeigefinger ab und deutet auf den Buben. »Padre Tschermania«, sagt er.

Sie macht eine abrupte Kopfbewegung nach oben und zieht die Luft hörbar durch die Nase, stolz und resigniert zugleich. Dann ergreift sie ihre Zeitung und sagt halblaut im Abgehen: »Lasciate ogni speranza.«[1]

Der alte Dableiber ist der Erste, der die Sprache wiederfindet. »Sie bringt keinen Fuß auf den Boden. Mein Bub erzählt mir, dass die Kinder praktisch bestimmen, wie lang die Pausen dauern. Und lernen tun sie gar nichts. Und sie kann kein Wort Deutsch.«

»Die Kinder brauchen auch nicht mehr *Walsch* zu lernen«, sagt der junge Bauer, »weil's nicht mehr lang dauert, dann sind wir alle deutsch.«

»Wenn du dann noch da bist und nicht drüben bei den Russen«, lacht der Alte.

»Gib ihm seine Zückerlen und wir gehen«, sagt Hansl. »Die Schulheftln bringt ihm dann schon die Mutter.«

Hansl zahlt alles, da braucht Georg sein Silberstück nicht anzugreifen. Er lässt es zurückfallen in das grüne Wollbeutelchen, das ihm die Annemie einmal gestrickt und das er heute früh noch schnell eingesteckt hat.

Die Tiere scheinen froh, der Warterei entronnen zu sein. Noch einmal führt der Weg ein langes Stück abwärts. Aber Hansl gefällt es nicht, wie der rechte Ochs sein linkes Hinterbein aufsetzt.

»Was hat sie denn gesagt zu mir?«, will Georg wissen.

---

[1] »Lasciate ogni speranza, voi ch'entrate!«: »Lasst, die ihr eintretet, alle Hoffnung fahren!«, aus Dantes »Die Göttliche Komödie«, Inferno III, 9 (Das Höllentor).

»Ob du bei ihr in Kurtatsch zur Schule gehen wirst. Aber das wirst du nicht, weil wir oben in Penon selber die Schule haben. Und du kriegst eine deutsche Lehrerin, weil dein Vater außi optiert hat.«

Georg schaut nachdenklich drein: »Außi optiert … außi g'fahren ist er, mit dem Zug.« Er hält dem Hansl ein rotes Himbeerbonbon hin. »Gell, ich bin deutsch«, sagt er. »Und schreiben kann ich auch schon.«

Margret am 29. Januar 1941 an Franz:

Georgele hat eine Rodel für 60 Lire bekommen. Rosl und Karl haben ihn zur Tota gebracht, wo er freudig begrüßt wurde. Ihm geht nichts ab. Schnee ist zwar keine Flocke, aber er sagt, das macht nichts, er fährt auf dem Eis. Aber es ist zu mild, er kann mit der Rodel nur zu Fuß gehen. Er benützt sie statt eines Handwagens. Er ist ein Mann, der in die heutige Zeit hineinpasst. Ich habe auch versucht, ihn in die Kunst des Schreibens einzuführen und er begreift es überraschend gut.

»Was du schreiben kannst, ist nicht genug. Nicht einmal, wenn du Bauer wirst.«

Hansl muss absteigen und *schrepfen*, weil es noch einmal richtig steil wird. Dann endlich sind sie in der Moosebene angekommen und jetzt ist es nicht mehr weit bis zu seinem Acker. Die Ochsen werden ausgespannt, und unter einer Akazie dürfen sie sich, am langen *Tschinggele* angebunden, über das Gras hermachen, das einen kleinen Platz vor dem Acker bedeckt. Da steht auch ein graues Hüttchen für böses Wetter. Darin bringt Hansl den Proviant unter. Georg, dem der feine Duft des frischen Brots in die Nase sticht, muss sich sagen lassen, dass jetzt erst einmal gearbeitet werde. Er bekommt seine kleine Hau, mit der er das Unkraut heraushacken muss, das zwischen den Maiszeilen gewachsen ist. Die *Tirggpflanzen* sind schon höher als er selbst, aber sie haben noch viel vor sich, bis sie die großen Kolben entwickeln, auf die es ankommt. Hansl fährt mit dem *Schubgrattl* den *Dungget* vom alten Misthaufen ganz hinten, wo auch ein kleiner Kanal fließt, herbei und lädt ihn vorläufig vor den Furchen ab. Georg weiß, dass er eine Zeile gesäubert haben muss, bevor der Mist verteilt werden kann. Hansl macht ihm klar, dass er sich leichter tue, wenn er sich bei der Arbeit nicht ständig bückt, sondern aufrecht bleibt. Das Unkraut kann liegen bleiben, aber es muss bis auf die letzte Wurzel heraus, sonst würde es schon in einem Tag wieder weiterwachsen. Jaja, der Bauer muss viel wissen und viel können. Und wie viel Kraft er hat, kann man hören, wenn er arbeitet. Wie unterschiedlich klingt es, wenn Hansl jetzt in der Nachbarzeile seine Hau in die Erde sausen lässt und daneben Georg werkelt, übrigens schon wieder gebückt! Und so hart sind seine Hände nicht, dass sie ihm nicht längst schon weh täten. Er wirft sein Werkzeug hin und schreit trotzig: »Halbmittag! Die Ochsen liegen schon!«

Hansl gibt nach. Sie setzen sich auf die Plane vor der Hütte, wo es etwas Schatten gibt. Wie man aus einer Flasche trinkt, ohne ständig absetzen zu müssen, weiß Georg schon lange. Man muss ein kleines Luftloch zwischen Oberlippe und Glas lassen. Merkwürdig, dass die Mädchen das nicht lernen, zum Beispiel seine Schwestern. Sie stecken die Flasche in den Mund und trinken, bis nichts mehr kommt, dann müssen sie absetzen, damit wieder Luft einzischen kann. Der Bauer schneidet mit seinem *Reber* Speck herunter. Dieser Speck und ein Kipf von dem frischen Weißbrot, so gut tat ein Halbmittagessen noch nie.

Hansl schluckt lange aus seiner *Lepsflasche* und wischt sich dann den Mund ab. »Du darfst nicht so schnell nachgeben, wenn dir etwas hart ankommt. Sonst musst es noch härter lernen.«

Was soll Georg darauf schon sagen? Es wird schon stimmen. Aber ein Anlass zum Lachen ist es nicht. Er gönnt sich ein *Zückerla,* wenn das Leben schon so hart ist und noch härter zu werden droht. Hansl gönnt sich auch etwas, nämlich ein paar Züge an einem alten halben *Zigarettentschick.* Dann aber geht es weiter mit der Arbeit. Georg schindet klaglos, bis Hansl ihm eine Abwechslung verschafft, nämlich Wasserholen für die Ochsen, aus dem Kanal. Sie sind schon lange dagelegen und haben zufrieden vor sich hingemalmt. Jetzt stehen sie erwartungsvoll auf, saufen und bohren dabei ihre Schnauzen so tief in den Grund des Kübels, dass man ihn zuletzt herunterziehen muss. Dieses Wasserschleppen ist freilich auch kein Honiglecken, zum Unkrauthauen zieht es ihn allerdings auch nicht mehr zurück. Er geht in die halb finstere Hütte und sieht sich gründlich um, nur ist da nichts zu entdecken, eine alte Schürze und ein paar leere Blechbüchsen ausgenommen. Schön wäre es, wenn er jetzt mit dem Metallbaukasten spielen könnte oder mit dem schwarzen Stoffhündchen.

Endlich droht keine Arbeit mehr, denn Hansl kommt mit seinem Werkzeug und der Schubkarre herüber, er ist fertig. Vom Kirchturm oben hat es eben zwei geschlagen. Jetzt wird noch einmal gegessen, die gesottenen Erdäpfel und wieder ein paar Stückchen Speck, dann geht es zurück, bald wieder aufwärts, für die Ochsen eigentlich eine Kleinigkeit, in der Penn liegt ja heute nichts Nennenswertes, da kann sich sogar Hansl draufsetzen. Aber der rechte Ochs geht nicht gut.

Sie erreichen den großen Ort. Einsam und still liegt die Kirche da, sie scheint doch viel größer als die oben in Penon. Der Konsumverein hat geschlossen, niemand ist zu sehen. Aber wo sich dann der große Platz nach oben zu verengt, hört man aus einem Haus krächzende Grammophonmusik. *Giovinezza, giovinezza,* singt jemand. Auf einer Bank davor sitzen zwei Carabinieri und mustern die Vorbeifahrenden, ihre Mienen sind gelangweilt und überlegen. Hansl tut, als gäbe es die Kerle nicht, aber Georg starrt sie mit großen Augen an. Sie haben die Uniformjacken ausgezogen und die Mützen abgesetzt, aber die schwarzen Hosen mit den roten Streifen an den Seiten sind allein schon sehenswert. Ob vielleicht der dabei ist, der ihn im Winter auf den Arm genommen hat? Das war oben bei der Tota gewesen, als es doch noch einmal geschneit hatte und er mit seiner neuen Rodel vom Brunnen aus den sanften Hang herunterfahren wollte. Nur war der zu flach gewesen, man kam nicht in Schwung. Da hatte er sich auf den Abhang neben dem großen Kirschbaum gewagt. Der war steil, und es ging auch gleich hurtig los, aber hast du nicht gesehen, war er auch schon am Zaun, der die senkrecht zur Straße abfallende Mauer krönt. Zaun … eigentlich sind es nur zwei waagrechte Stangen. Wenn man mit dem Kopf an die untere knallt, dann gute Nacht. Lieber ganz flach machen und den Kopf nach hinten ziehen, das gibt einem der Schutzengel ein, den manche übrigens mit dem anrüchigen, hässlichen Wort *Instinkt* gleichsetzen. Schon bist du durch, jetzt gilt es nur noch, sich auf der Rodel zu halten, um auf beiden Kufen zu landen. So an die zwei Meter kann dieser freie Fall schon sein. Das gibt einen Schlag, so einen Schrecken hast du noch nicht erlebt, da kannst du nur noch brüllen, sobald du wieder Luft kriegst. Der Schutzengel aber hat ganze Arbeit geleistet. Jetzt verdoppelt er sich sogar und hat schwarzrote Uniformen an, damit er Georg auf den Arm nehmen und mit venezianischen oder sizilianischen Worten trösten kann. Was werden sie schon gesagt haben? *Poveretto, grida pure, che fortuna che hai avuto* und so weiter.[2]

Weil Georg seinen Blick nicht von ihnen wenden kann, macht jetzt der eine doch noch eine zugreifende Handbewegung und sagt: »Tsau.«

»Ich glaub, der war's, der mich auf'n Arm genommen hat.«

»Was? Ah, der Karabinier da. Auf'n Arm genommen? Die werden oft ausg'wechselt.« Nach einiger Zeit: »Da wird man noch ein Lattl dazunageln müssen, bei dem Zaun.«

»Ich fahr da bestimmt nimmer.«

Als sie beim Hufschmied vorbeikommen, hält Hansl an, und weil niemand zu sehen ist, geht er ins Haus. Er kommt mit einem mürrischen Mann zurück, den er mit seinem Goldzahnlächeln zu gewinnen versucht.

»Bittschön, Martl, einmal anschaun, mir kommt vor, er geht nimmer so

---

[2] Armes Kerlchen, schrei nur, was hast du für ein Glück gehabt

gut. Es müsst beim linken *Hinterstietz* sein.« Hansl hat seinem rechten Ochsen die Hand auf die Kruppe gelegt.

»Da muss ich mir den Schurz anlegen. Der Ochs muss heraus, sonst komm ich nicht hin.«

Der Ochs wird ausgespannt, Georg soll aufpassen, dass der andere sich nicht mit dem Fuhrwerk davonmacht, trotz angezogener *Schrepfer*. Der Schmied zieht sich den fraglichen Ochsenfuß heran und klopft mit einem Hämmerchen auf der Eisenplatte herum, die auf die äußere Klaue genagelt ist. Der Ochs zuckt mehrmals beträchtlich.

»Da siehst du's, unterm Eisen tut's ihm weh. Es muss herunter. Da sitzt ein Nagel zu tief. Was für einer kann ich nicht wissen. Wer hat denn das gemacht, das sieht nach Murks aus. Eini in *Schnoatstall!*«

Wer es gemacht hat, will Hansl nicht sagen, ein Dilettant war es oben in Penon. Schließlich muss man sparen, wo es geht. Denn wo sind die Einkünfte? Noch immer fehlt die Endabrechnung für die letztjährige Weinernte. Und was für einen kläglichen Preis hat er heuer für die Kirschen bekommen! Für die berühmten Penoner Herzkirschen! Nein, die Zeiten sind noch schlechter geworden, seit die *Walschen* den Export nach Österreich, das heißt ja jetzt Deutschland, durch unbezahlbare Zölle unterbunden haben. Allerdings: Aufgeben, so radikal aufgeben wie sein Bruder Valentin, der erste Mann seiner Frau, es getan hat, wird für ihn nie in Betracht kommen.

Der Ochs muss also in den *Schnoatstall*, das Gestell, das ihn noch viel mehr einengt als jedes Joch. Er kennt es nur zu gut, ohne Schmerzen ist es da noch nie abgegangen. Das Hinterbein wird nach hinten hochgebunden, der Schwanz arretiert, ja, so fängt es immer an. Dann zieht der Mann die Nägel des fraglichen Eisens heraus, aber dazu muss er erst die umgebogenen Nagelspitzen an der Klaue außen aufbiegen. Das Herausziehen tut weh, am schlimmsten natürlich bei dem Nagel, der zu tief sitzt, und jetzt sieht man auch, welcher das ist, nämlich der blutige. Das Beschneiden der Hornsohle tut weh, weil die ganze Klaue irritiert ist. Dann aber kommt das, wovor der Ochs am meisten Angst hat: Neue Nägel werden eingeschlagen. Er zuckt und zerrt mit aller Kraft, die Augen quellen, er will aus dem Foltergestell heraus. Hansl leidet mit ihm und tätschelt seinen Hals, der Schmied brummt, das täte ihm nur gut, er werde das schon bald spüren. Jeder Beschläger will mit den Nagelspitzen so spät wie möglich seitlich heraus, damit das Eisen so lange hält, wie es nur geht. Dabei passiert es eben leicht einmal, dass ein Nagel zu tief geht. Nicht so aber bei diesem Fachmann. Die Angst des Ochsen erweist sich als unberechtigt, er scheint selbst überrascht, dass er so schnell schon wieder heraus darf. Jetzt kann

er wieder auftreten und spürt schon fast nichts mehr. Und weil er seine Luke während der ganzen Arbeit brav geschlossen gehalten hat, bekommt er auch vom Schmied einen Tätschler. Sieben Lire kostet's.

»Ich mach dir's so billig wie möglich, aber ich muss auch leben. Jetzt trinken wir ein Glasl. Bind die Ochsen an und lass das Biabl mitgehn.«
Bevor sie in den Keller gehen, ruft der Schmied in den Hausgang hinein: »Moidl, bring an Arantschatta!« Die Kellertür ist neben dem Hauseingang, sie ist niedriger und liegt tiefer, und unvermittelt führen ein paar Stufen abwärts. Der Schmied zieht die Tür schnell hinter sich zu, um die Hitze draußen zu halten. Die schwache Glühbirne richtet anfangs fast nichts aus gegen das Dunkel, denn der Boden ist kohlschwarz, nur festgestampfte Erde, und die zahllosen Spinnweben machen die Wände auch nicht gerade hell. Der Geruch? Eine Mischung aus Wein, Essig, Schimmel und Speck, denn natürlich hängen da auch die mächtigen *Metzeten*. Der Schmied lässt ein Glas, das er vorher kritisch gegen das Licht gehalten hat, volllaufen und gibt es Hansl. Dann stoßen sie an. Hansl schiebt den Wein eine Zeit lang im Mund herum und sagt dann: »Isch guat.« Dann lässt er sich eine *Alfa* anbieten, und sowie sie zu rauchen beginnen, kommt

die Moidl mit dem *Kracherl* für den Georg. Weil sie eine gute Hausfrau ist, hat sie noch etwas mitgebracht: einen Teller mit schmalzgebackenen Strauben.

»Wem gehört denn das Biabl? Doch nicht dem Hansl? Wem gehörst denn du?« Was soll Georg sagen? Dass er dem Tata und der Mama gehört, ist ihm zu banal.

»Dem Wittibsepp Franz von Voldersberg gehört er«, springt Hansl ein.

»Ah, der Studierte, der nicht hat Geistlicher werden wollen?« Sie lacht. »Und wer ist denn die Mutter dazu?

»Eine aus Überetsch. Lehrerin. Hat schon Schule gehalten in Penon.«

»Ah, ich glaub, dann kenn ich sie. Eine Große, gell? Und nach einiger Zeit: »Ah, so. Ja … und wo … warum …?«

»Mein Tata ist in Deutschland draußen«, sagt Georg unwirsch. Die Strauben sind gut und die Limonade auch, aber die Fragerei hört langsam auf, ihm zu schmeicheln.

»Geh, lass ihn in Ruh!«, sagt der Schmied.

»Jaja, ist ja gut. Da, nimm noch eins.« Im Hinausgehen sagt sie noch halblaut: »Die vermaledeite Option.«

»Ja, jetzt muss ich weiter«, sagt Hansl und trinkt sein Glas leer. »Um Marenn sollen wir daheim sein.«

Was für ein gewaltiges Licht, wenn man aus dem Keller herauskommt in den heißen Sommernachmittag!

Sünde

$\mathcal{A}$ m Samstag beginnt der Kommunionunterricht, der gleichzeitig Firmunterricht sein muss. Das hat der Kurat der Tota gesagt. Nach der Frühmesse am vergangenen Sonntag war er auf den Platz herausgekommen. Das *Biabl* des Auswanderers Franz müsse am Unterricht teilnehmen, obwohl es erst im Herbst in die Schule komme. Alles sei jetzt anders. Was für Zeiten! Jetzt seien schon Kinder dran, die noch nicht einmal lesen und schreiben könnten. Die hätten doch nicht die Reife für diese großen Ereignisse! Und sogar vor der Erstkommunion solle die Firmung stattfinden können! Andererseits: Die Kinder, die ins lutherische, hitlerische und gottlose Deutschland auswandern, hätten ja sonst gar keine Sakramente. Dass nämlich bei diesen Barbaren draußen eine ordentliche christkatholische Seelsorge nicht zu erwarten sei, das wisse man seit der päpstlichen Enzyklika *Mit brennender Sorge*. Und der selige Herr Erzbischof von Trient habe recht gehabt: Er wollte nicht, dass die Leute abwanderten. Sie sollten hier bleiben, in ihrer angestammten Heimat, auch wenn's Italien sei. Wie das sein Nachfolger sehe, wisse man noch nicht, aber warum sollte es bei dem anders sein? Ja, draußen im Pustertal, wo der Kurat einen Studienfreund habe, da lägen die Dinge anders. Das gehöre zum Bistum Brixen, und der Bischof dort und sein Generalvikar sähen die völkische Bewegung in Deutschland mit großer Sympathie, hätten sogar für Deutschland optiert, ganz anders, als es die Kurie in Trient empfohlen habe.

Selbst in den Klerus hinein also wirbelt die Option. Die Tota aber, die sich vom Leben schon genug durchgebeutelt sieht, will sich in diesen politischen Strudel nicht hineinziehen lassen. Zuletzt hat sie sogar erreicht, dass ihr Hansl gar nicht zur Abstimmung gegangen war.

Margret am 18. November 1939 aus Penon an Franz in Bozen:
In dieses sonst so stille und friedliche Nest ist ein ganz neuer Zug gekommen. Oswald Kofler von der Hofstatt hat für hier unterschrieben und soll nun ganz narrisch tun, wie man hört. Bei uns hier weiß man auch nicht, wie sich Hansl entscheiden wird, und Tota ist infolgedessen reichlich nervös, sie weiß nicht recht, wie sie eigentlich reden soll. Ich

sage gar nichts wie immer, sonst kommt man schön an. Es tut nicht
gut in dieser Zeit, jemandem seine Meinung aufdrängen zu wollen.
Das hast Du bei Deinen Leuten gesehen. Ich wünsche nur allen, daß
sie ihren Entschluss nie zu bereuen brauchen.

Das mit der fehlenden Reife bei den Firmlingen und Erstkommunikanten findet die Tota auch nicht so schlimm. Getauft würden die Kinder ja auch schon in einem Alter, in dem der Inhalt der Windeln das Reifste an ihnen sei. Bei dieser Äußerung hat sie den Geistlichen mit einer Miene angeschaut, als wollte sie sagen: Jetzt lach halt auch einmal! Aber er konnte ihr wieder einmal den Gefallen nicht tun, diesmal aus theologischen Gründen. Es wäre nicht zu verantworten, Kinder jahrelang ungetauft den Gefährdungen des Lebens auszusetzen. Passierte mit ihnen einmal etwas Schlimmes, dann könnte die ungetaufte kindliche Seele nicht in den Himmel kommen. Er hatte das so vorgebracht, wie er zu predigen pflegt: stockend, mit heller Stimme, den Blick in die Ferne gerichtet. Da hatte sie seufzend genickt, aber der Seufzer galt nicht den unerlösten Kinderseelen, sondern ihrem ersten Mann Valentin, der hinter jener Friedhofsmauer in seinem ordentlichen Grab liegt. Ob er, der in Verzweiflung Hand an sich gelegt hatte, wohl heute in ungeweihter Erde liegen müsste, wenn dieser schwerfällige Mann damals schon Kurat gewesen wäre?

Aber dann geht ihr etwas durch den Kopf: Ob sich nicht ihre Chancen, das Biabl zu behalten, erhöhten, wenn diese hastige Firmung und Erstkommunion erst gar nicht stattfindet? Dann müsste der Bub doch hierbleiben, dann kann er nicht auswandern, jedenfalls nicht, bis das alles nachgeholt wäre …

»Ja, wenn Sie meinen, dass es zu früh ist für den Buben, dann lassen wir's halt.«

Nein, das ginge auf gar keinen Fall. Wenn die Eltern hinausoptiert hätten, dann müsse es mit den Kindern so gemacht werden, das habe der Bischof von Trient so festgelegt.

»Festgelegt. Deswegen kann man doch … ein Jahrl warten.«

Nein, er müsse da genau sein, er müsse doch hinunterberichten nach Trient. Die Tota seufzt.

»Dann werd ich's ihm halt sagen. Pfüagott.«

Der Unterricht findet nachmittags in der Kirche statt. Vorne, auf der Mannderseite, also rechts, sind die Buben in ihren kleinen Bänken versammelt. Mädchen gibt es auch, natürlich auf der Weiberseite. Die sitzen ziemlich brav da und warten. Größere sind darunter und Kleinere, ganz wie bei den Buben, von denen aber nicht alle brav dasitzen. Da sind sogar etliche darunter, die schon ins vierte Schuljahr kommen, Otto und Franz etwa, die Zwillinge.

Als Georg in die Kirche kommt, sind sie gerade beim Unfugstiften, anstatt ihre Macht in den Dienst der Ordnung zu stellen. Einer der beiden (sie sind ja nicht leicht auseinanderzuhalten) stellt sich in den Mittelgang, dreht den Kopf hin und her, vor allem aber in Richtung der Mädchen, breitet die Arme auseinander und singt priesterlich: »Tominus, wo bist du?« Dann läuft er grinsend auf seinen Platz. Die meisten Buben amüsieren sich, manche Mädchen auch, aber nur heimlich, denn der Frevel liegt auf der Hand. Jetzt kommt der andere Zwilling nach vorne und singt: »Tominus, da bin i.« Das Gelächter steigt an. Georg lacht gerne mit, sieht aber dann, dass einer der älteren, der Mai Erich, der einen weißen Janker trägt, ganz ernst bleibt und nur verächtlich vor sich hin sieht. Jetzt steigt einer sogar – ha! das ist ja der Wirtenpepi! – das schmale Treppchen zur Kanzel hinauf, breitet die Hände auf der Balustrade aus und ruft salbungsvoll: »Meine Lieben in Chrischto.« Er mag sich wundern, dass der Lacherfolg ausbleibt, er kann nicht sehen, dass inzwischen der Herr Kurat aus der Sakristei herausgetreten ist.

»Warum schweiget ihr so, meine Lieben?«, salbadert Pepi weiter. Nein, das ist jetzt zu komisch, am lautesten lachen die Mädchen. Der Kurat stellt sich mit grimmigem Grinsen unten ans Kanzeltreppchen, um den Konkurrenten in Empfang zu nehmen. Mit festem Griff packt er den Buben, der kleinlaut herunterschleicht, am Ohr, zieht ihn nach vorne und deutet auf die rot brennende Ampel.

»Was ist das?«

»Das ewige Licht«, wimmert Pepi.

»Und warum brennt das hier?« Das Ohr erleidet eine Drehung um neunzig Grad.

»Weil … weil da … Jesus … aua, aua, aua.«

Der Geistliche katapultiert den Buben auf die Bank zurück. »So ist es!«, bestätigt er mit Nachdruck und schaut die Kinder, die still werden, der Reihe nach an. »Geweihte Hostien sind im Tabernakel, das sagt das ewige Licht. Der Leib Jesu. Wer zur Kommunion geht, nimmt Jesus auf. Und dieses Glück werdet ihr bald haben.« Kein schlechter Einstieg. Muss er nicht Pepi dankbar sein dafür, dass sein mäßiges Temperament so in Schwung gekommen ist?

Der Kurat stellt einen Bildkarton auf das Pult, das sonst das große Meßbuch zu tragen hat. Jesus ist darauf zu sehen, im Kreise seiner Jünger, beim letzten Abendmahl. Die dazugehörige Geschichte, obwohl eintönig erzählt, macht Eindruck auf Georg. Jetzt sieht er erst, dass der Sandalenträger ganz außen, im gelben Kittel, einen Beutel hinter sich versteckt. Das also ist der Judas! Dann kommt ein Bild vom Ölberg: Jesus im violetten Kleid ringt die Hände, vor ihm schwebt ein Kelch, der vorübergehen sollte. Damit sei das Leiden gemeint, wie der Kurat erklärt. Und dann kamen sie mit Stangen und Schwertern, vorne der Judas im gelben Gewand, der den Jesus küsst, ausgerechnet küsst, um ihn zum Tode zu *verraten*. Nicht das einzige Wort heute, das neu ist. Wenn der Kurat spürt, dass etwas zu schwierig ist für die Kleinen, lässt er es den Mai Erich im weißen Janker mit seinen eigenen Worten sagen.

Ob die biblischen Geschichten auf die *Gitschen* da drüben auch so stark wirken? Da ist eine mit langen dunkelbraunen Zöpfen, die sitzt ganz still da. Was für ein schönes Gesicht sie hat, da muss man ja immer wieder hinschauen. Als ob sie es spürt, dreht sie sich herüber und schaut Georg an. Nein, das hält er nicht aus, da muss er wegschauen. Und dann doch wieder hinschauen. Der Petrus schlägt mit dem Schwert zu und haut einem Knecht ein Ohr ab. Dem Pepi hätte der Kurat vorhin ja beinahe das Ohr abgerissen. Jesus heilt es, indem er es *anrührt*. Ja … Müsste er es nicht vorher aufheben, das liegt doch blutig am Boden? Anrühren allein, kann es damit schon anheilen? Oder ist es gleich nachgewachsen? Was wäre dann mit dem Ohr, das noch im Staub liegt? Wenn Pepi das Ohr abgegangen wäre, vorhin, hätte es der Kurat auch heilen können?

Die Kommunion und die Firmung kann man nur empfangen, wenn man ganz rein ist, ohne Sünde. Weil aber alle Menschen sündigen, auch die kleinen Buben (der Kurat hatte sich Pepi genähert und eine kräftige Drehung am Ohr angedeutet, belustigend für alle, nur nicht für den Pepi), müssten die Sünden vorher gebeichtet werden, und sie würden nur *nachgelassen*, wenn eine aufrichtige Reue voranginge.

»Ihr werdet also vor den Sakramenten zur Beichte gehen.« Der Kurat hat sich der Bubenbank genähert, in der Georg außen sitzt.

»Was gibt es da drüben Schönes?«, fragt er und dreht ihm den Kopf nach vorne, in Richtung ewiges Licht. Dieser Kopf wird rot, man hat ihn ertappt, es ist die erste Maßregel, die er außerhalb der Familie erfährt. Jetzt würde die *Gitsch* mit den langen Zöpfen auch unter denen sein, die ihn auslachen. Es dauert, bis er sich erholt hat, er schaut nicht mehr hinüber.

Endlich dürfen sie nach einem gemeinsamen Vaterunser heimgehen. Viel hat Georg heute erlebt. Es war für ihn überhaupt der erste Unterricht, wenn man von den spielerischen Schreibübungen mit der Mama absieht. Die *Gitsch* hat einmal kurz hergesehen am Portal, dann ist sie mit den anderen hinausgekichert.

Auf dem Vorplatz bleiben die Großen stehen, wie es die *Mannder* nach der Kirche (oder während der Predigt) tun. Einer der Zwillinge bohrt mit der nackten Ferse eine Mulde in den Sandboden, es soll also ein wenig *gespeckert* werden. Georg hat ein ganzes Säckchen voll *Specker* von der Mama bekommen, farbig glasierte Tonkügelchen, auch ein paar größere Glaskugeln sind darunter, mit wunderbaren Farbeinlagen. Zum Glück hat er sie nicht bei sich, er hätte sie nur zu leicht gegen die geriebenen Großen verloren. Die Zurechtweisung in der Kirche interessiert inzwischen niemanden mehr. Oder doch? Pepi kommt ganz nahe heran, kneift ein Auge kurz zu und raunt: »Du auch schon hinter den Gitschen herschmecken? Sagst du nichts daheim, sag ich auch nichts.«

Georg ist perplex. Bloß hinüberschauen auf die andere Seite, das soll schon »herschmecken« sein?

Pepi hat sich schon wieder von Georg abgewandt und ist bereits ganz bei der Sache, *dem Speckerspiel.* Es gilt, die Kugeln von einem Startstrich weg in die Mulde zu rollen, wo sie auch liegen bleiben müssen. Was in der Ebene davor verhungert oder die Mulde wieder verlässt, wird von dem eingesackt, der als Erster drei drinnen hat. Der Mai Erich mit dem weißen Janker scheint es am besten zu können. Ganz ernst und konzentriert lässt er seine Glaskugeln herausrollen. Von mir aus kann er gegen die Zwillinge gewinnen, denkt Georg. Aufregend ist das, und man muss genau hinsehen.

Wer drängt sich da vor mich? Schau an, der kleine Hermann mit den Hängebäckchen. Stellt sich einfach vor mich hin und ich sehe das *Speckerloch* nicht mehr. Ja, das wäre ja … Da hast du eine von hinten, mit dem Handrücken aufs Hängebäckchen! Jetzt schau nur nicht so waidwund! Helfen tut dir keiner, die sind alle zu sehr abgelenkt. Wie er *reahrt* und davonläuft, ach *Teixl*, sein Haus ist ja gleich da hinten, da könnte er Hilfe holen. Ich muss sowieso heim, die Tota erwartet mich zur Marenn. Also nicht zu langsam den Weg hinunter. Wär ja noch schöner, wenn dieser kleine Rotzlöffel sich ungestraft vor mich hinstellen und mir die Sicht auf das *Speckerloch* nehmen dürfte! Jetzt kannst du wieder normal gehen, jetzt erwischt dich keiner mehr. Einem Großen hätte ich keine geschmiert, das ist klar. Und *er* kann mir auch keine schmieren, dazu ist er zu schwach. Er hat sich ja auch bei den anderen Malen nie gewehrt. Hat er einen großen Bruder? Weiß ich nicht. Sein Blick, ja, sein Blick, so verwundert und ängstlich, dieser Blick war eigentlich mitleiderregend. So ganz recht war es nicht, vielleicht war es sogar … *Sünde!*

Georg bleibt abrupt stehen. Muss er das beichten, muss er das bereuen?

Da, hinter diesen Stauden, deren Zweige man so leicht herunterbrechen kann, die sich so samten anfühlen, hat er vor ein paar Wochen einen großen Hirschkäfer gefunden, ein *Manndl* mit einem Riesengeweih. Ob wieder einer da ist? Der damals hat sich so wild gewehrt, dass er ihn nicht bis daheim in der Hand halten konnte. Er konnte ihn nur mit Daumen und Zeigefinger am Einschnitt nehmen, dort, wo die gepanzerten Flügel beginnen, aber da waren dann die Beine, besser gesagt die Knie, die der schwarze Bursche so mächtig bewegte, dass er sich immer wieder aus Georgs Hand herausarbeitete. Und die Zangen, die rötlich schimmernden Zangen! Auch wenn Pepi sagt, der Käfer könne nichts damit anfangen, den Finger dazwischen stecken wollte Georg dann doch nicht, zu spitz scheinen die Zacken innen. Pepi hat einmal einen mit einem Faden *gelatzt* und vor eine Zündholzschachtel gespannt. Mühelos hatte der seine *Carrula* ohne Räder dahingeschleift, aber das Geschirr erwies sich als unausgereift, immer wieder verfing sich der Faden in den Beinen. Der Käfer hatte dann versucht, auf dem Luftweg zu entkommen. Ein paar Meter brachte er tatsächlich die leere Schachtel zum Schweben, aber als Pepi ihn herunterriss, ging dem Brummer ein Deckflügel ab. Da sah er gar nicht mehr schön aus, jetzt bekam er großzügig die Freiheit zurück. Was wohl aus ihm geworden ist? Ob er Schmerzen hat?

Nein, heute ist hier keiner zu sehen, nicht einmal eins von den kleineren *Weibelen*. Er beschließt heimzugehen. Die Tota sitzt in der Stube beim Strümpfestopfen.

»Und, Georg?«

»Schön war's. Schöne Bilder hat er uns gezeigt. Und beichten müssen wir. Alle Sünden. Ist es eine Sünde, wenn man dem Käfer einen Flügel herunterreißt?«

»Woll. Das sollte man nicht tun. Stell dir vor, ich reiß dir den Arm weg.«

Er fasst sich an den Oberarm, dessen Fleisch er ja den Kochkünsten der Tota verdankt. Ist das der Flügel?

»Quäle nie ein Tier zum Scherz, denn es fühlt wie du den Schmerz«, sagt die Tota, und ihr Hochdeutsch leiert ein bisschen.

Georg denkt nach. »Der, der seine Ochsen so verdroschen hat, unten beim Wirt … das war kein Scherz.«

»Ah, war er zornig? Für den Ochs wär's wohl gleich, ob im Scherz oder im Ernst. Jetzt ist der Faden fertig. Willst die Spule?«

Georg nimmt sie gern, damit lässt sich ja so schön spielen, aber es beschäftigt ihn im Augenblick noch etwas anderes: die Sache mit dem kleinen Hermann. Soll er fragen, ob die Ohrfeige, die er ihm grundlos gegeben hat, Sünde ist? Das mit Pepi auf der Kanzel darf er nicht erzählen, sonst kommt das mit der Gitsch auf. Ob die Tota sie kennt? Aber er weiß ja nicht einmal den Namen.

»Der Otto vom Tal hat *Tominus, wo bist du?* gesungen und so getan, wie der Kurat tut. Aber dann ist der Kurat selber gekommen …«

Die Tota schaut ihn belustigt an. »Ah, woll? Und was hat er gesagt, der Kurat?«

»Ja, er hat … Er hat ihn bei den Ohren gepackt … Gibt's jetzt Marenn?«

»Ja, der Otto und der Franz …« Sie lacht in sich hinein. Es sind ihre Neffen. Georg ist froh, dass sie nicht weiter fragt. Ganz richtig war sein Bericht ja nicht. Er bekommt in der Küche ein Brot, auf dem ein Stück der von ihm so hochgeschätzten harten Marmelade liegt. Die Tota erinnert ihn bei der Gelegenheit, dass wieder einmal Holz hereinzutragen wäre.

»Ja, nach dem Essen.« Er geht zurück in die Stube und holt seine Schatzkiste heraus. Mit der Fadenspule lässt sich so etwas wie ein Auto machen, etwas, das von allein fährt. Das hat er vom Pepi. Es ist ganz primitiv und auch nicht so recht zuverlässig. Kein Vergleich mit den Maschinen, die man mit dem Metallbaukasten vom Onkel Karl bauen kann, aber: Es bewegt sich von selbst. Pepi hat den Baukasten schon sehr schön gefunden, und das Wägelchen, das der Onkel gebaut hatte, kann man sich auf dem Boden gut gegenseitig zuschubsen, aber: »Es hat halt keinen *Montor*, und so kleine Ochsen gibt es nicht. Aber was ich da hab, hat einen *Montor*, es *ist* ein *Montor*.«

Es ist eine Fadenspule, durch deren Achse ein Gummiring gezogen ist, ein kleiner Gummi, wie er im Laden seiner Mutter, *Sale e Tabacchi*, verwendet wird, um die Zigarren, *Toscani*, zusammenzuhalten. Am linken Tunnelausgang der Spule ist der Gummi von einem halben Maurerzündholz gehalten, am rechten befindet sich ein spannenlanges Hebelstäbchen, das man so lange herumdreht, bis der Gummi in der Bohrung ganz verzwirbelt ist, aufgezogen wie eine Uhrfeder. Auf den Boden gestellt, verhindert das Stäbchen das schlagartige Abspulen der Gummifeder, setzt die Energie vielmehr um in eine Drehung der Spulenräder. Das fährt dann mehr oder weniger ruckweise einige Meter dahin. Eben kommt Georg die Idee, einen solchen *Montor* der *Carrula* des Onkels vorzuspannen. Er hat sich eingebildet, er hätte so einen Gummiring in seiner Schachtel, aber er hat sich getäuscht. Die Tota hat so etwas auch nicht, da braucht er gar nicht zu fragen. Also: Hinunter zur Wirtenthresl, die muss es herausrücken.

»Tota, darf ich?«

»Etwa zum Wirt hinunter? Du hast doch jetzt gegessen, was ist denn mit dem Holzhereintragen?«

»Ah ja, das hab ich ganz vergessen. Aber danach, gell?«

Das Holz liegt draußen, im Durchgang unter dem Heustadel, ein ungeordneter Haufen rings um den Hackstock. Wenn es Astholz ist und eine gewisse Stärke nicht überschreitet, ist es ungespalten. Solche Knüppel zu tragen ist noch am angenehmsten, die Gefahr, sich einen Schiefer einzuziehen, gering. Wenn Hansl die Prügel aber hat *kliaben* müssen, muss man sehr vorsichtig sein. Am schlimmsten kann man sich an den Buchenscheitern wehtun. Nadelspitz kann sein, was da und dort heraussteht. Lieber das Runde nehmen, denkt Georg, das Glatte. Mehr als vier, fünf Stücke kann er nicht aufnehmen mit seinen Händchen und Ärmchen. Und hinein damit in die Holzkiste neben dem Herd! Noch einmal, und diesmal mit Schwung! Wie das schön rumst. Und stauben tut es auch. Jetzt noch ein paar geklobene Scheiter drauf, aber aufpassen dabei.

»Ja Bub, tu doch nicht so werfen!«

»Eine gute Arbeit muss man hören, sagt Hansl immer.«

Die Tota muss lachen. »So, und jetzt bringst mir noch ein *Schaab*.«

Das schreckt ihn nicht. Ein *Schaab* ist ungefährlich, wenn auch ziemlich schwer. Es ist ein Bündel aus Rebenschnitt, dünnen, ganz trocken gewordenen Stöckchen, mit denen sich in kürzester Zeit eine enorme Hitze erzeugen lässt. Er geht zum Stapel, der neben dem *Fackenstall* aufgetürmt ist. Die Stalltür ist offen, der *Fack* bemerkt, dass ein Mensch kommt. Bringt er vielleicht etwas? Ein paar kräftige, fragende Grunzlaute. Der rosa Rüssel stößt in die leere, schmutzverkrustete Futterrinne.

»Nix gibt's«, sagt Georg und kitzelt vorsichtig zwischen den zwei Luftlöchern. Damit löst er eine starke Bewegung des Rüssels und heftiges Luftziehen aus. Dann steigt er auf die Rinne und schaut auf den langen Rücken mit den schütteren Borsten herab. Ganz schön gewachsen die letzten Wochen. Die Sau schaut herauf, und man weiß nicht, was sie mit einem täte, wenn man da hineinfiele. Dennoch kann sie einem leidtun, wenn man sich vorstellt, wie es ihr im kommenden Winter ergehen wird. Nein, das mit dem letzten *Fack* war grauenhaft gewesen. Das Schreien, vor allem das Schreien. Das lang gezogene, hohe, markerschütternde Schreien. Georg hatte sich unter den Küchentisch verkrochen, sich die Ohren zugehalten, es hatte nichts geholfen. Zu dritt waren sie draußen am Werk gewesen: Hansl, Tota, der Wilhelm vom Tal, der den Metzger abgab. Als die Schreie schwächer wurden, war er ans Fenster gelaufen, und obwohl er sich doch gleich wieder abgewandt hatte, wird er das Bild nie vergessen. Der Mann rittlings auf der mächtigen Sau, die vorne eingeknickt war, mit der Rechten das Messer im Hals des weißlich blassen Tieres, Tota gebückt daneben mit dem Blutkübel und Hansl hinten, mit beiden Händen um den Ringelschwanz.

Der *Fack* grunzt enttäuscht hinter ihm her. Das *Häusl*, das am Weg zurück zum Haus liegt, kommt gerade recht. Er geht hinein und hebt den hölzernen Deckel zur Seite. Da atmet er nur so viel wie unbedingt nötig. Er stellt sich auf den Holzklotz, den ihm Hansl hingestellt hat, damit er nicht immer alles nass macht. Von da oben trifft er jetzt ganz gut hinein. Er hört es unten rauschen auf dem Papier und dem, was da sonst noch liegt. Zuletzt späht er noch mit angehaltenem Atem hinunter auf die Seitenwände. Ja, da sind sie, die *Häuslratzen*, bleiche langsame Kriecher, so groß wie ein Hirschkäferweibchen, mit einem aufgestellten Horn am hinteren Ende. Zum Glück war noch nie einer von diesen da oben herausgekommen, Georg hätte sich nicht mehr hinzusetzen getraut. Wovon die nur leben?

»Darf ich jetzt, Tota?«

»Ja, wo ist denn dann das liebreiche *Schaab?* Hast wieder alles vergessen?«

»Jioi, ich lauf schon.«

Dann darf er endlich. Vor dem Laden mit *Sale e Tabacchi* steht eine vertraute Gestalt: der Pater Gaudenz in seiner braunen Kutte, mit dem weißen Strick um den Bauch.

Franz am 11. August 1927 an *meine Gretl* (die Verlobte):

Daß Dir der Urlaub bewilligt wurde, freut mich. Pater Gaudenz hat mir geschrieben, daß er in der nächsten Woche in der Heimat eintreffen wird. Hoffentlich gibt es eine köstliche Unterhaltung. Vetter Gilli kommt ja auch.

»Ja Biabl, ja Georgele, da bist du ja! Einen schönen Gruß von der Mama soll ich dir ausrichten.« Der Ordensmann legt dem Buben die Hand auf den Kopf und markiert mit dem Daumen ein Kreuz auf der Stirn. Seinen qualmenden Toscanello hat er vorher in die Linke genommen.

»Von der Mama?«

»Ja, denk dir, ich hab sie getroffen, gestern auf der Talferbrücke in Bozen. Sie kommt morgen, soll ich euch ausrichten. Ich geh schon noch hinauf zur Tant' Marie und sag's ihr.«

»Ha, die Mama kommt!« Übermütig zieht Georg am franziskanischen Cingulum des heiligen Manns. Von klein auf hat er das schon tun dürfen. Wie oft hat er nicht schon den Pater in Gesellschaft seiner Eltern erlebt, und immer war es heiter zugegangen, immer hatte die Stimme des Franziskaners fröhlich geknarrt und die Kutte kräftig nach Tabak gerochen.

Tata hatte ihn schon als Lehrer im Gymnasium gehabt. Er war ein geborener Penoner und kam aus der Wirtsfamilie. Der Wirt war sein Bruder.

»Nein, bist du gewachsen, ich kann dich ja gar nicht mehr heben. Dein Tata fehlt mir halt arg, wir haben so eine Hetz gehabt immer. Aber es geht ihm ja gut draußen, sagt die Mama.«

»Ja.«

»Hast du im Laden zu tun?«

»Ja, ich brauch was.«

»Dann gehen wir hinein, bevor die Wirtin zumacht.«

Georg bringt sein Anliegen vor. Die Thresl zögert. Womit solle sie denn ihre Toscanelli zusammenhalten, wenn sie den Gummiring hergebe? Der Pater aber, der viel von diesen Stumpen versteht und einer der fleißigsten Abnehmer ist

(wenn er auch nur selten bezahlt), meint, das ließe sich doch sicher mit einem einfachen *Spaget* auch machen.

»In Gottes Namen, da hast ihn. Und? Wie war's beim Kommunionunterricht? Pepi hat gesagt, dass du auch schon dabei bist.«

»Schön.« Hat Pepi geplaudert?

»Siehst wohl, Pater, jetzt nehmen sie die ganz Kleinen auch schon, wenn die Alten für außi optiert haben.« Pepi hat nicht geplaudert.

Der Pater seufzt. »Nein, sind das Zustände! Von mir aus sollten sie alle dableiben. Und vor der Erstkommunion, heißt es, soll jetzt sogar schon die Firmung sein. Unglaublich! Jetzt, Biabl, gehen wir hinauf zur Tant' Marie.«

Schätzel ade, blutiger Zeh!

*D*ie Tota hat dann mit dem Pater *ausgekopft*, dass die Mama am Sonntag, wenn sie mit dem üblichen Zug komme, gegen zehn Uhr einen Bildstock passieren müsse, auf halbem Weg zwischen Penon und Kurtatsch, dort, wo der Weg besonders steil wird. »Am Kapellele mit der heiligen Maria vor dem dunkelblauen Himmel mit den goldenen Sternen?«, hat Georg gefragt. Ja, dort. Das setze aber voraus, dass die Mama am Bahnhof ein Fuhrwerk finde für den langen Weg durch das Moos, bis zum Kirchplatz herauf. Sonst würde es länger dauern. Die Tota weiß sehr wohl, dass Gretl so eine Dienstleistung auch bezahlen kann, seit sie als Lehrerin angestellt ist. Früher, in den ersten Jahren ihrer Ehe, wäre das kaum möglich gewesen.

Margret am 29. Juli 1934 aus der Sommerfrische in Penon an Franz in Bozen:
Nun muß ich noch eine traurige Nachricht vermerken, nämlich daß wir ganz blank sind. Die letzten 50 ct. verwende ich heute zum Porto für den Brief u. Tante Mu hat auch keinen ct. mehr. Schicke also ehestens einen vaglia mit viel Geldelchen.

Margret am 6. Juli 1936 an Franz in Bozen:
Herr, wir haben kein Geld mehr. Das letzte 50 ct. Stückl nehme ich heute für Porto und 5 ct. bin ich schon schuldig beim Wirt. Schicke 200 Lire, dann kann ich am 15. gewiss Marie [das Dienstmädchen!] zahlen, denn am Ende vergisst du eines mitzunehmen oder hast keines ...

Um halb neun ist am heutigen Sonntag das *Kirchen* angegangen. Georg sitzt im zweiten Kinderbänkchen, neben Pepi, vor sich und hinter sich andere Buben. Ja, der kleine Hermann vor ihm hat schon mehrmals zurückgeschaut, vorwurfsvoll und verängstigt, aber das ist jetzt nicht so wichtig. Gerade hat es neun Uhr geschlagen, und der Kurat hat mit seiner Predigt eben erst begonnen. Das wird wieder einmal dauern! Wie soll Georg da um zehn Uhr beim Kapellele unten sein? Da müsste er gleich daheim, an Totas Haus, vorbeirennen, aber dann müsste er auch die Sonntagsschuhe anbehalten, und die hat er doch eigentlich für die Firmung und Erstkommunion bekommen. Mit hoher, eintöniger Stimme spricht der Geistliche, stockend, mit langen Pausen. Anstrengend ist es, von hier aus zu ihm auf die Kanzel hinaufzuschauen. Von Vater, Sohn und Heiligem Geist ist die Rede, von der Dreifaltigkeit, deren Sonntag heute gefeiert werde. Pepi stößt Georg mit dem Ellbogen an, deutet mit dem Kopf hinüber zu den *Gitschen*, sieht ihn an und kneift kurz ein Auge zu. Nein, das braucht Georg jetzt nicht, er hat schon längst gesehen, wo die mit den braunen Augen sitzt. Die Dreifaltigkeit … ist für uns … nicht leicht … zu verstehen. Die Mama bringt bestimmt etwas Schönes mit. Hefte für die Schule? Stifte? Am Meeresstrand spazieren. Da sieht er ein *Biabl*, das mit einer Muschel – das ist ja interessant, jetzt schauen alle zur Kanzel hinauf – Wasser vom Meer … in ein Loch im Sand schöpft. Das wirst du nie … *derpacken*, sagt der Heilige, dass das ganze Meer in diesem Loch Platz findet. Und du wirst nie … erreichen, sagt das *Biabl*, dass du die Dreifaltigkeit ganz verstehst. Ja, das *Biabl* hat sich was getraut. Vielleicht war es aber der liebe Gott selber, verkleidet sozusagen. Meine Lieben in Christo, auch wir werden dieses Geheimnis nie ganz … Immer wieder … auf Bildern, der Heilige Geist, eine Taube, er fliegt, er weht, wo er will, Gottvater, ein würdiger alter Mann mit Bart, und der Sohn, mit seinem Kreuz dargestellt oder auch ohne.

»Einen Gottvater haben wir neuerdings auch in unserer Kirche, habt ihr ihn schon … entdeckt?« Der Kurat schaut an die gewölbte Decke und deutet mit dem Finger nach oben. Alle, aber auch alle schauen jetzt hinauf. Ja, da ist er, Gottvater, auf einem runden Bild. Rotgesichtig und mit weißem Bart vor dem blauen Himmel schaut er von dem Gewölbe herab … Das ist ja … Das hat Georg doch schon gesehen, aber da war es noch so groß, und jetzt ist es so klein da oben, ja, das ist das Bild, das der Onkel Ulrich auf seiner Staffelei hatte. Er stößt Pepi in die Seite, klopft vehement an seine Brust und flüstert dringlich: »Mein Onkel hat das gemalt!«

»Jioi!«, sagt Pepi.

Wie gut es nach Ölfarben gerochen hat in der Stube. Und der Onkel hatte sich nach Franz erkundigt. Ob er draußen in Deutschland auch male? Das wusste Georg nicht. Immer wieder hatte der Onkel seinen dicken Bauerndaumen nach vorne gestreckt und ein Auge zugekniffen, bevor er den Pinsel einsetzte. Ja, der Tata sei ein guter Maler, aber er habe ja auch viele Möglichkeiten gehabt, schon im Gymnasium. Immer wieder habe er den Tata um Rat gefragt, vor seiner Abwanderung, als er noch in Bozen arbeitete und hin und wieder nach Penon kam. Und wenn die Mama hier in der Sommerfrische war, habe sie seine Fragen in ihren Briefen weitergeben können.

Margret am 6. Juli 1936 aus Penon an Franz in Bozen:
Ulrich wartet sehnsüchtig, bis Du kommst, ich weiß nicht, was er Dringendes hat. Annemie [5 Jahre alt] ist ihm gratulieren gegangen am Samstag, aber die Mutter hat nicht einmal gewußt, daß er Namenstag hat. Für solche Zärtlichkeiten hat sie nichts übrig.

Der Kurat ist inzwischen von der Kanzel herabgestiegen und in der Sakristei verschwunden. Dort hilft ihm der Mesner Siegfried ins Meßgewand. Er ist körperlich klein geblieben, aber im *Ziachorgelspielen* ist er groß. Die Lieben in Christo haben sich an Onkel Ulrichs Gottvater sattgesehen und ihre Köpfe wieder nach vorne gewendet. Während der Kurat sich auf die Evangeliumsseite begibt und das große Buch aufschlägt, folgt das Volk der dünnen Aufforderung des Harmoniums und singt *Wohin soll ich mich wenden?* Das ist für die *Mannder,* die die Predigt draußen auf dem Kirchplatz verplaudert haben, das Zeichen, wieder hereinzukommen. Sie wissen, dass jetzt die Messe rasch ihren Fortgang nimmt und dass kein vollwertiges *Kirchen* gehabt hat, wer einen der Hauptteile versäumt. Das würde einem schon die Bäuerin vorhalten, spätestens beim Mittagessen, oder die große Tochter. Nicht die Tota dem Hansl übrigens, weil der bei der Predigt immer brav herinnen bleibt. Heute hätte die Tota auch gar nichts registrieren können, weil sie in der Frühmesse war, die der Pater Gaudenz zelebriert hat, zur Entlastung des wackeren Kuraten.

Die Ministranten bringen die Kännchen mit Wasser und Wein, und bald schon knien sie sich mit ihren Handglocken zu Füßen des Geistlichen hin, der in der Mitte steht, mit dem Rücken zum Volk. Mit der freien Hand ergreifen sie den Rand des Meßgewands, und wenn der Kurat vor und nach der Erhebung der Hostie und des Kelchs eine Kniebeuge macht, rollt sich das goldene Parament nach oben und zeigt seine violett-rote Unterseite. Alles kniet, viele bekreuzigen sich, manche klopfen an ihre Brust. Georg weiß nicht, was es bedeutet, aber er macht es nach. Man hört nur noch die halblaut gesprochenen Worte des Priesters und die Glöckchen der beiden Meßbuben. Dann rappelt es draußen neben der Sakristei, und mächtig ertönt oben im Turm die tiefe Glocke. Sie schweigt alsbald wieder, setzt aber dann feierlich ein zweites Mal ein. Alle Welt im Dorf soll wissen, dass jetzt Wandlung ist.

Wenn der Geistliche dann die Präfation zu beten beginnt, lateinisch und nur halb gesungen, denn ein Hochamt ist es ja nicht, stellt sich so etwas wie Entspannung ein. Der Wirtenpepi zieht vorsichtig ein Blatt Papier aus seiner Sonntagsjoppe und beginnt es zu studieren. Es enthält Zeichnungen aus der Kinderbeilage einer italienischen Zeitung. Georg hat eben überlegt, wie er die allgemeine Volksbewegung bei Beginn der Kommunion zu einem unbemerkten Abgang nutzen könne, da kommen ihm diese bunten Bildchen in die Quere. Unwiderstehlich sind sie, und er muss sie sehen. Pepi deutet aufs erste, das einen Buben zeigt, wie er ganz klein vor einem Kamelreiter steht. Er sagt etwas in einer Sprechblase, das kann Pepi zwar buchstabieren, aber nicht verstehen. Beim nächsten Bild sitzt der Bub schon vorne mit im Sattel, und es geht flugs durch die Wüste dahin. Georg deutet auf die erste Sprechblase und sagt, als ob er läse: »Lass mich hinauf!« Da muss Pepi lachen, und als Georg auf den grinsenden Kopf des Kamels und die drolligen Klauen zeigt, die wild durch die Luft fliegen, schüttelt es beide vor Lachen. Am Horizont taucht ein Palmenwald auf und ein See, aber von der Seite kommen Männer auf kleinen Pferden wild dahergeritten. Sie haben schwarze Bärte, und die Läufe der Flinten, die sie über ihren Köpfen schwingen, gehen oben auseinander wie Trichter. Darauf deutet Pepi, und es laufen ihm die Tränen herab vor Lachen. Wie sollen die beiden da bemerken, dass der Kurat sich eben umgedreht hat, um der Gemeinde den Segen zu geben? Er schaut so lange unbewegt auf die fidelen Buben, bis beide von kräftigen Kopfnüssen, die ihnen ein Jungbauer von hinten verabreicht, in die Wirklichkeit zurückgeholt werden. Erschreckt schauen sie nach hinten, dann nach vorne, sehen den Geistlichen herschauen, sehen alle Buben vor sich herschauen, mit selbstgefälligen Gesichtern, der kleine Hermann besonders, der dem Georg die Strafaktion von Herzen gönnt. Der Kurat sieht die Ordnung wieder hergestellt und zeigt sich großmütig. »Es segne euch alle, auch die Unaufmerksamen, der Vater, der Sohn und der Heilige Geist«, und es scheint ein Anflug von Heiterkeit durch die Gemeinde zu gehen. Dann intoniert das Harmonium *Herr, du hast mein Flehn vernommen*. Das muss Georg abwarten, er kann sich jetzt nichts mehr leisten, er schaut nicht links und nicht rechts – doch! Er schaut verstohlen hinüber zu den *Gitschen*, und die mit den braunen Augen schaut tatsächlich kurz herüber, im Singen. Droht sie mit den Augen oder lacht sie? Und immer noch ist kein Ende, denn der Kurat hat seine allgemeinen Verkündigungen vorzutragen, die Intentionen der Werktagsmessen mit den Namen der Verstorbenen …

Der Weg vom Kirchplatz hinunter zur Tota ist steinig und sandig wie alle Wege im Dorf. Man muss sehr aufpassen, die neuen Schuhe nicht zu ruinieren. Diese Ledersohlen, sie rutschen gerne zurück, das nimmt die Spitzen her, da sollten kleine Eisen drauf. Er muss die Werktagsschuhe anziehen, wenn er schnell weiterkommen will bis zum Kapellele. Also den kleinen steilen Weg zu Totas Haus hinauf, vorbei an der vitriolgebläuten Wand, an der die alte Hausrebe ihre *Zapfweimer* schon recht schön ausgebildet hat, durch den Schupfen und dann den Hausgang vorwärts … Ja, was ist denn das? Da steht ja eine große Tasche vor der Küche! Die gehört doch der Mama! Sie ist schon da! Sie ist schon da! Aber wo ist sie? Die Küche ist leer, wo sind sie denn? Er läuft zum Fenster. Da unten sitzen sie, unterm Kirschbaum! Und eine *Gitsch* ist auch dabei, seine Schwester Lise. Jetzt aber!

»Jioi! Mama!«, ruft er ihnen entgegen.

Die Mama legt ihr Strickzeug auf den Tisch, dreht sich auf der Bank nach außen und öffnet ihre Arme. »Da bisch ja, mei Biabl, mei Georgele.« Wie er so vor ihr steht, kann sie ihm bequem einen Kuss auf die Stirn geben, dann schiebt sie ihn auf Distanz. »Lass dich anschaun.«

Margret am 20. Januar 1941 an Franz in München:
Georg sieht wunderbar aus und ist im wahren Sinn des Wortes ein hoffnungsvoller Bursche.

»Du gefällst mir!«

Die Mama gefällt ihm auch, in ihrem blauen Dirndlkleid. Die Mama ist schön. Aber das kann er nicht sagen. Er sagt: »Da, meine neuen Schuhe«, und blickt hinunter. »Dass ihr schon da seid? Ich wollt euch entgegengehn.«

Vor ihm hat sich seine Schwester aufgebaut. Eine rote Kittelschürze schützt ihr feines Pepitakleidchen, und zwei lange dunkle Zöpfe hängen ihr vorne herab. Ihre nackten Füße stecken in kräftigen Ledersandalen.

»Wir-sind-mit-dem-Auto-gfahrn!«, skandiert sie triumphierend.

»Was?« Georg schaut die Mutter mit großen Augen an. »Das glaub ich nicht! Wo wär denn das Auto?«

»Du wirst es glauben müssen«, freut sich die Schwester, und sie spricht ein kindliches Hochdeutsch.

»Ist schon wieder weg, das Auto«, sagt die Mama. Dann erzählt sie von ihrem Schulamtsdirektor, der mit seinem Dienstauto nach Salurn gefahren ist und sie beide mitgenommen hat. Bis zum Konsumverein in Kurtatsch seien sie noch gut gekommen, dann aber habe der Chauffeur sich geweigert weiterzufahren, weil er die schlechten und steilen Ochsenwege nach Penon hinauf gefürchtet habe.

»Wie ist es denn, das Autofahren?«, fragt Georg.

»Schön«, antwortet Lise, und das Wort endet in hoher Tonlage. Was soll sie weiter sagen über das Autofahren? Sie geht zurück an ihren Platz am Holztisch, wo sie mit Farbstiften eine Bordüre verschiedenfarbiger Blümchen auf ein liniiertes leeres Blatt malt.

Die Tota erhebt sich, sie will in ihre Küche.

»Ich komm dann schon nach«, sagt die Mama.

»Jetzt bleib nur bei deinen Kindern.«

Die Mama nimmt ihr Strickzeug wieder auf. Sie lächelt. Wie viele sommerliche Stunden hat sie schon unter diesem prächtigen Kirschbaum verbracht, mit ihren Kleinen? Und in noch früheren Jahren, wenn der Student Franz auf dem Weg unten vorbeikam und sich auch einmal heraufwagte, zur vorsichtigen Annäherung …

Rekrut Franz auf einer rosengeschmückten Postkarte am 19. August 1923 aus Verona (Deposito 6° Alpini) an das *Fräulein Grete*:
Die freundlichsten Grüße erlaubt sich Franz D.

Sie zieht eine Nadel heraus, kratzt sich ein wenig über dem Haarknoten und späht in den Baum hinauf. Ob da noch Kirschen hängen? Oh ja! Aber weit oben sind sie. Das sollte sie dem Hansl sagen. Bessere Kirschen als in Penon gibt es nirgends.

Georg schaut Lise fasziniert zu. Er nimmt einen Stift und versucht, ein bisschen mitzuhelfen, erntet aber keinen Dank.

»Das kannst du doch nicht, lass das! Das wird ein Brief für den Tati!

Mama, sag ihm, er darf meine Stifte nicht nehmen!« Sie holt sich Hilfe bei der Mutter, das ist nichts Neues. Nötig ist es jetzt nicht, denn Georg ist bei diesem festlichen Wiedersehen weit davon entfernt, zornig zu werden. Allerdings, wenn er es wird, kann er den Altersunterschied ganz vergessen.

Margret am 15. September 1937 an Franz in Bozen:

Deinem Sohn [1 ½ Jahre] geht es sehr gut, er ist wie ein junges Taberle. Vorhin hat er der Liselotte eine Handvoll Haare ausgerissen und hat sie mir mit Siegerfreude gebracht.

»Du kriegst deine eigenen Stiftlen, Georgele, ich hab dir welche mitgebracht«, sagt die Mama. »Und du, Lisl, denk nach, was du dem Tata schreibst. Darfst nicht immer nur zeichnen.« Ja, die Lise kommt im Herbst doch schon in die dritte Klasse.

Margret am 17. Dezember 1940 an Franz in München:

Heute lege ich einen Brief von der Lise bei, an dem sie lange gearbeitet hat.

Georg will seiner Schwester zeigen, dass er auch schon schreiben kann. Als sie ihm ein Blättchen abtritt, malt er mit Großbuchstaben PENON, aber die Schrägstriche der Ns laufen in die falsche Richtung. Dafür wird er einigermaßen ausgelacht. Inzwischen hat sie immerhin *Lieber Tati!* auf ihr Blatt gebracht, scheint aber gleich wieder eine Pause zu brauchen.

»Mama, wann essen wir denn?«

»Noch lange nicht.«

»Geh mit, ich zeig dir was«, bietet Georg an. Da sagt sie nicht Nein. Sie gehen ins Haus, wo er sich seine blaue Schürze umbindet. Sonst will er sonntäglich angezogen bleiben, um der Mama weiterhin zu gefallen. Für den Metallbaukasten interessiert sich Lise nicht. Also führt er sie in den Stall, aber auch die Ochsen machen keinen Eindruck auf sie.

»Wir haben Rösser, die riechen besser und sind herrisch.«

Stimmt, das muss er zugeben. Er ist ja auch schon mehr als einmal auf dem Unterganznerhof gewesen. Was es da nicht alles gab! Einen Forellenbach, eine Schwimmlacke, ja sogar ein Motorrad, mit dem der Jungbauer stolz und gerne unterwegs war. Wie sollte Penon damit konkurrieren? Also kann Georg jetzt auch mit dem vorgeführten *Fack* bei seiner Schwester nichts ausrichten, denn es ist ja nur einer, während es beim Ganzner mindestens sechs sind. Er versucht es mit der Zusage, ihr ein Pfeifl zu schnitzen. Das zieht schon eher. Sie steigen durch den *Geirich* hinauf ins Wäldchen, wo er eine geeignete Esche weiß. Von der schneidet er mit seinem kleinen *Reber* einen daumendicken Trieb ab, mit besonders glatter Rinde. Sie setzen sich dorthin, wo die Überreste des Kalköfeles liegen, das der Tata einmal mit ihnen gebaut hat, und Georg fängt an, die grüne Rinde nasszulecken und mit dem Messergriff rundum geduldig zu beklopfen.

»Ich soll in den Mund nehmen, was du vorher angespien hast?«, fragt sie angewidert.

Über so etwas kann er nur den Kopf schütteln. »Kannst es ja waschen«, sagt er. Endlich gibt der Rindenzylinder seinen Drehversuchen nach, er lässt sich lösen und ist heil geblieben. Jetzt eine Abflachung von zwei Zentimetern Länge in das entblößte, weiße Holz (»Da muss die Luft durch«) und eine senkrechte Kerbe. Die Schwester sieht ihm mit wachsendem Interesse zu. »Schneid dich ja nicht!« Nein, er ist sehr vorsichtig geworden, seit er sich so in den Zeigefinger geschnitten hat, dass man ein Fleischdeckelchen zurückklappen konnte. Das Mundstück schräg angeschnitten, das Pfeifchen hinten vom Stab abgetrennt, und

… Er ist sich so sicher, dass er es gar nicht selber ausprobiert. Sie bläst hinein, nachdem sie es noch mit süßsaurem Gesicht abgewischt hat, und ist angetan vom schönen Klang. Nur laut ist es nicht. Ob die Mutter unten am Kirschbaum sie hören kann? Sie sagt, er solle raten, was sie jetzt spiele: Tütütüü, tütütüü … Er muss den Kopf schütteln, es ist ja immer nur derselbe Ton. »Hänschen klein!«, sagt

sie. Sie spielt es noch einmal und brummt die Melodie dazu, was den beiden ordentlich zu lachen gibt.

»Kannst du überhaupt singen?«, fragt sie.

Er zuckt die Achseln, noch nie hat ihm jemand ein Lied beigebracht. Halt, doch! Im letzten Winter haben sie gesungen, unten beim Wirt, auf der Bank am Zaun, Pepi und Otto und Franz und die Rosa, das Neujahrslied, da war er dabei. Er singt es ihr vor und trifft die Töne gar nicht übel: »Jetzt haben wir schon wiederum ein neues Jahr erlebt …« Und dann, was ihn am stärksten berührt hat: »Gar mancher ist in diesem Jahr gekommen auf die Totenbahr …«

»Hör auf! Viel zu traurig!« Sie rümpft die Nase. »Und wie du redest … so penonerisch! *Das* ist ein schönes Lied.« Sie stemmt die Linke in die Hüfte und schwingt die Rechte auf und ab. »Jetzt kommen die lustigen Tage, Schätzel ade …«

Da muss *er* die Nase rümpfen. »Schätzel? Was ist denn das, ein Schätzel?«

Aber sie schüttelt nur abweisend den Kopf und singt weiter: »Und dass ich es dir gleich sage, es tut mir gar nicht weh. Und im Sommer, da blüht der rote rote Mohn, und …«

»Der Mond?«, schreit er dazwischen.

»… und ein lustiges Blut kommt überall davon, Schätzel ade, ade, Schätzel ade.« Sie ist aufgestanden und in Marschtritt gefallen, schwingt den Arm und bläst mitunter bekräftigend ins neue Pfeifchen. »Sing mit!«, ruft sie und marschiert hurtig den Rain neben dem Weinberg abwärts. »Schätzel ade ade, Schätzel ade!«

Nein, mit *Schätzel* kann er sich nicht anfreunden, und mit *ade* auch nicht, das ist *lappet*. Aber es fällt ihm Schnitzel ein, das kennt er, wenn es auch nur ganz selten auf den Tisch kommt. Also singt er neben ihr und marschiert mit. »Schnitzel ade, ade …« Das ist mindestens so komisch wie Pepis Kamelreiter in der Kirche, auch die Lise fängt es alsbald an zu schütteln vor Lachen, und so marschieren sie, unordentlich singend, abwärts, nicht zu langsam, zumal auch der Hunger sie hinuntertreibt. Aber Übermut tut selten gut, schon liegt Lise flach auf dem abschüssigen harten Gras, den Kopf voraus. Sie rührt sich nicht, dreht dann stumm den Kopf zu ihm hinauf. Das Gesicht ist unbeschädigt, da hat sie sich gerade noch mit den Händen abfangen können, warum also steht sie nicht auf? Schaut stattdessen so schmerzverzerrt? Wälzt sich herum und fängt an zu heulen? Ach, jetzt sieht er es: Die große Zehe in der Sandale, ganz blutig! Das, ja das tut wirklich weh, das kennt er. Sie muss angestoßen sein, heftig angestoßen. An diesem Stein da, das ist ein Markstein, der steht ziemlich hoch heraus, scharfkantig. Gott! Muss das ein Schmerz sein, sie kennt sich gar nicht mehr. Nein, wie sie ihm leid tut, da muss er fast selber weinen. Er legt seine Hand an ihre Wange und sagt dringlich, sie müssten hinunter zur Mama. Die Geste tut ihr gut, sie steht auf, stützt sich auf ihn, heult aber bei den ersten Schritten so auf, dass es ihm nun wieder übertrieben vorkommt und er unmutig schimpft: »Geah, geah!« Um sie weiter zu beruhigen, und weil der Mensch, auch als Kind schon, so veranlagt ist, erzählt er ihr, was *er* schon alles erlebt habe, dagegen sei ihr blutiger Zeh rein gar nichts. Voriges Jahr nämlich hätten er und Pepi sich vom anderen Kirschbaum, nicht dem, unter dem die Mama sitzt, sondern von dem mit den Schwarzkirschen, welche heruntergeholt, dazu habe Pepi eine Hau mitgebracht, mit der er ziemlich weit hinaufgekommen sei. Damit habe er auf die Kirschen losgehackt und nicht darauf geachtet, wo es die Hau nach jedem Schlag hinzog. Er, Georg, habe natürlich auch hinaufgeschaut zu den Kirschen, und auf einmal habe er das spitze Eisen auf dem Hirn gehabt. »Da, schau, da kannst es noch sehn. Was meinst, wie ich geblutet hab!«

Sie schaut entsetzt auf die Narbe und humpelt dann nur noch still neben ihm her. Vielleicht malt sie sich aus, wie das Eisen dem Bruder hätte in den Schädel fahren können. Und darin stecken bleiben …

»Bist du umgefallen? Warst du ohnmächtig?«

»Nein, ich bin stehen geblieben. Der Schutzengel hat mich gehalten, hat die Tota gesagt.« Ja, sie hatte nur noch vom Schutzengel geredet, als sie sich daran machte, die Blutung zu stillen.

Als Lise in Sichtweite ihrer Mutter kommt, verstärkt sich ihr Humpeln und sie beginnt zu wimmern.

»Ja, was ist denn schon wieder, mein Lisele? Aah, der große Zeh, schlimm, schlimm. Aber da tun wir am besten gar nichts, das heilt von allein. Lass schauen! Aah, dem Gwandl fehlt nichts, das ist die Hauptsache.«

»Bis zum Heiraten ist das schon lang vergessen«, tönt es vom Kirschbaum herunter. Da steht jetzt eine *Loan*, eine Leiter besonderer Art, ein Mast, aus dem seitlich links und rechts frei stehende Sprossen herausragen. Und darauf steht, ziemlich weit oben, Hansl und klaubt *Kerschten* in sein Fürtuch, dessen Zipfel er hochgebunden hat. Lise ist enttäuscht. Das mütterliche Mitleid hätte üppiger ausfallen können, und den Spruch vom Heiraten hat sie auch schon oft hören müssen.

»Iss ein paar Kirschen, fang auf!«, ruft Hansl. Und das tut sie dann auch, mithilfe ihrer Schürze. Dem Georg gibt sie einige, ohne dass sie auffordern müsste, aber die Mama hat jetzt keine verdient. Diese Kirschen … Sie sind besser als alle anderen. Die Haupternte ist vorüber, das hier sind Nachzügler, so füllig im Geschmack, wer sie nicht selbst probiert hat … Hansl war beim ersten Klauben gar nicht so gründlich, weil er wusste, welch miserable Preise ihn erwarteten, seit der nordtiroler Markt weggefallen war.

»Ja Lisele, du wirst mir doch ein paar Kirschen vergönnen«, sagt die Mama freundlich. Aber Lise wendet sich ab. Da zieht die Mama ihre Tochter an sich. »Du wirst mir doch nicht beleidigt sein«, sagt sie und gibt ihr ein Küsschen auf die Stirn. Dann lässt sie sie laufen und schaut fröhlich grinsend die Früchte an, die sie dem Kind bei der Umarmung aus der Schürze praktiziert hat. Lise will diesen Spaß nicht verstehen und fängt an zu greinen. »Das ist gestohlen, das musst du beichten!«

»Glaubst du wirklich? Wir werden den Pater Gaudenz fragen.«

Vom Beichten versteht Georg neuerdings auch schon etwas. »Ja, wenn's eine Sünde ist, muss man's beichten.«

»Was wär denn nachher so eine Sünde, Georgele?«

Er denkt nach. »Wenn man … dem andern eine hineinhauen tut.«

»Aah so?« Die Mama wundert sich. Bevor sie aber Näheres erfragen kann, ruft die Tota aus dem Küchenfenster zum Essen.

Faule Sau

*D*as Beten fällt kürzer aus, als es Lise vom Unterganznerhof gewohnt ist. Die Tota legt jedem einen Speckknödel auf den Teller und gießt gleich eine Kelle Suppe darüber. Diese Suppe aber will Lise nicht. Hansl kann das nicht verstehen. Den ersten esse man zu Wasser, den zweiten zu Land, so sei das immer gewesen, auch Georg könne das bestätigen. Lise aber bleibt bei ihrer Meinung und wünscht sich statt der Suppe eine *Arantschatta*. Die Mutter muss klarstellen, dass davon nicht die Rede sein könne. Das Zeug müsste man ja kaufen, konstatiert Hansl, mehr verwundert als empört. Als Lise darauf still ihren trockenen Knödel isst, erbarmt sich die Tota und bringt für jedes der Kinder ein Glas kalten, verdünnten Eichelkaffee.

»Wie geht's dir denn nachher, Gretl, beim Schulhalten?«, fragt die Tota. Da lächelt Gretl glücklich. »Gut geht's mir. Du glaubst nicht, wie gern ich das tu.«

Freund Hermann (Pircher) am 17. November 1940 an den *lieben Franz* in München:

Frau Grete ist wirklich mit Eifer bei der Sache und verbindet mit großem Lehrgeschick straffe Disziplin, sie hat sich die volle Anerkennung des Herrn Vikari erworben, der unlängst unsere Schule besuchte. Liselotte ist recht brav, lernt ordentlich und will so dem fernen Vater Freude bereiten.

»Hast ja auch einen Haufen zu studieren gehabt«, meint Hansl.

»Ich bin auch in der Klasse von der Mama«, fügt Lise wichtig ein.

»Jetzt sei du einmal still und iss!«, sagt Hansl, und die Strenge seines Tons bewirkt, dass Lise wohl eine Viertelstunde lang schweigt. Gretl nimmt diese Erziehungshilfe hin. Aus einem anderen Grund schüttelt sie den Kopf:

»Zu lernen war viel, aber das macht mir nichts aus, ich hab immer schon gern gelernt. Wichtig ist, dass man auf den Schulungskursen neue Leute kennenlernt. Und neue Lieder, und es ist überhaupt …«

»Schätzel ade, ade«, versucht Georg zu singen, und es kommt etwas geknödelt. Die Mama schaut ihn belustigt an. »Wo hast denn *du* das her?« »Von ihr«, sagt er und deutet auf Lise, die ihren beleidigten Blick in den Teller intensiviert.

»Es ist überhaupt ein neuer Zug drin, wollte ich sagen. Und dann sind wir doch auch froh, dass die Kinder jetzt wieder deutschen Unterricht haben.«

»Aber nicht die Dableiber«, meint die Tota.

Gretl zuckt die Achseln. »Außerdem verdien ich endlich auch einmal Geld«, sagt sie. »Wenn nur nicht überall so viele *Haggenkreizer* wären. Beim Schulungskurs ist es jeden Tag mit dem Fahnenappell angegangen. *Haggenkreiz.* Und die meisten von den leitenden Herren haben es auch auf dem Revers.« Sie schaut vor sich hin und nickt dann ein paarmal. »Nur einer nicht«, sagt sie wie zu sich selbst.

»Ja, hat nicht der Franz auch schon einmal das *walsche* Wappele aufg'steckt?«, fragt Hansl. »Das hab ich schier nicht verstehen können.«

Margret am 15. September 1937 an Franz in Bozen:
Am Montag war ich also in Margreid und soll ich Dir vom Herrn Angelus schöne Grüße sagen. Du bist auch dort schon als welsch gesinnt verschrieen. Ich habe es nach Möglichkeit richtig gestellt.

»Das ist mir peinlich genug, kannst mir glauben. Aber der Franz *ist* so ein Mensch, immer schon gewesen. Entweder er findet etwas Politisches, an das er glauben kann, und da ist er dann mit Begeisterung, oder er ist leicht einmal kleinmütig.«

Margret am 16. Januar 1927 (zwei Jahre vor der Hochzeit) an Franz:
Mein Franz … Habe vormittags ›geschwänzt‹, um der Hochzeit der Ammontochter mit Dr. v. Walther zusehen zu können … Brauchst die Adresse nicht italienisch zu schreiben, ich bekomme die Post auch so und ich kann das welsche Geschreibsel schon nicht mehr sehen … Ich lese so viel Verbitterung über Dein Los zwischen den Zeilen, aus den wenigen Worten sehe ich, daß Du Dich ganz aufreibst mit den Sorgen ums Dasein … Tu nicht hadern und rechten mit dem Herrgott und mit Deinem Geschick!

»Es gibt ja genug Richtiges, an das man glauben kann«, meint die Tota, die im Prinzip eine fromme Frau ist.

»Die Religion kommt beim Franz leicht unter die Räder, wenn Konkurrenz da ist. Aber ich glaub, es sind Schindeln auf dem Dach.« Margret hat bemerkt, dass Georg aufgehört hat zu essen und sie mit offenem Mund anstarrt. Für Hansl aber sind Schindeln nur dann auf dem Dach, wenn es um handfeste Unkeuschheiten geht. Soll Politik jetzt auch schon etwas Unkeusches sein?

»Dann wird der Franz draußen auch den *Haggenkreizern* nachlaufen«, sagt er.

»Und wie!«, antwortet Gretl.

Franz am 10. Dezember 1940 aus München an Margret in Bozen:

Ich bin überzeugt, daß die nächste Weihnacht in einer von Frieden lachenden Welt im herrlichen neuen Vaterland wieder alle fünf vereinen wird, die Gewißheit in der Seele, daß nun Ordnung sein wird in diesem von den Feinden zerfetzten Europa, das unser großer Führer endlich durch die Kraft des Deutschen Volkes zu einem friedlichen Arbeitsfeld gestaltet haben wird.

»*Haggenkreiz* hin oder her«, sagt Hansl, »die *Walschen* bräuchten einen, der ihnen eins auf die Gosch gibt.«

Aber Gretl schaut nur unmutig vor sich hin. »Das wird der Hitler nie tun«, sagt sie. »Siehst ja, was sie wollen, die zwei: Dass wir alle die Heimat verlassen.«

Sie lächelt jetzt gar nicht mehr. Niemand lächelt. Die Tota schaut auf den Salat in ihrem Teller und fragt, ohne aufzublicken: »Und du, wann gehst es denn an?«

»Noch lange nicht. Es ist noch viel zu viel zu regeln.«

Für Georg ist das alles auch viel zu viel. Es geht um den Tata, den lieben Tata, der ihn so oft auf den Arm genommen hat, ihn stolz *Mann* genannt hat, und es scheint, sie reden nicht nur Gutes über ihn. Mitleid überkommt ihn. Aber was kann er zu seiner Verteidigung tun? Auch Lise hängt mit großen Augen am Gesicht der Mutter. »Noch lange nicht? Wie lange denn?«, fragt sie.

Margret schüttelt unwillig den Kopf. »Das kann jetzt noch kein Mensch sagen. Geh, Tota, gib mir noch einen Knödel. Esst, Kinder, das ist wichtig für die Nerven.«

Aber was weiß Georg schon von Nerven! Unsicher, weinerlich fragt er: »Und … Tata? Draußen in Deutschland?«

»Dem Tata geht's schon gut, Georgele. Wir haben ihn alle gern. Es sind halt einmal schlechte Zeiten. Wir kommen schon noch alle zusammen. Jetzt gehst du erst mal in die Schule und hast Erstkommunion, und die Firmung kommt dann auch.«

»Ja«, sagt Hansl. »Da brauchst du dann einen Firmpaten. Soll ich's machen?«

»Nein danke, den haben wir schon, das macht der Bruder Karl.«

»Sollte man nicht … die Kinder überhaupt erst einmal bei uns herin lassen?«, fragt die Tota.

Aber Gretl schüttelt wieder den Kopf. »Das kann man jetzt noch nicht entscheiden. Jetzt lassen wir einmal das Thema, es ist zu viel für die Kinder, siehst ja, ich hab doch gesagt, es sind Schindeln auf dem Dach.« Sie zerteilt mit sicheren Gabelschlägen ihren Speckknödel zu Lande und bedient sich aus der Salatschüssel.

»Der Karl ist dagewesen am letzten Sonntag«, sagt Hansl, »und weißt, was er gesagt hat über unsere *Weimer*?« Entrüstet erzählt er, was der Karl ihnen zumutete. Ja, müsse man sich da nicht Sünden fürchten, wo er doch so viel Geld für das Kupfer ausgegeben habe, um richtig spritzen zu können? In Überetsch hätten sie solche Ideen erfunden. Gretl nickt stumm, sie hat auch schon davon gehört. Ihr ältester Bruder, der den väterlichen Hof übernommen hat, scheint auch so zu denken. Aber sie lässt sich nicht gerne daran erinnern, denn sie ist nicht fair behandelt worden beim Erben nach dem Tod ihres Vaters. Die Tota weiß das und will auf etwas anderes zu sprechen kommen, bevor sie den Tisch abräumt, aber da meldet sich ganz unerwartet Lise, und zwar mit einem furchtbaren Aufschrei. Georg ist mit seinem rechten Sonntagsschuh an ihren lädierten großen Zeh geraten. Dabei wollte er doch nichts weiter, als ihre Aufmerksamkeit erregen. Vielleicht wäre der Aufschrei auch nicht so gewaltig ausgefallen, wenn sie sich nicht so schlecht behandelt gefühlt hätte und wenn nicht die Großen so viel Unklares über den Tata und das Auswandern geredet hätten.

»Ja, was hat denn mei Gitschele?«, fragt die Mama beruhigend.

Da wirft sich Lise an die Mutter und heult tüchtig drauflos. Georg ist das unangenehm und er versucht es mit »Geah, geah!«, aber weil auch er spürt, dass die Stimmung aufgewühlt ist, und weil er den Tata gerne hier hätte, der ihm in der Ferne so leid tut, fängt er ebenfalls an zu weinen. Für Totas Seele gibt es ohnedies genug Gründe, in Bewegung zu geraten. Mit nassen Augen versucht sie, das *Biabl* an sich zu nehmen und zu trösten, aber der entzieht sich. Er fühlt sich doch mehr zur Mama gehörig, womit die Tota hätte rechnen müssen. Hansl, der das alles nicht ertragen kann, verlässt schimpfend die Küche in Richtung Schlafzimmer.

Gretl weiß, dass es jetzt an der Zeit ist, stark zu sein, die Tränen hätten auch bei ihr leichtes Spiel. Sie ergreift ihr leeres Glas und hält es der Tota hin: »Schenk ein, wir dürfen der Not keinen Schwung lassen. Es wird schon kommen, wie es kommen muss. Trink auch noch einen Schluck.«

Und die Tota tut es, ganz gegen ihre Gewohnheit.

»So, jetzt gehst auch schlafen mit deinen *Fratzlen*, wirst müde sein.«

In der Stube bekommt Georg erst einmal die versprochenen Farbstifte und Schulhefte. Er freut sich sehr, alles ist so nagelneu. Soll er die Sachen überhaupt schon benutzen? Nicht besser warten, bis die Schule angeht? Er meint, er müsse der Mama erst einmal seine Schätze vorführen, den Metallbaukasten vom Onkel Fackengrint und die Fadenspule mit Gummimotor und das schwarze Stoffhündchen von der Annemie, aber er stößt nur auf freundliches Desinteresse. Neben dem Kanapee steht nämlich Georgs Bett, und darauf hat es die Mutter abgesehen. Sie zieht ihr Dirndlkleid aus, zieht auch Lise aus, und die beiden legen sich in ihren Unterkleidern hinein. Was soll da Georg, bei den Unterröcken? Er hat sein Hündchen in Sicherheit gebracht und verlässt die Stube. Mittagsschlaf, so etwas kennt er nicht.

»Tota, darf ich?«

Die Reaktion ist ungewohnt. »Geh du nur, ich hab ja nichts zu sagen.« Sie wendet sich ab und spült weiter an ihren Tellern. Ist sie etwa beleidigt? Er geht hinaus, aber froh ist er nicht.

Dass auf der Kegelbahn Hochbetrieb herrscht, ist schon vom Stadeltor aus zu hören. So hat es an einem schönen Sonntagnachmittag ja auch zu sein. Rosa und Mizzi sind gut beschäftigt mit ihren Vierteln und Halben, Pepi arbeitet als Aufsteller an der vordersten Kegelfront. Auf der Bocciabahn sind sechs Bauern am Spielen. Georg wundert sich über einen Graukopf, der vergeblich auf eine Kugel zielt und ausruft: »Ich treff sie nicht, die *Huar*.« Und als vom Bataillonskopf ein heftiger Donnerschlag herunterfährt, schreit der Mann hinauf: »Tust auch *wotschelen?*« Da freut sich alles, vielleicht weil offen bleibt, ob er den lieben Gott höchstselbst gemeint hat oder nur den Petrus.

Aber jetzt steht Lise am Rand der Bahn, um den Bruder heimzuholen, im Auftrag der Mama, wegen der Marenn und weil ein Gewitter komme.

Während sie hinaufgehen zu Totas Haus, erzählt die Schwester, dass sie einiges von Gewittern wisse. Vor ein paar Wochen zum Beispiel habe der Ludwig vom Ganzner mit seinem Heufuder schnell heim gemusst, weil der Himmel schon ganz schwarz war. Da blieb doch am Bahnübergang sein Pferd mit dem Hufeisen im Gleis hängen.

»Kannst dir das vorstellen, im Gleis, auf dem so viele Züge fahren? Und die Schranken haben sich tatsächlich schon herunterbewegt, weil ein Zug im Anrollen war, und das Pferd ist nur deswegen in letzter Sekunde frei gekommen, weil es wegen eines furchtbaren Donnerschlags einen schreckhaften Hupfer gemacht hat.«

Das sei natürlich nur dem Schutzengel zu verdanken, und die Familie lasse deswegen auch ein Bildchen für die Kirche am Kalvarienberg malen. Georg bestätigt, dass auch er ohne Schutzengel schon lange hin wäre. Dann beschäftigt ihn die Frage, ob es der Schutzengel des Ludwig war oder der des Pferdes. Da lacht Lise herablassend. Nur Menschen hätten Schutzengel! Gut, bei Pferden könne man sich das gerade noch vorstellen …

»Bei Ochsen?«, fragt Georg.

Sie verzieht das Gesicht und schüttelt langsam den Kopf. »Jedenfalls nicht bei Ameisen«, entscheidet sie dann. »Stell dir vor, wie klein die sein müssten.«

Inzwischen hat das Gewitter weitere Fortschritte gemacht. Es blitzt und kracht in einem fort, man weiß gar nicht, welcher Donner zu welchem Blitz gehört, da hat es auch keinen Sinn, die Sekunden zu zählen, um auszurechnen, wie weit die Einschläge entfernt sind. Vielmehr ist es höchste Zeit, ins Haus zu gehen, zumal auch noch ein unheimlicher Wind aufgekommen ist. Kein einziges Huhn ist in der Hofeinfahrt zu sehen, sie sind sicher alle in ihrem Häuschen neben dem Fackenstall.

Da sitzen sie um den Tisch herum, der Pater Gaudenz in seiner Kutte, die Mama, die Tota und der Hansl. Schwaden von Toscanelli- und Zigarettenrauch wabern hinauf zum bereits leuchtenden Lampenschirm. Leere Kaffeetassen stehen da und die bauchige Schnapsflasche, die für eine »Korrektur« des Schwarzen gesorgt hat. Sie spielen *Preferanzen*, und es ist die Tota, die gerade keine Karten in der Hand hat, weil bei vier Spielern immer einer aussetzen muss. Zu den Kindern sagt sie, sie könnten sich in der Küche etwas zur Marenn holen. Lise und Georg wollen aber zuerst sehen, was sich am Tisch abspielt.

»Gehst mit oder bleibst daheim, Pater?«, hat Gretl gerade gefragt. Und dann, erschrocken: »Kinder, ihr seid immer noch draußen gewesen? Bei dem Wetter!«

»Ja, Kinderlen, habt ihr euch nicht gefürchtet vor dem Blitz?«, knarrt der Pater besorgt. »Freilich geh ich mit, Gretl, kennst mich doch, mir ist kein Risiko zu hoch.« Da muss Gretl lachen.

»Tut der Zeh noch weh, Lisele?«

»Jaa«, kommt die Antwort, etwas kläglich.

»Bis zum Heiraten …«, setzt der Pater an, wird aber von Lise unterbrochen, die unwillig aufjaulend abwinkt. Da wundert er sich. »Ja schau?«, fragt er die Mutter, aber die schüttelt nur lächelnd den Kopf und wirft eine Karte auf den Tisch.

»Das glaub ich nicht, dass du sechs Stiche hinkriegst«, sagt Hansl, gibt eine Karte zu und schaut besorgt zum Fenster, das auf den Gemüsegarten geht. Die ersten schweren Tropfen klatschen darauf, und alsbald platscht es nur noch so. »Wenn's nur nicht hagelt«, sagt er. »Wann geht dein Zug, Gretl?«

Gretl ist stark mit ihren Karten beschäftigt, sie überlegt, wie sie weiter taktieren muss. »Um halb acht«, sagt sie dann. »Bis dahin ist das schönste Wetter.«

Georg stellt sich mit einem Marmeladebrot neben die Mama und fragt, wann sie wieder komme. Nächsten Sonntag schon, und das Lisele bleibe bis dahin hier, und er solle sie jetzt dieses Spiel fertig spielen lassen. Da gesellt er sich zur Tota, die still am Fenster steht und die Hände verschränkt hat. Der Pater legt seinen Toscanello hin und meint, man solle vielleicht doch ein wenig beten, damit das Gewitter keine Schäden anrichte.

»Jetzt war ich grad so schön am Gewinnen«, sagt Gretl, kniet sich aber dann doch auch auf den Bretterboden und rückt einen Stuhl so vor sich, dass sie die Ellbogen auf dem Sitz ablegen kann. Der Pater spricht einen improvisierten Wettersegen und fügt drei Vaterunser mit *Gegrüßet seist du, Maria* an. Es wirkt. Draußen wird es ruhiger, der Donner entfernt sich, nur noch heftiger Regen geht herunter.

Der Pater meint, nicht ohne einen gewissen Stolz, jetzt könne er ein Schnapsl ganz gut vertragen, und das Spiel könne weitergehen. Hansl freut sich, dass es nicht gehagelt hat, prophezeit dem Wegmacher viel Arbeit und kehrt auf seinen Platz zurück. Wichtig sei, dass die Sonne nicht gleich nach dem Regen losscheine, sonst käme es zur *Peronospora* auf den Weinblättern, ansonsten sei der Regen schon ein rechter Segen.

Gretl gewinnt das Spiel nicht. Ihr Gedächtnis hat sie in einer Einzelheit im Stich gelassen, das wurmte sie. Dass sie jetzt zahlen muss, ist ihr hingegen eine Ehre, denn sie hat Geld, im Gegensatz zu früheren Zeiten.

Margret am 6. Juli 1936 aus der Sommerfrische an Franz in Bozen:
Die ganze Woche habe ich Ausreden ersinnen müssen, weil ich kein Geld zum Preferanzen mehr habe. Tante ist ebenfalls blank.

Die Spielschuld ist ohnedies nur eine Kleinigkeit im Verhältnis zur Pension, die für Georg zu entrichten ist. Die Tota begibt sich in die Küche und schneidet die kalte Polenta in Würfel, um sie dann in der Pfanne zu rösten. Bevor Gretl sich auf den Weg zum Bahnhof macht, soll sie sich noch stärken. Die Kinder werden in den Garten geschickt, um *Paradeiser* und einen Salatkopf zu holen. Der Regen hat zwar nachgelassen, aber es scheint ratsam, noch etwas in der Hofeinfahrt zu warten. Da sind ja auch noch die Kirschen, die die Kinder hinter dem Hackstock versteckt haben. Die Hennen, die sich wieder herausgetraut haben, laufen den weggespuckten Kernen eilig hinterher, bemerken den Betrug aber bald. Es sollte schon das süße Fruchtfleisch sein, wie sie klagend zu verstehen geben. Tota ruft heraus, wo der liebreiche Salat bleibe. Lise meint, ihr verletzter Zeh solle nicht nass werden, das könne zu einer Blutvergiftung führen. Da lacht Georg, zieht die Sonntagsschuhe aus und läuft allein. Bald kommt er mit einem erdgesprenkelten Salat zurück und gleich darauf wieder mit drei prächtigen Tomaten. Nass ist er geworden dabei, aber in der Küche ist es warm. Die Mama hat schon zu essen begonnen, es wird auch Zeit. Von einem Auto kann bei der Rückreise ja nicht die Rede sein. Die gehunfähige Lise kommt als Begleitung nicht in Betracht, vielleicht aber Georg? Ob er sich wirklich zutraue, den langen Weg allein zurückzugehen? Ja, das wäre doch gelacht! Noch kauend zieht er seine Werktagsschuhe an, und schon geht es los.

Der Regen hat aufgehört, aber was Hansl dem Wegmacher in Aussicht gestellt hat, ist überreichlich eingetreten: tiefe Auswaschungen an allen Kurven und Rändern, an allen Ecken und Enden. Wenn man da über diesen Kies eine Schaufel entlangzöge, meint Georg, gäbe es ein ganz besonderes Geräusch … Aber das versteht die Mama nicht, und sie muss ja auch zusehen, dass sie weiterkommen. Solange es steil nach unten geht, ist das Wasser schon irgendwie abgeflossen, aber als sie in die Moosebene kommen, stehen allenthalben Pfützen, Teiche und Seen, wo eigentlich Straße sein sollte. Ob er nicht umkehren wolle? Nein, auf keinen Fall! Da ist sie doch insgeheim stolz auf ihren Spross. Nicht immer kommt man auf dem erhöhten Wegrand an den Überschwemmungen vorbei, nicht jede Pfütze kann man überspringen, man muss zuletzt beherzt hineinwaten und weiß nicht einmal, wie tief es werden kann. Die Idee, die Schuhe ganz auszuziehen, kommt erst, als es schon nichts mehr brächte: Nässer können sie nicht mehr werden. Sie sind eine fröhliche Notgemeinschaft, Georg wächst an seinen Hilfsdiensten und Ratschlägen, erstmals sieht er sich mit dem Titel *Kavalier* bedacht. An den Fahrplan zu denken aber ist Sache der Mama. Wie oft hat sie schon mit Franz diesen Weg zurückgelegt, nicht selten in Zeitnot, weil er dazu neigt, zu knapp zu kalkulieren. Verspätungen der *Ferrovie dello Stato*, der *F. S.*? Oh ja, aber nur, wenn sie einem nichts nützten, wenn man also gut in der Zeit war. Dann nannte Franz das Staatsunternehmen gern *Faule Sau*.

Sie biegen in das Straßenstück ein, das neben dem Zaun des Bahngeländes entlangläuft, die Zielgerade. Margret kann jetzt an der Bahnhofsuhr ablesen, dass sie es gut geschafft haben. Hat es diesen Mais hier nicht verhagelt? Da haben sie Glück gehabt oben in Penon. Dann noch über diese Lacke. Die ist allerdings riesig! Aha, da ist ein Graben, der die Straße unterqueren sollte, der ist voll wie ein Kanal und schon wieder übergelaufen. Komm, mein Söhnchen, wir packen es wieder am Rand.

»Eini in die Malta!«, ruft er vergnügt, aber bald lacht er nicht mehr, denn er versinkt so im Schlamm, dass er nicht mehr weiter kann. Er bringt die Füße nicht mehr heraus! Die Mama hat selbst leise aufgeschrien, als sie gemerkt hat, dass ihr der zähe Schlamm in den Schuh quillt. »Gib mir die Hand!« Sie zieht. »Pass auf, bleib in den Schuhen!« Da reckt er die Zehen hoch, und endlich ist er draußen, die Füße, die Schuhe eine einzige *Malta*.

»Aschti«, knirscht sie, und es ist ein larvierter Fluch. »Schnell, schnell!« Sie zieht ihm die Schuhe aus und taucht sie in den Graben, an Wasser fehlt es ja nicht, kratzt den Fango heraus und spült nach, tut dann dasselbe mit ihren eigenen, notdürftig und hastig, und es ist kein Vergnügen, sich wieder in die nassen Schuhe zu quälen, aber die Bahnhofsuhr zeigt *höchste Eisenbahn*. Als sie um das Gebäude herumlaufen, steht tatsächlich der Zug da, reglos und schweigend, eine braune riesige Elektrolokomotive mit ihren Waggons. Sie haben ihn nicht kommen hören. »Halt! Halt!«, schreit die Mama. Der *Capo Stazione* unter seiner roten Mütze nimmt die Trillerpfeife aus dem Mund. »*Forza, forza!*«, schreit er, reißt eine Tür auf und schiebt die Mama hinauf.

»E tu?«

Georg schüttelt den Kopf. Ein langer Pfiff, eine statuarische Geste mit der grünen Kelle, und die *Faule Sau* zieht fleißig an. Die Mama hat das Fenster so schnell nicht aufgebracht, sie sieht nur noch, wie ihr Bübchen mit offenem Mund schaut und schaut, und wie ist sie da gerührt! Vielleicht deutet sie seine Mimik einseitig. Ist doch so viel Unerhörtes zu hören und so viel Neues zu sehen, wenn sich der Koloss Eisenbahn in Bewegung setzt!

Margret am 14. November 1940 an Franz in München:
Auch wollte er es sich nicht nehmen lassen, mich zum Bahnhof zu begleiten. Doch kamen wir so in den Kot, daß ich sogar Malta einfaßte und der arme Mann buchstäblich stecken blieb und ich ihn herausziehen musste. Ich war nur froh, daß er wenigstens die Schuhe nicht verlor. Dann musste ich seine Schuhe ausziehen und im Kanal waschen. Gerade konnte ich dann noch in den Zug hineinspringen und Mannl schaute ganz entgeistert und verdattert nach. Mir tat er furchtbar leid, denn so weit mitgehen und von Mami keinen Abschiedskuß bekommen, ist schon hart.

Alle so nett

Franz am 16. Oktober 1940 in seinem ersten Brief aus München:

Also sprach ich bei meinem Chef vor, der mich wirklich sehr nett aufnahm ... Die Arbeit selbst wird sehr interessant werden, da sie viel mit juridischen Fragen zu tun hat, also keineswegs trocken ... Der Chef erließ dann ein Zirkular, in dem er ersucht, mir bei der Zimmersuche zu helfen und überhaupt mit mir nett zu sein ... Also sehr, sehr zuvorkommend und herzlich, vom ersten bis zum letzten. Das Problem berührt alle und alle haben großen Anteil.

*J*a, wenn das nicht gut ist und schön! Ein Glückspilz, der Franz. Es ging doch nicht allen Auswanderern so, oder? Vielleicht nur den »Akademikern«? Nun, er war einer, war Freiberufler gewesen, Anwalt, und hatte schon sehr bald erfahren, wo er im neuen Land arbeiten würde: in der Finanzverwaltung. Kaum dort angekommen, muss ihn ein Hochgefühl getragen haben, so kräftig, dass er *juridische Fragen* geradewegs mit *nicht trocken* definierte. Und die Leute, so was von nett! *Das Problem berührt alle.*

Aber was ist das Problem? Es muss etwas Allgemeines sein, etwas, das nicht nur ihn betrifft, etwas Politisches. Es muss mit der Auswanderung überhaupt zu tun haben.

Franz weiß, dass die Briefe in die alte Heimat der Zensur unterliegen. Der doppelten Zensur sogar: Einmal ist es das Oberkommando der Wehrmacht, das die Briefe öffnet, nicht ohne auf den Blättern mit Bleistift geheimnisvolle Nummern zu hinterlassen, und sie dann wieder mit einem gerippten Klebestreifen zu verschließen. Zierliche, gestempelte Reichsadler mit Hakenkreuzchen und der Zusatz *Geöffnet (d)* schmücken sie zuletzt. Nicht so hübsch macht sich der Klebestreifen der Italiener: *Verificato per censura* steht da, fett gedruckt, so fett, dass man meint, des Duce vorgerecktes Kinn zu sehen.

Dass die Zensur an der Tagesordnung war, zeigt eine kurze Bemerkung von Margret vom 1. Dezember 1940:

Für Deine beiden Briefe v. 21. u. 26. ds. danke ich Dir recht sehr. Der vom 26. hat nur vier Tage gebraucht u. war gar nicht zensuriert.

Zweimal vermittelt Franz den Eindruck, er dächte an die Zensur. Einmal am Weihnachtsfest 1940:

Ist nicht übrigens die Möglichkeit gegeben, ein Päckchen zu senden per Post – oder sonst? In Deinen Briefen brauchst Du mir nichts zu schreiben, das können wir dann ja seinerzeit mündlich bequatschen.

Das andere Mal am 12. Januar 1941:

... ziehe daraus den Schluß, daß Du als Frau, Gattin und Mutter zu stolz sein solltest, Deinem Lebensgefährten ... Dinge zu schreiben, die er ja nicht allein liest ...

Ob die faschistische Administration genug Leute hatte, die langen deutschen Briefe zu lesen und auch noch zu verstehen? Wo sie doch in Sütterlinschrift abgefasst waren, jedenfalls die von Margret, manchmal auch die von Franz, der offensichtlich Freude an seiner schwungvollen und variationsreichen Schrift hatte. Er war halt ein Künstler.

Und was wollte die Zensur? In Erfahrung bringen (und natürlich an die interessierten Stellen weitergeben), was das Volk so denkt, wenn es schreibt. Die Briefschreiber sollten sich allerdings schon im Klaren sein: Zensur findet statt! Schreibt ja nichts, was dem Feind nützen könnte. Das würde nämlich unserem Volk schaden, und damit auch euch, ihr Briefe schreibenden Volksgenossen. Dem Feind würde es ja schon gefallen, wenn ihr euch als Leute zu erkennen gäbt, die die völkische Bewegung nicht mittragen oder gar ablehnen. Solche unter euch müssten wir uns gut merken. Es kommt uns nicht darauf an, unerwünschte Briefstellen zu schwärzen, aber Spione und sonstige Staatsfeinde unter euch machen wir gerne ausfindig und melden sie auch den zuständigen Organen, die dann schon das Weitere veranlassen werden. Haben wir einmal einen Verdacht, so sollt ihr zunächst auch gar nichts davon merken, damit die Handschellen dann umso deutlicher klicken können.

Franz war nicht in Gefahr, den Zensoren verdächtig zu werden. Was er in seinen Briefen über die völkische Bewegung zum Ausdruck bringt – und er äußert sich da nicht selten –, ist alles andere als Ablehnung. Ob er sich einmal Zwang antun musste, etwas *nicht* zu schreiben? Vielleicht eben im ersten Brief, in dem er schildert, wie freundlich er aufgenommen wurde und wie alle Anteil nahmen, weil das *Problem* allen bekannt war. Was aber hätte er schreiben können, ohne der Zensur unliebsam aufzufallen, wenn er dieses *Problem* hätte deutlicher machen wollen?

Er hätte schreiben können: Meine neuen Kollegen können sich ausmalen, wie hart es war, das Heimatdorf und die seit der Schulzeit so lieb gewordene Stadt zu verlassen und die Frau und die lieben Kinderchen, wie hart es ist, die vertrauten Berge, die alten Freunde, die fröhlichen Zechkumpane zu vermissen. Aber die Kollegen wissen auch, dass der *Führer*, den uns die Vorsehung gesandt hat, das Ländchen von den Welschen nicht zurückfordern kann. Der *Führer* hat an die *ganze* deutsche Nation zu denken, an ihre schicksalhafte Zukunft. Und da braucht er, der Großes vorhat, jeden Bundesgenossen, zumal sich eh schon die halbe Welt gegen uns zu stellen beginnt. Und so wollen wir dankbar sein, dass er uns heimholt in sein Reich ...

Damit wäre Franz bei keiner der beiden Zensuren hängen geblieben. Er wäre sogar in eine Sammlung vorbildlicher Zitate aufgenommen worden, falls es so etwas gab.

Da wir aber schon einmal am Spielen sind: Was hätte er zur näheren Bestimmung des *Problems* schreiben können, wenn er etwas distanziert gewesen wäre zur völkischen Bewegung, überhaupt etwas ... weniger pathetisch, oder wenn er sich gar ironisch geäußert hätte?

Ich habe den Leuten hier gesagt, so hätte er schreiben können, die Südtiroler, deutsch durch und durch, wie sie nun einmal sind (erst recht seit 1938, dem österreichischen Anschlussjahr), gehörten eigentlich wieder von der italienischen Oberhoheit befreit. Was anderen, etwa den Sudetendeutschen, recht war, müsste ihnen billig sein. Aber ... Der *Führer*! Der *Führer* kann hier nicht, wie er will, und deswegen hat er auch gleich von Anfang an darauf verzichtet, überhaupt zu wollen, denn da ist sein Freund und Zwetschgenröster, sein Vordenker in ideologischer, wenn auch nicht in militärischer Hinsicht: Mussolini. Dem kann er dieses Südtirol doch nicht wieder wegnehmen! »Wie stünden Sie, *Duce*, vor Ihren Leuten da, denen Sie doch einen *gran posto nel mondo* versprochen haben? Behalten Sie's also, es ist diese Grenze ohnehin von der Vorsehung (Sie wissen, das ist mein Wort für Gott) so gewollt, das hab ich neulich ganz deutlich gesehen, als ich darüberflog. Und was die Vorsehung zusammengeschaffen hat, das soll der Mensch nicht trennen. Nur sind da noch diese Leute, diese blaugeschürzten und dirndltragenden Gebirgler, die sind aufsässig, mit denen werden Sie nie froh werden, die nehme ich Ihnen ab. Ich kann ja jeden brauchen, denn ich habe noch Großes vor. Also heraus mit ihnen, mögen sie noch so angestammt sein da drinnen, die siedeln wir bei uns an, wir finden schon etwas. Als deutscher Kulturdünger taugen sie ja überall.«

Und die Zensur bei dieser Schilderung? Sie wäre gespalten gewesen. Der deutsche Zensor (wahrscheinlich eine Frau, die wegen ihrer Sprachenkenntnisse dienstverpflichtet war) hätte sich gefreut: Endlich einmal etwas Amüsantes in diesem Wald von Banalitäten. Der Führer? So schlecht kommt er gar nicht weg. Ja, ein bisschen respektlos klingt es, aber es ist letztlich eher der Italiener, der hier das Fett abkriegt. Sollen die sich doch selbst darum kümmern.

Ob die Kollegen von der faschistischen Seite das getan hätten? »Ach, schon wieder so ein ewig langer Brief, *Bahnhof, Innsbruck, Arbeit,* immer dasselbe, ich brauche einen caffè espresso … *Aahh! Mussolini! Duce! Laura, vieni qua, una cosa importantissima!* Und der Brief wäre zum Renner des Tages geworden. Das muss dem Podestà gemeldet werden, nein, dem Präfekten! Feststellen, wer die Angehörigen sind! Herausbekommen, was *Zwetschgenröster* für eine Beleidigung ist! Der Brief läuft nicht weiter, kommt in die Akte, die anzulegen ist!

Nun, es war hübsch, die Fantasie einmal kurz von der Leine zu lassen. Jetzt aber zurück auf den festen Boden der Quellen, also zu den Erinnerungen, zu den Erzählungen, zu dem, was die Historiker zu bieten haben, vor allem aber zu den Briefen.

Die Kollegen waren also nett und nahmen *Anteil*. Anteil nimmt man an jemandem, den das Unglück erwischt hat. Und es ist nun einmal ein Unglück, die Heimat verlassen zu müssen. Diese Anteilnahme hat Franz offenbar gerne genossen. Aber trug er selbst schwer an diesem Unglück? Litt er?

Franz am 19. Oktober 1940 in seinem zweiten Brief aus München:
Im Amte habe ich nun bereits angefangen anzutauchen. Sowohl der Chef als die Gleichgestellten wie auch die unteren Beamten gehen mir ausnahmslos mit einer kameradschaftlichen Herzlichkeit an die Hand … Heute hat mich Reg.rat. Dr. Unger zu sich gebeten und mir einen Fall vorgelegt, den wir gemütlich besprochen haben. Ich glaube, er wollte einmal sehen, ob der neue Kollege auch ein wenig Grütze im Schädel hat. Ich habe Grund anzunehmen, daß er mit dem Ergebnis zufrieden war, denn die Meinung, die er anfangs hatte, ist am Ende ins Gegenteil umgeschnappt, so daß wohl auch meine Erwägungen nicht ganz unrichtig sein konnten …

Ein Erfolgsbericht. Erfolge können Leiden erträglich machen, falls da Leiden sind. Im selben Brief heißt es:

Liebe Mammi, schreibe mir recht viel von den lieben Kleinen und von Deiner lieben Schule …

Er hat Sehnsucht nach der Familie. Aber Heimweh? Jetzt gewiss nicht, das zeigt der Schluss mit frappierender Deutlichkeit:

Tati fühlt sich sehr wohl im 3. Reiche und freut sich, daß das nun so gekommen ist. Mit einem kräftigen Heil Hitler! Dein Tati.

Oh, dieser Tati! Er flicht den »Deutschen Gruß« in einen privaten Brief an die eigene Frau, von der er doch wissen muss, dass sie so etwas nicht mag. Will er sie ein wenig ärgern? Missionieren? Und ist obendrein nicht unkomisch, wenn auch unfreiwillig: Er fühlt sich wohl, nicht nur im Reiche, nein, im *Dritten* Reiche. Ist das nicht eine verblüffende Vermischung von Politik und Geografie?

Dass er seinen *Mann*, sein *Georgele* noch nach siebzig Jahren in kopfschüttelnde Verlegenheit bringen wird, das hat er nicht geahnt, als er, beispielsweise am 15. Juli 1941 schrieb:

Ergriffen werden einst unsere Kinder und Kindeskinder vor der Größe der geschichtlichen Ereignisse des Jahres 1941 stehen …

Eben hatte nämlich der Krieg gegen Russland begonnen. Und auch sonst hat er ihm noch manche Briefkröte zu schlucken gegeben, aber: Er, das *Georgele*, steht dennoch zu ihm. Denn er weiß: Der Tati war ein ideologischer Nazi, sie haben ihn verführt, er war verführbar und hat sich verführen lassen. Aber er war nie ein *böser* Nazi, er hat nie jemanden ans Messer geliefert. Was er von den Gräueln der Nazis gewusst hat, ist nicht bekannt, gesprochen hat er nie darüber. Aber er hat, als zuletzt alles zusammenbrach, sich gründlich geschämt und sich bedingungslos abgewandt, voller Enttäuschung und Abscheu über den kolossalen Betrug, und hat auch nie einen Rückfall gezeigt. Der Georg weiß das ganz genau, denn er hat mehr und mehr aufgepasst in den Jahren seines Heranwachsens. Es tut nicht gut, die hymnischen Bemerkungen von damals zu lesen, aber nur, um sich dieses Unwohlsein zu ersparen, macht er aus Franz keinen Distanzierten, erst recht keinen Gegner oder gar Widerstandskämpfer. Dieser Versuchung sind schon zu viele erlegen. Wenn aber Trost gebraucht wird, kann der bei Gretl geholt werden. Die begibt sich in ihren Briefen nie auf ein politisches Pflaster, geht nie auf die Auslassungen ihres Mannes ein, ja selbst Religiöses kommt bei ihr so gut wie nie vor, obwohl sie Zeit ihres Lebens eine fromme Frau war.

Georg übrigens, das soll noch nachgetragen werden, hat auch eine Nazivergangenheit. Als er neun war, hat er sich eines Tages vor den großen Spiegel gestellt, die Rechte zum *Deutschen Gruß* ausgestreckt, die Absätze zusammengeschlagen und geschrien: »Ich bin ein deutscher Junge!« Nun, auch er war in seiner Schule mancherlei Indoktrination ausgesetzt, und das Betrachten der einzigen Comiczeichnungen, derer man habhaft werden konnte, nämlich der *Bilderbogen vom Kriege*, war seine große Lust und bot Anregung für das eigene Zeichnen von Kriegsszenen: Stukas, die auf russische Panzer herabstürzen und Bomben ausklinken, angloamerikanische Fliegende Festungen, die von deutschen Me-109 beschossen werden. Die Geschossbahnen sorgfältig gestrichelt, die Hoheitszeichen schön herausgearbeitet, so etwas konnte übrigens auch mancher andere in der Klasse. Weiteres, was den Georg belasten könnte, ist nicht erinnerlich.

Franz steigt jetzt in den Fahrradkeller seines *Finanzamts für Körperschaften*, um in den wohlverdienten Feierabend zu radeln. Sein vergnügtes Pfeifen endet abrupt, als er feststellen muss, dass der vordere Reifen platt ist. Also mit einem gequetschten »Oschtia« die Pumpe von der Schrägstange gepflückt, das spannenlange Schläuchlein vorne hingeschraubt, das Ganze aufs Ventil gesetzt und in gebückter Haltung heftig gepumpt, mit langsamem, langsamem Erfolg.

»Ach, ist das *Ihr* Radl, Herr Doktor? Ich hab mir schon gedacht, wem gehört denn das komische Radl? Das hat ja keine Rücktrittbremse, sagen Sie, sind denn diese Felgenbremsen genug? Und die Lenkstange! So was hab ich noch nie gesehen. Kann ich Ihnen helfen, übrigens?«

»Sieh an, der Herr Weinzierl. Danke schön, das reicht jetzt schon bis daheim. Gell, da schaun S'. Ja, die Italiener! Technisch sind sie eigentlich keine großen Kanonen, aber Fahrräder bauen können sie ganz gut. Das ist eh die beste Marke, Bianchi, wie Sie sehen. Nein, das mit den Bremsen geht schon, das ist ein solides Gestänge. Aber ich werde einen neuen Schlauch brauchen hier vorne, der scheint mir porös.«

Der Herr Weinzierl hat Respekt vor Franz, und dafür gibt es Gründe. Einmal ist dieser neue Beamte überhaupt eine respektable Erscheinung mit seiner Statur und seinem gesunden Teint unter dem schön gewellten, merkwürdigerweise schon fast weißen Haar, die kräftige Stimme nicht zu vergessen, die auch schneidend werden kann, wenn er in Wallung gerät, wovon aber jetzt noch nicht die Rede zu sein braucht. Herr Weinzierl ist ein gut qualifizierter Beamter der gehobenen Subalternklasse. Er ist Franz unterstellt, obwohl der von ihm noch zu lernen hat in seinen ersten Wochen. Das tut er allerdings so rasch, dass die Hierarchie wohl bald in jedem Betracht stimmen wird. Dieser Herr Weinzierl ist ein jugendlicher Naturbursche, der sich in seiner Freizeit gerne in den Bergen herumtreibt und dies auch weiterhin tun möchte, aber wie bisher ohne Uniform, ohne Gewehr und ohne Gasmaske. Deswegen ist er bestrebt, sich bei seinen Vorgesetzten unentbehrlich zu machen. Er versucht eben, die Inschrift auf dem italienischen Fahrradreifen zu entziffern.

»Für diese Sachen braucht man neuerdings auch schon einen Bezugsschein, Herr Doktor. Den kriegen Sie aber bestimmt, weil Sie das Rad ja dienstlich brauchen. Aber ob es diese Größe bei uns gibt? Ich kann mit diesen Zahlen da nicht viel anfangen.«

Der Herr Doktor lässt in seinem Kopf ein Filmchen ablaufen. Zollformalitäten und ähnliche Schererein kommen darin vor, falls ihm Gretl ein italienisches Fabrikat überhaupt besorgen könnte. Dann sagt er: »So ein Schlauch müsste sich doch dem Reifen anpassen, wenn er aufgepumpt wird, oder? Jedenfalls danke ich Ihnen für den Hinweis. Jetzt muss ich los, die Geschäfte machen sonst zu. Haitler!«

»Heil Hitler, Herr Doktor!«

Er sind nur ein paar Hundert Meter bis zum ersten Ziel. Keine Woche vergeht, in der er sich hier nicht sehen lässt: *Adrian Brugger, Künstlerbedarf.* Ein Paradies für Franz. Der frische Auftrieb dieser ersten Wochen in der *Hauptstadt der Bewegung* ist auch seinem alten Steckenpferd in die Glieder gefahren: dem Zeichnen und Malen. Der Dozent der Dienstagabend-Zeichenklasse an der Akademie der Künste hat ihm schon manches anerkennende Wort gegeben. Talent sei nötig, aber das allein tue es nicht. Man merke bei ihm, dass er schon seit frühester Jugend dem Metier zugetan sei, im Gegensatz zu manchem Amateur hier.

Franz am 31. Januar 1941 an die *liebste Mammi*:

Die Malerei kommt nun in Schwung. Max kannst Du sagen, daß ich das Bild seiner Frau mit den Schafen und dem Schlern auf der Seiseralpe nun in Aquarell gemalt habe. Farben sind darin, daß man den sonnigen duftigen Süden daraus ersieht. Ich werde es nun in Öl in größerem Format herausbringen und hoffe mir noch mehr Wirkung davon. Ebenso habe ich ein Führerbild gemalt, das allgemein Anklang gefunden hat. Auch das werde ich in größerem Format zu malen trachten, damit es besser wirke.

Er geht sogleich in die Abteilung Farben. »Siehe da, die schöne Frau Kienitz, habe die Ehre!«, trompetet er.

Das tut der Frau Kienitz gut, es ist nicht die übliche Münchner Art, die ja gern etwas muffig ist. »Was darf's denn heute sein«, lächelt sie, und sie ist wirklich nicht übel. Die grauen Augen …

»Die Pastellkreiden, Frau Kienitz, sind sie gekommen?«

Sie denkt nach. »Warten Sie, ich schau mal im Lager.«

Da kann Franz ein wenig herumgehen. Was gibt es denn noch so alles in diesem wunderbaren Geschäft? Aber die Sachen sind in ihren Schubladen und Regalen, von Selbstbedienung kann nicht die Rede sein. Eines spürt man ja leider deutlich: Es verknappt sich alles, seit das Reich sich im Krieg befindet. Verständlich, dass die Produktion von kriegswichtigen Gütern Vorrang hat, aber die Kultur hat doch auch irgendwie weiterzugehen, nicht? Und das wäre doch auch ganz im Sinne des Führers …

Franz am 27. Juli 1941 an die *liebste Mammi:*

Heute habe ich mir, trotz des Regens, die Kunstausstellung im Hause der Deutschen Kunst angesehen. Es gibt da gar wunderbare Dinge zu sehen. Natürlich werde ich noch oft hingehen. Der Krieg hat auf dem Gebiet des künstlerischen Schaffens keine Einbuße gebracht. Das ist auch etwas Großes und der Willensausdruck des Führers, uns auch darin von den Judenstaaten zu unterscheiden.

»Schauen Sie, was ich habe!«
Frau Kienitz präsentiert einen
flachen Holzkasten mit der Aufschrift *Schmincke – Künstler-
kreiden.*
»Ist ja fabelhaft! Und auch
noch die beste Marke!«
»Das sind die letzten. Mehr
kommt nicht mehr nach.«
»Dann bin ich ja ein Glückspilz. Könnt ich's Ihnen nur
danken, wie ich gerne möchte.«
Franz starrt der Frau ausdrucks-
voll in die Augen, so lange, bis es
ihr zu viel wird.
»Aber billig sind sie nicht.
Vierundzwanzig Mark.«
Da stutzt er ein wenig. Dann
wiegt er den Kopf. Wenn das Führerbild gelingt, in dieser neuen Technik,
lässt es sich womöglich gut verkaufen.

Am 20. Juli 1941 an die *liebste Mammi:*
*Wie Du weißt, male ich fleißig. Ich konnte bereits einen Verkauf täti-
gen: 70 RM für ein Bild, das in 6 Stunden da war.*

»Ist schon recht. Ist eh das Einzige, was ich mir leiste. Meinen Sie, ich
finde auch noch ein paar Malkartons?«
»Ich glaube schon, aber nicht bei mir, sondern da hinten, beim Herrn
Holzer. Ich gehe mit Ihnen zur Kasse.«
Danach verabschiedet sie sich mit einem herzlichen Lächeln. So ein
interessanter Herr, schwach könnte man werden. Seit einem halben Jahr
ist der Mann in Norwegen …
Franz muss sich beeilen, es wird dunkel, recht kühl ist es auch, der
Trenchcoat ist dünn. Ein hübsches Figürchen scheint sie zu haben unter
ihrem weißen Kittel. Der Weg führt über den Stachus, den Bahnhof,
in Richtung Theresienwiese. Du musst die Frauen nur richtig ansehen.
Da ist die Festwiese, Oktoberfest hat es allerdings heuer keins gegeben,
wegen des Kriegs. Vielleicht aber haben wir schon in einem Jahr Frieden, dann können meine Kinderchen hier Karussell fahren. Der vordere
Pneu schwächelt schon wieder. Licht sollte man machen, aber die Batterie

schwächelt auch. Nun, da sind wir schon, da ist unser schönes Haus, hoffentlich hat sie eingeheizt, der alte Wienerscherben, gestern war es nichts damit. Schlägt es dreiviertel oder ist es schon sechs? Sechs. Muss mir doch diese Paulskirche auch einmal von innen ansehen. Wieder einmal zur Messe gehen am Sonntag? Sind halt recht rückständig, diese Pfaffen. Kapieren die völkische Bewegung nicht.

Kalt! Saukalt ist es hier! Sie hat nicht eingeheizt, schon wieder nicht! Herrgott nochmal! Dieses Weib, eine einzige Enttäuschung! Und was hab ich der Gretl vorgeschwärmt!

Franz am 19. Oktober 1940 an die *liebe Mammi*:
Die Öfen sind sehr gut und können auch geheizt werden, da die Hausfrau mit Kohle gut ausgestattet ist … Die Hausfrau ist eine alte Wienerscherben, die aber ganz nett ist und trotz ihrer 67 Jahre die ganzen Arbeiten selbst tut.

»Na, was klopfen S' denn so fürchterlich? Bin doch net taub!«
»Frau Kakuschky! Gestern haben wir ausgemacht, dass Sie mir das Zimmer einheizen, damit ich am Abend …«
»Ausgemacht? Nicht dass ich wüsste. Am End kommen S' dann gar net heim und ich heiz umsonst. Sie wissen doch, wie knapp die Kohle ist.«
»Und das da? Was soll ich mit dem Wäschekorb in meinem Zimmer anfangen? Da ist doch schmutzige Wäsche drin, die gar nicht von mir ist!«
»Jetzt plärren S' doch net so, wie kann man denn so plärren, mein Gott, haben Sie eine Stimme! Irgendwo muss ich doch den Wäschekorb hin tun.«
»Jedenfalls nicht zu mir! Da haben S' ihn. Und wo ist meine Lebensmittelkarte, die ich Ihnen gegeben hab vor einer Woche?«
»Lebensmittelkoatn? Ich soll die noch haben? Muss ich erst mal nachschauen.«
Franz stürmt in sein Zimmer und schlägt die Tür hinter sich zu. Knurrend macht er sich am Ofen zu schaffen. Dieses alte Luder, denkt er, zwei Mark zahl ich pro Tag, und was bietet sie? Die Schuhe putzt sie nicht mehr, das Frühstück wird immer magerer. Aber meine Lebensmittelabschnitte wegschneiden lassen, das kann sie.
Wie man ein Feuer macht, weiß ich ohnedies besser als der alte Schragen. Zuerst das Zeitungspapier. *Völkischer Beobachter.* Italienischer … was? Ach ja, italienischer *Angriff auf Griechenland.* Das war vor … zwei Wochen. Inzwischen wissen wir mehr, peinlich genug. Knüll's zusam-

men und hinein damit! Spreißelholz drauf, ein paar größere Holzscheiter, sonst packt es die Steinkohle nicht. Ja, die Herren Italiener, militärisch, was immer sie anpacken … Der Führer ist verstimmt, ich kann ihn verstehen, ich kenne sie, besser, als mir lieb ist, ich hätte es ihm prophezeien können. Die Kerle aus Mailand mit der gescheiterten Versicherung, was war das für ein Reinfall! Und ich habe einmal an diesen Duce geglaubt, an diese Italiener überhaupt. Was für ein Unterschied zum Führer, zu Deutschland!

Es klopft leise. »Gehen wir essen, Doktor?« Eine Dame mittleren Alters, dahinter der Kopf eines Manns, es ist das Ehepaar aus dem Nachbarzimmer.

»Ah, die Herrschaften von Mansfeld. Ja gern, muss nur noch etwas Kohle draufgeben.«

»Gab's wieder Zoff mit unserer charmanten Wienerin? Wir haben jetzt endlich eine kleine Wohnung in Aussicht. Da soll sie dann schauen, wo sie bleibt.«

Franz schüttet vorsichtig Kohle ein und macht die Ofentür zu. »Da kann ich nur gratulieren. Erst dachte ich noch, ich halt's aus, bis die Familie nachkommt, aber unter diesen Umständen …«

Franz am 26. November 1940 an Margret:
Mit der Hausfrau ist es das größte Elend, das mir je in meinen 17 Junggesellenjahren passiert ist. Ihr Prinzip ist, möglichst viel herauszuschinden und keine Gegenleistung zu machen …

»Kommt Ihre Frau so schnell gar nicht?«

Franz schüttet noch einmal Kohle hinein. »So schnell kann sie gar nicht kommen, wie ich hier heraus muss. Das bin ich meinen Nerven schuldig. Gehen wir?«

Es sind feine Leute, und nett sind sie auch, aber sie brauchen nicht alles zu wissen. Zumal er selbst nicht weiß, wann Gretl sich zur großen Reise entschließt.

Margret am 4. November 1940 an Franz:
Wegen Wohnung kannst schauen, aber nimm nur etwas wirklich Nettes und vor Frühjahr – Sommer auf keinen Fall. Zuerst wird hier alles bei Heller und Pfennig geregelt, ehe ich gehe. Mußt halt noch Geduld haben und warten, ich muß es auch, es ist uns schon schlechter gegangen als so. Die Arbeit macht mir Freude und befriedigt mich.

»Eigentlich schade, wenn uns die Vorsehung so schnell schon wieder auseinandertreibt«, sagt der Baron von Mansfeld lächelnd. Alte Familie, aber verarmt. Er muss Geld verdienen, und so arbeitet er in einem Betrieb, der sich auf Gegenstände spezialisiert hat, die man zur Verdunkelung braucht. Jetzt nimmt er das große Fenster in Augenschein. »Erlauben Sie, dass ich das mal herunterziehe?«

»Ja! Sie haben recht, es ist ja schon dunkel. Obwohl … Ich glaube kaum, dass es das wirklich braucht. Die Luftwaffe lässt doch keinen herein. Wollen Sie sich mal eine wuzeln, mit meinem Tabak?«

Franz am 27. Oktober 1940 an die *liebe Mammi*:
In der Stadt kenne ich mich schon bereits aus, so daß ich nicht mehr verloren gehe. Vom Kriege spürt man überhaupt gar nichts.

»Sehr gerne. Na ja … Luftwaffe. Immerhin hatten wir in München am vierten und fünften Juni die ersten kaputten Häuser, in Schwabing, da waren Sie noch gar nicht da.«

Franz schaut ihn ernst an. »So? Das höre ich zum ersten Mal. Und jetzt Sie, Madame? Darf ich Ihnen eine drehen?«

Frau von Mansfeld lacht. »Nein danke, wir gehen doch jetzt. Wenn *ich* auf der Straße rauchen würde …«

Franz sperrt sein Zimmer zu. Sie hat recht, eine deutsche Frau raucht nicht in der Öffentlichkeit.

»Ich habe immer gedacht, Wien und Bozen würden sich von vorneherein gut vertragen«, meint sie auf dem Weg zum Gasthaus.

»Oh, weit gefehlt, das war noch nie so«, lacht Franz. »Interessiert es Sie?«

Zu diesem Thema wird er schon einiges gewusst haben, auch wenn der Geschichtspater des Franziskanergymnasiums gelegentlich an Absencen laborierte und seinen Schülern sagen musste: »Wartet nur, es wird mir schon wieder einfallen.«

Franz am 5. Dezember 1940 an die *liebste Mammi*:
Seit 1.d. habe ich die neue Bude bezogen. Ich habe es nun recht gut erwischt. Menschen mit etwas Gefühl, wie es eher der Fall ist als bei einem alten Scherben, hol' der Teufel! War das ein Biest! Kannst Dir gar nicht vorstellen. Aber Du sollst ja einmal die Möglichkeit haben, wenn sie der Teufel nicht eher zu sich nimmt – doch waren wir darüber einig, daß er sie wohl kaum mögen wird –, ihr die Hand zu drücken. Ich stelle mir das schon vor – die Liebenswürdigkeit selbst wird sie

dann sein. Hat mir der Baron, der noch immer bei ihr wohnt mitsamt seiner Frau, erzählt, daß sie ihn bei einer der täglichen Ärgerei so in Harnisch gebracht hat, daß er ihr einen Knödel an den Kopp warf, der gut saß, ich habe herzlichst gelacht, denn dazu kam noch, daß sie gerade beim Friseur gewesen war, ihr gar häßliches gelbes – von Dreck gelb – Haar in Wellen drehen zu lassen. Eine halbe Stunde darauf war sie schon wieder hier, um eine Mark einzukassieren, weil eben ihre Frisur durch den pickigen Knödel »zerstört« worden war.

Ein Hof im Reich?

*L*ise bleibt also eine Woche in Penon. Da will sie dann schon auch mit ins Moos. Den ganzen Weg aber muss sie wegen ihres lädierten Zehs in der Penn sitzen, manchmal liegt sie auch, denn bequem sitzt man da ja nicht. Georg geht neben dem Bauern her und bekommt manchmal den Auftrag, an der *Schrepfkurbel* zu drehen. Beim Konsumverein kauft Lise etwas, was Georg nicht kennt: eine Tüte *Schlimaschland*, Liebesperlen, bunte süße Kügelchen, so klein, dass man sie beim Austeilen nicht mehr zählt. Hansl lehnt ihr Angebot ab. *Himbeerzückerlen* hätte er gerade noch genommen.

Die Gitsch, die für die Arbeit im Maisfeld nicht zu gebrauchen ist, muss den Bruder nicht lange bitten, die Hacke hinzuwerfen und ihr zu Diensten zu sein. Hansl aber muss konstatieren, dass ihn der Besuch nicht nur eine größere Portion *Halbmittag* kostet, sondern auch das bisschen Arbeitskraft des *Biabls*.

Neben der Hütte liegt ein Haufen getrockneten Unkrauts. »Geh hinein und lass dich überraschen«, sagt sie. Dann schoppt sie ihm durch das winzige Fensterchen das Zeug ins Innere, wortlos. Wie aus Geisterhand kommt es herein, immer in neuen Schüben. Als sich nichts mehr rührt, schiebt er alles wieder hinaus, ebenso wortlos. Das Schweigen ist es, das den Reiz ausmacht. Sie ist nicht zu sehen, aber auch er lässt sich nicht blicken. Da! Es geht wieder los, es ist fast unheimlich.

Es ist Hansl, dem etwas Sinnvolleres für die Kinder einfällt. Die Ochsen müssen getränkt werden. Außerdem kann man ihnen das Unkraut zum Fressen anbieten. Da sie es allerdings verschmähen, ist es in die große Plache zu befördern, damit man es wenigstens zum Einstreuen im Stall hat. Und im Hüttchen drinnen, ja wie sieht es denn da aus? Kein *Halbmittag*, solange es da nicht sauber ist! Kein Besen da? Dann nehmt die Finger, ihr habt das Zeug ja auch ohne Besen hineingebracht.

Auf der Heimfahrt muss Georg der Schwester sein Schlittenerlebnis erzählen. Wie er abgestürzt ist und ihn ein *Karabinier* aufgehoben hat. Er will sie vorbereiten auf den Anblick dieses Mannes vor der Polizeistation. Aber dann ist er nicht zu sehen. Es ist überhaupt keiner zu sehen. Dafür sehen sie zwei

junge Leute, die die Straße hinaufgehen, ein Pärchen. Der Bursche lässt einen Juchzer heraus, ja freilich, so juchzt der Hubert. Diesmal ist er ohne Ochsen, dafür aber in Begleitung seiner frisch angetrauten Frau.

»Schau, der Hansl«, sagt Gusti, »und da ist ja das Lisele, mein Patenkind. Und der Georg! Seid ihr auf Moos gewesen? Nein, solche Kinderchen … Ist die Mama auch da?«

Ja, die Mama, sagt der Hubert. Er müsse sie unbedingt etwas fragen, er habe sogar sehr viel zu fragen.

Franz am 5. Dezember 1940 an die *liebste Mammi*:
Von Schwester Gustl und dem neuen Schwager habe ich eine Karte von der Hochzeitsreise aus Meran erhalten. Ich habe den Eindruck und freue mich darüber sehr, daß es recht glückliche Menschen werden. Ich habe ihnen gleich geschrieben und alles Glück gewünscht. Das Hochzeitsgeschenk werden wir ihnen überreichen, wenn sie im Reiche sind. Es werden ja unsere nächsten lieben Menschen sein, die sich das neue Vaterland erkoren haben. Ich habe die Überzeugung, es wird sie nicht gereuen.

»Ich kann mir schon denken, was du zu fragen hast! Meinst wohl, du kriegst einen Hof in München«, sagt Gusti. »Ich bleib da, dass du es nur weißt. Willst vielleicht allein gehen?« Sie blickt ihn scharf an und ist sich ihrer Sache sicher. Gleich gibt ihr der Hubert als Antwort einen Kuss auf die Wange. Ein Leben ohne diesen Schatz hier? Undenkbar. Aber er murmelt: »Pazienza.«

»Pazienza hilft da gar nix«, setzt sie drauf.

Die Gretl komme am Sonntag wieder, sagt Hansl, und er müsse jetzt weiterfahren, bald sei es Mittag. Lise verlangt aber, mit der Tante gehen zu dürfen, und mit einem Vorschuss auf ihren Tränenvorrat macht sie es auch dringlich. Georg will sich von seiner Schwester nicht trennen, da muss Hansl nachgeben. Zur Marenn müssten sie halt daheim sein.

Lise gibt der Tante vertrauensvoll die Hand, Georg geht daneben her. Hubert führt sie auf den Rain hinauf, ins Haus seiner Eltern, in das er vor Kurzem mit seinem jungen Eheschatz eingezogen ist, vorläufig nur, wie er hofft. »Auf dem *Groanzenbuckel*, da wirst doch nicht dein ganzes Leben bleiben wollen«, sagt er, als sie den ebenen Weg zur kleinen Häusergruppe eingeschlagen haben. Er weiß, dass hier ein eidechsenhaftes Reptil, das nicht gerade in hohem Ansehen steht, besonders oft vorkommt. Gusti hält dagegen, dass es *Groanzen* auch oben in Voldersberg gebe, ja dass bestimmt ganz Deutschland voller *Groanzen* sei, da sei also die Hand nicht umzudrehen. Außerdem sehe sein Heimathaus doch ganz schön aus da drüben, mit den Zypressen unter den Felswänden von Graun, und es heiße immerhin *Königshof.*

»Königshof?«, ruft Lise, und auch Georg reißt die Augen auf. »Ist da ein König?«

Nein, ein König nicht, sagt Hubert, und er muss lachen, weil er sich seinen Vater vorstellt, der da noch residiert, aber vor tausend Jahren müsse da wohl ein Königsschloss gewesen sein, er könne sich den Namen sonst auch nicht erklären. Eine Königin gebe es aber neuerdings dort, fällt ihm dann noch ein, und er nutzt gleich wieder die Gelegenheit, ihr einen Kuss zu geben. Sie wehrt ihn ab, das tue man nicht vor den Kindern. Ob sie Hunger hätten? Eigentlich schon, aber nicht sehr, sagt Lise. Sie hat von der Mama gelernt, dass man sich bescheiden geben soll, wenn man eingeladen wird.

Am Ende des Wegs geht es ziemlich steil, dann sind sie am Haus. Vom Brunnen herüber kommt die alte Bäuerin mit einer Schüssel Salat, den sie gewaschen hat. Ja, wem gehören denn diese Kinder? Ah, vom Franz sind die.

»Geht's bald hinaus zum Tata nach Deutschland?«, fragt sie. »Habt ihr Hunger? Es gibt aber nur Polenta und Salat.«

Irgendwas wird es wohl noch dazu geben, hofft Georg. Sie gehen durch einen großen dunklen Vorraum, einige Treppenstu-

fen hinauf, und da ist die Küche, in der eine junge Frau im Polentakessel rührt.

»Grüß dich Gott, Lindl«, sagt Gusti zu ihr.

»Bringst uns jetzt schon die ganze Verwandtschaft?«, bekommt sie zur Antwort.

»Ein bissl freundlicher bittschön«, fordert Hubert von der Lindl. Sie ist seine Schwester.

»Da hockt euch her«, sagt die Bäuerin. Dann kommt der alte Bauer herein, der große Ähnlichkeit mit seinem Sohn Hubert hat, und stellt Fragen, die Lise beantworten soll. Ob Tata in München schon einmal den Führer gesehen habe (es kommt heraus wie *Vierer*). Den *Vierer* persönlich zu sehen, das wäre schon das Allerschönste. Lise kann dazu aber nichts sagen, und Georg schon gar nicht. Vom *Vierer* haben sie noch nichts gehört. Vielleicht bekommen sie gerade deswegen von der Tante Gusti ein Stückchen glasierten Specks auf den Teller gelegt. Ob der Tata vielleicht einen Bauernhof in der Gegend von München für ihn finden könne, fragt der junge Hubert, der Tata habe ihm zur Hochzeit gratuliert und versprochen, ihm *im Reich* ein Geschenk zu überreichen.

Reich, denkt Georg, ist der Tata denn so reich? »Aber decht net an ganzn Hof!«, ruft er, und da lachen sie dann doch alle.

Das Hochzeitsgeschenk ihres Bruders werde doch wohl auch für sie sein, bemerkt Gusti. Schon, schon, meint die Schwägerin Lindl, aber um es zu bekommen, müsse sie eben hinaus ins Reich, und dabei lächelt sie die neue Hofbewohnerin süffisant an. Lieber verzichte sie, sagt Gusti und schaut wütend in ihren Teller. Selten ist ihr die Zwickmühle so bewusst geworden, in der sie steckt. Wenn sich die Dinge in diesem Haus nicht ändern, wird sie immer mit dieser Schwägerin zu tun haben, nie selbst das Sagen haben, denn die Schwägerin hat von Anfang an klargestellt, dass sie die Kelle nicht aus der Hand gibt. Freilich wäre es schön, wenn man auf einen neuen Hof ausweichen könnte. Aber woher nehmen? Ein neuer Hof *im Reich*, an den ihr Mann so inbrünstig glaubt, ist doch nur ein Hirngespinst, das wird doch den Leuten nur vorgegaukelt, damit sie sich der Kampfringpropaganda gefügig zeigen. Und dann auch noch »in der Gegend von München«, als ob ihr Bruder Franz, der selbst zu kämpfen hat, Wunder wirken könnte. War nicht zu lesen gewesen im *Volksboten*, dass das Siedlungsgebiet für Auswanderer, von dem neuerdings die Rede sei, nämlich Burgund in Frankreich, ebenso wenig ernst zu nehmen sei wie alle vorherigen Gerüchte? Wo sollten denn die Burgunder hin? Die müssten doch ihrerseits erst einmal vertrieben werden! Gerade Bauern sollten wissen, dass das keinen Segen bringen kann. Sie sollten also in der eigenen tiroler Heimat bleiben, deren Schönheit ohnedies von keinem anderen Land übertroffen wird. Ja, die Familie der Gusti in Voldersberg hat sich zum Dableiben entschieden. Mit dem Bruder Franz war das etwas anderes, der Franz …

In ihre Gedanken platzt die Bemerkung ihrer Schwägerin: Seit ihr Bruder Hubert eine Dableiberin ins Haus gebracht habe, sei hier der Unfrieden eingekehrt. Das ist so giftig, dass die alte Bäuerin sich heftig bekreuzigt und zum Frieden aufruft. Die Gusti sei nun einmal ihre Schwiegertochter, die Lindl solle sich Sünden fürchten. Gusti aber, in ihrer Beklemmung, lässt sich zur Bemerkung hinreißen, schließlich hätte sich in diesem Haus die ganze Familie für Deutschland entschieden, und das bedeute doch …

»Dass wir das Haus freimachen. Darauf wartest du doch!«, sagt die Lindl.

Die Kinder verstehen von dieser Auseinandersetzung wenig, aber sie spüren die miserable Stimmung, und sie erinnern sich, dass es auch gestern oben bei der Tota um solche Sachen gegangen ist. Lise, der die Tante leid tut, legt den Kopf an deren Schulter und fängt an zu weinen.

Das habe man jetzt von der verfluchten Politik, ruft die alte Bäuerin und steht auf. »Tun wir beten!« Sie beginnt mit einer Dankesformel, der Bauer schließt sich an, dann die Lindl, selbst Gusti macht mit, wenn auch steinernen Gesichts. Sie hält Lise vor sich an den zarten Schultern. Der junge Hubert verlässt brummend und mit wegwerfenden Handbewegungen die Küche.

Lise macht, als das Beten zu Ende ist, mit noch nassen Augen vor der Bäuerin einen Knicks und sagt: »Dankeschön für das Essen. Tante, kommst du ein bisschen mit uns?« Aber die Tante muss abspülen, sie gibt den Kindern seufzend einen Kuss und lässt die Mama schön grüßen.

An der Einmündung des ebenen Feldwegs in die Hauptstraße hören sie einen kurzen Juchzer aus einer Weinpergel heraus. Hubert sitzt da oben auf einem Brett, ein Jagdgewehr über den Knien. Er winkt. Da zieht Georg seine Schwester mit hinauf, vielleicht erlebt er endlich einmal, dass geschossen wird. Hubert hat seine gute Laune wiedergefunden. Wenn er eine *Gratsch* erwische, werde er am nächsten Sonntag der Mama die schönen Federchen bringen, denn er müsse ja sowieso mit ihr reden. Georg sagt, er kenne einen Pfirsichbaum da oben in der Nähe des Wirtenpepi, da habe er letzte Woche zwei *Gratschen* gesehen. Da lacht Hubert. Ob der Bub meine, dass die immer noch auf dem Baum oben seien. Aber die seien doch da daheim, ist die trotzige Antwort. Jaja, vielleicht, aber er könne sein Gewehr nicht offen auf der Hauptstraße hinauftragen. Das hieße, es den Karabinieren allzu leicht zu machen. Da wäre die Flinte gleich weg. Nicht, wenn der Karabinier komme, der ihn aufgehoben habe, als er von der Mauer gefallen sei, sagt Georg, aber Hubert lacht nur.

»Wir müssen gehen«, sagt Lise.

»Schieß doch einmal!«, drängt Georg.

»Da ist doch nix zu schießen.«

»Schieß!«

Kopfschüttelnd fügt sich Hubert. Er geht ins Knie, setzt den Schaft des Gewehrs auf das Brett und achtet darauf, dass der Lauf genau nach oben zeigt. Es tut einen wilden, dumpfen Knall, Feuer ist in der Mündung zu sehen, Pulvergeruch sticht in die Nase. Hubert zeigt nach oben und ruft: »Aufpassen! Die Schrotkügelen!«

Tatsächlich: Es rieselt auf die Blätter im Weinberg.

»Jioi!«, ruft Georg. »Wir suchen sie.«

Nein, das habe keinen Sinn, entscheidet Hubert. Jetzt aber müsse er hier verschwinden, damit die *Karpfen* ihn nicht mit dem Gewehr erwischten. »Gschpaßige Jagerei«, sagt er noch ärgerlich, »in die Luft schießen für die kleinen Kinder!«

War das ein Erlebnis!

»Was sagst du, Lise?«

Was soll sie sagen? Oben auf dem Ganznerhof, da gehen sie auch auf die Jagd, da wird auch geschossen. Nein, dabei war sie nie, aber blutige tote Hasen und auch einmal ein Reh, die habe sie in der Waschküche hängen sehen. Nicht schön. Im Krieg, da schießen sie ja auch. Ja, in Russland, da sei jetzt Krieg, das habe er neulich im Konsumverein gehört. Und der Onkel Karl habe davon geredet, dass vielleicht der Tata in Deutschland *einrücken* müsse. Was das eigentlich sei?

»Was? Der Tata einrücken? Dann müsste er ja … auch in den Krieg!« Lise ist richtig erschrocken. »Stell dir vor, sie erschießen ihn im Krieg!«

Das ist nun allerdings eine schlimme Vorstellung. Ihm drängt sich ein schreckliches Bild auf: Der Tata, angeschossen, weint vor Schmerzen. Er hat ihn noch nie weinen sehen. Das Mitleid nimmt ihn so her, dass er selbst zu weinen beginnt. Jetzt muss Lise ihn trösten. Er brauche keine Angst zu haben, die Soldaten hätten ja alle einen Helm aus Eisen, da gehe keine Schrotkugel durch.

Allenthalben sind an der Straße noch die Schäden vom letzten Unwetter zu sehen. Als schon der Bildstock neben der Kegelbahn beim Wirt oben zu sehen ist, treffen sie auf den Luisl vom Tal, wie er mit Schaufel und Schubkarre seinen Wegmacherpflichten nachkommt. Er gibt den Kindern auf, seine *Tant Marie*, und das ist die Tota, von ihm zu grüßen.

Im nahen Waldrand sieht Georg eine getigerte Katze, die bewegungslos nach oben starrt, und man hört ein heftiges Vogelgezeter. Wem die Katze gehöre und was sie da wohl habe? Ah, das sei die vom Moarmiller, sagt Luisl. Hinter den Vögeln sei sie halt her, wie alle Katzen.

Georg zieht seine Schwester dorthin, unter einen Baum, aus dem ein mehrstimmiger Chor von futterheischenden Vogelkindern heraustönt. Lise hört den Alarm des Altvogels, sieht das Nest, das beinahe zum Greifen nahe ist, und sagt, die müsse man in Ruhe lassen. *Brantelen*, Rotkehlchen seien das. Freilich könne man so ein Vogelkind, wenn es aus dem Nest gefallen sei, aufziehen, das laufe dann immer hinter einem her, wie ein eigenes Kind, das habe sie beim Unterganzner auch schon erlebt.

Sie könnten doch eines herausholen, ein einziges, dann blieben immer noch genug übrig für die Alten, meint Georg. Er malt sich aus, wie schön es wäre, wenn er so ein Tierchen hätte, das nur ihm gehörte. Sein Wunsch nach einem Hund, einem echten, nicht nur einem aus Stoff, wurde immer zurückgewiesen vom Hansl. Ein Hund, der würde doch nur fressen und nichts arbeiten, für die Sicherheit habe er seine Schrotflinte, außerdem gebe es die Carabinieri, wenn auch mit wenig Verlass.

»Stell dich her und heb deine Hände vor den Bauch!« Kaum dass sie sich darauf fassen kann, klettert er schon an der schwankenden Lise hinauf, sieht für einen kurzen Augenblick in große orangefarbene Flecke im zeternden Nest, muss sich aber, um nicht herunterzufallen, an etwas festhalten, und da ist nur der schwache Ast, an dem das Nest hängt. Das kann nicht gut gehen, das Nest kippt, und alles fällt zu Boden, nackte klägliche Häufchen bewegen sich auf den braunen Nadeln. Jetzt lärmen sie nicht mehr, ganz anders als der Altvogel, der in seiner Verzweiflung sogar zu seinen Bälgern hinflattert, aber gleich wieder flüchten muss, denn auf einmal ist da wieder die Katze vom Moarmiller, die sicherlich die ganze Zeit in der Nähe gelauert hat. Schon hat sie eines der Jungen gepackt, schon rast sie mit der Beute geduckt davon, bevor die Kinder sich auch nur rühren können. Sie sind starr vor Entsetzen. Weinend hebt Georg das Nest auf und legt die zitternden, glitschigen, federlosen Wesen hinein, spürt aber selbst, dass er damit nichts mehr retten kann.

Die Tota hatte sich schon Sorgen gemacht, sie ist erleichtert, als sie endlich kommen. Es ist Georg, der in großer Bewegung mit der Freveltat herausrückt. Er habe schon wieder eine Sünde begangen. Auch Lise schildert unter Tränen den schlimmen Vorgang, nimmt einige Schuld auf sich. Und die böse, böse Katze! Die Tota bestätigt streng, dass man so etwas nicht tue, Vogelnester ausnehmen, kann aber ein gewisses Lächeln nicht unterdrücken. Zu dramatisch ist ihr das Geständnis der beiden. Nun, Georg solle sich das ein für alle Mal merken. Wenn er aber vorher nicht gewusst habe, welche Folgen die Nesträuberei habe, sei es für diesmal keine Sünde.

Kanzleiflucht?

Franz am 12. November 1940 aus München an die *liebste Mammi*:
Für die Feier des 9. November habe ich einen Tribünenplatz bekommen. Das wirst auch Du dann dereinst sehen, wenn die stählernen Blocks der jungen Formationen, getragen von der neuen Sendung unseres Vaterlandes, einhermarschieren, die Augen in die Zukunft gerichtet, die Brust gehoben in stolzer Siegeszuversicht, mit der Ruhe im ganzen Gehaben, das nur ein Volk haben kann, das geführt ist vom einfachsten und größten Manne aller Zeiten. Denn alles, was die Geschichte uns gelehrt, verschwindet vor dem, was der Führer mit seinem Volke in den kurzen Monaten zu erreichen im Stande war.

*F*ranz! Ja lieber Franz! Das ist ja … monumental! Alles, was die Geschichte uns gelehrt, verschwindet … Alexander, Cäsar, Napoleon, diese Riesenhaudegen, alles was die Geschichte uns über sie gelehrt (dieses Weglassen des Hilfszeitworts!), es verschwindet … Diesen Text hast du aber bestimmt vorher aufgesetzt, so korrekturfrei und in einem Zuge hingeschrieben, wie er ist. Freilich stehst du heute vor uns da als grandios Irrender. Aber damals, da du gerade den Polenfeldzug erlebt hattest (das Ohr am Volksempfänger und das Auge im *Völkischen Beobachter*), die Besetzung Dänemarks, Norwegens, den Frankreichfeldzug, alles so blitzig und so siegreich, da konntest du schon auf solches Denken verfallen, gerade du. Und die nächsten Monate, die du vor dir hattest, wird es ja auch noch so weitergehen. Nichts als Eroberungen: Der Balkan wird besetzt, und dann kommt Russland, und auch *dabei* flutscht es nur so, bis … zum Winter. Aber bis dahin ist es ja fast noch ein Jahr.

Margret geht, wie schon bemerkt, in ihren Antwortbriefen auf derlei Ergüsse nicht ein. Sie kennt ihren Franz, der gern den Blick auf Höheres richtet, zumal wenn er einmal Erholung von den Niederungen des Lebenskampfes braucht. Zwei Wochen zuvor hatte sie ihm nämlich dieses ins Stammbuch schreiben müssen:

Margret am 25. Oktober 1940 aus Kardaun an den *lieben Vater* in München:

Bin froh, daß es Dir gut geht und Du Dich mit Deinem gewohnten Optimismus ins neue Leben einfindest. Wenn Du Dir nur mehr Zeit genommen hättest, Deine Angelegenheiten hier besser zu regeln, so wäre mir viel Unangenehmes erspart geblieben. Du hättest halt müssen früher anfangen, denn die Auflösung eines Geschäfts erfordert natürlich viel Arbeit. Du weißt, meine Zeit ist randvoll mit Arbeit ausgefüllt; sowohl die Schule als auch die Sorge für die Kinder erfordern Zeit. Die Gänge, die ich vormittags in Deinen Angelegenheiten machen musste, müssen durch Nachtarbeit wieder eingebracht werden. Ein Klient kam in heller Aufregung, und ich musste sofort nach Bozen Akten suchen. Zufällig fand ich tags vorher am Boden unter verschiedenen Dingen einen Schlüssel, so daß ich wenigstens hineinkam. Nach verzweifeltem Suchen fand ich endlich die Kiste und den Akt. Ich hatte gewaltig Angst, daß irrtümlich auch die zu übergebenden Akten zum Altpapier verkauft worden wären …

Was wird Franz auf diese Vorhaltungen erwidern können? Sieht es nicht so aus, als ob er seine eigene Kanzlei fluchtartig verlassen hätte?

Franz am 29. Oktober 1940 an die *liebe, liebe Mammi:*

Nun kannst Du sicher sein, daß ich ganz bestimmt früher daran gedacht hätte, meine Geschäftsauflösung in Angriff zu nehmen, wenn ich eine Ahnung davon gehabt hätte, welche Fülle von Arbeit damit verbunden war. Ich bin ja sowieso in der letzten Woche stets bis 2 bis 3 Uhr in der Nacht darübergesessen. Zu den einzelnen Punkten teile ich Dir folgendes mit: Auf der Kiste, die die zu übergebenden Akten enthielt, stand der Name Dr. Perathoner und hatte ich wohl, wenn ich nicht irre gehe, Herrn Rizzi gebeten, die Übergabe zu besorgen …

Also, von Flucht brauchen wir nicht mehr zu reden. Dennoch klingt diese Einlassung wenig überzeugend. Gut, das war die erste Geschäftsauflösung. Erfahrung gab es also keine, aber eine *Ahnung*, die Franz auch gefehlt haben soll, hätte ja nun wirklich da sein müssen. Es ist doch nicht schwer, sich vorzustellen, was anfällt, wenn eine Anwaltskanzlei beendet wird. Da gibt es abgeschlossene Mandate: erledigt! Da ist allenfalls zu überlegen, was mit den Akten geschehen soll, sollen sie ruhig zum Altpapier. Aber die noch laufenden Mandate: Entweder man stellt dem

Auftraggeber anheim, einen anderen Anwalt mit der weiteren Abwicklung zu beauftragen (dazu scheint der Klient zu gehören, der in heller Aufregung seinen Akt verlangt hat), oder es gibt einen Kollegen, der alles Unerledigte übernimmt und zu Ende führt. So einer scheint ja auch der Dr. Perathoner gewesen zu sein. Dem muss man halt die Akten geordnet und aufgelistet übergeben, möglichst mit einem Kommentar über den Stand und den möglichen Fortgang. Dazu aber scheint es nicht gekommen zu sein, da war keine Zeit mehr. Leider ist Franz nicht einmal sicher, ob er Herrn Rizzi gebeten hat, die Übergabe zu besorgen. Das ist wirklich nicht gut, spätestens da hätte er seine *liebe Mammi* einweihen müssen. Wie muss ihr zumute gewesen sein, als sie mit dem zufällig gefundenen Schlüssel die Kanzlei betrat, die Dinge herumliegen sah und dann zu suchen begann. Hoffentlich war der aufgeregte Klient nicht dabei, sonst hätte auch er ihre gewaltige Angst mitbekommen, der Akt könnte im Altpapier gelandet sein, das offenbar schon abtransportiert war.

Damit wollen wir es erst einmal genug sein lassen. Das Kerbholz von Franz soll nicht über Gebühr ... ja was? Zerkerbt werden. Und nicht zu massiv auf einmal, denn er hat ja genug andere Seiten, gute Seiten.

Es ist Mittag und Franz sitzt in der Gemeinschaftskantine der Finanzverwaltung. Er verzehrt einen »Jägerbraten«, für den ihm die Bedienung einen Fünfzig-Gramm-Abschnitt von seiner Reichsfleischkarte und zehn Gramm von seiner Reichsfettkarte hat wegschneiden müssen, was ihn empfindlicher getroffen hat als die 1,05 Reichsmark, die zu bezahlen waren. Ja, die Schere gehört in diesen Zeiten zur Grundausstattung jeder Kellnerin, und das Täschchen für die *Marken* ist nicht weniger wichtig als das für die Reichsmark und Reichspfennige. Und jeder Arbeitstag in der Gaststätte klingt aus mit dem großen Markenkleben. Ein *markenfreies* Gericht hätte es schon auch gegeben, aber wie hätte Franz, der schon immer ein guter Esser war, mit einem fast fettfreien Kartoffel-Blutwurst-Gemisch über den arbeitsreichen Nachmittag kommen sollen?

»Jaja«, sagt eben der junge Weinzierl, der dem Franz gegenüber sitzt. »Mehr schneiden sie vom Braten auch nicht ab als vom Papier der Lebensmittelkarte.«

Franz schaut seinen Mitarbeiter belustigt an. Hat er das selbst erfunden oder ist es ein gängiger Witz?

»Also, größer als das Papier ist das Fleisch dann doch geworden«, sagt er.

Der Regierungsrat Dr. Unger, der neben ihm sitzt und ebenfalls den Jägerbraten mit Spätzle verzehrt, fragt, ob die Italiener denn auch schon Lebensmittelkarten eingeführt hätten.

»Ja, das haben sie, seit Anfang dieses Jahres.« Franz schüttelt nachdenklich den Kopf. »Aber, wie die Italiener halt so sind, ganz so geregelt und gerecht wie hier im Reich geht es da nicht zu. Wer einen Bauern in der engeren oder weiteren Familie hat, und das haben ja sehr viele, der kommt schon auch noch an Sachen, die nicht in der *carta annonaria* stehen. Die Italiener, die in Südtirol leben, die allerdings kaum. Das sind fast durch die Bank arme Teufel, die man von unten heraufgeholt hat, als Arbeiter in den Stahlwerken zum Beispiel, zur Italienisierung des Landes. Oder wenn ich an die vielen Eisenbahner denke, die ihre bäuerliche Verwandtschaft ganz wo anders haben.«

»Und ich habe gedacht, in Italien, wo doch alles wächst, hätten sie so viele Lebensmittel, dass sie keine Rationierung brauchen«, sagt Fräulein Strempel, eine üppige Dreißigerin, die in Dr. Ungers Vorzimmer Sekretärinnendienste leistet.

»Fräulein Strempel!«, sagt darauf ein Herr mit kreisrunden Brillengläsern und einem Scheitel in der Mitte des Kopfes, und er sagt es so, dass jeder merkt: Jetzt kommt eine ernste und grundsätzliche Rede. »Die Lebensmittelbewirtschaftung ist im Deutschen Reich nicht etwa eingeführt worden, weil wir nicht genug Lebensmittel hätten, sondern weil Angst- und Hamsterkäufe vermieden werden müssen und weil illegale Elemente, die zu Recht keine Karten bekommen, vom Hunger aus ihren Löchern getrieben werden sollen.« Immer lauter ist die Stimme des Manns geworden, er hat sich mit der Rechten mehrfach an die Brust geschlagen, wohl um das runde Abzeichen mit dem schwarzen Hakenkreuz noch mehr zur Geltung zu bringen. Es bleibt einige Zeit still am Tisch, bis Dr. Unger, der sich mit geschlossenen Augen die Stirn reibt, murmelt: »Das ist allen hier bekannt, Herr Monzinger.« Dann wendet er sich an Franz: »Ihre Familie hat hoffentlich genug bäuerliche Verwandte, um nicht darben zu müssen?«

Franz zögert. Er denkt an den väterlichen Hof und die drei Brüder, die darauf leben, zwei schon mit eigener Familie, er denkt an die schlechten Preise für die Trauben und was sich sonst noch verkaufen lässt, er denkt an den Hof, aus dem Gretl kommt, und an den Prozess, den sie seit Jahren mit ihrem ältesten Bruder um ihr gerechtes Erbe führt. Nein, davon kann er jetzt nichts ins Feld zu führen. »Doch, doch, meine Frau wohnt mit unserer zweiten Tochter auf einem schönen Weingut bei Bozen. Ganz reizende Leute, mit denen wir seit Jahren eng verbunden sind. Da geht es nicht so genau her mit den Zuteilungen. Die Lebensmittelkarte gibt meine Frau immer gleich bei der Bäuerin ab, und sie essen dann einfach in der Familie mit und kommen bestimmt nicht zu kurz dabei. Übrigens«, lenkt er ab, »ein Problem in Italien scheint in diesem Zusammenhang zu sein, ob sie auch die Lebensmittel herbringen, die den Leuten zustehen. Man hört da von langen Schlangen vor den Geschäften in den Städten. Und in letzter Zeit sind die Preise, jedenfalls in Südtirol, aber sicher auch in Italien, auf allen Sektoren kräftig angestiegen. Es kann sein, dass man Engpässe auf diese Weise zu bewältigen versucht.«

»Oh, das ist ja eine interessante Unterscheidung, die Sie da treffen«, sagt Dr. Unger. »In Südtirol und in Italien.«

»Ja, das halten wir noch auseinander, das steckt noch so in uns drin. Es sind ja auch erst gut zwanzig Jahre her seit der Annexion. Wenn einer von uns hinunterfährt, also über die Salurner Klause hinweg, sagt er immer noch, ich fahre nach Italien.«

»Ja«, sagt Dr. Unger und nickt ein paarmal. »Das kann ich verstehen.« Und nach einer Weile: »Immerhin verdanken wir dieser Annexion, an der sich wohl nichts mehr ändern lässt, Ihre Anwesenheit.«

»Ich danke Ihnen, es ist mir eine Ehre«, sagt Franz und verbeugt sich ein wenig. »Und was die Bedeutung und Größe des neuen Vaterlands anbelangt, habe ich bestimmt einen guten Tausch gemacht.«

»Da kann ich Ihnen nur recht geben«, sagt Herr Monzinger. »Der Führer wird schon wissen, warum er vom Duce und seinen Leuten so viel hält, *wir* wissen es manchmal nicht. Wir brauchen aber auch nicht alles zu wissen. Der *Völkische Beobachter* berichtet von großen Schwierigkeiten, die das italienische Heer in Nordafrika hat, aber der Führer lässt dem Duce ausrichten, dass er unerschütterlich zu ihm stehe, was ja nur bedeuten kann, dass er ihn militärisch unterstützen wird. Wie sehen Sie das, Herr Doktor?«

»Ich? Ich bin da kein Experte, und ein bisschen befangen bin ich auch. Es hat mich zwar sehr beeindruckt, wie der Duce in sein Volk einen ganz neuen Zug hinein … gezwungen hat. Oder versucht hat hineinzuzwingen, denn ich bin mir nicht sicher, ob die Italiener sich wirklich geändert haben. Ins Gesicht sagen sie Ihnen ja gerne so und so, aber agieren tun sie dann doch ganz anders. *Quest'è un altra cosa*, das ist eine andere Sache, sagen sie, wenn man sie einmal argumentativ in die Enge getrieben hat. Das habe ich mehrfach erfahren müssen, besonders bitter bei einem ganz speziellen Projekt, das ich mit ein paar Leuten aus Mailand aufbauen wollte.«

Franz am 14. März 1941 an die *liebste Mammi*:
Was die Krankenkassengeschichte angeht, verfluche ich den Augenblick, an dem ich dieses Gesindel kennengelernt habe. Ich werde einen ganz großen Strich unter diese gemeinste aller Gemeinheiten, die mir je untergekommen sind, machen, weil ich, wenn auch spät, so doch aufs allergründlichste einen Schlag von Men- …

Hier bricht das Zitat ab, weil ein Briefblatt sich offenbar nicht erhalten hat, doch es reicht aus. Die Erfahrungen müssen ganz böse gewesen sein. Nur will Herr Monzinger davon nichts wissen, denn er fragt: »Und … militärisch?«

»Militärisch? Ich habe meinen Wehrdienst im italienischen Heer geleistet, bei den Alpini. Und ich kann nur sagen: Was sich jetzt in Nordafrika und neuerdings auch in Griechenland abspielt, wundert mich überhaupt nicht. Es liegt … am Offizierskorps, an ihm in erster Linie. Es besteht keine Verbindung, keine … Beziehung zwischen den Offizieren und den Mannschaften, das sind zwei verschiedene Welten. Der einfache Soldat ist nichts, weniger als nichts in den Augen eines Offiziers, und wenn der arme Kerl noch das Pech hat, aus dem Süden zu stammen, wird er Tag für Tag als Afrikaner, als Neger beschimpft. Kein Wunder, dass die Soldaten nicht motiviert sind, dass sie ihre Vorgesetzten hassen. Und die Ausrüstung! Was hatten wir für altes Geraffel herumzuschleppen! Das einzig Gute, was mir in Erinnerung geblieben ist, ist die *panciera*, eine wollene Bauchbinde, die uns in den Zeltnächten vor Nierenschäden geschützt hat. Wenn ich einen Vergleich ziehen wollte mit unserer großartigen deutschen Wehrmacht, mit unseren herrlichen Soldaten – nein, was habe ich am neunten November nicht alles beobachten können, diese Entschlossenheit, diese Siegeszuversicht, dieses Sendungsbewusstsein! –, dann kann ich nur sagen, o jegerl, Italien!«

Dank der letzten Worte haben die Leute am Tisch, die sehr aufmerksam zugehört haben, ein wenig zu lachen. Franz genießt das und zeigt sich zu einer Gegengabe bereit. Rundherum bietet er Zigaretten aus einer Blechschachtel an. Er hat sie selbst fabriziert, aus fein geschnittenem Tabak, den er einer Händlerin in der Landwehrstraße hat abluchsen können, markenfrei wohlgemerkt. Die vorgefertigten Papierhülsen, in die er den Tabak mittels eines Holzstäbchens durch ein scharnierverschlossenes Metallrohr gepresst hat, stammen noch aus Bozen.

Franz am 19. Oktober 1940 an die *liebe Mammi!*:
Das Rauchen ist bedeutend billiger, so ungefähr die Hälfte, da ich einen Zigarettentabak ergattert habe, der sehr gut ist und im gleichen Gewicht die Hälfte des ›Dalmazia‹ kostet.

Nur Dr. Unger lehnt dankend ab. Er ist Nichtraucher, und das bringt ihm den doppelten Vorteil, gesund zu leben und dennoch über eine *Reichstabakkarte* zu verfügen. »Greifen Sie ruhig zu, Fräulein Strempel«, sagt er, denn er ist ein wohlwollender Vorgesetzter, »wir sind hier nicht in der Öffentlichkeit.«

Der junge Weinzierl steuert das Feuer bei, mit einem Feuerzeug, das allerdings stark rußt. Er entschuldigt das damit, dass es mit Benzin aus dem Tank seines DKW-Motorrads gefüllt sei, und da sei nun einmal ein bestimmtes Quantum Öl beigemischt.

Herr Monzinger verabschiedet sich, sobald seine Zigarette qualmt. Fräulein Strempel sieht ihm angewidert nach. »Hoffentlich kriegen Sie dieses Gemisch noch recht lange, um in die Berge fahren zu können«, sagt sie dann, an Herrn Weinzierl gewandt, und ihr Fuß gerät nicht ganz zufällig an den seinen. »Jetzt hängt an den Bahnhöfen überall die Aufschrift: *Räder müssen rollen für den Sieg.* Aber ich hoffe doch, das gilt nur für Eisenbahnräder.«

Herr Weinzierl macht ein strenges Gesicht und sagt, mehr an seine beiden Vorgesetzten gewandt: »Wenn ich in die Berge fahre, dann tue ich das, um mich zu erholen. Dann kann ich umso besser für den Staat arbeiten.«

»Das haben Sie schön gesagt«, lacht Dr. Unger. »Ich glaube, damit können wir jetzt die Tafel aufheben.« In der Tat hat sich die Kantine schon ziemlich geleert. »Könnten Sie bitte gegen halb vier zu mir kommen?«, sagt er im Hinausgehen zu Franz. »Ich habe einen besonders kniffligen Fall. Bis dahin also.«

Man trennt sich, jeder geht auf seinem eigenen Weg zurück ins Amt.

Dem griesgrämigen König Ludwig auf seinem Pferd hat Franz bisher nie große Aufmerksamkeit geschenkt, aber jetzt muss er doch genau hinsehen, denn da sind Arbeiter, die ein Gerüst rundherum aufrichten. Es tut sich allenthalben etwas in der *Hauptstadt der Bewegung.* Soll das Denkmal restauriert werden? Einmauern, sagt der Mann. Einmauern?

»Ja freili, Engländer! Bomben! Da miaß mer an Kini scho schützen!«

Übervorsichtig, die sind übervorsichtig. Wie wollen die Engländer durchkommen gegen die starke Luftwaffe, von einzelnen Episoden vielleicht einmal abgesehen?

An der Feldherrnhalle ist Dr. Unger rechts vorbeigegangen, hinein in die Theatinerstraße. Es genügt, wenn er vorne an der Perusastraße nach links abbiegt, da braucht er nicht einmal die Viscardigasse zu nehmen. Fräulein Strempel wollte den Herrn Weinzierl sanft auf denselben Weg leiten, vergeblich. Er und bald darauf auch Franz nehmen die Straße links und lassen die heroische Halle rechts stehen. Warum sollen sie nicht wie fast alle mit erhobenem Arm am Ehrenmal vorbeigehen? Prächtig die zwei SS-Kerle, wie sie da stehen mit ihren steinernen Gesichtern vor den Lorbeerkränzen. Es sind manchmal an die zwanzig Volksgenossen, die gleichzeitig im Vorbeigehen ihren Arm ausstrecken, nach Süden die einen, nach Norden die anderen. Manch einer fängt damit schon sehr früh an, beim Café Rottenhöfer etwa, während ein anderer die Hand erst in letzter Sekunde hochreißt. Ein Mutiger spielt vielleicht den Gedankenverlorenen und belässt es bei der Bewegung seiner Beine.

»Wer passt denn eigentlich auf, dass jeder den Arm hebt?«, fragt Fräulein Strempel und hakt sich bei Herrn Weinzierl ein, als sie vorüber sind. »Die beiden Wachtposten können's nicht sein, die dürfen sich ja nicht rühren, nicht einmal richtig schauen dürfen die.«

»Irgendwo stehen schon welche von der Gestapo, da kannst sicher sein«, gibt ihr der Naturbursche zur Antwort, und er spricht leise und bewegt seine Lippen so wenig, wie es gerade noch geht.

Schau an, die zwei, denkt Franz, als er in einiger Entfernung hinter ihnen in den Hofgraben einbiegt. Na, und warum auch nicht? Sie sind jung und sie sind ledig. Wer weiß, wann der Weinzierl zur Wehrmacht eingezogen wird. Ein strammer Gebirgsjäger wäre er jedenfalls. Und ich? Werde nicht versuchen, mich zu drücken, wenn der Ruf an mich ergeht. Aber erst einmal möchte ich mich beruflich festigen. Werden in die Jahre gekommene Familienväter nicht generell verschont? Seit nun elf Jahren bin ich Familienvater, und jetzt ganz ohne Familie. Dass sie nur nicht zu lange wartet, bis sie nachkommt! Leicht ist es nicht, zu leben wie ein Mönch. Bald ist unser Hochzeitstag, da muss ich ihr extra schreiben. Wie gehen mir meine Kinderchen ab!

Franz am 31. Januar 1941 (vier Monate nach seiner Abwanderung) an die *liebste Mammi*:

… ich kann mir ja die lieben Kinderchen in ihrem Wachstum bald nicht mehr vorstellen; am Ende kenne ich sie gar nicht mehr, wenn sie in meine Arme fallen werden: beim großen Wiedersehen. In einem halben Monat wird so ungefähr die Hälfte der Trennungszeit vorüber sein.

Dann wären es also am Schluss insgesamt neun Monate Trennungszeit? Ist leider weit gefehlt, denn zuletzt werden es nicht weniger als dreiundzwanzig Monate sein. Für die Fehleinschätzung wird man Franz aber keine Vorwürfe machen, nur – ein wenig realistischer hätte er schon beurteilen können, was seine Margret noch so alles abzuwickeln hatte.

Margret am 4. November 1940 an Franz:
Zuerst wird hier alles bei Heller und Pfennig geregelt, ehe ich gehe.

Ja, die offenen Verbindlichkeiten, vulgo Schulden, können nun einmal nur getilgt werden mit den Reichsmark, die Franz hineinschicken darf (darf, denn es gibt Devisenbeschränkungen, trotz der Achse Berlin–Rom). Das Geld, das Margret in ihrem Lehrerberuf verdient, kommt für's Schuldenzahlen nicht in Betracht, denn es geht ganz drauf für ihre und der Kinder Bedürfnisse. Nun gibt es auf der anderen Seite wohl auch Forderungen, die Franz zustehen. Dafür hat er gearbeitet, er hat ein Recht darauf, aber seine Schuldner haben die Tendenz, seine Abwesenheit auszunutzen und sich tot zu stellen.

Franz am 14. März 1941 an die *liebste Mammi*:
Ich verstehe Dich wohl, daß Du alles geregelt haben willst. Aber daß man auf mich drückt und den Grund für die noch nicht erfolgte Regelung nicht sieht – er besteht einzig darin, daß meine Schuldner eben sich eins pfeifen, anstatt zu zahlen –, das giftet mich.

Da wir schon mit den Gründen dafür umgehen, warum die Familie so schnell nicht vereinigt wird, müssen wir noch eine weitere Fehleinschätzung erwähnen. Sie unterläuft dem Franz nach ein paar Monaten, aber spricht sie nicht letzten Endes für ihn?

Franz am 6. April 1941 an die *liebste Mammi*:
Wenn es sein sollte, daß ihr noch dort bleibt, dann wohl wegen der Schule und bis zum Ende des Krieges, nicht aber wegen anderer Dinge. Da gewisse Vorteile in wirtschaftlicher Hinsicht nicht zu leugnen sind, will ich damit einverstanden sein, wenn sich nicht eher eine Regelung tut. So schwer es ist, will ich die Sehnsucht nach den lieben Kindern und nach Dir hintansetzen.

Bis zum Ende des Krieges! Wenn sie *so* lange dort geblieben wären, hätte Franz doppelt so lange wie dann in Wirklichkeit, nämlich ganze fünfzig Monate zu warten gehabt! Aber Margret ist dann doch mittendrin gekommen. Er hat sich also das Ende des Kriegs in ein paar Monaten vorgestellt. Warum auch nicht? Er konnte nicht wissen, was für ein Angriffspotenzial im *einfachsten und größten Manne aller Zeiten* steckte. Hat der nicht besonders oft vom Frieden geredet? Nun, eigentlich wäre es eine alte Erfahrung, dass es gerade die Kriegslüsternen sind, die vom Frieden reden.

Franz am 20. Dezember 1940 an die *liebste Mammi und Kinderchen unter dem Weihnachtsbaum*:

Im Osten leuchtet der gotische Dom des Rosengartens und hält Wacht über eine liebe Frau, die umgeben von drei liebsten Kleinen sich rüstet, das Weihnachtsfest zu feiern, im Herzen das Bewußtsein, daß die nächste Weihnacht in einer von Frieden lachenden Welt wieder alle 5 vereinen wird.

Und noch so eine Stelle:

Franz am 12. November 1940 an die *liebste Mammi:*
Wie glücklich schätze ich mich in Gedanken an unsere lieben Kleinen, daß sie mit teilnehmen werden können an der Größe unseres Vaterlandes, Arbeiter werden sein können in diesem Reiche, das die Not und Entbehrung, aber auch der Arbeitswille des tapfersten Volkes unter der Führung des uneigennützigsten Mannes schuf – Ach, wenn sie es doch erkennen möchten! Nicht mit Blut und Eisen wäre es gekommen, sondern auf friedlichem Wege! Aber – es mochte nicht anders sein, als daß auch diesmal wieder der Krieg der Vater allen Seins sei.

Der Krieg ist ja von alters her eigentlich nur der Vater aller Dinge. Franz aber macht ihn jetzt sogar zum Vater allen Seins. Hätte er damals ein wenig im *Faust* gelesen, hätte er vorausformuliert gefunden, was wir heute, ein wenig abgewandelt, denken, nämlich: »Dein Pathos bringt uns heut gewiss zum Lachen.« Aber es steht nun fest, und darauf kommt es hier an: Er hätte den friedlichen Weg vorgezogen.

Franz ist mittlerweile in seinem Arbeitszimmer angelangt und hat zum ungezählten Mal bewundernd ein großes Bild in Augenschein genommen, die Moorlandschaft eines Dachauer Malers, Eigentum der Bayerischen Staatsgemäldesammlungen (es war also dieses Bayern einmal ein Staat), dann hängen da noch zwei Bilder aus eigenem Pinsel, eine junge Frau mit Schafen auf der Seiser Alm und ein Führerbild; beides kleine Formate, die durch größere Neufassungen zu größerer Wirkung zu bringen wären. Sein Auge blitzt in der Vorfreude auf diese Schaffensprozesse.
Aber jetzt heißt es: Ran an die Reichsabgabenordnung! Einspruch und Beschwerde, denkt er, da bin ich gestern angelangt, das sind die Rechtsbehelfe außerhalb der gerichtlichen Verfahren. Über den Einspruch entscheidet die Finanzbehörde, die den Bescheid erlassen hat. Und der Dr. Unger, ein feiner Mann, ganz gewiss, nur eigenartig ruhig, wenn ich die Sprache auf den Führer bringe, er sagt mir, er könne sich kaum noch erinnern, wann dieses Amt zum letzten Mal einem Einspruch stattgege-

ben habe. Also entweder nutzlos, dieses Rechtsinstitut, habe ich gesagt, oder das Amt arbeitet unfehlbar gut. Da hat er gelacht, um dann aber zu bemerken, das komme davon, dass in letzter Zeit mehr und mehr Ukasse aus Berlin kommen, denen zufolge Zulässigkeit und Begründetheit von Einspruch und Beschwerde mit äußerster Strenge zu prüfen seien. Rechtsmitteln, die etwa von jüdischer Seite eingelegt werden, sei keinesfalls stattzugeben, und auf die Begründung solcher Ablehnung auch keine Mühe zu verwenden. Ja, habe ich daraufhin gemeint, es sei ja auch Zeit, dass diesen Leuten ihr unseliges Handwerk gelegt werde. Schon, schon, sagt er, aber das ginge halt dann doch an die Grenzen des Rechts, und in seiner Ausbildung habe er dergleichen nicht gelernt. Ein aufrechter Mann, in seiner Art, das muss man ihm lassen. Aber es ist doch eine neue Zeit angebrochen! Nun, wie dem auch sei, der knifflige Fall, den er mit mir besprechen will, wird kaum einen Juden betreffen, denn diese Fälle sind inzwischen sozusagen von Amts wegen unknifflig.

Da klopft es. Es ist Fräulein Strempel, die lächelnd eine Tasse Kaffee hereinträgt. Also gebaut ist die! Vielleicht ein bisschen zu … Wenn die Nährmittelrationen noch ein wenig heruntergeschraubt würden, wäre sie geradezu ideal, für meinen Geschmack.

»Oh, das riecht ja wie echter Kaffee.«

Sie macht verschwörerische Augen. »Ein paar Bohnen sind ja auch drin. Von der letzten Sonderzuteilung. An Weihnachten gibt es bestimmt wieder was. Oh, sind das Ihre Kinder? Süß! Aber auch Ihre Frau … Schön. Schöne Frau. Sie hat noch einen Zopf?«

»Ja, an dem hängt sie. Zigarette?«

Fräulein Strempel lacht heftig. »Sie haben ja einen Humor! An dem hängt sie. Bin so frei. Rauch ich aber zu Hause. Wie heißen sie denn, die Kleinen?«

»Das ist der Mann, der heißt Georg.«

Sie lacht, wahrscheinlich denkt sie an den Naturburschen Weinzierl.

»Mann! Für einen Mann doch noch ein bisschen klein. Und das ist die …«

»Annemie, die Älteste, und das ist die Liselotte, mit den dicken Zöpfen.«

»An denen hängt sie wohl auch? Hübsch, die beiden, aber ziemlich verschieden.«

»Jaja, die zweite ist ganz die Mutter.«

»Und der ›Mann‹?«

»Ist eine gute Mischung. Wie Ihr Kaffee auch.«

»*Ü, ü, ü!*«

*A*ufstehn Lisele, höchste Eisenbahn!« Margret zieht ihr die Zudecke herunter. Kalt, kalt! Und finster ist es auch noch draußen.

»Ein bisschen schlafen noch, Mama. Nur ein bisschen! Ich hab doch heut keine Schule.«

Margret ist noch im Unterrock, aber sie hat ihre Toilette schon hinter sich.

»Nein, das geht nicht. Ordnung muss sein. Jetzt komm endlich!«

Es ist besser, dass die Mama das Waschen vornimmt, mit dem kalten Wasser, das noch in der Schüssel ist. Dann kann sie ans *Zopfen* gehen. Sie selbst hat nur einen Zopf, und der ist auch schon zum Knoten gebunden, aber Lise hat zwei, und die sind beträchtlich.

Margret am 17. Dezember 1940 an Franz in München:
Lises Zöpfe haben bereits eine ungemütliche Länge erreicht, von der Dicke gar nicht zu reden.

Dann in die Kleider, die schon hergerichtet sind! Ein blaues Winterdirndl für die Margret und ein grünes Trägerröckchen mit einem weißen Pullover, von der Mama gestrickt, für Lise. Margret muss sich nach dem Frühstück gleich an die Arbeit machen können, da hat sie dann keine Zeit mehr für die Tochter, die sich ihre Beschäftigung schon suchen wird. In der Tat ist heute Vormittag kein italienischer Unterricht, den Lise ansonsten täglich besucht. Es ist Lehrerkonferenz. Margrets eigener Unterricht, die *deutschen Sprachkurse*, beginnen erst am Nachmittag, denn am Vormittag gehört die Schule den Italienern, die sind ja schließlich die Herren im Haus, ja, wo sind wir denn, sind wir etwa nicht in Italien? Margret hat viel vorzubereiten. Die Diktathefte der Oberstufe sind zu korrigieren, für die Mittelstufe ist ein neues Merkblatt durchzuarbeiten, in dem es um Schreibunterricht geht. Schreibunterricht? Für das vierte und fünfte Schuljahr? Ja! Diese Kinder kannten bisher nur italienischen Unterricht, und den natürlich nur mit lateinischer Schrift. Jetzt aber ist die deutsche Schrift nach Sütterlin zu lernen, und sie muss aus den lateinischen

Buchstaben entwickelt werden. Für Margret, die ihrerseits mit deutschen Buchstaben schreiben gelernt hat, ist das eine Art Prozessumkehr. Jedes Häkchen muss stimmen, keine Unsicherheit darf an der Tafel zutage treten. Der Schulinspektor Pircher war die letzten Tage im Schulhaus ständig um die Wege gewesen, das hatte selbst Margret, die doch einiges von ihm hält, übertrieben gefunden.

Margret am 10. Februar 1941 an den *liebsten Vater* in München:
In der Schule geht es mir gut, nur etwas gar zu viel werden wir inspiziert. Jetzt hat Pircher nur noch drei Lehrpersonen zu betreuen, und bei seiner Gründlichkeit kannst Du Dir vorstellen, wie sehr er uns betreut. So arbeitseifrige Menschen wie den sollten sie viel mehr beschäftigen. Kramar mit seinen 62 Jahren hat 8 Lehrerinnen unter sich und macht es auch.

Das Frühstück gibt es in der Küche, am großen Tisch. Nanni, älteste Tochter des Hauses, hat schon gedeckt. Herzlich wie immer fällt ihr Morgengruß aus. Die kleine dralle Köchin Marlene gießt Milch in die Schüsseln (»Jietz woll, Lisele«), dann auch noch Kaffee, Gerstenkaffee, den kann man getrost auch Kindern geben. Und da hinein gibt es heute

geröstete Polentawürfel, die kennt Lise, die gibt es immer in Penon. Sie machen Fettaugen, weswegen sie bei ihr nicht so beliebt sind. Also zieht sie ein säuerliches Gesicht und zögert. Margrets Hinweis, sie solle keine *Mäuse* machen bei diesen Zeiten, hilft nicht viel. Da braucht es schon die Mithilfe der Nanni, die mit etwas klagender Stimme betont, wie wichtig das Schmalz im Essen sei, wenn man den Tag über kräftig bleiben wolle, da habe die Mama ganz recht. Da folgt Lise und isst brav das Süppchen, denn die Nanni ist eine Respektsperson. Außerdem ist sie die Patin, das *Gotele*. Das Gotele sagt selber *Mammi* zur Margret, jetzt zum Beispiel, als diese sich zur Arbeit in ihr Zimmer zurückzieht. Wie ist das möglich, wo das Gotele doch gerade auch den Frühstückstisch für die eigenen betagten Eltern im *Vorzimmer* gedeckt hat?

Margret am 22. Juni 1927 (also 14 Jahre vor unserer Geschichte!) an ihren Verlobten:

Mein Franzi! O, heute hats mich wieder einmal ›gstiert‹ mit den Fratzen. Dumm sind sie und nebenbei ›znicht‹ wie die Teufel. Aber die Mama nimmt sie immer wieder in Schutz und versteht nicht, daß sie mir mit aller Kraft entgegenarbeitet. Du glaubst nicht, wie schwer es ist, gerade an diesen Kindern zu arbeiten. Sie werden zu gar nichts angehalten, nichts wird ihnen versagt, nie lernen sie Ordnung kennen und was das schlimmste ist – sie haben keine Ahnung von einem Gehorsam. Ich habe heute nicht anders können, als mit dem Chef ein ernstes Wort zu sprechen und ihm nahezulegen, daß Eltern und Erzieher zusammenarbeiten müssen. Er hat mir ja recht geben müssen, aber was nützt es, er ist viel zu viel beschäftigt, um an seine Kinder denken zu können. Wozu hat man die Erzieherin? Und die Mutter ist blind und taub; es sind ja ihre Kinder, ihre lieben Kinder!

Vor solchem Aufgabenberg also war die Zweiundzwanzigjährige in diesem Haus einmal gestanden, bei nicht weniger als vier Buben und vier Mädchen. Aber: Wie erfolgreich muss am Ende doch ihre Arbeit gewesen sein, wenn sie nach so vielen Jahren, in der Kriegszeit, in der schwierigen Übergangszeit zwischen der Abwanderung des Ehemanns *ins Reich* und dem eigenen Nachzug mit den Kindern, mit ihrer kleinen Tochter so liebevoll aufgenommen ist, jegliche Hilfe erfährt und sogar den vertraulichen Titel *Mammi* genießt? Freilich ist bei dieser Anrede eine Kollision nicht zu befürchten, wie der nachfolgende Dialog zeigt. Gerade schaut nämlich die alte Chefin des Hauses in die Küche und meint zu ihrer Ältesten: »Jietz magsch ins lei in Kaffee bringen, Nanni.

Guat Morged ibrigens. Isch die Greatl schon außer Haus?«

»Guat Morged, Frau Mutter, habbs guat gschlofen? Naa, die Greatl hat ersch namittag Schual, aber sie huckt schon oben ban Korrigieren. Isch der Herr Vatter aa schon auf?«

»Woll. Sag ihr, i kimm amol aui za ihr in Vormittag.«

Als dann die alte Frau Mayr dem ehemaligen *Fräuln* den Besuch abstattet, ist auch der Seniorchef dabei. Er zeigt sich befriedigt darüber, dass in der Schule jetzt endlich wieder Deutsch unterrichtet wird. Seine Kinder, denen dieser Unterricht auch zugestanden hätte, sind freilich dem Schulalter längst entwachsen. Er hat sehr wohl für das Reich optiert, denkt aber nicht konkret ans Auswandern. Als Grundlage dafür wäre erst ein umfangreiches Schätzgutachten über den Wert seines Haus- und Grundbesitzes zu erarbeiten, und er weiß, dass die hierfür eingesetzte Kommission stark überlastet ist. Dass eines Tages nur noch die *Walschen* oder ein paar Dableiber seine Weinberge und Obstwiesen bewirtschaften sollen, kann er sich in Wahrheit ohnedies nicht vorstellen. Ausgerechnet die *Walschen*, denen man die *leschte Huar* und das *leschte Bröckl Stinkkas* wegnehmen müsste, wie einer seiner geläufigsten Aussprüche lautet, und auf

den seine Frau jedes Mal mit einem händeringenden Blick zum Himmel reagiert.

Lise hat den freien Vormittag auf ihre Weise verbracht. Da und dort hat sie sich sehen lassen, bei der Gärtnersfrau, bei den Kälbchen im Kuhstall, bei der Santifaller Moidl im Bügelzimmer, bei der Köchin Marlene, und überall hat sie freundliche Aufnahme gefunden.

Margret am 17. Dezember 1940 an Franz in München:
Lise hat überhaupt den besten Teil erwählt. Sie ist Hahn im Korb und jeder hat sie gern.

Mariedl, die sportlichste unter den Töchtern des Hauses, hat sich sogar eine Stunde freigemacht, um mit Lise unten bei der Schwimmlacke ein wenig Weit- und Hochsprung zu trainieren. Auf dem Rückweg zum Haus haben sie in den Pergeln köstliche *Traubentschaggelen* gefunden, die beim Wimmen übersehen worden sind und erst jetzt, da das Laub herunterfällt, sichtbar werden.

Eine Attraktion hat Lise brav und gehorsam ausgelassen: Die Straßenneubaustelle oberhalb des Hauses. Dort hat sie nämlich vor einigen Wochen, zusammen mit dem Georg, der für ein paar Tage aus Penon zu Besuch dagewesen war, etwas ganz Gefährliches *geliefert*. Eigentlich war es ja vom Bruder ausgegangen, aber von ihr hätte man doch erwarten können, dass sie als die Gescheitere … Man muss wissen: Da oben war bereits ein schönes Stück eines neuen Straßendamms geschüttet, und auf dem waren Gleise verlegt, richtige kleine Eisenbahngleise, mit Weichen sogar, freilich nur schmalspurig und provisorisch. Auf ihnen fuhr man mit Kipploren, echten Eisenbahnwagen ähnlich, und sogar eine Art Lokomotive stand da. Da sollte man nicht an einem Sonntagnachmittag, wenn weit und breit kein Arbeiter zu sehen ist, ein wenig Eisenbahn spielen? So ein Wägelchen vom Nebengleis herausschieben auf die Hauptstrecke, sich hinten auf die Puffer stellen und sich daran ergötzen, dass man langsam Fahrt aufnimmt, denn es ist abschüssig, jauchzet, frohlocket, aber, oh Gott, es wird ja schneller und schneller, wo führt das hin? Herunter! Nichts wie herunter, jeder auf seiner Seite! Und Lise springt auf ihre, Georg auf seine, es liegt feiner Kies an, ziemlich locker, man überschlägt sich, aber man verletzt sich nicht ernsthaft, was haben die Schutzengel wieder einmal zu leisten gehabt! Und die Kipplore rast den Abhang hinunter, dort, wo das Gleis und der Damm vorläufig enden. Schreckensbleich jetzt hinunter ins Haus und dramatisch gebeichtet, denn die Spuren an den sonntäglichen Kleidern sind unübersehbar. Strenge Zurechtweisung durch das Gotele und die blass gewordene Mama, aber auch grinsende Mutmaßungen bei den Mannderleuten, wie die *Walschen*, die bei der Enteignung des Straßengrunds nicht zimperlich gewesen waren, ihren *Gratten* wohl den Abhang wieder hinaufbringen würden.

Erst beim Mittagessen trifft Lise heute wieder mit der Mama zusammen, am großen Küchentisch, denn die Stube gehört jetzt den Knechten und Mägden. Dem Essen merkt man an, dass es nicht ausschließlich aus den mageren amtlichen Lebensmittelzuteilungen zubereitet sein kann. Da drüben im Dorf ist der Metzger, man kennt sich, da ist der Bäcker, da ist der Laden für alles andere, überall kennt man sich. Schließlich hat man gelegentlich auch selbst etwas zu liefern, und der Hof wirft einiges ab, das sich an den Kontrolleuren vorbeileiten lässt.

Margret muss heute Nachmittag ausnahmsweise nicht mit dem Autobus zu ihrer Schule in Rentsch. Der älteste der Söhne, der Jungbauer Peppen, fährt sie mit seiner stolzen Beiwagenmaschine, Marke *Moto Guzzi*. Vor dem Haustor steht er bereit, eine alte Joppe über dem blauen Schurz, und lässt den Motor aufheulen. Sein Bruder Ludwig verstaut die Aktentasche der Lehrerin im Beiwagen und hilft ihr galant grinsend beim Einsteigen. Lise freut sich auf die Fahrt, sie genießt sogar den Geruch der bläulichen Qualmwolke, in die die Gruppe eingehüllt ist. Sie klettert auf den Rücksitz und umklammert den Haltegriff. Hinter dem breiten Rücken des Manns weiß sie sich gut vor der Kälte des Fahrtwindes geschützt. Als sie über die rappelnden Bohlen der Holzbrücke fahren, sieht der Peppen, wie sich die Schranken des Übergangs über die Gleise der Südbahn schließen. »*Oschtia*, die faule Sau«, flucht er, aber Margret beruhigt ihn, die Zeit werde schon noch reichen. Nun heißt es Motor abstellen und warten, ewige Minuten, bis endlich der Zug brenneraufwärts dahergeschlichen kommt. Geht die Schranke dann gleich wieder in die Höhe? Keineswegs! Der Lokführer könnte es sich ja anders überlegen und mit seinem Zug zurückkommen, meint der Peppen, während er an seinem Gasgriff dreht. Draußen in Deutschland seien sie bestimmt nicht so ängstlich wie die *Walschen* hier drinnen. Dann endlich kann er fahren, und er tut es nicht zu langsam! Wenn die Margret es nicht doch eilig hätte, sie würde schreien in den Kurven.

Der Schulinspektor Pircher steht heute nicht vor dem Eingang, in den die Kinder hineindrängen. Aber sein Kollege Kramar kommt eben daher, aus Bozen heraus, gerade rechtzeitig, um der Nachwuchslehrerin die Hand zum Ausstieg zu bieten.

»Sie haben es aber kommod, Frau Grete«, sagt er, »ein Taxi auf drei Rädern. Und Sie sind wohl vom Unterganznerhof?«

»Ja, Josef Mayr mein Name.«

»Soso. Wenn Sie Josef heißen, sind Sie bestimmt der Älteste?«

»Sell isch richtig, Herr Doktor.«

»Lassen wir diese Titel. Jetzt komm du auch, Lisele.«

Der Peppen winkt und knattert davon. Ein paar Buben, die sich um das Motorrad geschart hatten, sind in Streit geraten, was besser ist, *Moto Guzzi* oder *BMW*. Nur einer verteidigt das italienische Produkt. Er erntet dafür einige Rempler und den Titel *Dableiberfack*. Dabei ist er gar kein Dableiber. Als solcher dürfte er nämlich an den deutschen Sprachkursen am Nachmittag gar nicht teilnehmen.

Die Margret hat also Schule zu halten für die Optantenkinder, in der Unterstufe, in die auch Lise geht, aber auch in der Mittel- und Oberstufe. Seit ein paar Wochen erst ist sie in diesem Dienst, ist ihre Ausbildung abgeschlossen, aber sie weiß bereits, dass sie große Freude hat an diesem Beruf und dass es ihr gut tut, wieder einmal anderer Leute Kindern etwas beizubringen, nach den Jahren, in denen sie beinahe nichts als die Aufzucht ihrer drei eigenen gekannt hat. Die Prüfung für die Aufnahme in die Schulungskurse ist ihr nicht schwergefallen:

Margret am 16. Februar 1940 aus Penon an Franz in Bozen:
In Bezug auf die Schule kann ich Dir nichts Neues berichten, außer daß wir gestern eine mündliche und schriftliche Prüfung unter Leitung des Martl ablegen mussten. Ich hoffe, wohl gut abgeschnitten zu haben, wenigstens schriftlich, denn mündlich habe ich lachen müssen und alle mit mir, was mir einen strafenden Blick des Kurtiniger Lehrers eingetragen hat und wohl auch eine schlechte Note.

Das Lachen scheint dann doch nicht schädlich gewesen zu sein, denn obwohl die Behörden in Bozen von 500 Bewerberinnen nur 150 vorläufig bewilligt haben, war Margret unter den Gewinnern. Kein Wunder übrigens, dass es so viele Bewerber gegeben hat:

Margret am 7. März 1940 an den *lieben Vater* in Bozen:
Wir haben müssen Fragebogen wegen des Gehalts ausfüllen und werden uns demnächst nach Kurtatsch zur ärztlichen Visite begeben müssen, denn man verlangt auch ein ärztliches Zeugnis. Herr Marth hat uns gesagt, daß der Gehalt sehr zufriedenstellend sein soll.

Ob *der* Gehalt dann wirklich zufriedenstellend war? An der rechtzeitigen Auszahlung hat es jedenfalls gehapert, und man kann nur spekulieren, ob es eine deutsche oder eine italienische Stelle war, die für die Schecks der Lehrerinnen der deutschen Sprachkurse zu sorgen hatte ...

Margret am 10. Dezember 1940 an den *lieben Vater* in München:
Die RM 120.- habe ich erhalten und sind mir dafür ohne Weiteres Lit.909.15 ausbezahlt worden. Das Geld ist mir sehr gelegen gekommen, denn ich hatte buchstäblich keine Lira mehr. Das Gehalt wird uns sehr unpünktlich ausbezahlt [aber es hat wenigstens das richtige Geschlecht angenommen] *und haben wir den Scheck für Dezember noch nie bekommen. Ich kann mich über solche Dinge ärgern, denn von uns verlangt man Einsatzbereitschaft bis zum Äußersten und wir dürfen uns nicht zersplittern und noch andere Erwerbsquellen suchen, und lässt uns so hängen.*

Lise geht ins Klassenzimmer. Der Schulinspektor Kramar aber begleitet Margret ins Lehrerzimmer. Und da sind auch einige Lehrpersonen, die Mehrzahl noch von der Konferenz heute Vormittag. Es ist erstaunlich, wie unterschiedlich sie aussehen. Zwei Frauen tragen Dirndlkleider mit Schürze und haben, ganz wie Margret, ihren Zopf zu einem Nackenknoten gebunden. Die anderen aber sind vorwiegend in Schwarz gekleidet, und das nicht etwa, weil sie in Trauer wären, sondern weil sie einer, besser gesagt *der* Partei angehören. Da ist beispielsweise ein Mann, der wie folgt zu beschreiben wäre: ein schwarzes Käppi über schwarzen Haaren, ein schwarzes Hemd, dito Krawatte, eine Art Uniformjacke, schwarz versteht sich, mit zwei Reihen Goldknöpfen, die von der Mitte bis zu den Schultern nach oben auseinanderstreben. Und die übrigen Frauen? Sehen ziemlich gleich aus, nur tragen sie einen Rock und statt des schwarzen Hemds eine weiße Bluse.

Margret bietet den italienischen Kollegen immerhin ein gutturales *buon giorno*, zumal da ja auch die Lehrerin ist, bei der Lise am Vormittag italienischen Unterricht hat, nicht ohne guten Erfolg übrigens. Dann begrüßt sie ihre Kolleginnen Moidl und Luisa, die sie von den Schulungskursen gut kennt. Margret hat schon auch einige Italienischkenntnisse, doch, doch, wenn sie auch nicht vergleichbar sind mit denen ihres lieben Franz.

Dem schrieb sie, und die beiden waren damals noch verlobt, am 7. April 1927, also 13 Jahre vorher:

Arbeit habe ich schon ziemlich und es braucht große Geduld, den Kindern etwas beizubringen, aber ich hoffe, daß es mir gelingen wird. Heute habe ich sie den ganzen Tag um mich gehabt, weil Donnerstag ist und keine Schule, sonst habe ich sie nur abends von ½ 6 Uhr bis ½ 8 Uhr und habe deren Aufgaben zu prüfen. Soweit bin ich schon im Italienischen, daß ich fließend lesen kann und die Kinder in der Meinung erhalte, ich kann italienisch.

Die Vertreter der beiden Volksgruppen im Lehrerzimmer reden im Übrigen nicht groß miteinander. Für einen echten Faschisten ist es nun einmal eine Kröte, dass seit Beginn des neuen Schuljahrs diese Dirndlträgerinnen irgendwie zum Lehrkörper gehören und dass sie nicht einmal verpflichtet sind, im Unterricht Italienisch zu sprechen, ja wo sind wir denn, sind wir nicht in Italien? Und die Regelung, die diesem ganzen Schultheater zugrunde liegt, dass nämlich die Optantenkinder – und das sind bedenklich viele, nämlich sechsundachtzig Prozent, also fast alle aus der deutschsprachigen Bevölkerung – täglich Anspruch auf zwei Stunden Deutsch haben, hat auch die Schulsaalplanung schwierig gemacht. Und es ist ärgerlich, dass die Buben zu diesen Lektionen ohne ihre Balillauniformen erscheinen und ziviles Zeug anlegen dürfen, zum Beispiel diese lächerlichen kurzen Tiroler Lederhosen.

Schulinspektor Kramar, der Margret aus dem Beiwagen half, ist ein groß gewachsener Herr, dessen kleiner Oberlippenbart gut zum weißen Haupthaar steht. Er stammt aus Graz und hat schon deswegen mit dem Italienischen wenig im Sinn. Er ist also Österreicher? Nein, er müsste Deutscher sein seit dem Anschluss, also nun schon seit gut zwei Jahren! Oder ist er am Ende doch Italiener, weil er schon seit Jahren in Bozen ansässig ist und Direktor einer Volksschule? Wie auch immer, er ist von den deutschen Schulinstanzen auserkoren, auf seine alten Tage an der Aktion »Deutsche Sprachkurse für Optantenkinder« mitzuwirken. Zuallererst kam es dabei auf die Ausbildung von deutschsprachigen Lehrern an. Rasch hatte das zu gehen, denn kaum waren diese Unterrichtsstunden auf hoher politischer Ebene ausgehandelt, sollten sie auch schon umgesetzt werden, damit möglichst viele Kinder von der pädagogischen Wohltat auch noch etwas hatten, stand doch für viele die Umsiedlung unmittelbar bevor. Das Unterrichtsmaterial? Da brauchte man nicht lange zu suchen: Soweit es nicht aus der vorfaschistischen Ära vorhanden war, übernahm man es aus dem *Reich*, und damit brauchte man sich auch nicht lange um eine Ideologie zu kümmern. Leopold Kramar war einer derjenigen, die es dabei nicht bewenden ließen. Er sah in den Kindern nicht so sehr die künftigen Soldaten und Gebärerinnen für den Führer als vielmehr kleine Geschöpfe, die es rechtzeitig mit den richtigen Werten vertraut zu machen galt. Er verstand es, den jungen Lehreranwärtern die Verantwortung für die Seelen der Kinder, vor denen sie alsbald stehen sollten, aufzuzeigen. Sein Anzugsrevers zierte kein kleines rundes Abzeichen mit Hakenkreuz, und dennoch genoss er beträchtliches Ansehen. Ihn umgab sogar eine Aura besonderer Art: Er war der erste Waldschulmeister gewesen. Waldschulmeister? Ja, das war der Ehrentitel für den, der die von Peter Rosegger gestiftete Dorfschule in Krieglach in der Steiermark zu leiten hatte. Jung war Kramar damals gewesen, vor mehr als dreißig Jahren.

Davon haben natürlich die schwarz gekleideten italienischen Kollegen hier im Lehrerzimmer keine Ahnung, und es wäre auch verlorene Mühe, es ihnen nahezubringen.

Der würdige Kramar fragt Margret, ob es ihr recht sei, wenn er sich in ihrer ersten Stunde ein wenig hinten hineinsetze. Sie hat nichts dagegen, schätzt sie doch den Waldschulmeister so sehr wie keinen der anderen Vorgesetzten:

Margret am 1. Dezember 1940 an Franz in München:

Gestern war ich von Prof. Kramar und Egger eingeladen, eine Törggelepartie zu machen … Wir sind über Kampill nach Schloß Karneid und zurück zum Knottner und zuletzt zum Ganzner und haben uns recht gut verstanden und unterhalten. Egger hat alleweil gesagt, Du habest ihm Dein Weibele anvertraut und er muss sein Schutzengelamt ausüben. Kramar ist ein selten edler und netter Mensch, und ich schätze mich glücklich, seine Sympathie zu besitzen. Du wirst wohl auch nichts dagegen haben, wenn ich bei den alten Herren Erholung und geistige Anregung suche, die ich in Penon so sehr vermisst habe … Kurz und gut, es war sehr nett und haben wir auch unsere Hochzeit gefeiert und den fernen Gatten durch ein kräftiges Glasl hochleben lassn. Hast Dich nicht »gehoben« gefühlt?

Es mag sich lohnen, hier ein wenig zwischen den Zeilen zu lesen. Dieser Egger, über den Weiteres nicht bekannt ist, hat sich wohl sein *Schutzengelamt* flapsig und burschikos angemaßt, um der hübschen Margret wenigstens verbal auf die Pelle rücken zu können. Derlei tut der edle Leopold Kramar nicht. Bei ihm aber, und kaum bei diesem Egger, sucht Margret geistige Anregung, die ihr in Penon, wo sie sich Jahr für Jahr viele Monate mit den Kindern aufgehalten hat, so sehr abgegangen ist.

Margret am 7. März 1940 aus Penon an den *lieben Vater* in Bozen (ein halbes Jahr vor seiner Abwanderung):

Sei so gut bitte u. bringe mir irgendwelche gute Lektüre; ich verblöde sonst noch ganz, denn ohne geistige Anregung geht noch das bisschen Verstand durch. Von Mayr Zilli würdest Du schon etwas bekommen. Müsstest halt einmal über Mittag hinausfahren.

Vermutlich hat Franz das nicht getan. Natürlich, da war Gretls Wunsch, aber sie war gutmütig und verzichtsbereit. Eigenes Interesse an *guter Lektüre* wäre für Franz ein zusätzliches Motiv gewesen, *über Mittag* einmal hinauszufahren. Aber mit dem eigenen Interesse war es wohl nicht weit her. Denn nein, von Belesenheit konnte man bei Franz zeit seines Lebens nur mit Einschränkung sprechen. Die Kunst, die bildende Kunst, ja, dafür war er zu haben, das war sein Gebiet. Bemerkenswert übrigens, dass die Zilli Mayr über gute Lektüre verfügt haben soll, war sie doch einer von den ungehobelten und *znichten Fratzen*, mit denen sich die Margret vor dreizehn Jahren hatte abrackern müssen. Ein weiterer pädagogischer Späterfolg also? Nein! Nicht alles Gute dürfen wir unbesehen auf dem Konto der Margret verbuchen. Da muss schon auch etwas in Zillis Erbmasse gewesen sein.

Die zweiundzwanzigjährige Margret am 7. April 1927 aus Kardaun an ihren Verlobten Franz:

Nach Girlan [dem Heimatort] habe ich noch kein Heimweh gehabt und es tut mir hier die freundliche Behandlung ordentlich wohl auf die andere von daheim hinauf. Gerade jetzt hat mir Frau Mayr noch eine Tasse Thee mit Bäckereien ins Zimmer gebracht und Herr Mayr überhäuft mich förmlich mit Büchern, so daß ich die ganze Nacht lesen könnte, wenn ich nicht immer rechtschaffen müde wäre.

Wer andere mit Büchern überhäuft, ist wohl ein Liebhaber derselben. Da muss also ein kräftiges Interesse vorhanden gewesen sein beim alten Herrn Mayr, keine Selbstverständlichkeit für einen Landwirt.

Ein wenig aufgeregt kommt Margret mit ihrem hohen Gast im Klassenzimmer an. Die imponierende Erscheinung des Schulinspektors bewirkt, dass selbst die wildesten Buben einmal aufhören, an den Zöpfen der *Gitschen* zu ziehen. Unaufgefordert verkrümeln sich alle auf ihre Plätze, spähen heimlich nach hinten. Ist etwas Besonderes im Gange, weil dieser Herr mitgekommen ist? Lise, die sich eben erfolgreich gegen eine Bubenattacke gewehrt hat, beobachtet nicht ohne Stolz, wie die Mama ihren *Zegger* auf dem Pult abstellt und ihre Klasse freundlich und energisch ins Visier nimmt. »Ihr werdet heute so gut mitmachen wie an gewöhnlichen Tagen auch, damit der Herr Schulinspektor Kramar (alle drehen sich jetzt um) mit euch (und mir, denkt sie) zufrieden sein kann. Wir beginnen mit einem kleinen Gedicht, das uns heute die Waltraud vortragen wird.«

Auf Waltraud ist Verlass, das weiß Margret. Aber das Mädchen ist erst einmal überrascht, es starrt mit rotem Kopf und offenem Mund nach vorne.

»Wer nur den lieben …«, sagt ihr die Lehrerin aufmunternd vor, und jetzt löst sich der Knoten.

»Wer nur den lieben Gott lässt walten und hoffet auf ihn allezeit«, kommt es ein wenig leiernd, aber laut und deutlich, »den wird er wunderlich erhalten in aller Not und Traurigkeit; wer Gott dem Allerhöchsten traut, der hat auf keinen Sand gebaut.«

Das gefällt den Buben, das verstehen sie. Auf Sand kann man nicht bauen, da kommt alles ins Rutschen.

Da schau her, denkt der Schulinspektor, sie lässt etwas Frommes vortragen, wo doch fast alle anderen markige deutsche Sprüche bevorzugen. Meistens höre ich *Vor allem eins, mein Kind, sei treu und wahr, lass nie die Lüge deinen Mund entweihn, von alters her im deutschen Volke war der höchste Ruhm, getreu und wahr zu sein.* Ausgerechnet die Nazis verwenden derlei schöne Maximen.

Und wie war es mit dem *Deutschen Gruß?* Im *Reich* hätte der Unterricht unweigerlich damit beginnen müssen (und wir können uns gut vorstellen, wie das lang gezogene *Heil Hiiitler* der Kinder hier getönt hätte), aber die Italiener hatten sich das doch verbeten, auf ihrem Boden, trotz aller Achsenbrüderschaft. Sind wir etwa nicht in Italien?

Margret verkündet, dass heute der Umlaut *Ü* drankomme. Sie schreibt an die Tafel: *Ich gehe über die Brücke.* »So, Martl, lies uns das vor.«

»Icch gehe ieber die Bricke.«

»Ü, ü, ü!«, sagt die Lehrerin und deutet wiederholt auf ihren Mund.

»Ücch gühü ...«

Großes Gelächter.

»Lies du, Lisele.«

»Ich gehe üüber die Brüücke.«

»Und jetzt du, Rosa.«

Allmählich getrauen sie sich, diesen Laut zu bilden. Sie müssen die Scheu davor ablegen, denn in ihren Ohren klingt dieses Ü nicht nur ungewohnt, sondern geschwollen, um nicht zu sagen: affig. Blümchen also, Mütter, wütend, Gemüt.

»Was? Gemüt? Was isch das?«, ruft ein Mädchen.

Margret merkt gleich: Das ist nicht leicht zu beantworten. Aber alle haben die Frage gehört, da muss sie etwas sagen.

Oh, was wird sie jetzt bringen, die schöne Grete?, fragt sich der Gast, den die Kinder übrigens längst nicht mehr beachten.

Und Margret, was kann sie anderes tun, als ihre Hand an die Brust legen, dorthin, wo das Herz ist? »Gemüt ist, was da drinnen vor sich geht. Wenn du dich freust oder traurig bist ... das spielt sich alles in deinem Gemüt ab. Ja?«

»Ja«, sagt das Kind folgsam.

Brav, wacker, Gott sei Dank, denkt der Gentleman von der letzten Bank, so was geht nur, wenn man von Haus aus klug ist und selber ein Gemüt hat.

Margret spürt, dass sie bestanden hat, aber den Blickkontakt mit dem Inspektor meidet sie. Als es an die Schreibübungen geht und sie die Kinder auffordert, die Hefte herauszunehmen, erhebt sich der hohe Herr und grüßt die Lehrerin mit einer freundlichen Verbeugung, was sie mit einem hübschen Lächeln quittiert. Die Kinder bemerken seinen Abgang gar nicht.

Strafe muss sein

Die neunjährige Annemie am 23. November 1940 an ihren *lieben Tati* in München:

So lass Dir erzählen, wie es mir geht: Bei Tante Rosa und Onkel Karl bin ich gut aufgehoben, muss aber fleißig lernen, sonst winkt Rute, Scheit oder auch Schuhlöffel. Morgens muss ich um 8 Uhr aufstehen und mein Bett machen, den Boden wischen und abstauben. Dann geht's ans Lernen. Im italienischen Buch »Cuore« lese ich jeden Tag und dann muss ich Absatz für Absatz ins deutsche übersetzen. Manche Träne fliesst dabei, denn Tante Rosa wird wütend, wenn ich so denkfaul bin. Mittags muss ich den Tisch decken und dann mit Messer und Gabel essen. Onkel Karl schaut kritisch zu und das Scheit liegt immer griffbereit auf dem Tisch. Die Lehrerin ist nicht gar so sehr zufrieden mit mir. Ich passe zu wenig auf und wäre zerstreut und verträumt. Tante Rosa treibt mir zu Hause die Träumerei schon wieder aus, wenn's mit guten Worten nicht geht, so mit dem Besenstiel.

*D*er Tati in München wird sich gefreut haben. Wie gut sich seine Älteste doch schon ausdrückt! Nein, so ein schöner Brief! Und wie gestochen in der Sütterlinschrift. Ganze neun Jahre ist sie alt!

Nachgerade verblüffend, denkt Franz, wo sie doch von Anfang an in der italienischen Schule war und nicht einmal Deutsch als Schulfach hatte. Nichts spüre ich bei meiner Annemie von dem, was mir Gretl erzählt hat, dass nämlich die italienische Staatsschule fünfundvierzig Prozent der südtiroler Abgänger als Analphabeten entlässt. Das soll sich aus einem Bericht des Leiters der jetzt neu eingerichteten deutschen Sprachkurse ergeben. Fünfundvierzig Prozent! Analphabeten! Leute also, die Gelesenes nicht verstehen können und nicht imstande sind, irgendeinen Gedanken schriftlich niederzulegen, weder auf Italienisch noch in der Muttersprache! Nein, da! Der Brief meiner lieben Kleinen! Es ist weitgehend das Werk meiner tüchtigen Gretl, keine Frage. Sie hat immer schon auf eine ordentliche Sprache geachtet. Da kann ich schon stolz sein, sie ist eine gute Lehrerin, und ich kann verstehen, warum sie ihren Beruf so liebt.

Verdient auch Geld damit, was uns gut tut. Wenn sie nur nicht den Beruf zum Vorwand nimmt, über Gebühr drinnen zu bleiben.

Und auch die Rechtschreibung! Tadellos, so viel ich sehe. Gut: *Ins deutsche*, das würde ich groß schreiben, das hat sich inzwischen ja auch so eingebürgert, schließlich bringt man damit zum Ausdruck, dass das Deutsche etwas Großes ist. Die Welt wird ja noch staunen. Was bin ich stolz, jetzt ein Deutscher in Deutschland zu sein. Und mit meiner Familie, wenn sie einmal da ist, werde ich mich sehen lassen können. Da werden sie Augen machen, die Kollegen. Gut, Gretl muss sich dann schon ein bisschen eleganter aufmachen, ein bisschen … städtischer. Hier, in der Hauptstadt der Bewegung, kann sie nicht jeden Tag im Dirndl daherkommen, und der lange Zopf wird eines Tages auch dran glauben müssen. Die Traudl Föckerer zum Beispiel trägt schon ihr Haar kurz wie viele junge Frauen, deswegen ist sie noch lange kein Vamp, sondern eine solide deutsche Frau. Ja, es steht ihr gut, der Traudl, das kurze Haar. Der Haarknoten bei meiner Gretl war ja vielleicht einer der Gründe, warum sie sich in Riccione nicht in unsere kleine Gesellschaft einfügen mochte. Und ihre ewigen Dirndlkleider! Man kann doch nicht in Riccione ständig im Dirndl herumlaufen, zum Gegaff und Gespött der Italiener! Sie hat das natürlich gespürt, aber dann hat sie sich verteidigt, das sei nun einmal ihrer Herkunft angemessen, und sie wolle sich nicht zu einer *Walschen* machen lassen. Obwohl knapp bei Kasse, sehr knapp sogar, wollte ich ihr einmal etwas Hübsches kaufen. Hat sie aber abgelehnt. Könnten wir uns gar nicht leisten. So musste ich halt die übrigen Jahre ohne sie ans Meer fahren. Und sie ist mit den Kindern in Penon geblieben, einer musste ja bei den Kindern sein.

Gretl (»Goggoline«) am 29. August 1931 an den *lieben Goggolo* in Riccione: *Goggolinchen* [die erste Tochter Annemie, dreieinhalb Monate alt] *geht es sehr gut, wenn es auf ist, sagt es immer Gooo. Mutter hat Vater sehr lieb. Ist es fein unten? Sind schöne oder schieche Weiber dort? Mutter freut sich sehr, wenn Vater kommt.*

Es beruhigt mich, dass sich meine Annemie doch so wohlfühlt bei der Rosl. Ob die mitgewirkt hat bei diesem Brief? Gut möglich. Wahrscheinlich sogar. Schön, dass sie und der Karl auch einmal etwas für uns tun. Was haben wir den Karl eingeladen und seelisch aufgerichtet, bis er endlich wirtschaftlich auf die Beine kam!

»Fräulein Strempel, das haben Sie ausgezeichnet geschrieben. Fehlerfrei. Aber warum sind die Großbuchstaben immer … ein bisschen erhöht?«

»Liegt an der Maschine. Ich kann's nicht ändern. Früher hat der Herr

Pausewang von der Registratur so etwas repariert, aber seit der bei der Wehrmacht ist …«

»Na ja, es gibt Wichtigeres. Schauen Sie mal, da habe ich auch etwas Fehlerfreies, einen Brief meiner Ältesten. Sie interessieren sich doch für meine Kinderchen?«

»Oh ja! Ist *das* aber schön geschrieben. Fast vier Seiten! Darf ich ein bisschen lesen?«

»Natürlich!«

Fräulein Strempel liest, zuerst noch halblaut, dann wird sie still, und zuletzt wirkt ihr Gesicht recht betroffen. »Das ist aber … Da geht's aber streng her, bei dieser Tante.«

»Ja, da lernt sie ihre gute Ordnung.«

»Aber es gibt jeden Tag Prügel.«

»Steht nicht schon in der Bibel: Wer die Rute spart, hasst seinen Sohn? Das gilt bestimmt auch für Töchter.«

»Meinen Sie? In der Bibel steht viel. Schauen Sie: Rute, Scheit, Schuhlöffel, Scheit, immer griffbereit; Besenstiel. Also ich, wenn ich einmal Kinder habe … Nein, mit Liebe kann man doch viel mehr erreichen, das haben auch meine Eltern so gehalten.«

»Schon, schon, Liebe muss auch sein, natürlich, was glauben Sie, wie wir unsere Kinderchen lieben. Jetzt sind wir halt durch die Umstände etwas verstreut. Sie schreibt doch selber, dass sie gut aufgehoben ist bei der Tante!« Franz ist ungehalten, Fräulein Strempel hebt beschwichtigend die Hände. »Ich wollte mich keinesfalls eingemischt haben, Herr Doktor. Ich gehe wieder an meinen Platz.«

Was versteht sie schon von Kindern, so jung, wie sie ist? Ich muss mich jetzt über diesen kniffligen Fall hermachen, nachmittags ist Besprechung beim Chef. Als ob ich meine Tochter nicht über alles liebte! Die Rosl hat kein eigenes Kind, sie ist impulsiv, vielleicht ist sie mit Schlägen etwas *zu* schnell bei der Hand. Wenn sie selber eins hätte, wär's wohl anders. Einmal waren sie ja schon so weit, und dann haben sie es abgebrochen, weil sie sich nicht darüber hinaussahen. Eine Hypothek sondergleichen. Und unnötig. Schickt der Herr das Hasl, schickt er auch das Grasl.

Franz am 23. März 1941 aus München an Margret:
Karl und Rosl sollten nun halt auch einmal einen Versuch machen, einem lieben Menschenkind das Dasein zu geben. Der Versuch kann ja nicht fehlgehen, denn es ist doch noch immer wahr, daß schöne Schüsseln schöne Scherben geben.

Die kleine, rassige Rosl. Freilich kann sie der Gitsch einsagen, sogar diktieren, was sie zu schreiben hat. Dass sie bei ihnen gut aufgehoben ist ... Scheint nicht gerade zum Wortschatz einer Neunjährigen zu gehören. Die Lise und der kleine Mann, die haben es wohl besser. Aber eines steht fest: Die gehören alle heraus, hierher, nach München, zu mir, und zwar möglichst schnell!

Im selben Brief vom 23. November 1940 schreibt Annemie:

Wenn ich aber brav bin, was auch manchesmal vorkommt, so geht es mir natürlich wieder viel besser, ein Schokoladebonbon, ein Paar Schuhe, warme Überschuhe für den Winter habe ich schon bekommen. Dann darf ich etwas länger aufbleiben und mit Onkel Karl raufen – das tue ich ja so gern, wenn er mir dabei auch meine »zarten« Knochen beinahe zermalmt. Kurz und gut, Du kannst meinetwegen unbesorgt sein, mir geht es gut. Sonntags darf ich zur Mammi gehen oder ich spiele mit den Oberrauchkindern, und diesen Sonntag, wenn ich brav bin, darf ich mit zur Tante Hilde und zur kleinen Sieglinde.

Na also: Sie braucht ja nur brav zu sein, wenn sie wirklich will, dass es ihr gut geht. Warum ist sie denn auch nicht immer brav?

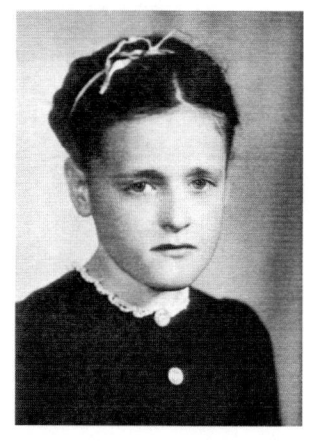

Der Vormittag heute in der italienischen Schule ist gar nicht schlecht gelaufen für sie. Die Lehrerin hat etwas aus *Cuore* lesen lassen, ein Stück, das im Winter spielt, mit nassem Neuschnee, den sie jetzt allerdings in Bozen nicht haben, obwohl es langsam auf Weihnachten zugeht, aber Regen haben sie, schon seit zwei Tagen. In dem Stück werfen die Lümmel von der letzten Bank nach Schulschluss mit harten Schneebällen um sich, und getroffen wird ein alter Mann, dessen Brillenglas bricht und ins Auge geht. Großes Geschrei: Wer war's? Garoffi war's, aber es braucht den Anschub des edlen Garrone, dass Garoffi sich meldet und den Greis um Verzeihung bittet, die er dann auch bekommt, und alle sind gerührt, weil er sich gemeldet hat. Da hat Annemie auch ein paar Sätze zu lesen gehabt, und die Lehrerin hat sie gelobt wegen der guten Aussprache, die ja keine Selbstverständlichkeit ist bei einem Kind dieser Leute hier im Hochetsch, und Annemie hat auch auf ihre italienischen Fragen antworten können und gezeigt, dass sie den Text verstanden hat.

Inzwischen ist sie zu Hause angekommen. Sie zieht die Überschuhe aus, die recht nass sind, denn da waren ja auch einige Pfützen zu durchwaten, und stellt sie hinter der Wohnungstür fein ordentlich auf den glänzenden Terrazzoboden. Sie freut sich auf das Mittagessen und geht in die Küche, um Tante Rosa zu begrüßen und ihr von ihrem schulischen Erfolg zu erzählen. Rosa ist fast fertig mit dem Kochen, gleich muss ja auch der Onkel Karl heimkommen. Für das Kind scheint sie aber jetzt keine Zeit zu haben.

»Geh nur Tischdecken«, sagt sie, ohne vom Schnittlauchschneiden aufzusehen. Man sieht nur ihr glatt zurückgekämmtes Schwarzhaar.

»Tante Rosa, wir haben heute Cuore gelesen.«

»Und dein Bett, wie schaut's in deinem Zimmer aus?«

Da ist sich Annemie nichts bewusst, sie hat es gemacht wie immer. Aber wenn es schon einmal so angeht … Sie holt das Besteck aus der Schublade und schleppt die Teller an den Esszimmertisch. Ein Messer fällt ihr auf den Parkettboden.

»Willst uns alles hinmachen, Lausfratz?«, gellt es aus der Küche.

»Entschuldige, Tante!« Es schellt zweimal. Der Onkel! Annemie läuft zur Tür, aber die Tante kommt ihr zuvor und drückt den Öffnerknopf. Jetzt sieht sie die Überschuhe des Schulkindes, unter denen sich kleine Pfützen gebildet haben. Ein Aufschrei.

»Ja Madl, wo hast du nur so viel Bosheit her? Das Wasser gibt Flecken, die man nie mehr herausbringt. Wie oft hab ich dir gesagt, dass die Schuhe draußen bleiben, wenn es nass ist?« Es klatscht zweimal auf den Wangen des Kindes. Der Onkel kommt herein und fragt: »Ist sie wieder nicht brav? Warum tust du nicht, wie die Tante will?«

Die Tränen laufen dem nicht braven Kind herunter, es ist verzweifelt, es weiß, dass der Onkel, den sie doch so gern hat, ihr nicht helfen wird, wenn die Tante einmal beim Strafen ist.

»Jetzt hab ich aber genug. Aufs Scheitl! Ins Eck!« Sie muss selber das scharfkantige Buchenscheit hinter dem Regal hervorholen. Da kniet sie nun und schluchzt erbärmlich, und die beiden Erziehungsbevollmächtigten sehen sich verpflichtet, sich dadurch beim Mittagessen stören zu lassen. Jedenfalls bei den ersten beiden Gängen. Dann aber, beim Nachtisch, bekommt das Kind, dessen Tränen langsam versiegen, einen Teller mit *Pastasciutta*, die kaum mehr warm ist. Das hat sie eigentlich nicht verdient, aber man ist schließlich kein Unmensch. Das Rohrstöckchen, das der Onkel neben sein Gedeck gelegt hat, bleibt rein symbolisch, jetzt. Er hat sich diese Geste aus seiner eigenen Kindheit gemerkt. Sein Vater, der Gutsbesitzer, Weinhändler und kaiserjägerliche Oberleutnant zu Girlan (der nicht lang genug lebte, um zu erfahren, dass er auch noch Großvater des kleinen Georg wurde), hatte ja noch ganz andere erzieherische Aufgaben zu bewältigen: drei Söhne, von den Töchtern nicht zu reden, waren zu disziplinieren gewesen. Da war der Rohrstock oft genug im Einsatz, denn der alte Wilhelm hatte seine Kinder lieb im Sinne des biblischen Auftrags. Bis es sich eines Tages begab, dass der älteste Sohn, der die Züchtigung nicht mehr über sich ergehen lassen wollte wie ein Lamm, dem Erzeuger entwich und ihm ein Rennen um den großen Tisch lieferte, das der Gerechte verlor, ungeachtet er im heiligen Zorn schnaufte.

Die arme Annemie hatte niemanden, der ihr eine Strategie fürs Auskommen mit dieser Tante aufgezeigt hätte. Margret merkte zwar, dass es oft patschte, was sie nicht so recht billigte, denn sie war die jüngste Tochter des alten k.u.k. Oberleutnants und auch sie hatte dessen Prügelwut in schlechter Erinnerung, besonders die letzte Ohrfeige, die der krebskranke, bereits sprechunfähige Mann der Zwanzigjährigen noch aus dem Hinterhalt verpasste. Aber eine Erziehung ganz ohne Schläge? So etwas wäre doch gar nicht möglich!

Mutsch am 20. Januar 1941 an den *lieben Vater* in München:

Annemie ist in dem Alter, wo sie Zucht braucht und die fehlt nicht. Sie kommt fast jeden Samstag/Sonntag zu mir. Dann kann ich ein bisschen kontrollieren, was sie leistet.

Im Übrigen, was sollte sie machen, da die Rosl ihr einmal kühl bedeutet hatte, sie behalte die *Gitsch* nur, wenn ihr nicht dreingeredet werde? Es stand ja Margret überhaupt mit dieser Schwägerin Rosl auf gutem, sogar freundschaftlichem Fuße. Und Rosl war ja auch eine bemerkenswerte, charman-

te, kluge, sagen wir ruhig: Dame. Es gibt einen Brief in anmutiger, energischer Handschrift, der wahrscheinlich zusammen mit Annemies Sütterlinbrief auf die Reise geschickt wurde.

Tante Rosa an den *lieben Franz* in München:
... Wenn sie will, kann sie so ziemlich alles fehlerfrei schreiben, aber in einem Punkt zeigt sie sich ganz als Deine Tochter: Flatterhaft und sudlig wie Du! Ja, ja, ich höre schon, wie Du Dich verteidigen willst – lass Dir Zeit bis Weihnachten, da reden wir dann weiter. Inzwischen noch mehr über Deine Tochter, das wird Dich ja bestimmt am meisten interessieren ... Sie ist wie alle Mädchen in diesem Alter ein richtiger Lausfratz, Maul und Ohren offen, wenn die Großen reden und ein guter Reporter für all den Tratsch; weniger aber für's Einmaleins. Gottlob ist sie kein Wunderkind und die alltäglichen Manieren nimmt sie nun schon so allmählich an. Wir verstehen uns recht gut und ich habe den Eindruck, daß sie recht gern bei uns ist ... Wie es wohl um meine Geduld steht? Du zweifelst ja immer an meinen guten Tugenden! Mehr als ich selbst vermutete, habe ich, nur muss ich öfters Strenge walten lassen, damit sie mich nicht um den Hals nimmt, wie sie es nicht ungern und allzuschwer bei »Tate« machte. Mama kommt auch so oft als möglich nach der Tochter zu sehen und lässt es an den nötigen Ermahnungen nicht fehlen. So, bist Du nun zufrieden?

Doch, doch, da ist Franz schon zufrieden. Er ist ja auch amüsiert. So ein Brief wirkt wie ein guter Kaffeehausklatsch, den selbst ein Mann ruhig einmal genießen darf.

Franz am 20. November 1941 an die *liebste Mammi*:
Über Rosls Schnatterbrief [der sich nicht erhalten hat] *habe ich herzlich lachen müssen.*

Seine Tochter Annemie betreffend schreibt er am 20. Dezember 1940 an seine *liebste Mammi und Kinderchen*, unterm Weihnachtsbaum:
Es freut mich gar sehr, daß Annemie in bester Hand ist und fleißig angehalten wird, strebsam zu sein. Ich denke, Tante Rosl ist wohl erstklassig dahinter.

Erstklassig, diesen Ausdruck verwendet Franz gerne. Er hat sich also beruhigen lassen in Bezug auf seine große Tochter. Immerhin hatte er vier Wochen davor, am 21. November 1940, seiner Frau zu bedenken gegeben:

Annemie ist also in strenger Zucht. Wird sie wohl auch Sonnenschein in ihrem kleinen Herzen haben? Gelt, Du besuchst sie des öfteren, damit sie die Abwesenheit von ihren Eltern nicht zu arg fühle. Vergiss nicht an die Tage Deiner Kindheit zu denken, wie schwer es eigentlich war, nur fast unter fremden Menschen zu sein. Sie soll es nicht zu sehr fühlen, denn sie weiß, daß sie ja auch bei uns sein könnte.

Und der Onkel Karl? Er hat auf Rosls Brief den Rand bekritzelt, neun Zeilen in fahriger, unentschiedener Schrift, ohne ein Wort über die temporäre Tochter, aber ziemlich ausführlich zu zwei *Gänsern*, die demnächst bei einem Geburtstag in sechs Mägen begraben werden sollen; dies um die Phrase zu ersetzen:

Es geht uns gut.

Dann noch dieser Satz:

Lieber Franz, Du weißt ja, wie es bei uns ist, wenn Mutter spricht, schweigt Vater.

»Vater« Karl schweigt jetzt auch, aber aus einem anderen Grund: Er schläft, auf dem Kanapee. Währenddessen spült Rosl das Geschirr, Annemie trocknet ab. Sie achtet sorgfältig darauf, nichts fallen zu lassen, damit ja die Stimmung, die sich einigermaßen erholt hat, nicht erneut in Gefahr gerät. Rosa hört sich den Bericht über die Schule an und fragt, ob das Kind jetzt einsehe, warum es gut ist, dass sie zusammen *Cuore* lesen. Ob sie nicht doch ein bisschen von dem Kompott bekomme, fragt Annemie, als sie glaubt, das Eisen sei warm genug. Nein, Strafe muss sein. Als Rosa die Küche verlassen hat, um sich auch kurz hinzulegen, kann Annemie nicht widerstehen und schluckt hastig zwei, drei Löffel voll. Das merkt sie bestimmt nicht, denkt sie, nein, das kann sie gar nicht merken, denn den Löffel wasche ich sofort ab. Rasch an die Hausaufgaben, um vier beginnt ja schon wieder der Unterricht in den deutschen Sprachkursen. Sie muss ein Gedicht abschreiben, das mit den Worten beginnt: *Die Gänse mit dem Gänserich …* Das Kompott hat herrlich geschmeckt, der Hunger ist ja kaum gestillt. Ein Löffel müsste noch zu verantworten sein, später noch einer, dann ist Schluss, dann wird endgültig abgewaschen. Oh je, ein Tintenklecks, der hält auf, den muss sie wegradieren, sehr vorsichtig, es darf ja kein Loch entstehen. *Die machen groß Geschrei*, jetzt hätte sie bald ein *h* hinter *Geschrei* gesetzt, dieses Häkchen muss auch wegradiert werden. Die armen Gänse, sie enden als Gänsebraten.
Karl schaut verschlafen in die Küche. Ob die Tante noch liege, er brauche einen Kaffee. Wann Annemie endlich lerne, einen Kaffee zu machen.

Was sie da schreibe? Ah, da geht es um die Martinsgänse, das ist ja aktuell. Was? Noch einmal zur Schule gehen heute? Die verlangen ja etwas von den Kindern.

Rosa erscheint und setzt den Kaffee auf. Ob die Gitsch etwa von dem Kompott gegessen habe. Nein? Wehe, wenn das nicht die Wahrheit sei. Da, zwei *Pappelen*, solle keiner sagen, sie bekomme nicht genug zu essen. Nach dem Kaffee verlässt Karl die Wohnung, die Zigarette raucht er auf dem Weg. Eine Strophe ist noch zu schreiben, dann steht das Gänsegedicht vollständig im Heft, gigack, gigack, gigack. Was der Löffel da im Ausguss bedeute, fragt Rosa, sie habe doch alles abgespült. Annemie erschrickt und starrt die Tante an. Der Onkel Karl vielleicht?

»Der Onkel? Wieso der Onkel? Lüg nicht! Du hast doch vom Kompott gegessen!« Jetzt schreit sie: »Du hast mich angelogen! Schon wieder hast du mich angelogen, Lausfratz elendiger! Jetzt wart aber!«

Und wieder gibt es Schläge, diesmal mit dem Rohrstöckchen, das geduldig auf dem Esstischrand gewartet hat. Das schmitzt so richtig auf dem Hinterteil. Nach einer verheulten und verrotzten Viertelstunde macht sich Annemie auf den Schulweg, noch halb schluchzend. Es regnet schon wieder. Diese Welt ist kaum auszuhalten.

Franz bleibt nicht verborgen, dass seine Tochter auf dem besten Weg ist, eine notorische Lügnerin zu werden, und er ist darüber sehr besorgt.

Franz am 6. Juli 1941 an *meine liebste Annemie!*:
… Dann sollst noch etwas tun: Immer, aber schon immer die Wahrheit sagen. Immer aufrichtig und nie, aber gar nie falsch sein. Sonst kann es sein, daß Dich niemand gerne mag. Allen sollst Du aber offen in die Augen schauen können, wie es für ein deutsches Mädel gehört … Vati, der Dich doch so unendlich gern hat, wird also nie mehr hören, daß Annemie gelogen hat. Lieber wird Annemie, wenn sie etwas Böses getan hat, sofort die Wahrheit sagen und die Strafe ertragen, als lügen und falsch sein, denn solche Menschen kann man nirgends brauchen … Also, liebe Maus, schau mir schön in die Augen und sei ein braves, heiteres und frohes Mädl … An Onkel Karl und Tante Rosa sag recht herzliche Grüße.

Die liebe Maus macht sich gerade wieder auf den Heimweg von der Schule, von den nachmittäglichen »Deutschen Sprachkursen«. Kalt und nass ist es und jetzt auch noch finster. Ein heiteres Mädl kann man da nicht sein. Umso überraschender, dass sich die Stimmung zu Hause aufgehellt hat. Rosa zeigt sich von ihrer freundlichen Seite. Alles scheint vergeben, es gibt gutes und reichliches Essen, zum Abschluss Kaiserschmarren, mit Kompott, ausgerechnet. Die Tante hat bei sich beschlossen, dem Kind einen angenehmen Abend zu bereiten, damit es nicht morgen, am Sonntag, allzu verstört zur Mutter kommt. Aber den Diebstahl und die Lüge muss sie der Mutter melden! Da zeichnet sich eine schlimme Entwicklung ab bei diesem Kind, dagegen muss man konsequent vorgehen.

Onkel Karl hat jetzt freie Bahn, mit Annemie auf seine Weise zu scherzen. Er legt sich auf den Teppich und stellt sich schlafend, Annemie kommt wie zufällig und fragt, was da für ein *Fackengrint* liege, kniet sich auf seine Brust und zerrt an seinen Wangen, bis er erwacht und sie mit dem ausgestreckten Zeigefinger »absticht«, bis sie vor Lachen keine Luft mehr bekommt. Wenn es ihr einmal gelingt, ihn zu überwältigen, verlangt sie ultimativ einen Hundertlireschein, aber der Onkel erwidert, er brauche ihn gerade selbst, um sich eine Zigarette zu wutzeln. Die Tante schreibt indessen an einem Brief, vielleicht gar an den ausgewanderten Schwager in München, den sie gelegentlich mit »Du ostia« tituliert, womit auf flapsige Weise eine Hassliebe zum Ausdruck kommt, gleichbedeutend etwa mit »Du *Sakramenter*«.

»Es wird Zeit, ins Bett zu gehen«, beginnt sie zu mahnen, und Annemie ist gewarnt genug, diese Worte ernst zu nehmen. Nur einmal noch will sie sich vom Onkel abstechen lassen, aber der lehnt schon ab: »Tu, wie die Tante sagt. Morgen heißt es früh aufstehen.« Er selbst wird mit Rosl nach Sigmundskron fahren zur Schwägerin Hilde, die auch so einen kleinen Fratz hat, die Siglinde. Vorher aber wird er sich darum kümmern, dass die Annemie aufs richtige Gleis gesetzt wird.

»Müde bin ich, geh zur Ruh …«, betet sie.

»Und für wen beten wir noch?«, fragt die Tante.

»Für den Tati, die Mami, den kleinen Georg und die Liselotte.«

»Und für die Tante nicht und den Onkel?«

Ein Seufzer. »Doch, auch für die Tante und den Onkel.«

»Dann gib der Tante ein Bussel. Und du wirst jetzt immer brav sein?«

»Ja.« Dann: »Tante?«

»Was?«

»Musst du der Mami sagen, dass ich böse war heute?«

»Muss ich, wenn du es ihr nicht selber sagst. Wirst du's ihr sagen?«

Wieder ein Seufzer, dann leise: »Ja.«

Um neun Uhr beginnt der Gottesdienst bei den Franziskanern. Im Vorhof zur Kirche liefert Karl Annemie ab. Er selbst hat nicht Zeit, *Kirchen* zu gehen, er muss zurück zur Rosl. Annemie ist eingeschärft worden, dass sie nach dem Gottesdienst auf den großen Platz hinunterzugehen und in die *Corriera* einzusteigen hat, auf der vorne »Alpe di Siusi« zu lesen ist. Zwanzig centesimi sind für den Klingelbeutel und fünfzig für den Autobus. In Kardaun muss sie aussteigen, wo die Mama sie in Empfang nehmen wird. Zum ersten Mal macht sie diese Reise allein, aber Angst hat sie nicht, sie kennt sich aus und fühlt sich sicher. Sie freut sich auf den Tag bei den freundlichen Leuten, auf ihre Patin Nanni. Wenn sie der Mama nur nicht beichten müsste, dass sie gestern böse war. Aber das wird ja auch nicht gleich beim Aussteigen sein müssen. Was der Pater da auf der Kanzel predigt, versteht sie nicht so recht, sie denkt lieber darüber nach, dass der Tati schon oft in dieser Kirche war. Da, gerade auf ihrem Platz kann er gekniet oder gesessen haben. Und gleich ums Eck steht sein Schulhaus, wie die Mama erzählt hat. Der liebe Tati. Sie vermisst ihn. Wie oft hat er sie auf den Arm genommen und getröstet, wenn es einen Schmerz gab. Die furchtbaren Szenen gestern hätte er nicht zugelassen, wenn er dagewesen wäre! Da hätte er die Tante einmal richtig angefahren! Wann werden wir endlich zu ihm hinausziehen nach Deutschland? Dann ist die Tante Rosa weit weg. Da bete ich jetzt, dass der liebe Gott es dem Tati gut gehen lässt. Und dass er zu Weihnachten kommen kann. Muss ich ihm dann auch sagen, dass ich böse war und gelogen habe?

Der *getreue Tati* am 15. Dezember 1940 an die *liebste Mammi*:
Von Bozen ist noch immer nicht die Ermächtigung zur Einreise gekommen. Da wir nun schon vor Weihnachten sind und auch die Genehmigung Berlin erst eingeholt werden müsste, habe ich es aufgegeben. Es wäre wohl sehr sehr schön gewesen, Weihnachten mitsamt unseren lieben Kinderchen zu erleben, aber so wird die Freude für das endgiltige (sic) Wiedersehen noch schöner werden.

Die *Dichliebende Tochter* Annemie am 20. Dezember 1940 an den *lieben Tati*:
Mammi war heute hier und sagte mir, daß Du zu Weihnachten nicht kommen kannst, sonst hätte ich schon früher geschrieben. Schade, wir hätten gern mit Dir Weihnachten gefeiert. Ich freue mich auf das Christkind und möchte gerne, daß es mir etwas bringt; ich bin aber nicht brav gewesen, wie ich sein sollte, und so denke ich, wird es nicht gerade einen ganzen Haufen bringen, aber ich bin mit allem zufrieden, was es bringt.

Nicht nur die Mama steht an der Bushaltestelle, auch die Schwester ist da, das sieht Annemie schon von Weitem. Ein Herz und eine Seele sind die beiden, denkt sie, warum darf ich nicht auch immer bei der Mama sein? Hat die Lise einen neuen Mantel? Ich habe nur diese alte Windjacke und diese Überschuhe, die ich so hasse.

»Meine liebe Schnauze, da bist du ja«, sagt die Mutter, beugt sich herab und tätschelt ihr die Wange.

Die Lise umarmt sie stürmisch, fast fallen die beiden hin. Ja, sie hat einen neuen Mantel, hinzufallen wäre da nicht gut gewesen. »Warst du schon in der Kirche? Wir auch. Wir haben einen neuen Hund, gleich wirst du ihn sehen. Für die Jagd ist der! Nach dem Essen zeig ich dir die Sprunggrube fürs Weitspringen. Eins vierundachtzig bin ich gesprungen. Dann suchen wir Trauben, die sie vergessen haben beim Wimmen.« So sprudelt es aus Lise heraus, als sie die Brücke mit den lockeren Bohlen überschreiten. Im Hof kommt ihnen auch das neue Hündchen entgegen, Vertrauen heischend, soweit es halt kann, denn es ist angebunden, immerhin gewährt ihm eine Rolle über ein Drahtseil einigen Spielraum. Annemie kniet nieder und liebkost es mit einer Inbrunst, über die die Mutter sich wundert. Vom Stubenfenster herab ruft die Nanni ihrem Patenkind einen Gruß zu, nein, mit diesem Empfang kann das Kind zufrieden sein.

Oben, in der Stube und in der Küche, ist viel Betrieb. Man ist vor Kurzem von der Kirche heimgekommen, also noch im Feiertagsgewand, die *Mannder* aber schon mit blauen Schürzen. Annemie macht allenthalben ihren Knicks, auch vor dem alten Chef, der sich freilich für sie nicht so sehr interessiert, wie seine Frau es tut. Wie es ihr denn gehe, fragt die alte Bäuerin, draußen in Gries bei Onkel und Tante. Ob sie es auch so gut habe wie das Lisele hier? Die respektable Frau ist es dann auch, die am großen Mittagstisch, nachdem ihr Mann sich ausgiebig über die *Walschen* ausgelassen hat und über ihre militärische Blamage in Griechenland, die Margret fragt, ob sich denn die Auswanderung nach München nicht beschleunigen lasse. Ihrer Meinung nach müsse die Familie so bald wie möglich wieder zusammengeführt werden, die Annemie hier mache ihr gar keinen glücklichen Eindruck und der Vater sei doch jetzt schon einige Monate weg, eine Ehefrau gehöre nun einmal zu ihrem Ehemann. Das solle natürlich keineswegs bedeuten, dass Gretl hier nicht mehr willkommen sei, nein wahrhaftig nicht. Margret sagt in die gespannte Stille hinein, die Frau Mayr möge doch bitte Verständnis dafür haben, dass sie dieses Thema hier nicht ausbreiten könne, es seien noch zu viele Dinge zu regeln, abgesehen davon, dass sie ihren Beruf nicht mitten im Schuljahr beenden könne, wozu hätte sie denn die so arbeitsintensive Ausbildung gemacht? Da hat Annemie aber ihre Ohren gespitzt! Und als der älteste Sohn und Hoferbe vorsichtig nachfragt, was denn eigentlich noch alles zu regeln sei, muss Margret andeuten, dass die Kanzlei von Franz im letzten Jahr kaum mehr etwas abgeworfen habe und dass Franz sehr viel Geld und Arbeit in ein Krankenkassenprojekt mit Leuten aus Mailand gesteckt habe, die sich dann als Betrüger und Windbeutel erwiesen hätten. So seien Schulden entstanden, die es nun zu begleichen gelte. Außenstände seien auch noch da, ja, aber noch nie sei ihr der himmelweite Unterschied zwischen einem Anspruch und einer Schuld so deutlich geworden wie jetzt. Die Leute, die zahlen müssten, dächten offenbar, der ist ja nicht da, da warten wir jetzt einfach einmal ab. »Und ich selber bin oft nicht im Bild und unerfahren obendrein.«

Gretl (»*Mutsch*«) am 9. März 1941 an den *lieben Vater*:
Herr Wiedenhofer in der Deutschen Umsiedlungs Treuhand sagt, daß die Guthaben alle in der Luft hängen und jedes Wort, das wegen der Krankenkasse noch geschrieben wird, in den Wind geredet ist. Ich kenne die Sache natürlich nicht und rede Dir auch nicht hinein, aber wenn

nichts als Ärger und Kosten erwachsen, dann machst einen dicken Strich unter die Sache und lass Dir die bittere Lehre, die Du aus dieser Erfahrung gezogen hast, noch einmal vor Deinem Geist erstehen u. denke, daß auch einmal Mutsch mit ihrem klaren Denken recht hatte, die der Sache nie so recht getraut hatte. Nun spare also und schicke Mark so viel Du kannst …

Dann sagt der alte Herr Mayr etwas, das Annemie mit noch runderen Augen aufnimmt: »Frau Grete, Sie wissen, wie sehr ich Ihren Mann schätze, aber dass seine Kanzlei zuletzt nichts mehr abgeworfen hat, wundert mich nicht. Wie kann man sich nur mit den *Walschen* so einlassen? Politisch und geschäftlich! Faschisten und Falotten! Ich kann Ihnen und ihm nur gratulieren, dass er jetzt den Weg ins Reich hinaus gefunden hat!« Bis hierher spricht Herr Mayr feierlich und in einer Art Hochdeutsch. Dann fügt er etwas leiser, aber dennoch recht nachdrücklich hinzu: »Was i allm sag: De leschte Huar und dös leschte Bröckl Stinkkas muaß man ihmenen nehmen!« Worauf alle Erwachsenen am Tisch lachen, bis auf seine Frau, die kopfschüttelnd vor sich hinklagt: »Naa, Vatter, Vatter.«

Was war es schön an diesem Sonntag mit der Mama, der Lise und den anderen! Annemie fand da keinen passenden Augenblick, um ihre Beichte unterzubringen. Hätte sie nur! Die Tante bohrt später sogleich nach. Und das Kind kann nicht anders: Es sagt erneut die Unwahrheit und erfindet dazu sogar Einzelheiten. Beim nächsten Zusammentreffen der Frauen kommt alles ans Licht, und wieder einmal muss die Mutter die Züchtigung der Schwägerin überlassen. »*Mich* hat sie angelogen, also muss *ich* sie bestrafen.«

Weihnachten allein?

*D*ie Linie 12 fährt am Heiligen Abend ohne Anhänger, das Material muss ja nicht unnötig abgenützt werden, und an Neuanschaffungen ist in diesen Zeiten nicht zu denken. Viele Schaffner werden ohnedies woanders gebraucht. Für den Sieg haben die Räder zu rollen! Freilich rollen auch diese Trambahnräder nicht für Allotria, denn es ist dafür gesorgt, dass jeder an den Krieg denkt, und der ist, jetzt noch, im Jahr 1940, gleichbedeutend mit Sieg.

Franz am *Weihnachtsfest 1940* an seine *liebste Mammi*:
Ich war um diese Zeit gerade auf der Straßenbahn im verschneiten München. Alles sputete sich, heimzukommen zum großen deutschen Heimat- und Familienfest. Auf den Straßen standen große Christbäume, und es war trotz des Krieges und vielleicht gerade wegen des Krieges viel viel Weihnachtsfreude. Überhaupt kannst Du Dir von der Verbundenheit zwischen Front und Heimat, zwischen Heimat und Front keine Ahnung machen. Millionen und Abermillionen von Weihnachtspäckchen brachten diese Verbundenheit zum Ausdruck. Von den Pyrenäen bis zum Nordkap, bis hinunter zum Schwarzen Meere, bis hinauf zum weiten Osten, überall wo der deutsche Soldat sein Vaterland, sein Volk schützt, überallhin drang der Gruß und das Gefühl der Verbundenheit der Heimat.

Wie weit der deutsche Soldat doch damals hinausmusste, um sein Vaterland und Volk zu schützen! Mütze ab auch vor der logistischen Leistung, zusätzlich zum Kriegsgerät noch die unzähligen Päckchen an den richtigen Mann zu bringen. Und der Führer sitzt nicht einfach unter dem Weihnachtsbaum auf seinem Salzberg, nein, er ist auf Weihnachtsreise, und zwar zu seinen Wehrmachtsverbänden im Westen. Das ist feierlich berichtet worden, aus allen Volksempfängern hat es getönt, und die Glocken der Dome zu Köln und von Hildesheim und Regensburg haben es untermalt.
Die großen Christbäume auf den Straßen aber, die standen bestimmt

ohne Lichterglanz da, und an der Lampe vorne am Triebwagen der Linie 12 war nur ein winziger Spalt frei, und auch das Licht innen war höchst spärlich hinter den blau angestrichenen Scheiben, alles, um dem Feind nur ja keine Anhaltspunkte zu liefern. Was? Sollte man gar mit einem Fliegerangriff rechnen müssen, heute am Weihnachtsabend? Gut – Görings Luftwaffe war gestern drüben und ist heute wieder drüben, über Manchester, mit circa zweihundert Bombern, das könnte die perfiden Engländer freilich auf dumme Ideen bringen. Aber die unseren haben es nur auf ihre Industrieanlagen abgesehen, nur auf kriegswichtige Dinge! Gleichviel: Dass er seine Frau mit diesen Details verschont in seinen Briefen, kann man Franz nicht übel nehmen, schließlich wollte er sie dafür gewinnen, so bald wie möglich herauszukommen ins sichere Reich.

Nun schreibt er aber, dass es *vielleicht gerade wegen des Krieges viel viel Weihnachtsfreude* gegeben hat. Das verwundert uns Heutige dann doch sehr. Wir wissen wieder einmal nicht, was sich die *liebe Mammi* gedacht hat, als sie das las. Wir müssen also selbst versuchen, uns einen Reim darauf zu machen. Dass unsere Soldaten, so werden die Leute gedacht haben, und Franz auch, so zahlreich und siegreich unser Vaterland draußen in der Welt schützen, ja vertreten, das macht uns stolz, denn wir sind wieder wer nach all der Schmach. Für diese Genugtuung sind wir auch zu Opfern bereit. Und wir freuen uns, wenn wir in der »Wochenschau« unsere Männer im Felde sehen (soweit sie nicht schon gefallen sind), mit ihren entschlossenen Gesichtern unter den blinkenden Helmen, wie sie ein Weihnachtslied singen aus ihren rauen Kehlen, vor sich ein dürftiges Weihnachtsbäumchen, und wie sie die Weihnachtsplätzchen aus den Päckchen ihrer Lieben herausklauben, dabei aber immer prüfend den Blick über das MG schweifen lassen, ob nicht der Feind doch hinterhältigerweise den Weihnachtsfrieden breche …

Der frische Schnee dämpft die Geräusche, selbst die Tram quietscht nicht wie sonst in der großen Kurve am Kapuzinerplatz. Der Wagen der Linie 12 ist überfüllt, manche haben sogar noch ein Fichtenbäumchen dabei, was es der Schaffnerin nicht leichter macht, durchzukommen zu denen, die noch ohne Fahrschein sind. Aber bitte, heute geht es nicht ganz so genau. Mächtiges Geklingel vorne beim Fahrer, weil ein DKW ins Gleis gerutscht ist und so schnell nicht wieder herauskommt. Den Lärm braucht man nicht zu »verdunkeln«, den kann der Feind wohl doch nicht hören, denkt Franz. Er lächelt über seinen Einfall und zündet sich eine seiner selbst Fabrizierten an. Der Qualm, der hier drinnen schon herrscht, kann eh kaum dicker werden. Am Baldeplatz steigt er aus. Da drüben, am Isaria-Kino, haben sie auch einen Weihnachtsbaum aufgestellt, hübsch verschneit ist er. Alles ist dunkel, denn heute gibt es natürlich keine Vorstellung. Nur mal schnell die Bilder angeschaut, er ist gut in der Zeit. Franz stellt seine große Aktentasche, die heute keineswegs Akten birgt, sondern kleine Geschenke für die Gastgeber, auf den Boden und holt seine Drucklaterne heraus, ein apartes und seltenes Gerät: Du drückst eine Taste herunter, die sogleich wieder hochspringt, du drückst und drückst, ein Schwungrad surrt und vorne leuchtet das Lämpchen. Das Ganze ist nichts anderes als ein Dynamo. Franz hat das geniale Gerät, das ihm Karl zum Abschied geschenkt hat, sogar schon beim Radfahren eingesetzt, aber als sehr praktisch hat es sich dabei nicht erwiesen. Mit einer Hand ständig die Laternentaste drücken, mit der anderen lenken, das bringt auf die Dauer keine Sicherheit. *Unser Weihnachtsfestprogramm: Die keusche Geliebte. Das neue UfA-Lustspiel.* Da schau her! Mit Willy Fritsch, Paul Dahlke, Maria Landrock, die wird wohl die Titelrolle spielen. Hübsch ist sie. Und keusch sind diese Bilder allemal. Dass man doch gleich lieber ans Gegenteil denkt!

»Ja, was ham Sie denn da für a raffinierte Lampn! Die is ja gar net verdunkelt. Ha, ha, ha!« Ein alter Münchner, der noch schnell seinen Dackel ausführt vor der Bescherung.

»Ja, gell, da braucht's keine Batterie.«

»Vielleicht ko ma dös dann no im Kriag verwenden, wenn ma sonst nix mehr ham, hahaha. Habe die Ehre, frohe Weihnachten.«

»Jaja, frohe Weihnachten.« Was für ein Defätist. Nix mehr ham ... Jetzt geht's doch erst richtig los.

Franz geht über die Isarbrücke. Es ist recht kalt geworden, einzelne Sterne werden sichtbar. Man kommt leicht ins Rutschen, diese Ledersohlen sind gar nicht griffig. Der Karl hatte die richtigen, wie Autoreifen, aber wo bekomme ich so etwas hier? Da herein in diese Straße, müsste die ... man sieht fast nichts, ja früher konnte man bestimmt Zeitung lesen, nachts in diesen Straßen. Mit meiner Drucklaterne komme ich auch nicht ... Halt, doch, Claude-Lorrain-Straße. Richtig. Jetzt ist es nicht mehr weit. Kannst wirklich froh sein, dass sie dich eingeladen haben. Sind immerhin ein Stück Heimat. Und nicht unflott, die Traudl mit ihrem frischen Bubikopf. Da ist es, Albanistraße 9.

Der frische Bubikopf öffnet. »Guten Abend«, sagt sie langsam und mit schelmischem Blick von unten, dann umarmt sie Franz, ganz kurz nur, und ganz kurz liegt ihre Wange an seiner. Ein feiner Duft ist an ihr, Maiglöckchen vielleicht, aber es ist auch etwas von einem Braten dabei. Sie hat eine weiße Kittelschürze an, ihr Kleid wird er also erst später zu sehen bekommen. Die kleine Annäherung geschieht übrigens in Ausnutzung der einzigen Möglichkeit, denn da ist die Mutter, und da wird die Mutter sein, den ganzen Abend. Zu ihr wird der Gast sogleich geführt, man entschuldigt sich in die Küche.

Die alte Dame sitzt festlich gekleidet auf dem Sofa. Weihnachtslieder schallen aus dem Volksempfänger. Franz ist verunsichert. Hätte er sich vielleicht dunkler anziehen sollen? Ist nicht mehr zu ändern. Jetzt gibt es einen veritablen Handkuss vom »lieben Herrn Doktor«, den bekommt sie nicht alle Tage, der wiegt jeden schwarzen Anzug auf. Und frohe Weihnachten, frohe Weihnachten! Ein hübsches Bäumchen steht im Eck, Geschenkpäckchen liegen darunter. Er stellt seine Aktentasche vorerst einmal unauffällig neben das Klavier.

»Na, lieber Doktor? Es ist sicher das erste Mal, dass Sie Weihnachten von Ihrer Familie getrennt sind. Bedienen Sie sich doch am Plätzchenteller! Ein altes Rezept aus Bruneck. Mit Butter, wohlgemerkt.«

»Oh, ganz köstlich! Ja, meine lieben Kinderchen, die gehen mir ab heute, Sie stellen sich gar nicht vor, wie.«

»Oh doch, das stelle ich mir sehr gut vor. Und die Frau Gemahlin, die geht Ihnen doch auch ab?«

»Ja, die natürlich auch. Die leuchtenden Kinderaugen … Heuer ist der ›Mann‹ sechs geworden, er wird es jetzt auch ganz erfassen … Zum Glück sind sie heute Abend bei ganz lieben Leuten.«

»Das ist schön. Und ›Mann‹ nennen Sie Ihren Buben mit sechs? Das ist drollig. Ja, die Kinder, denen wird der Vater schon fehlen, aber die arrangieren sich dann doch, seelisch meine ich, wenn ein Elternteil nicht da ist. Das habe ich bei meiner Traudl auch beobachtet, als ihr Vater plötzlich weg war.«

Franz schaut ernst drein. »Das tut mir sehr leid. Aber da ist doch eine gewisse Gefahr der Entfremdung, der sollte man keine Chance geben. Deswegen bin ich ja so dahinter, dass meine Frau bald nachkommt.«

Frau Föckerer sieht ihn nur an, da muss er weiterreden. »Sie hat sich, wie Sie wissen, zur Lehrerin ausbilden lassen …«

»Ja, und sie hat Erfolg damit und freut sich daran. Das ist freilich …« Sie unterbricht sich, denn es tönt plötzlich eine ganz andere Musik aus dem Lautsprecher. Heroisch klingt es. Dann die Ansage: »Der Großdeutsche Rundfunk bringt nun die angekündigte Ansprache des Stellvertreters des Führers, Rudolf Heß.«

»Wollen wir das …?«, fragt Frau Föckerer.

Franz hat die Augen aufgerissen und nickt heftig.

Mit kräftiger, metallischer Stimme spricht der Mann zum deutschen Volk, am Weihnachtsabend, dem deutschesten aller Feste. Der Führer auf Weihnachtsreise zu den Wehrmachtsverbänden im Westen (wir wissen das schon) … In dieser schicksalsschweren Zeit … Deutschland noch nicht auf dem Gipfel seiner Leistungskraft angelangt … Verneigen wir uns vor den gefallenen Helden … Wir bleiben vereint mit ihnen im Lebensstrom deutscher Ewigkeit …

»Bitte die Herrschaften zu Tisch!« Der Bubikopf ist fröhlich in der Tür erschienen, lauscht ein wenig und fügt an: »Es soll nicht kalt werden!«

Die alte Dame erhebt sich und fragt nicht lange, ob sie ausschalten dürfe. Sie komplimentiert ihren Gast in das Esszimmer, wo der Tisch festlich gedeckt ist. Franz, noch beeindruckt von der vaterländischen Rede, bedauert, dass er nichts tun könne für die Kameraden im Feld, als eine Geldsumme für das Winterhilfswerk spenden.

»Sie bekommen vielleicht noch mehr Gelegenheit, als Ihnen lieb ist.«

Nachdenklich schiebt Franz der Dame den Stuhl nach. »Wenn der Ruf an mich ergeht, werde ich ihm folgen.«

Auf dem Tisch steht eine dampfende Suppenterrine, aus der Traudl zu schöpfen beginnt. Da muss Franz heimlich schlucken. Langsam kommt er auf andere Gedanken. Ihre Haushaltsschürze hat sie nicht mehr an. Das dunkle Wollkleid ist nicht unbedeutend ausgeschnitten, die Goldbrosche daneben mit ihren bunten Steinen bietet einen guten Vorwand, genau hinzuschauen … Warum ist sie nicht längst in festen Händen?

»Jaja, lieber Doktor, wenn der Ruf erschallt …«, sagt Frau Föckerer. »Wenn nicht Weihnachten wäre, dürfte ich Ihnen wohl sagen, dass Sie dann ohnedies keine andere Wahl hätten, als dem Ruf zu folgen.«

»Du denkst heute aber raffiniert, Mutti. Es *ist* Weihnachten«, sagt Traudl. »Guten Appetit! Sie folgen jetzt erst einmal dem Ruf meiner Suppe, lieber Doktor.«

Da lacht der liebe Doktor.

»Ein bisschen mehr Salz vielleicht, Kind?«

Das Kind lächelt und stellt der Mutter das Salzfass hin.

Franz lehnt das Salz ab. »Gerade richtig«, lobt er. »Erstklassig, köstlich. Kompliment, Fräulein Traudl. In Gasthäusern habe ich die Frittatensuppe noch nie anders als versalzen erlebt.«

»Ja, das kommt davon, wenn man die Pfannkuchen extra salzt. Die klare Fleischsuppe ist ja schon gesalzen. Da muss man eben aufpassen. Könnten Sie sich dieser Flasche annehmen, während ich das Fleisch hole?«

»Oh, mit Vergnügen. Kalterer Hügeler, Bauernkellerei! Das ist ja meine engere Heimat. Sie glauben gar nicht, wie mir das ans Herz geht.«

»Doch, doch, das glaub ich«, sagt Frau Föckerer, »und es ist auch fast die engere Heimat Ihrer Frau. Es war doch Girlan, oder?«

Traudl bringt eine Platte mit aufgeschnittenem Braten, dazu Spätzle. »Jetzt wollen wir aber erst einmal anstoßen. Frohe Weihnachten! Auf Ihre Frau und Ihre Kinderchen!«

Franz verbeugt sich. »Danke! Auch Ihnen ein frohes Fest und auf eine große Zukunft!«

Traudl hebt ein wenig fragend die Brauen.

»Wir essen heuer am Heiligen Abend üppiger als in Friedenszeiten. Eigentlich ist ja Fasttag. Aber der Krieg bringt alles durcheinander«, sagt Frau Föckerer. »In unserer Maximilianskirche gibt es nicht einmal eine Christmette. Strom sparen müssen sie!«

»Es wäre wohl auch furchtbar kalt gewesen in der Kirche«, antwortet Franz. »Dieses Fleisch schmeckt einfach großartig. Nochmals auf die Köchin!« Er hebt sein Glas. Dann isst er weiter, mit einem Appetit, dem etwas geradezu Zügelloses anhaftet.

»Sie können sich Zeit lassen, es ist kein Konkurrent da«, sagt Traudl lächelnd.

Da nimmt sich Franz zusammen. »Man hat mir das schon mehr als einmal gesagt. Es kommt daher ... Wir waren sieben Kinder daheim, und es ging nicht sehr üppig zu.« Er lacht. »Ich kann jetzt nicht erzählen, welche Methoden meine Brüder angewandt haben, beim Musessen aus einer großen Pfanne ...«

»Ja, ein andermal vielleicht«, sagt Frau Föckerer. »Es ist sicher amüsant. Wir sind alle mehr oder weniger mit der Not aufgewachsen. Eine Erfahrung, die wir jetzt ganz gut gebrauchen können.«

»Ja ... Im Großen und Ganzen aber klappt es mit der Versorgung in Deutschland doch recht gut, finden Sie nicht? Besser jedenfalls als bei den Italienern. Und bald werden alle Einschränkungen vorüber sein, da bin ich mir sicher. Außerdem gibt es immer wieder Sonderzuteilungen.«

Franz trinkt. »Nein, wie mir dieser Wein zusagt! Mit dem bayerischen Bier hab ich mich noch nicht so recht anfreunden können, zumal im Winter.«

»Wir haben noch ein Fläschchen. Für nach der Bescherung«, flüstert Traudl ihm verschwörerisch zu.

»Na, liebe Tochter, sprich mir nur nicht zu leise.«

Die Kerzen am Weihnachtsbäumchen werden angezündet. Dem verschämten *Stille Nacht* der beiden Frauen versucht der Gast da und dort eine Bassstütze zu geben, nicht immer glücklich. Zuerst kommen die Geschenke von Mutter zu Tochter und umgekehrt ans Licht, vorwiegend Wäschestücke. Dann darf Franz sein Päckchen öffnen: Er findet eine Zigarettenspitze, die ihm Traudl erläutert. Eine Einsatzpatrone gehöre da hinein, die das Nikotin herausfiltert. »Damit Sie beim Rauchen nicht zu viel Schaden nehmen.« Ihr Blick ist ernst. Zigaretten zu Lasten ihrer Reichsraucherkarte sind auch noch darin. Franz dankt gerührt, wagt sogar eine kurze Umarmung, öffnet seine Aktentasche und übergibt seinerseits einiges Eingewickelte, teilweise sogar in Weihnachtspapier: eine Flasche Schnaps, Penoner Provenienz, ein Glas Marmelade, Haselnüsse, Weinbeißerl und ... das solle doch bitte Frau Föckerer öffnen.

»Da habe ich so ein Vorgefühl«, lacht sie, als sie das flache Ding von *Adrian Bruggers* Einwickelpapier befreit. »Ah! Schau, Traudl!« Sie hält das Bild mit ausgestrecktem Arm vor sich. »Wunderbar. Der Langkofel! Das muss die Seiser Alm sein. Und mit Skispuren, es passt gerade in unsere Jahreszeit. Größtes Kompliment, lieber Doktor, mit nichts hätten Sie mir eine größere Freude machen können. Die Heimat ist halt doch unvergesslich.«

»Wo haben Sie das nur gelernt?«, fragt Traudl leise. »Sie müssen es unbedingt noch signieren.«

»Das habe ich tatsächlich vergessen. Vorsicht übrigens, es ist noch nicht ganz trocken. Ich werde es dann mit Firnis überziehen. Da gewinnt es noch.«

»Mutti! Wir hätten beinahe die Hauptsache vergessen!«

Hauptsache? Da ist Franz aber neugierig, zumal die Bescherungsgesellschaft auf den Gang hinaus und in Traudls Schlafzimmer gehen muss, um diese »Hauptsache« in Augenschein nehmen zu können. Und da steht, verziert mit einer großen roten Schleife, ein Rodelschlitten. Er ist lang, die Sitzflächen sind mit Gurten bespannt, und ganz vorne sind die Buchstaben DAVOS in das Holz eingebrannt. Ganz neu ist er nicht mehr, aber was tut das in diesen Zeiten? Franz bedankt sich auf das Herzlichste, auch im Namen seiner Frau, vor allem aber der Kinder. Dann will die alte Dame zurück ins Wohnzimmer, weil es ihr hier zu kalt ist. Die Jungen wären wohl noch ein wenig geblieben. Die interessanten Bilder an den Wänden beispielsweise hätte sich Franz gerne erklären lassen.

Jetzt aber gibt es noch Plätzchen zum Wein, dazu eine Zigarette, da sagt auch Traudl nicht nein. Für Frau Föckerer kommt Rauchen nicht infrage. Franz vergisst nicht zu beobachten, wann die Zeit reif wird, sich zu verabschieden. Als die Mutter (liegt es an der eben abbekommenen Kälte?) eine Serie von Gähnern nicht unterdrücken kann, schlägt er vor, und es fällt ihm nicht leicht, die zweite Flasche Kalterer Hügeler, die die Tochter bringt, für eine andere Gelegenheit aufzuheben. Die Mutter protestiert nicht, also muss sich Traudl damit abfinden.

So klingt dieser Weihnachtsabend aus, ein wenig abrupt zwar, aber doch nicht unharmonisch, denn Traudl lässt es sich nicht nehmen, den Gast wenigstens bis über den Fluss zu begleiten, wo sie ihn mit einem hastigen, aber lieben Kuss verabschiedet. Sie muss zurück sein, bevor die Mutter eingeschlafen ist. Um die Manöverkritik entgegenzunehmen.

»Was die Bewirtung anbelangt, bin ich zufrieden mit dir. Der Gast hat ja auch kräftig reingehauen. Und das Bild, das er uns geschenkt hat, ist recht hübsch.«

»Ich finde, dass er überhaupt ein sehr sympathischer Mann ist.«

»Jaja, ich schon auch, aber gerade das macht mir Sorgen. Ich muss dich dringend warnen, Kind: Engagier dich nicht schon wieder in einen aussichtslosen Fall hinein. Die ersten Anzeichen habe ich schon beobachtet. Ein Blinder hätte das können!«

Traudl ballt trotzig die Fäuste. »Wie lang willst du mir noch diese Vorschriften machen, Mutti!«

»Ach Kind«, kommt es mild zurück, »du weißt doch, dass ich nur dein Bestes will.«

Die Trambahnhaltestelle ist da drüben. Das wäre die Linie 25. Nur ist da niemand. Überhaupt ist kein Mensch zu sehen weit und breit. Kommt gar keine mehr? Nichts steht da zu lesen, gar nichts! Da steh ich jetzt mit meinem Schlitten. Und kalt steigt es die Hosenbeine herauf. Also zieh ich los, was bleibt mir anderes übrig? Schade, war so ein schöner Abend.

Sie steht offenbar ziemlich unter der Fuchtel ihrer Mutter. Eine Versuchung könnte sie schon werden. Ist sie sogar schon. Sie hat so etwas, das hat Gretl nicht, so etwas … Unherbes. Auf ein

Weihnachtsgeschenk von der lieben Gretl deutet übrigens bisher nichts, gar nichts. Gut, es kann sein, dass auch meine Geschenke nicht mehr rechtzeitig angekommen sind, die Pakete an die Front haben ja Vorrang.

Mama Margret am 1. Januar 1941 an den *lieben Vater*:
Den heiligen Abend haben wir sehr schön im Kreise der Familie Mayr verbracht ... Dein Paket ist leider noch nicht gekommen u. warte ich jeden Tag darauf. Es wird wohl recht langsam gehen, denn es sind sicher tausende von Postpaketen zu befördern in dieser Zeit ...

Also die Traudl: Die Mutter wird vielleicht versuchen, sie am Zügel zu halten, was soll sie denn mit mir, das hätte ja keine Zukunft. Was sie wohl für ein Vorleben hat, diesbezüglich? So ganz jung ist sie auch nicht mehr. He, was heult da hinten? Die Tram! Jetzt kommt doch noch eine! Und ich zwischen zwei Haltestellen!

Sie kommt langsam daher, mit ihrem winzigen Licht vorne, das animiert Franz zu rennen. Oben, wo das Rädchen den Draht entlangläuft, gibt es gelegentlich Blitze, die kann man wohl nicht verdunkeln. Jetzt schwenkt Franz seine Drucklaterne und pumpt eifrig, die Tram fährt weiter, scheinbar ungerührt, aber da vorne steht sie auf einmal. Warten sie auf ihn? Franz läuft wieder, er japst schon, nein, er ist nicht trainiert. Er ist gesund, aber kein Sportsmann, und der verfluchte Schlitten muss jetzt über eine breite Stelle ohne Schnee, das knirscht und quietscht wie beim kleinen Georg in Penon, aber davon hat Franz keine Ahnung, jetzt schon gar nicht. Hauptsache, dass er nirgends ausrutscht mit seinen glatten Sohlen. Warten sie noch so lange? Tatsächlich!

»Mir könna doch net an Weihnachtsmo steh lassen«, ruft der Schaffner und öffnet das Plattformgitter. »Sendlinger-Tor-Platz, aber weida net, mir ruckan ei.«

Franz reicht ihm den Schlitten, steigt auf und flüstert atemlos »Danke, danke, Sendlinger-Tor-Platz«. Dann nestelt er seine Geldbörse heraus, aber der Schaffner winkt großzügig ab. Ganze drei Leute sitzen im Wageninneren. Geheizt ist nicht, aber Franz ist auch so schon ein wenig warm geworden. Sobald sein Atem sich beruhigt hat, holt er die Schachtel »Sondermischung« heraus, Traudls Weihnachtsgeschenk, und bietet dem Schaffner an. Der lässt sich nicht lange bitten, schon qualmt es. Die anderen Fahrgäste machen Stielaugen, da rafft sich Franz zu einer Bescherungsaktion auf, und es qualmt noch mehr.

»I hab doch gwusst, dös is der Weihnachtsmo«, sagt der Schaffner. Dann ist man an der Endstation angelangt und verabschiedet sich mit den besten Wünschen. Jetzt sind es nur noch ein paar Schritte bis zur Joseph-spitalstraße. Aber leider hilft das heute noch gar nichts. In einer Woche, ja, da wäre Franz jetzt schon daheim gewesen.

Franz am Weihnachtsfest 1940 an seine *liebste Mammi:*
Du wirst nun lachen, wenn ich Dir sage, daß ich schon wieder vor dem Zimmerwechsel stehe. Es kommt von Frau Suchan eine Nichte, und sie hat, so leid es ihr tat, mir die Kündigung geben müssen. Ich habe gleich etwas gefunden, viel näher dem Amte und viel näher zu meinem Abendtische. Ich komme nun zu einem älteren Beamten als Hausherrn, er ist Südbayer, sie Hannoveranerin. Schon ältere Leute, recht lustig und gemütlich. Der Sohn ist im Felde. Anschrift ab Neu-jahr: Josephspitalstraße 16/I, bei Frauenknecht.

So aber muss er seinen Schlitten noch über den Marienplatz bis hin zur Maxvorstadt schleifen. Das ist noch ein schönes Stück, und wenn er auch flink geht, so hat er doch gut Zeit, seine Situation zu überdenken. Er-freulich steht es um ihn. Dass er in seinem Beruf so erfolgreich ist, das ist das Allerschönste. Erst drei Monate hier und schon die Ernennung zum Regierungsrat in Aussicht! Ein eigenes Sachgebiet! Eigene Mitarbei-ter! Da will er mächtig antauchen! Da wird er niemanden enttäuschen! Freilich, mit der Ernennung kann eine Versetzung verbunden sein, das könnte auch über Bayern hinausgehen, und er hofft doch kräftig, dass er in dieser schönen Stadt bleiben kann. Gretl und die lieben Kinderchen in der Reichshauptstadt? Nicht so leicht vorstellbar. Nun, *pazienza!* Jetzt hat er erst einmal zwei freie Tage vor sich, an denen er nach Herzenslust ma-len kann. Das große Führerbild anfangen, mit den neuen Pastellkreiden! Herrgott, ist das finster hier!

Angst muss er freilich keine haben. Ja, man stelle sich vor: Wenn jetzt zum Fliegeralarm geblasen, geheult würde, Franz könnte sich noch siche-rer fühlen! Unglaublich? Nein, Tatsache! Gegen die feindlichen Flieger hätte er sofort seinen Schutzraum! Es sind nämlich an jedem Haus dicke weiße Striche angebracht, die sogar nachts ein wenig leuchten. Anhand dieser Striche könnte er sofort den Eingang zum nächstbesten Luftschutz-keller finden. Und dürfte überall hineingehen. Aber kommen überhaupt feindliche Flieger über die Grenzen des Reichs? Da ist ja die Garantie des Reichsmarschalls: Wenn eines hereinkomme in den großdeutschen Luft-raum, wolle er Meier heißen. Oder Maier? Auf die Schreibweise hat er sich nicht festgelegt. Und da ist noch eine weitere Garantie: Wenn näm-lich irgendein Desperado sich einfallen ließe, Franz zu überfallen, ihm jetzt, da Verdunkelung herrscht, oder gar während eines Alarms seine bescheidene Geldbörse abzunehmen oder seine neue Zigarettenspitze, dann wäre das der Gipfel der Dummheit. So eine Tat stünde nämlich unter fürchterlichen Strafandrohungen. Ja: Todesstrafe! So sichert das Reich seine Bürger. Nein, nein, da herrscht jetzt schon Ordnung ... eine Ordnung, wie es sie vielleicht noch gar nie gegeben hat.

Aber warum dachte Franz an diesem Tag überhaupt an Fliegeralarm? Gab es doch keinen an jenem Weihnachtsabend! Das kam ja alles so richtig erst später. Dann allerdings gab es sogar Christbäume von oben, hell erleuchtet, und das nicht nur an Weihnachten.

Franz *am Weihnachtsfest 1940* an die *liebste Mammi*:
Mein Weihnachtsabend war im Verhältnis zu den Umständen der Trennung doch recht schön. Wie ich Dir schon schrieb, war ich bei Föckerers zum Abendtisch geladen. Dann kam die Bescherung ... Für die Kinderchen hat es ein ganz großes Geschenk gegeben: Eine Rodl, mit Ewigkeitshaltbarkeit, auf der Tati und alle drei recht schön Platz haben. Oder Mami und alle drei: Meinst nicht auch? Ich denke nun, daß es wohl angebracht wäre, wenn Du Mutti Föckerer und Frl. Trude danken würdest für den Abend, den sie mir doch schön gemacht haben ... Es sind recht nette, besorgte und uneigennützige Menschen, die Freude erleben, wenn sie Freude schaffen können.

Backenstreich

*D*ie Hochzeitstorten auf dem Nebentisch in der Voldersberger Stube waren es, die Georg seinerzeit beinahe aus dem Konzept gebracht hätten. Peinlich wäre es gewesen, stecken zu bleiben beim Aufsagen der Verse, die übrigens der alte Herr Mayr aus Kardaun, Literat nicht minder als Landwirt, geschmiedet hatte. Aber gerade noch hatte der Bub sich vom verlockenden Anblick losreißen können – und war über die Runden gekommen. Das war dann auch honoriert worden, nicht nur vom Onkel Arnold, dem Bräutigam, mit einem silbernen Fünfliretäubchen, sondern auch mit einem prächtigen Tortenstück, in der Küche zwar, aber was hätte Georg auch schon lange an der Hochzeitstafel herumsitzen sollen?

Es war dann am späten Nachmittag, dass er Zeuge einer merkwürdigen Szene wurde. Der Onkel, jetzt schon Ehemann, führte Rosa, seine frisch Angetraute, von ihrem Elternhaus, das sie nach dem Festmahl aufgesucht hatten, zurück auf den Voldersbergerhof, in die neue Heimat. Die Frau aber weinte, heulte, rotzte, es troff allenthalben aus ihrem Gesicht. Warum nur?

War sie nur zweite Wahl?

Margret am 13. September 1933 aus Penon an den *lieben Tato* in Bozen: *Dein Bruder Arnold karessiert mit der Albina Dipoli!!! Gratulationen!*

Aber nein, das lag ja schon sechs, sieben Jahre zurück. Der jedenfalls ahnungslose Bub am Wegesrand glotzte, bestimmt mit offenem Mund, und weil er der einzige Zeuge war weit und breit, hätte der Onkel ihn auch bemerken müssen und begrüßen können. Aber er war ganz damit beschäftigt, seinen Eheschatz zu beruhigen. Es sei ja nicht die Hölle, in die sie einziehe, es sei ja nicht die Hölle, sagte er ein ums andere Mal. Ohne sichtbaren Erfolg. Schluchzend und greinend wie Masaccios Eva bei der Vertreibung aus dem Paradies durchschritt sie am Arm ihres ratlosen Gatten den markanten Torbogen, am gaffenden Georg vorbei. War es vielleicht sogar eine Vertreibung? Aber freilich! Aus dem Elternhaus heraus, dem Paradies der Sorgenfreiheit, nur ganze zweihundertfünfzig Meter entfernt, direkt hinein in die Wirklichkeit einer bäuerlichen Ehe, in der der Mann die höchste Instanz ist.

Das begriff Georg freilich so nicht, und er durchschaute wohl auch nicht den Zusammenhang, als Tota ihm nach einem Dreivierteljahr erklärte, weshalb eben das helle Glöckchen vom Kirchturm geläutet habe: In Voldersberg sei das Kindchen, das vor ein paar Tagen auf die Welt gekommen war, gleich nach der Taufe wieder gestorben. Da sah Georg dann die Frau wieder nur schluchzen, als das weiße Särglein in die Erde gelassen wurde, das der Vater hatte selbst schreinern müssen, so kurz nach der Fertigstellung der Wiege, die dann allerdings später noch mehrmals gebraucht wurde. Ein Englein mehr sei jetzt im Himmel, verkündete der Kurat, als er das Kränzchen von dem Kissen nahm, das Georg den unglücklichen Eltern nachtrug, um es in die kleine Grube zu werfen. Durch die Taufe, die dem Kind noch rechtzeitig habe gespendet werden können, sei ihm ein Platz im Himmel auf immer gesichert, Gott sei Dank.

Was denkt ein Sechsjähriger beim Tod eines Säuglings? Es mag in ihm denken: Ja, ein Englein, das ist schön, fröhlich kann es herumflattern. Und darin läge wohl mehr Sinn, als ein Erwachsener sich je zurechtlegen könnte.

Margret am 6. April 1942 an den *lieben Vater*:
Und da habe ich auch erfahren, daß Arnold einen Sohn bekommen hat, der aber nach drei Tagen starb. Kannst Dir den Verdruß vorstellen. Rosa war während der ganzen Schwangerschaft nicht gut beisammen und vertrug keinerlei Essen. So war denn auch das Kind nicht lebensfähig und unterernährt. Ulrich war Pate und die Freude war groß, denn es schien alles recht gut. Es hieß: Josef, Arnold, Ulrich, aber kurz nach der Taufe starb es. Georg trug ihm zur Beerdigung das Kranzl.

Es gab aber auch kirchliche Ereignisse, die weit erfreulicher waren als ein Kinderbegräbnis: so die Firmung. Ja, schon vor der Erstkommunion! Warum auch nicht? In Zeiten wie diesen bedeutet eine solche Unregelmäßigkeit gar nichts. Schließlich hatte sich vor gut einem Jahr das Volk unseres Ländchens – na ja, es ist auch nur ein Völkchen – mit überwältigender Mehrheit entschieden, sein Land zu verlassen, ohne so recht zu wissen, wohin. Angesichts dieser umwälzenden, ja schier unglaublichen Entscheidung hätte sich niemand zu wundern gebraucht, wenn Georg schon als Vierjähriger gefirmt worden wäre. Und viel fehlte dazu gar nicht.

Margret am 7. März 1940 an den *lieben Vater* in Bozen:
Die Firmung [der Tochter Lise] haben wir glücklich überstanden und hat sich Tante Gusta recht nobel gezeigt. Nebst Schokolade, Pappeln und Orangen hat sie mir L. 100.- überreicht zur Verwendung für Lisens Wünsche ... Die Erlaubnis zur Firmung von Georg hat der Herr Pfarrer in letzter Stunde auch noch gegeben; aber am Samstag nachmittag hätte ich Dich ja telefonisch nirgends mehr erreichen können. Und Karl zu telefonieren erschien mir töricht, denn das Telefon bei Rottensteiner ist ja meines Wissens sehr stark besetzt, sodaß eine Verbindung wohl kaum möglich gewesen wäre. So habe ich mir gedacht, lassen wir die Sache auf später, wenn die Herren Geistlichen nicht wissen, was sie erlauben sollen und was nicht.

So vergeht noch ein gutes Jahr, bis eines Samstagabends der Onkel Karl in Penon aufkreuzt und verkündet, dass er morgen in aller Frühe mit dem *Manndl* nach Brixen fahren werde, zur Firmung. Die entsprechenden Erlaubnisse habe der Pfarrer von Kardaun erteilt, nachdem die Mutter sich ordentlich auf die Hinterbeine gestellt habe. Zugehörigkeit von Penon zum Erzbistum Trient hin oder her, der Wohnsitz des Buben sei der der Mutter, und das sei eben Kardaun. Morgen werde also der Bischof von Brixen am Werk sein, übrigens ein begeisterter Verfechter der Auswanderung ins Reich.

Da muss nun Totas Enttäuschung erwähnt werden. Hatte sie doch insgeheim gehofft, mit den fehlenden Sakramenten einen Dableibegrund für das *Biabl* in die Hand zu bekommen. Es sei nur an ihr Gespräch mit dem Kurat erinnert! Auch musste sie den Eindruck haben, man habe ihr mit dieser Entscheidung so recht bewusst machen wollen, dass sie in wichtigen Angelegenheiten des Kindes nicht mitzureden habe. Der Wohnsitz bei der Mutter? Es war doch faktisch ganz anders!

Und Franz in München? Er liefert zu dem Ereignis ein Anekdötchen, mit dem er sich identifiziert, und das macht doch deutlich, dass er sich mit seiner Annäherung an die neue völkische Doktrin von seiner alten Mutter, der Kirche, etwas entfernt hat.

Franz am 9. Mai 1941 aus München an die *liebste Mammi*:
Das mit der Firmung Georgs hast Du sehr gut gemacht. Die Herren Geistlichen meinen anscheinend noch eine größere Macht zu haben, als sie in Wirklichkeit auch nur mehr dem Schein nach haben. Da gefällt mir der siebenjährige Junge, den der katholische Pfarrer absolut zum Unterricht haben wollte, der aber angab, dass er bei protestantischen Verwandten wohnte, dem Pfarrer auf die Frage, ob er denn eigentlich katholisch oder protestantisch sei, die forsche Antwort gab:
»Ein Deutscher bin ich, Herr Pfarrer.«

Der kleine Deutsche Georg zieht vor Begeisterung über die bevorstehende Reise nach Brixen dem Onkel Karl unter dem Küchentisch die Schnürsenkel der Stollenschuhe auf. Er lässt sich seine Freude auch nicht nehmen, als Hansl ihn an die *Watschen* erinnert, die er vom Bischof bekommen werde. Und gut gelaunt ist er sogar noch, als die Tota ihn in der dunklen Herrgottsfrühe aufweckt, um ihm die Sonntagssachen anzuziehen, den neuen Anzug mit den kurzen Hosen, die weißen Stutzen und die glänzend geputzten Schuhe. Warum hat sie nach dem hastigen Frühstück so nasse Augen, als sie ihn in die Arme nimmt, um ihm eine gute Firmung zu wünschen? Draußen, im finsteren Stadel, als eben der *Gicker* zu krähen beginnt, hat Karl unversehens eine Lampe in der Hand, mit der er Licht, aber auch eigenartige Geräusche macht. Es ist eine Drucklaterne, wie er sie dem Tata zur Auswanderung geschenkt hat. Jetzt aber ist keine

Zeit, dem Buben das Ding lange zu erklären. Er solle sich dicht hinter Karl halten und aufpassen, nicht hinzufallen, blutige Knie würden sich nicht gut machen im Brixener Dom. So laufen sie die steilen Wege hinunter, umgehen das große Dorf, und als drüben über der Madrutwand das Licht aufzusteigen beginnt, verschwindet Karl hinter einer Hütte am Wegesrand, um mit einem Fahrrad wieder aufzutauchen.

»Jioi!«, ruft da Georg, der sich vorne auf die Querstange setzen muss. Schon läuft es dahin, zuerst noch ein schönes Stück abwärts, wo der Onkel auch gehörig *schrepfen* muss. Die Löcher und Rinnen in der Straße geben Anlass zu manchem *Ostia* des Fahrers, zu sakrilegischen Höhepunkten gar führen die ungetrockneten Ochsenfladen, wenn man ihnen nicht mehr ausweichen kann. Dennoch, viel früher noch hätten sie aufstehen müssen ohne dieses Fahrrad, das der Onkel dann im Gepäckwagen des Frühzugs abgibt. Als die Maisfelder im Moos draußen vorüberziehen, kann Georg erzählen von seinem Abenteuer mit der Mutter, als sie auf dem Weg zum Bahnhof beinahe im Schlamm stecken geblieben wären. Da ist das Wetter heute schon viel besser! Während der Onkel sich müht, mit einer Zeitung seine Schuhe zu säubern, macht er Andeutungen auf zwei Überraschungspersonen, die heute noch zu erwarten seien. Genaues aber lässt er sich nicht entlocken. Wer kommt schon infrage? Die Mama und eine der Schwestern? Nicht lange, und Karl nickt ein, während Georg die Fahrt genießt und die aufregenden Ankunfts- und Abfahrtsriten auf den Bahnhöfen beobachtet.

Der Zug füllt sich langsam, da und dort steigen Leute ein, in Auer, Branzoll und Bozen, dort vor allem. Da erfährt Georg dann auch, für wen Onkel Karl das Abteil frei gehalten hat: Die Tante Rosa steigt ein! Elegant ist sie, und liebenswürdig begrüßt sie den Firmling. Ob denn die Mama nicht auch komme oder die Annemie, fragt Georg. Nein, die Mama habe keine Zeit, dafür seien ja sie beide da, und die große Schwester sei zwar vorgesehen gewesen, habe sich aber diese Reise verscherzt! Der Bub solle nicht lange fragen. Karl aber hat mit der *Gitsch* gerechnet und verlangt verwundert eine Erklärung.

»Es sind Schindeln auf dem Dach, frag du jetzt auch nicht lange«, bescheidet die Tante ihrem Mann und verwirrt Georg, weil sie ihm verschwörerisch zunickte.

»Aber jetzt hätt' sie doch auch einmal etwas Schönes gehabt. Was soll denn schon gewesen sein, was für Schindeln denn?«

»Kann ich dir jetzt nicht sagen, und es ist auch nicht mehr zu ändern!« Sie schlägt ihre Faust auf das Knie, und der Zug fährt in einen Tunnel. Als die Sonne wieder hereinscheint, hat der Onkel noch nicht aufgehört, den Kopf zu schütteln. Stumm wiederholt er eine fragende Handbewegung.

»Sie hat ein unkeusches Buch in die Finger gekriegt! So etwas kann ich nicht durchgehen lassen!«, zischt Rosa. »Ich will nichts mehr hören davon! Wie schauen denn deine Schuhe aus, Biabl! Zieh sie einmal herunter!« Schnell hat sie ihren Tonfall normalisiert. Sie holt eine Papiertüte aus ihrer Handtasche und daraus einen Lappen. Offenbar hat sie mit dieser Situation gerechnet. »Ich muss mir Sorgen machen um deine Schwester, Georgele, aber das verstehst du noch nicht«, sagt sie leise, als sie ihm die sauberen Schuhe bindet. »Du hast Hunger, gell? Siehst du, auch daran hat die Tante gedacht.« Sie holt ein Speckbrot aus ihrer Tasche, womit sich der Firmling gerne stärkt. Ihren Mann lässt sie ein wenig schlucken und fragende Augen machen, bis auch er seine Stärkung bekommt.

In Klausen kommen Leute ins Abteil, die man nicht abweisen kann. Ein kleiner Bub, sonntäglich angezogen, und ein bäuerliches Ehepaar.

»Aha, noch ein Firmling«, sagt Rosa leutselig. »Und kleiner sogar als der unsere.«

Ja, der Bischof wolle das so, sagt die Frau, es solle ja keiner ungefirmt auswandern, es gebe sogar noch kleinere, die heute dran seien. Der Bauer aber fügt hinzu, er verstehe den Bischof nicht so ganz, denn der habe ja selber hinausoptiert – der Hirte gehe mit seiner Herde, habe er gesagt –, da könne er dann doch *draußen* die Kinder firmen, sobald sie alt genug seien.

»Iss aa eppes, Seppele, dass de net umfallsch, wenn dr der Bischof in seben Backenstreich gibb«, sagt er dann und schmunzelt. Das altertümliche Wort ist ihm geläufig, er scheint sein Patenamt nicht unvorbereitet anzutreten. Seppele beißt schweigend in sein Speckbrot, während er seinen Kollegen mustert. Georgs Halbschuhe, die jetzt wieder glänzen, scheinen ihm besser zu gefallen als seine eigenen, die hoch hinaufgehen und genagelt sind.

Am Bahnhof sieht man erst, wie viele Firmlinge im Zug waren. Und es ist offenbar, dass auch *Gitschen* dazugehören, aber das weiß Georg schon, seit seine Schwestern gefirmt sind. Um den richtigen Weg zur Bischofskirche zu finden, braucht man sich nur den Leuten anzuschließen, die sich die Bahnhofstraße hinaufbewegen. Obendrein sind es auch die Glocken des Doms, die da festlich locken. Dann steht Georg vor der gewaltigen Fassade und staunt. Der Onkel muss ihn in die Kirche hineinschieben, aber auch da gibt es Unerhörtes: Es orgelt, hundert Mal so gewaltig wie aus dem Harmonium von Penon. Was Karl mit der Frau spricht, die hinter einem Tisch sitzt, kann Georg deshalb nicht hören, aber er sieht, dass ein Papier vorgewiesen wird. Dann legt ihm ein großes Mädchen eine glänzende Schärpe quer über die Brust und heftet noch ein

Schmucksträußchen an das Revers, eine Art Maiglöckchen, nur dauerhafter. Beiläufig fragt sie nach dem Vornamen, was sie wohl bei jedem macht, aber Georg gefällt es. Sie werden nach vorne geschickt, auf die Seite der *Mannder*, wo schon viele Paten sitzen mit ihren Schützlingen. Die Tante, wo ist denn die Tante? Ja, die ist … die muss etwas bestellen, die werden wir dann schon sehen.

Es ist still geworden im gewaltigen Schiff, aber auf der Empore hinten oben hört man es rumoren, und was sind das für abgehackte, zufällige Musikgeräusche? Vorne, irgendwo über dem riesigen Altar vier helle Glockenschläge und plötzlich ein Taifun von Orgelklängen! Aus der Sakristei kommen zuerst zwei Ministranten heraus, einer davon schwingt ein Rauchfass, der andere reißt zu allem akustischen Überfluss an einer Glocke neben der Tür, weitere Buben in Chorröcken folgen, dann erscheinen zwei Priester in goldenen Umhängen, die die Hauptfigur im roten Ornat einrahmen: den Bischof! Er benutzt den silbernen Stab wie einen Wanderstock, die Bischofsmütze sitzt auf seinem fleischigen runden Gesicht, er lächelt nach allen Seiten und vollführt mit der Rechten kleine Kreuze in der Luft. Der Zug bewegt sich nach hinten, um dann durch den Mittelgang, vorbei am dicht gedrängten Volk, nach vorne zu ziehen. Die Leute sehen heiter drein, sie knien nieder, manche bekreuzigen sich, nur wenig scheint zu fehlen und sie applaudierten. Ja, der Bischof hat einen großen Stein im Brett bei seinen Schäflein, seit er seine Option für Deutschland feierlich und in aller Öffentlichkeit unterschrieben hat. Hatte doch der allergrößte Teil seiner Diözesanen davor dieselbe Entscheidung getroffen!

Die Orgel verstummt, der Kirchenfürst lässt sich vorne auf seinem Thron nieder, die Diener nehmen ihm Stab und Mitra ab, und die beiden Mitpriester dürfen sich auch setzen. Was nun anhebt, Musik von der Empore herab, auf unbekannten Instrumenten gespielt und alsbald von mächtigem Chorgesang unterstützt, hat der Firmling aus Penon noch nie so gehört. Es berührt ihn, verzaubert, bewegt ihn, er dreht sich um und will sehen, wie das gemacht wird. Aber wie die vielen anderen, die hinaufschauen, kann er nichts ausmachen als den Hinterkopf eines Manns, der seine Arme immer wieder in die Luft wirft. Als Karl den Kopf seines Schützlings in die Ausgangslage dreht, bekommt er ein begeistertes »Jioi!« zugeflüstert.

Das Pontifikalamt nimmt seinen Gang, viel Weihrauch steigt auf und viele Noten klingen noch von der Empore herab. Dann wendet sich der Bischof an seine Schafe, insbesondere an die Firmlinge und ihre Paten, auf Italienisch zuerst, obwohl kaum jemand sichtbar ist, der davon betroffen sein könnte, aber schließlich sind wir doch, ja sind wir etwa nicht …? Dann kommt die deutsche Fassung. Er betont, wie wichtig es sei, in dieser bewegten Zeit treu zu seinem Glauben zu stehen und ihn allezeit zu verteidigen, wo immer man leben werde und mit welchen Mitmenschen man auch zu tun haben werde. Die geliebten Diözesanen sollten nur getrost in die Zukunft blicken, es werde schon alles gut werden, auch wenn sie die Heimat … Georg, der jetzt sitzen darf, versteht nicht wirklich, dass das alles auch mit dem *Außigeahn* seines Tata zu tun hat, zumal ihn gerade eine bleierne Müdigkeit anfällt. Er versucht, seine prächtige Schärpe glatt zu ziehen, fragt sich noch, was Diözesanen sind, und schon ist er eingeschlafen, an den Onkel gelehnt. Der weckt ihn erst nach dem Aufruf an die Paten, sich mit den Firmkindern vorne vor den Bänken aufzustellen. Jetzt also wird es ernst. Der Bischof kommt die Stufen herunter, in großer Begleitung, und beginnt mit der Weihehandlung. Alle wollen genau sehen, wie es abläuft, auch Georg, dem der kurze Tiefschlaf so gut getan hat. Ja, der Bischof reibt an der Stirn des vordersten Firmlings, der hochrot geworden ist, um ihm dann mit zwei Fingern an die Wange zu gehen. Als die geistliche Kommission endlich bei Karl und Georg angekommen ist, muss der begleitende Priester Karl bedeuten, er möge seine Hand auf die Schulter des Schützlings legen. Der Kirchenfürst beugt seine mächtige Mütze herunter und sieht Georg in die Augen, während er mit dem Daumen, den er in ein kleines Ölgefäß getaucht hat, ein Kreuz auf der Stirn vollführt.

»Wie heißt du?«

Georg fühlt sich sehr ernst genommen und nennt seinen Namen.

»Dann verteidige deinen Glauben, wie es einst der edle Ritter getan hat, der heilige Georg.« Der Backenstreich mit den zwei dicken Fingern ist doch recht gut spürbar. Ein junger Mann im weißen Chorrock fährt mit einem Wattebäuschchen über die Salbstelle, das heilige Öl wieder aufzufangen.

Georg ist froh und irgendwie auch erleichtert. Der Onkel vollführt von hinten auch gleich eine Art Ritterschlag auf die Schulter. Sie müssen natürlich noch warten, bis die anderen drangekommen sind. Endlich zieht der hohe Geistliche mit seinem Gefolge unter festlichem Orgeln den Mittelgang hinab, lächelt und segnet in alle Richtungen, verweilt auch einmal tätschelnd bei einem Kleinkind, das ihm stolz dargeboten wird.

Im Gedränge auf dem Domplatz taucht Tante Rosa auf. Sie habe von hinten zugesehen, sagt sie und streicht Georg über die Haare. Er werde Hunger haben. Langsam gehen sie über den Platz, überall sieht man familiäre Grüppchen, auch ein paar Carabinieri in Prachtuniform stehen herum. Sie gehen in ein Gässchen gegenüber dem Dom, dort ist ein altes Wirtshaus, in dem Rosa einen Tisch ergattert hat, was nicht einfach war, wie sie sagt. In der Tat drängen viele Firmlinge mit ihrem Anhang gerade hinein. Georg staunt über die schöne Stube mit den vielen Bildern, oh, wenn er das mit dem Wirtshaus in Penon vergleicht! Was soll er mit diesem weißen Tuch? Das soll er auf den Schoß legen, das ist eine Serviette, mit der man sich den Mund abwischt.

»Tu du nur gute Manieren lernen, du wirst sie noch brauchen«, sagt Rosa. Und fügt hinzu: »Hoffentlich.« Dann fragt sie ihren Mann: »Willst du ihm schon jetzt …?«

Nein, erst nach der Suppe. Die kommt dann auch, angeblich ist es eine Hochzeitssuppe. Der Onkel greift in die Tasche und holt ein braun gesprenkeltes Etui hervor. »Damit du weißt, wie spät es ist, wenn du selber einmal heiratest«, fällt ihm dazu ein. »Jaja, jetzt mach nur auf!«

Das ist offenkundig ein Geschenk, aber was ist es? Georg ist ahnungslos, er weiß auch gar nicht, wie das Schächtelchen aufgeht, Karl muss ihm helfen. Da, vorne auf den Stift muss er drücken. Und jetzt sieht er: eine Armbanduhr! »Jioi! Jioi!« Für ihn ganz allein? Jioi! Da liegt sie, rund und flach, mit dünnen Zeigern. Er hält sie ans Ohr, ja, sie tickt, ganz fein.

»Wenn du schön Danke sagst, schnall ich sie dir an die Hand. Kannst du überhaupt eine Uhr lesen? Wie spät ist es?«

Freilich, danke, danke, Onkel, danke Tante. Viertel nach zwölf ist es. Aber das Band hat nicht genug Löcher, die Uhr schlackert um das schmale Gelenk. Dennoch, Georg gibt sie nicht mehr her, dreht sie ständig nach oben, hält sie ans Ohr. Da, am Nebentisch, da sitzt ja der Bub aus dem Zugabteil, dem zeigt er mit erhobenem Fäustchen seinen Stolz. Der Kleine schaut trotzig zurück und präsentiert eine Taschenuhr, die offensichtlich schon andere Zeiten erlebt hat. Vom Großvater sei die, sagt der bäuerliche Pate, so eine neumodische für den Arm sei nicht aufzutreiben gewesen. Da grinst Onkel Karl und sagt, dafür müsse man eben seine Verbindungen haben.

Alles wendet sich nun dem Essen zu, einem Gulasch, das Rosa für so gut gelungen erklärt, dass Georg es nicht wagt, sich auf Reis mit Soße zu beschränken. Drei Abschnitte von ihrer *annonaria* habe sie drangeben müssen, sagt sie. Der Wein hingegen, dem Karl kräftig zuspricht, ist nicht rationiert. Dann kommt eine Überraschung: Zwei Kellner tragen auf einem Brett eine riesige rechteckige Torte von Tisch zu Tisch, um die Leute auf einen besonderen Genuss vorzubereiten. Eine Taube mit ausgebreiteten Flügeln ist in der Mitte zu sehen, Strahlen aus Schokolade gehen von ihr aus. Das ist der Heilige Geist, der heute über alle Firmlinge gekommen ist, das versteht jeder. Dann ist da noch eine weitere Zeichnung auf der Torte, sehr kompliziert, mit einer Krone darüber, einem Lämmchen, einem Herzen, einem Adler und ... das kann man nicht erkennen, die Rosa fragt nach: Eine Hand soll es sein, die eine andere festhält. Das sei das Wappen des Bischofs, der ja ein Fürstbischof sei, wie man an der Krone sehe, und der habe auch die Torte gestiftet, und keiner brauche seine Lebensmittelkarte dafür zu bemühen. Da applaudieren die Leute und an manchen Tischen lässt man den Bischof gar mit erhobenen Gläsern hochleben. Die beginnende Ausgelassenheit kommt aber gleich wieder zum Erliegen, als ein hochgewachsener Herr in den Raum tritt, der sehr ernst blickt aus seinen dicken Gläsern. Er trägt einen schwarzen Talar mit unzähligen Knöpfen, den Bauch umspannt eine violette Schärpe. Ein junger Geistlicher, der als zweiter eingetreten ist, gibt bekannt, er habe die Ehre, den hochwürdigsten Herrn Generalvikar vorzustellen. Der nun beginnt damit, den lieben Firmlingen und Firmpaten mitzuteilen, wie sehr er sich freue, dass der Bischof seiner Anregung gefolgt sei, für einen guten Nachtisch zu sorgen. Damit sichert auch er sich einigen Applaus, was wiederum Firmpaten und Firmlinge aus den Nachbarzimmern anlockt, sodass zuletzt ein hübsches Auditorium beisammen ist für die nicht ganz unpolitischen Bemerkungen des hohen Herrn. Dass heute so viele Kinder gefirmt worden seien, die noch nicht das übliche Alter erreicht haben, sei eine reine Vorsichtsmaßnahme, eigentlich übertrieben, denn draußen im Reich werde es bestimmt auch eine solide Seelsorge geben, dafür würden schon er und der Bischof sorgen, sobald das Bistum ins Reich hinausverlagert sei. Der Führer werde seine Südtiroler in diesem Punkt nicht im Stich lassen, da sei er überzeugt, wo sie sich doch nahezu geschlossen dafür entschieden hätten, ihm ihre Heimat zu opfern. Der Generalvikar schließt mit der humorvollen Bemerkung, er wolle nun nicht weiter der Bischofstorte im Wege stehen, vielleicht könne er in der Küche draußen auch ein Stückchen ergattern. Georg war diesmal gleich zweifach abgelenkt. Einmal war mithilfe der neuen Uhr festzustellen gewesen, wie lange die Rede des Geistlichen dauerte: sechs Minuten! Sodann hatte er sich die Frage gestellt, warum die Mädchen und Burschen in den weißen Kellnerschürzen, die in der Tür zusammengerottet standen, nicht längst die Teller mit den Tortenstücken aus ihren Wägelchen verteilt hatten. Jetzt endlich kommen sie. Jioi! Der braune Streifen da ist bestimmt aus einem Strahl des Heiligen Geistes. Oh, schmeckt das köstlich! Mindestens so gut wie die Torte von Voldersberg.

Als sich Karl zum Kaffee eine Zigarette anzündet, kommt der bäuerliche Pate vom Nachbartisch, das Glas in der Hand, um mit dem »Herrn

Doktor« anzustoßen. Woher er wisse, dass ihr Mann »Doktor« sei, fragt Rosa. Nun, das habe er sofort gesehen, dafür habe er einen Blick. Das bringt ihm, wie wohl auch beabsichtigt, eine von Karls Zigaretten ein. Dann sagt er mit verschwörerisch gesenkter Stimme, er hätte sich nicht gewundert, wenn der Herr Generalvikar obendrein dafür gesorgt hätte, dass auf das Wappen des Bischofs auch noch ein schokoladenes *Haggenkreizl* komme. »Hahaha, Oschtia!« Ob denn der feine Firmling des Herrn Doktors nicht auch einen ordentlichen Schluck aus dem Weinglas bekommen habe wie sein Seppele, schließlich müsse man doch für den bischöflichen Backenstreich entschädigen.

»Ja, lass mi trinken, Fackengrint«, bettelt Georg.

Der Onkel grinst und gibt ihm das Glas. »Naa, naa, naa«, sagt Rosa kopfschüttelnd, aber man merkt, dass sie das Verbot nicht durchsetzen wird. Der Bub werde seinen Firmtag so bestimmt nicht vergessen, meint Karl. Das Rauchen habe er ihm schon auf ähnliche Weise ausgetrieben, homöopathisch sozusagen. Georg trinkt, und er muss diesmal nicht husten, aber den Atem nimmt es ihm doch beinahe, so stark ist das Getränk. Und noch in der Bahn wird seine Redseligkeit anhalten.

Die Verlobten

Margret im ersten Brief (Oktober 1940) an den ausgewanderten Franz:
... bevor nicht alles in Ordnung ist, kann ich doch nicht gehen u. mag auch nicht. Und leichter tun wir so, wenn ich auch verdienen kann, denn wenn wir wieder einen Haushalt haben, dann sind wir froh, ohne Schulden anfangen zu können. Ich glaube Dir gern, daß Du Dich nach einem geordneten Daheim sehnst, wenn Du abends heimkommst und allein bist, aber denke, daß Du nun schätzst, was Du oft als Last empfunden hast. Es ist eine harte Schule, die Du nun mitmachst ...

*D*ie Weihnachtsidylle ist vorüber, da wie dort. Der abgewanderte Mann lockt in seinen Briefen, er will seine Familie haben, seine Kinderchen, seine lieben Kinderchen, nie schreibt er von ihnen ohne diesen Zusatz. Dass es Fratzen sein werden wie alle anderen, wenn sie heranwachsen, könnte er sich ausrechnen, es würde ihm die Trennung erleichtern. Die Frau, ja, die geht ihm auch ab, aber die bleibt nun erst einmal entschieden da, im Landl. Im Grunde will sie gar nicht weg, nicht von der Heimat, nicht von den Menschen, die sie umgeben. Aber mit Gefühlen allein kann sie nicht operieren in ihrer Situation, sie braucht schon handfeste Gründe. Und die hat sie zunächst auch, denn es ist tatsächlich noch allerhand zu regeln. Franz hat offene Verbindlichkeiten hinterlassen, auch Außenstände sind einzutreiben, die Kanzlei ist schlecht abgewickelt. Margret, die nicht eingeweiht ist, muss sich an diese Aufgaben machen, sie wächst daran, sie meistert dann auch Ungewohntes, Bürokratisches, ja irgendwie sogar Juridisches, alles mit ihrer natürlichen Intelligenz und ihrem Selbstbewusstsein, das sie mit ihrer Ausbildung zur Lehrerin gewonnen hat.

Oder hatte sie das schon früher? Wie stand es eigentlich um sie, als ihr Franz um sie warb?

Margret am 30. Januar 1927 (knapp drei Jahre vor der Hochzeit):
Mein Franz! Du hast recht gehabt, die Sache wird keinen Halt haben, der Kampf wird fortdauern. Vielleicht wird er noch härter ... Gleich

von drei, vier Seiten hat man mich bestürmt, Dich, mein Franz, zu lassen und den Niedermayr, von dem ich Dir schon einmal erzählt habe, zu nehmen. Habe das alles für leeres Weibergetratsch bisher gehalten und war daher sehr unangenehm berührt, den Helden der Geschichte zu mir kommen zu sehen ... Abends um halb acht, mit einer ganz blöden Ausrede. Habe ihn sehr kühl empfangen (nur im Hausgang) und gleich wieder höflich geschickt ... Zu so später Stunde macht man einem Mädchen, von dem man genau weiß, daß sie allein zu Hause ist, keinen Besuch ... Leb wohl, mein Franz, und schreibe recht bald ... bist doch mein Liebstes auf der Welt! In Treue, Deine Gretl.

Man hat ihr also mit Macht einen Bewerber, einen »Helden« aufdrängen wollen. Und warum hat sie den trotz des vereinigten Sturms abfahren lassen? Weil ihr Franz schon gewonnen hatte! Der weiß das, und er weiß es auch zu schätzen:

Franz am 1. Februar 1927 an *meine Gretl:*
Und was jenen Freier anlangt, kann ich Dein Verhalten nur loben. Ich habe nie gezweifelt, daß Du mich mehr liebst als jeden anderen.

Noch etwas von der Art findet sich aus demselben Jahr:

Gretl am 2. September 1927 aus Kardaun an Franz:
Mein Franz! ... Heute habe ich einen interessanten Heiratsantrag bekommen, und zwar vom Mayr Luis. Da schaust! Gelt? Gedacht habe ich mir alleweil, daß der Kerl ein »Äugl« auf mich hat, aber daß er wirklich so dumm ist, habe ich nicht gedacht. Ich habe mich des Lachens kaum enthalten können, als ich ihn mit einem Korb entließ. Er hats aber auch zu drollig angestellt. Werde es Dir schon einmal erzählen.

Hoffentlich hat das den Luis nicht allzu sehr hergenommen, Gretl scheint schon ein wenig grausam gewesen zu sein. Eine weitere Stelle (nur zwei Wochen später geschrieben), macht aber deutlich, dass in derlei Dingen Klarheit geboten war:

Margret am 16. September 1927 an Franz:
In Girlan hat man sich scheints mit der Tatsache abgefunden, mich nicht mehr zu sehen. Lange Zeit hat überhaupt niemand gewußt, wo ich bin. Eine Zeit lang ging die Sage, daß ich Nähen, dann Kochen lernen gegangen, und dann heirate ich einen Deutschösterreicher, habe

*allerdings keine Ahnung, wer der Held wäre. Dann hatte ich einen Bu-
bikopf, der aber wieder verschwand, als mich einige mit langen Haaren gesehen hatten ... Im übrigen haben sie wenigstens meine Ehre
ungeschoren gelassen. Ich habe nie Anlaß gegeben zu reden, und in
Girlan kann sich keiner rühmen, mehr als ein freundliches Wort von
mir bekommen zu haben.*

Warum setzte man die Einundzwanzigjährige zu Hause so unter Druck?
Warum waren ihre Leute so strikt gegen diesen Franz? Nun, sehr einfach: Er war ein Habenichts. Nichts hatte er, außer seinem Studium, und
das galt nichts bei wohlhabenden Weinbauern. Er hatte auch nichts zu
erwarten von zu Hause, er, dem sie seinerzeit noch im Gymnasium den
Geldhahn abgedreht hatten, sobald sie wussten, dass es mit dem Geist-
lichwerden bei ihm nichts werde.

Franz, der Rechtsanwaltskonzipient
ohne Einkommen, am 29. Dezember 1926 aus Trient an Gretl:

*Nie wäre es meinem Vater ein-
gefallen, obwohl er weiß, daß ich
kein Gehalt beziehe, mich zu fragen, wovon ich lebe ... Ja, wenn
ich Pfaffe geworden wäre, dann
ja – aber so scheint es mir oft, als
ob ich gar nicht sein Kind wäre.
Ich klage den Vater nicht an, aber
weh, bitter weh ist mir oft.*

Nicht dass Franz ein besonders
schlechtes Verhältnis zum Vater
gehabt hätte: Ein paar Wochen
vorher, am 11. Oktober 1926 (siebzig Jahre alt ist der Vater), klingt es
nämlich so:

*Mein guter Papá ist in den letzten
Monaten sehr alt geworden. Es hat
ein allgemeiner Kräfteverfall ihn
erfaßt. Doch hoffen wir alle das
Beste.*

Und die Situation hellt sich, wenigstens stimmungsmäßig, auf, sobald Franz das sinistre Trient verlassen hat:

Franz am 1. Februar 1927 am *meine Gretl*:
Mein Papá ist jetzt auch etwas günstiger. Er hat mich sogar schon zweimal gefragt, ob ich Geld brauche, und das ist viel.

Nicht viel Geld ist gemeint, aber die Geste hat Franz gefreut. Genommen hat er anscheinend nichts.

Musste er angesichts seiner miserablen Vermögenslage bei Gretls Leuten nicht im Verdacht stehen, ein Mitgiftjäger zu sein, und ein ganz gefährlicher obendrein, weil er ein angehender Advokat war? Hat er vielleicht sogar Gretl den Floh ins Ohr gesetzt, bei der Erbauseinandersetzung benachteiligt worden zu sein? Er war jedenfalls nicht die richtige Partie für das Nesthäkchen Gretl. Beim Niedermayr, einem Landwirt mit sicherlich viel Hinter- und Untergrund, wäre sie versorgt gewesen, da hätte sie auch keine Abfindung von zu Hause gebraucht. Und wer sind die »drei, vier Seiten«, die sie »bestürmen«? Zwei dürften festliegen: der älteste Bruder, Hoferbe seines Zeichens, und die Stiefmutter, Witwe seit etwa einem Jahr, seit dem Tod des Kaiserjägeroberleutnants (den nicht zuletzt Gretl noch aufopfernd gepflegt hat). Die anderen bleiben uns unbekannt. Die älteste Schwester jedenfalls kann nicht darunter sein, denn die hielt zu ihr, wie wir sehen werden.

Gretl lässt von ihrem Franz nicht ab, sie gibt nicht nach, nicht im Geringsten. Im Gegenteil! Aus dem Brief vom 30. Januar 1927:
Will doch sehen, wer da eigentlich zu reden hat, wenn ich einmal einen Mensch nicht mag, werde ich ihn doch nicht heiraten müssen! Mich kann so etwas furchtbar aufregen ...

Sie hatte wahrlich ihren eigenen Kopf! Sie anders zu erleben muss man schon weit zurückgehen, in die Zeit ihres Internatsaufenthalts in Marienberg bei Bregenz:

Margret am 4. September 1918 (da ist sie dreizehn) an ihre Eltern:
Lieste [sic!] Eltern, mir ginge es sehr gut, wenn ich nicht immer Heimweh hätte ... Ich habe sehr viel zu lernen, so habe ich z.B. in einer Stunde 7 Seiten Geschichte aufbekommen, aber ich will schon lernen ... Recht herzliche Grüße besonders an Sie liebste Eltern von Ihrer dankschuldigen T. Greti

Wo hat sie den aufmüpfigen Brief vom 30. Januar 1927 eigentlich verfasst? In Gries! In Gries steht aber ihr Elternhaus keineswegs, es steht in Girlan. Also ist sie von zu Hause ausgezogen.

Außer Franz und ihrer Schwester gibt es doch die eine oder andere Person, die ihr gewogen bleibt, trotz ihres Auszugs von zu Hause. Da ist etwa der Girlaner Pfarrer Knottner. Der schreibt ihr am 12. Mai 1927: *Liebes Fräulein Margreth! Ich danke vielmals für die freundlichen Glückwünsche zum Namenstage. Es hätte mich sehr gefreut, Sie unter der Zahl der Marienkinder bei der kleinen Gratulationsfeier zu sehen, aber ich verstehe, daß es unter den gegebenen Umständen nicht möglich war. Die Madlen haben das »Blumenkörbchen« aufgeführt, in dem Sie seinerzeit die Rolle der Comptesse spielten, falls ich mich nicht irre ... Gestern kam Ihre Mutter zu mir, um für den Vater Messen lesen zu lassen. Bei der Gelegenheit habe ich auch die Stimmung Sie betreffend zu erforschen gesucht. Die Mutter fühlt sich sehr stark gekränkt durch Ihr Vorgehen. Ich suchte es ihr auszureden, aber sie zeigte wenig Lust, eine Änderung in der Haltung eintreten zu lassen. Da müsse zuerst schon noch etwas Gras darüber wachsen. Im übrigen hat sie nur Gutes von Ihnen gesprochen, das eigene Köpfl natürlich abgerechnet. Auch bezüglich Heirat scheint sie nicht grundsätzlich dagegen zu sein. Im übrigen vertraut sie gleich mir auf Ihren Charakter und Ihre Grundsätze. Vorläufig werden Sie freilich die Folgen Ihres Schrittes tragen müssen ... Verläugnen Sie nur Ihrer Mutter gegenüber niemals die Kindesliebe und Ehrfurcht trotz der Volljährigkeit ... Indessen bleiben Sie, was Sie sind – ein braves Marienkind.*

Respekt, Hochwürden! Ein Meisterstück feiner Vermittlungskunst. Mit Ansätzen von Brückenköpfen auf beiden Seiten. Das Marienkind mit seinem volljährigen Köpfl bekommt sein Fett weg, aber man lässt es auch spüren, dass man an seinem guten Kern nicht zweifelt. *Die Folgen Ihres Schrittes:* der Auszug aus dem Elternhaus, in dem es freilich echte Eltern nicht mehr gibt. Ein knappes halbes Jahr zuvor war das Marienkind übrigens schon einmal drauf und dran gewesen, das Weite zu suchen.

Margret am 24. Oktober 1926 an Franz: *Lieber Franz! Die Vorbereitungen zur Abreise schreiten fort. Meine Schwester leistet mir vorzügliche Dienste, denn sie entwickelt bedeu-*

tend mehr Schlauheit und Frechheit als ich, und das ist sehr von Vorteil, denn die Fortschaffung meiner Sachen bietet große Schwierigkeiten. Indessen, der größte Teil ist schon weg. Jetzt steht mir noch eine häßliche Szene bevor, vor der mir graut. Wenn sie nur schon gewesen wäre! Schreibe mir vorläufig nicht mehr hierher, denn ich weiß nicht, wann das Gewitter losgeht. Ich bin noch im Zweifel, ob ich schon diese Woche mit meiner Schwester gehen soll, oder erst nach Allerheiligen. Schluss! Man ruft! Herzlich Deine Gretl.*

Sechs Tage darauf hatte Franz aber diese Mitteilung bekommen:

Wirst staunen noch von hier aus ein Schreiben zu kriegen und noch mehr, wenn ich Dir sage, daß ich wieder da bleibe. Diese Woche war sehr interessant ... Muß Dir sagen, daß der gefürchtete Krach schon am Mittwoch ohne meinen Willen erfolgt ist und daß ich noch am selben Abend alles zur Reise zurechtgelegt hatte. Wie immer nach starken Aufregungen bekam ich Fieber und muss in der Nacht heftig phantasiert haben. Wie mir nachher gesagt wurde, soll ich vom ins Wasser springen und derlei Sachen geschwätzt haben. Es mag wahr gewesen sein, denn am Morgen erwachte ich mit stark geschwollenen Augen und gesprungenen Lippen.– Die ganze Sachlage war verändert. Meine Mutter weinte, weil ich sie verlassen wollte, und mein Bruder bat mich um Entschuldigung und ersuchte mich um Mutter willen dazubleiben. Ich forderte mein gutes Recht, nämlich eine Änderung des Testaments zu meinen Gunsten, indem ich zum Wenigsten Gleichstellung wie meine Geschwister verlangte. Es wurde mir gewährt, weil es meine Mutter von Willi verlangte. Eine anständige Behandlung habe ich mir auch ausbedungen und Freiheit in meiner Korrespondenz. Du kannst mir von jetzt an schreiben wie oft Du willst ... Die Rücksicht auf die Mutter hieß mich bis jetzt dulden und bleiben, die Rücksicht auf die Mutter lässt mich auch jetzt wieder verzichten. Ich hätte es schön bekommen bei meiner Schwester ...

Und wieder eine Woche später an den *lieben Franz:*
Meine Schwester wird keinen Finger für mich blödes Ding mehr rühren ... Es tut mir sehr leid, daß sie so zornig ist und einesteils mit Recht, denn es ist und bleibt eine verächtliche Halbheit von mir, die ich nur wegen der Mutter begangen habe. Nicht aus Liebe, nein nicht aus Liebe, aber es ist meine Pflicht, sie nicht allein zu lassen, wenn sie mich darum bittet.

Ihrer schwesterlichen Komplizin, die sie nie mit Namen nennt (aber es muss ihre älteste sein, Anna) gilt auch noch diese Äußerung aus dem vorletzten Brief vom 7. November 1926:

Doch jetzt ist es einmal geschehen und ich werde alles versuchen, sie wieder günstig zu stimmen. Sie hat sich so gefreut auf mein Kommen, schreibt sie, und als sie meinen Brief erhielt, hat sie den ganzen Vormittag vor Wut geheult. Ich glaubs ihr gerne, denn sie ist so ein leidenschaftliches Wesen, daß ich mich schon als Kind oft fast gefürchtet habe.

Der Friede nach dem großen Krach hat dann nicht lange gehalten. Nicht gehalten hat sich offenbar auch der Bruder an das Versprechen, Gretl mit den anderen Geschwistern gleichzustellen. Ja, nun … *Was* hatte Gretl verlangt? Eine Änderung des Testaments? Das ist freilich viel verlangt, wenn der Erblasser schon tot ist. Der allein könnte doch das Testament ändern. Wir müssen auslegen, um zu erfahren, was Gretl mit »Gleichstellung mit den Geschwistern« gemeint hat, denn Gleichstellung mit dem Hoferben hätte diesen wohl überfordert. Und kommen auf so etwas wie einen Pflichtteil. Den ist Gretl entschlossen zu verfolgen, ja, zweieinhalb Jahre danach sogar einzuklagen. Im Januar 1929 schreibt nämlich Franz, inzwischen zum Bräutigam avanciert, an Gretl, sie möge alle Gegenforderungen, die der Bruder gegen ihren Hauptanspruch habe, abziehen, und zwar auf der Grundlage einer bestimmten brüderlichen Abrechnung von vor einem halben Jahr. Dann könne er, Franz, die Klage »überreichen«.

Was? Wollte etwa Franz selbst diesen Fall als Anwalt übernehmen? Hoffentlich nicht! Nie soll man, hat er später seinen Kindern dringend ans Herz gelegt, einen Fall für die Verwandtschaft übernehmen, geschweige für einen Lebenspartner. Wenn man verliere, sei das Verhältnis zum Mandanten allemal gestört. Nein, nein! Franz *überreicht* die Klage, er erhebt sie nicht, er reicht sie nicht ein, wir dürfen ihm nicht unterstellen, dass er sich dilettantisch ausdrückt. Das heißt also, er setzt sie auf und gibt sie dem Anwalt von Gretl, damit der sie erhebe oder einreiche. Wer ist wohl dieser Anwalt? Ein gewisser Dr. Lutterotti, der in den Briefen erwähnt wird, die an Franz in München gerichtet sind (so lange noch wird sich dieser Rechtsstreit hinziehen!)? Nein, der kann es nicht sein, er ist ja offenbar so etwas wie der Hausanwalt des beklagten Bruders, und ein Anwalt darf nicht beide Seiten gleichzeitig vertreten. Aufschluss gibt uns aber diese Stelle hier:

Margret am 1. Dezember 1940 an den *liebsten Vater* in München:

Mit Dr. Lutterotti hatte ich eine eineinhalbstündliche Konferenz. Willi war nicht dabei, weil er es ablehnte, mit mir persönlich zu sprechen. Ich habe meinen Standpunkt klipp und klar dargelegt, und Dr. L. hat mir versprochen, sein Möglichstes zu tun, um die Sache in günstigem Sinn zu Ende zu führen. Willi möchte die Bedingung stellen, daß der Ausgang geheim bleibt, damit die anderen Geschwister keine Forderung stellen. Das habe ich aber nicht versprechen können, weil sie schon warten auf den Ausgang. Dr. L. ist der ganze Prozeß sehr peinlich und ihm ist es sehr unangenehm, daß wir nie zum Frieden kommen, weil ja er das Testament gemacht hat und sich mitverantwortlich fühlt.

Kurz vorher, am 21. November 1940, hatte Margret Franz angekündigt, was sie bei der »Konferenz« mit Dr. Lutterotti vorschlagen werde:

L. 5000.- sofort und L. 1000.- für Dr. Pomeis und weiter herunter gehe ich nicht und werde auch keine bindenden Unterschriften für eventuelle weitere Klauseln machen, wenn er solche verlangen sollte.

Dr. Pomeis heißt also ihr Anwalt, vermitteln aber soll der alte Familienanwalt. Dass Margret zehn Tage später an Franz schreiben muss: *Mit Dr. Lutterotti habe ich eben telefoniert, aber er hat noch nicht mit Willi gesprochen,* braucht nach dem Vorhergehenden nicht zu wundern. Was sind zehn Tage in einem Prozess, der wohl schon mehr als zehn Jahre dauert?

Was aber fällt auf? Margret strebte doch von Anfang an nach einer Gleichstellung mit ihren Geschwistern. Also müssen diese im Testament besser bedacht worden sein als sie. Warum legt aber dann der verklagte Bruder Wert darauf, dass eine Einigung mit ihr geheim bleibt? Wie sollten denn die anderen auf die Idee kommen, Nachforderungen zu stellen? Sie werden doch der jüngsten Schwester eine Gleichstellung gönnen? Eine Erklärung wäre da allenfalls, dass die Geschwister, ungeachtet ihrer Position im Testament, noch gar nicht ausbezahlt waren.

Fällt noch etwas auf? Ja, die Summe, mit der Margret sich zufrieden geben will. 5000 Lire! Wie viel war das? Nach dem offiziellen Umrechnungskurs bekam man im Jahr 1941 für 1 Reichsmark 4 Lire und 50 Centesimi. Für

5000 Lire ergab das die drollige Zahl von 1111,11 Reichsmark. Das Gehalt von Franz in München belief sich auf monatlich 521 Reichsmark. Um gut zwei Monatsgehälter eines deutschen Beamten also hat Margret jahrelang mit ihrem Bruder gestritten? Wahrscheinlich hat sie ursprünglich mehr verlangt, ist aber im Lauf der Jahre mürbe geworden. Die letzte Frage, die wir uns stellen in diesem Rekonstruktionspuzzle, ist, ob ihr während des langen Prozesses schon einmal etwas zugesprochen worden ist.

Am 4. November 1940 schreibt sie nämlich an Franz nach München:

War bei Dr. Pomeis, um zu fragen, wie es mit dem Prozeß Willi stehe, und er wollte mir das vor einem Jahr erschienene Teilurteil hervorsuchen und fand es nicht und sagte, er habe es Dir gegeben. Es sind 800 Lire Barauslagen anerlaufen und sonst rechnet er nichts wegen Kollege. Dann ging ich zu Dr. Perathoner, und der war recht nett und freundlich und riet mir, auch mit Mutter ins Einvernehmen zu treten und die Sache mit 5000 Lire und Tragung der Spesen zu vergleichen.

Daher also die Zahl 5000. Der unbeteiligte Perathoner rät zu dieser bescheidenen Summe, weil ... Nun, Margret wird bald abwandern, und Krieg ist auch, da ist ein Spatz in der Hand allemal besser ... Und das *Teilurteil*? Da muss das Gericht also schon einmal eine Entscheidung gefällt haben in dieser Sache. Wir wissen: Wenn eine Klage mehrere Ansprüche enthält und einer davon ist entscheidungsreif, dann kann darüber in einem Teilurteil entschieden werden. Aber was war reif und was ist entschieden worden? Und wo ist das gute Stück?

Franz antwortet am 12. November 1940:

Prozeß gegen Willi: Sieh nur zu, daß die Sache zu einem günstigen Abschluss kommt, gib aber nicht allzusehr nach. Sollte es zu keiner Einigung kommen, dann bliebe nichts anderes übrig, als den Prozeß zu Ende zu führen ... Das Urteil werde ich dann gegebenenfalls schon beibringen ...

Sieht nicht gerade so aus, als ob Franz das Dokument nur irgendwo herauszuziehen bräuchte. Darauf soll es aber auch nicht mehr ankommen, denn dieser unselige Prozess soll hiermit ein für alle Mal zur Registratur verfügt sein!

Diese Frage ist aber noch interessant: Was für einer war Franz, damals, als die Verlobung heranreifte? Hatten Gretls Leute, die ihn ablehnten, recht, falls sie ihm unterstellten, er sei auf ihre Mitgift aus (mit der es letztlich ja nicht weit her war)? Da gibt es einen Brief aus Trient vom 19. Dezember 1926, geschrieben wenige Wochen, bevor Gretl ihm von ihrer Aufmüpfigkeit zu Hause berichtet.

Meine Gretl! Habe mir heute mein liebes Zimmerl heizen lassen und nun bin ich bei Dir. Denke wohl auch über unsere Zukunft nach. Aber voller Hoffnungen, denn einstens wird schon der Tag kommen, weil ich die Kraft in mir fühle, an dem ich ohne Zagen vor Dich hintreten kann, und ich hoffe, ohne daß andere sich zu ärgern brauchen. Was doch die das alles angeht! Ich habe oft daran gezweifelt, ob sie auch um Dein Glück besorgt sind in ihrem Rate, den sie Dir geben. Was können sie denn wissen über Dein Glück? Gretl, ich kann Dir wohl sagen, daß ich nicht an den Gütern dieser Welt hänge. Nur insoweit, daß sie unbedingte Voraussetzungen bieten, um sie als Zweck und Mittel eines höheren Glückes zu erwerben.

Oh, haben wir da nicht das Muster eines Menschen, der soeben alle vier Evangelien einschließlich der stoischen Philosophie verinnerlicht hat?

Was bieten die Güter dieser Erde sonst? Sind sie nicht ein Ballast nur für ein inneres Seelenleben, die Kummer und Sorge nur vergrößern? … Mir war ein lautes tosendes Leben immer ein Greuel. Ich ziehe dem ein einfaches, stilles, arbeitsames Leben vor. Und mein Leben ist wohl sehr einfach. Den Tag über arbeite ich und abends nach dem Nachtessen bin ich auf meiner Bude – lese oder studiere. Nur hin und wieder schaue ich mir einen Film an … Der Mensch besteht doch mehr aus Seele als aus Erde. Ist es doch das, was ihn vom Tiere unterscheidet. Und wehe, wenn er sich dessen nicht bewußt ist! …

Gegen Ende heißt es:
Du wirst Dich fragen, Gretl, was ich mit all dem will. Gar nichts anderes ist es als eine Fortsetzung unseres Sichkennenlernens …

Er arbeitet in diesen Wochen in Trient als Konzipient bei einem Anwalt, der ihm wenig und nichts bezahlt.

Franz am 10. Dezember 1926 an *meine Gretl*:
Heute glaubte ich einen freudigeren Tag zu haben. Mein Chef funktioniert aber nicht. Obwohl ich ihm in einem Monate einen Reingewinn von Lire 1000.- aufzuweisen hatte, hat er es nicht für genehm gehal-

ten, mich fix zu besolden. Ich wusste ja, daß die Trientner Advokaten die Konzipienten schmal halten. Auch von schmal halten hätte ich noch nichts gesagt. Aber was er mir als Geschenk für Neujahr versprochen hat, sind sage und schreibe 150.- Lire. Seinem ganzen Verhalten nach müsste ich ungefähr noch ein halbes Jahr umsonst dienen, bis ich circa so viel bekäme, um leben zu können. Das geht aber leider über meine Kräfte. Also heißt es sich um etwas anderes umschauen. Ich habe Hoffnungen, bei Dr. D. in Bozen unterzukommen. Die diesbezüglichen Verhandlungen habe ich schon in Szene gesetzt ... Hier in Trient kann ich nicht mehr leben, denn meine Barmittel sind nahe am Ende. Doch eines habe ich wenigstens, nämlich dies, daß ich mein Selbstvertrauen nicht verliere. Für die Zukunft im Ganzen-Großen habe ich keine Angst. Laß Dir es nicht zu nahe gehen, gelt, meine Gretl ... Sonst geht es mir ja gut, denn ich könnte mich nicht erinnern, daß ich jemals hier in Trient einen Schnitzer gemacht hätte, der meinem Chef Gelegenheit gegeben hätte, sich zu beklagen.

Margrets Antwort vom 16. Dezember 1926 ist zu entnehmen, dass Franz sie nie um Geld angegangen hat:

Sag einmal, Franz, von was hast denn eigentlich bis jetzt gelebt? Mich hat es schon oft interessiert, aber ich habe mich nicht zu fragen getraut. Aber jetzt, nachdem Du mir selbst sagst, wie hart Du tust, kann ich wohl fragen.
Gibt Dir Dein Chef wirklich nichts, wenn er weiß, daß Du Dich dann bei ihm nicht mehr aufhalten kannst? Sein tun die Walschen schon großartig, das muss man ihnen lassen. Ich meine, ich brauche Dir nicht erst zu sagen, daß ich Dir gerne aushelfen würde, aber weißt ja selbst jetzt, wie meine Verhältnisse stehen.

Dass sie ihm derzeit auch gar nicht hätte helfen können, mag wohl seinem Stolz entgegengekommen sein. Ja, wovon hat Franz bisher gelebt? Ein klein wenig hat er wohl verdient, aber ohne ein Darlehen hier, ein Darlehen dort, immer bei Verwandten, ging es damals, bevor er eine bezahlte Anstellung bekam, wohl nicht. Geholfen hat ihm beispielsweise der Bildhauer Alois Zwerger, sein Onkel mütterlicherseits, der sich später als großzügig erweisen wird:

Franz am 31. Januar 1941 an Margret:
Onkel-Salzburg hat mir alles erlassen, weil er es mir seinerzeit zum Studium gegeben hat. Es hat mich dies sehr gefreut.

Fünfzehn Jahre mögen vergangen sein seit der Hingabe dieses Darlehens (der Betrag ist unbekannt) und der erfreulichen Erledigung. Zehn davon, nämlich die gesamten Dreißigerjahre, war Franz als Anwalt selbstständig tätig. Natürlich hat er dabei Geld verdient, wie sonst hätte seine Familie auch leben können? Das Zurückzahlen von Darlehen allerdings rangierte bei ihm nicht gerade ganz vorne, wenn, wie hier zu vermuten, kein Druck zu verspüren war. Ein paar weitere Gläubigernamen tauchen noch auf, wenn Margret in ihren Briefen berichtet, wie sie die Reichsmark verwenden will, die ihr Mann aus München »hineinschickt«. Es bleibt unbekannt, wann deren Forderungen entstanden sind, es brauchen diese Details aber auch gar nicht weiter erforscht zu werden. Erfreulicher ist es, von Leuten zu berichten, die den *promessi sposi* Franz und Grete treulich zur Seite standen, als diese mit Widerständen und Schwierigkeiten zu kämpfen hatten.

Franz am 20. April 1927 an Margret:
Und dann hast Du, oder haben wir ja auch noch Onkel und Tante, die uns so gut wollen, die eben glücklich sind, wenn wir zwei es sind. Es sind so gute Menschen, zu denen wir mit kindlicher Dankbarkeit aufschauen müssen ... In der kurzen Zeit, in der ich Onkel und Tante kenne, habe ich sie schätzen gelernt, wie ich nicht bald Menschen schätzte und liebte. Schau, wie diese zwei Menschen, die ja auch so viel gelitten, denen ihr Liebstes, ihre einzige Hoffnung schien es, geraubt worden ist, wie diese noch ihre Jugend und ihre Ideale ins Greisenalter hinübergerettet haben – sie sind noch vom ehrlichen alten Schlag ... Für diese Woche bin ich bei ihnen eingeladen ... Onkel freute sich herzlich, als ich ihm sagte, ich habe einen neuen Posten – den ich übrigens schon am 23. d. antrete – und gratulierte mir dazu.

Die Tante ist die Schwester des Kaiserjägeroberleutnants und verheiratet mit einem Herrn namens B. Über diese beiden, die ihren einzigen Sohn verloren haben, wahrscheinlich im Ersten Weltkrieg, lesen wir in den Briefen unseres Paars nichts als Gutes. Bald schon müssen sie nämlich die Überzeugung gewonnen haben, dass Franz und Gretl zusammengehören. Am 14. November 1926 allerdings war dies noch nicht der Fall.

Da schreibt Gretl an ihren *lieben Franz*:
Gestern abend hat mir Willi beim Essen ein Stück von einem Brief Karls [den wir als Onkel Fackengrint kennen] *vorgelesen, worin er*

sich sehr angelegentlich über mein »Verhältnis« erkundigt. Das Ge-
spräch ging weiter, halb Scherz, halb Ernst, und schließlich kam es
aufs ›Folgen‹ [d.h. hier gehorchen] hinaus. Dann sagte Mutter, Tante
B. hat sowieso gemeint, ob man dir das nicht einfach verbieten könn-
te. Ich habe mich beim besten Willen nicht enthalten können, laut zu
lachen ob diesem Unsinn. Mutter hat gemeint, das tut sie nicht, ich
werde wohl selbst sehen, wie ich später zurechtkomme und ich habe
mir gedacht, das ist auch das Vernünftigste ... Aber bezeichnend für
die gute Tante ist nur, daß sie meint, man könne mir noch gebie-
ten und verbieten wie einem kleinen Kind, ganz ohne stichhaltigen
Grund ...

Da ist sie wieder, die selbstbewusste, aufmüpfige Margret. Nicht lange danach jedoch ist das Vertrauen zu Onkel und Tante auf dem besten Wege:

Margret am 6. Januar 1927 an *ihren
Franz:*
*Onkel und Tante waren auch recht nett
und haben sich gebührend über unser
Verhalten* [»Verhältnis« will ihr wohl
nicht aus der Feder] *erkundigt. Sie scheinen sehr um meine Unschuld besorgt zu
sein. Ich glaube keine Schwierigkeiten
zu haben, Dich bei ihnen einzuführen,
wenn Du nach Bozen kommst.*

Und das muss auch rasch gelungen sein,
denn schon am 15. April 1927 schreibt
Franz, den gerade eine Glückssträhne zu
streifen scheint, an Gretl, die neuerdings
in Kardaun als Erzieherin arbeitet:
*Bei Dr. Kofler bekomme ich Lire 600.-
Anfangsgehalt – na endlich wird die Geschichte schon gehen. Es braucht große
Geduld, aber Franz lässt nicht los! ...
Heute vormittag begleitete ich Onkel
nach Gries. Er ist sehr erbittert, daß man
sich von Girlan gar nicht um Dich küm-
mert. Deinen Bruder Hans hat er getroffen. Den habe es gewundert, daß Du*

nicht schon längst von zu Hause fort warst. O, Onkel und Tante haben eine Wut auf die Stiefmutter. Onkel sagte, er werde einmal gewiß lange, lange nicht mehr hinausschauen – und dieweil hast Du es bei ihnen gut bekommen. Und auch mich mag man gut leiden. Bin dann mit Onkel zu Tante gegangen, um gute Feiertage zu wünschen. Sie wollte mich gleich zu Mittag einladen, wenn ich nicht schon versorgt gewesen wäre. Dann hat man mir versprochen, mich manchen Abend zu ihnen zu laden und an Sonntagsausflügen teilzunehmen. Gelt, schön habe ich es, Kind!«

Bald das Ehrenkleid?

*W*ie geht's, Fräulein Strempel. Nicht so gut heute? Nicht so fröhlich wie sonst? Was ist denn?«

Dr. Ungers Sekretärin seufzt, die Ansprache von Franz tut ihr gut. Sie sieht ihn an, als ob sie Hilfe von ihm erwarten könnte.

»Die Uk-Stellung[3], wir fürchten, sie wird abgelehnt, schon bevor der Antrag nach Berlin geht.«

»Ah, das … einerseits …« Klar, es geht um seinen Mitarbeiter, ihren Naturburschen, den Weinzierl. Dass zwischen den beiden etwas läuft, heftig und ernsthaft, darüber braucht den Franz niemand mehr aufzuklären.

»Warum fürchten Sie's? Wir haben den Antrag doch schön begründet.«

»Es werden so viele zum Militär eingezogen zurzeit, überall, auch in Bekanntenkreisen hört man davon.«

Franz starrt durch das Fenster. Kleine Schneeflocken sind in der Luft, und doch kommt manchmal eine schon kräftige Sonne durch. Die Einziehung könnte auch ihn treffen, jederzeit.

»Der Führer braucht jetzt jeden, um möglichst bald Frieden machen zu können.«

Sie seufzt wieder und lächelt ein wenig. »Aber er braucht doch auch Geld, nicht? Und das beschaffen *wir* ihm. Ich melde Sie an.« Sie verschwindet im Chefzimmer und ist gleich wieder da. »Bitte sehr.«

Doktor Unger kommt hinter seinem Schreibtisch hervor und komplimentiert Franz an den Besuchertisch, um Gleichheit herzustellen.

»Geht's Ihnen auch gut, Herr Kollege? Sie haben viel und unermüdlich gearbeitet das halbe Jahr, das Sie jetzt bei uns sind.«

»Die Arbeit macht mir große Freude.« Franz weiß freilich, dass er müde aussieht. Die Abende sind ihm zu kurz, es wird immer spät, denn er malt und schreibt Briefe … (Am 31. Januar 1941 an die *liebste Mammi: Die Zeit ist ja so ausgefüllt, daß der Tag wohl gleich mit einigen Stunden länger auch noch zu kurz wäre.*)

---

[3] Unabkömmlich-Stellung, während des Zweiten Weltkriegs (u. heute) in Deutschland.

»Darüber freuen auch wir uns. Aber jetzt sollten Sie einmal ein paar Tage ausspannen. Mit dem Karfreitag und Ostersamstag bringen wir das so hin, dass es fast nicht auf Kosten Ihres Urlaubs geht.« Doktor Unger reibt sich die Stirn. Auch er wirkt müde. »Der Fliegeralarm heute Nacht, sitzt er Ihnen auch noch in den Knochen?«

»Ja, doch, schon ein bissl. Aus dem Tiefschlaf in den Keller, und da sitzt man dann herum. Verlorene Zeit. Passiert ist ja nichts, heißt es. Sie kommen, wie es scheint, gar nicht mehr durch. Da ist halt doch die Luftwaffe …«

»Ja, erstaunlich ist das schon, im letzten Jahr hatten wir sechs Angriffe, und seit einem halben Jahr ist nichts mehr, bis eben auf heute Nacht, und da auch nur Alarm. Sie fliegen in erster Linie zur Aufklärung, hört man. Es ist halt doch sehr weit von England bis zu uns herunter. In Hamburg sind sie schneller, weiß Gott. Hören Sie, lieber Herr Kollege, Ihre Ernennung …«

Franz macht große Augen. Sein Chef muss ein wenig lachen, während er den Kopf schüttelt. »Nein, immer noch nichts, es steht immer noch aus. Wissen Sie … Es ist für mich gar kein Wunder, dass die Dinge jetzt so lange brauchen. Als wir noch unsere bayerische Selbstständigkeit hatten, da haben wir einfach im Ministerium drüben nachgefragt, aber jetzt weiß man nicht einmal, wo man in Berlin oben anzurufen hätte. Trotzdem, seien Sie zuversichtlich! Das Wichtigste ist, dass Ihre Ernennung nicht mit einer Versetzung verbunden ist oder gar … Ich würde Sie ungern verlieren.«

Aber jetzt ist es an Franz zu lachen. »Man möchte ja meinen, die Entscheidungen, die Ukase aus Berlin kämen über Bozen nach München.«

»Wie denn das?« Doktor Unger schaut sehr verwundert.

»Stellen Sie sich vor, meine Frau hat mir schon vor ein paar Wochen gratuliert. In der Bozener Zeitung, schreibt sie, hat sie es gelesen.«

Margret am 10. Februar 1941:
Gestern war ich mit Egger und Kramar in Sigmundskron. Wir haben bei dieser Gelegenheit den neugebackenen »Regierungsrat« hoch leben lassen … War das die Überraschung, die Du mir nicht schreiben wolltest? Sogar in den Dolomiten standen die Titel der ins Reich abgewanderten Advokaten.

»Na, das ist ja höchst eigenartig. Sollten die in Bozen einen eigenen Draht nach Berlin haben? Nein, wir müssen da schon warten, bis wir die Urkunde in Händen haben, auf die Urkunde kommt es an.«

»So formal geht es da zu? Ich habe meine Frau natürlich gleich brieflich, wie soll ich sagen, zurückgepfiffen.«

Und, denkt Franz, die *Überraschung*, meinen großen Erfolg, von dem ich ihr nur Andeutungen gemacht hatte, habe ich offen gelassen. Ich kann eben auch einmal etwas für mich behalten.

Franz am 26. Februar 1941:
Und da habt Ihr den Regierungsrat leben lassen, aber ich habe noch keine Mitteilung erhalten. Falsch geraten also wegen der Neuigkeit. Die werde ich Dir erst von Mund zu Mund sagen. Mich hatte sie sehr gefreut und mit Stolz erfüllt.

Was meint er damit? Worin besteht sein großer Erfolg? Nur eine geheimnisvolle Anspielung findet sich in den Quellen, zweimal, und die angekündigte Von-Mund-zu-Mund-Mitteilung hat natürlich der Wind verweht.

Franz am 12. Januar 1941 an die *liebste Mammi*:
Was wir tun können, ist nur das eine: In aller Ruhe die Schäden, die uns die Vergangenheit gebracht, gut zu machen. Die Voraussetzungen hierfür sind gegeben. Sie werden noch viel besser werden. Ich habe gestern eine große Freude erlebt, die im besten Sinne zukunftsweisend ist. Ich teile Dir nicht mit, was es ist. Das eine magst Du wissen: Nicht nur Du hast Erfolg, sondern auch mir ist er nicht versagt. Er ist gekommen in einem Maße, wie ich vor drei Monaten nicht gewagt hätte zu ahnen.

Es bleibt nichts anderes übrig, als zu spekulieren, auch wenn das Gespräch mit Doktor Unger ein wenig unterbrochen werden muss. Mit Stolz hat es ihn also erfüllt … Wenn es etwas gab, das ihn damals bestimmt mit Stolz erfüllt hat, dann stand es im Zusammenhang mit Reich und Vaterland. Man lese einmal das:

Franz am 12. April 1941 aus Ruhpolding:
Am Mittwoch geht dann wieder die Arbeit los in neuem Schwung, voll neuer Kraft – wenn nicht, na wenn nicht inzwischen oder bald die Einziehung erfolgt, die mir auch passt. Ich will sie nicht als absolut sicher hinstellen, aber als wahrscheinlich. Soll ich mich nicht freuen darauf? Das höchste Ehrenkleid im Reiche zu tragen?

War es so etwas? War es für ihn ein stolzerfüllender, zukunftsweisender Erfolg, Soldat werden zu dürfen? Und wie käme er gerade jetzt zu dieser Wahrscheinlichkeitsvermutung? Wo er in Wirklichkeit doch erst in zwei Jahren das Ehrenkleid bekam, übrigens auch da nur in der untersten Stufe, als *Schütze?* Nein, diese Möglichkeit müssen wir doch ausscheiden. Hat er vielleicht eine Tauglichkeitsmusterung erfolgreich hinter sich gebracht? Das wäre dann schon die zweite gewesen in seinem nun fast vierzigjährigen Leben, denn vor zwei Jahrzehnten hatte er bereits bei den *Alpini* gedient. Nein, selbst wenn wir uns vor Augen halten, wie sich damals die Burschen, die für tauglich befunden wurden, vor Freude betrunken haben: Für den einigermaßen betagten Franz wäre so etwas dann doch fehl am Platz gewesen. Vielleicht liegt die Lösung nicht auf dem beruflichen Sektor, wo er doch immer alles offen legt, sondern auf dem künstlerischen? Ist ihm ein Bild besonders gut gelungen oder hat er eines hübsch teuer verkaufen können? Vielleicht. Aber einen konkreten Anknüpfungspunkt haben wir auch da nicht.

Bleibt uns nur noch, es mit einer Bewertung des Gesamtzusammenhangs zu versuchen. Der Brief vom 12. Januar 1941, in dem Franz seine große zukunftsweisende Freude so geheimnisvoll vernebelt, scheint überhaupt und insgesamt in einer Verteidigungshaltung geschrieben zu sein: *Nicht nur Du hast Erfolge; auch ich!* Haben wir noch etwas in dieser Art? Oh ja!

Franz am 12. Januar 1941:

Du kannst schon ganz ruhig sein im Gedanken mit und neben mir zu marschieren, mit einem ebenbürtigen Partner, brauchst ihn nicht zu schulmeistern; müsstest ihn verachten, wenn er so untertänig würde, wie Du ihn in Deinem Briefe haben möchtest ...

Jetzt aber! Ein südtiroler Familienoberhaupt verteidigt seine Ebenbürtigkeit mit der Ehefrau? Ist denn die Welt auf den Kopf gestellt? Die Umstände sind aber auch umwälzend genug. Wir beobachten hier eine Art Kräftemessen, das bei einem traditionsgemäßen Verlauf der Dinge – das ganze Leben im Landl verbracht, die Frau im Haus, der Vater im Beruf – wohl nie in Betracht gekommen wäre. Was, konkret, hat Franz zu den gerade zitierten Zeilen veranlasst?

Margret am 1. Januar 1941 an den *lieben Vater:*

Fürs erste muss ich Dir, so leid es mir tut, es gerade am Neujahrstage sagen zu müssen, mitteilen, daß es mich sehr schmerzlich überrascht hat zu hören, daß Du, bevor Du weggingst, einen neuen Wechsel zu L. 5000.- aufgenommen hast und mir wie gewöhnlich kein Wort davon sagtest ... Ich bitte Dich nun zum letzten Mal, lass diese Heim-

lichkeiten, die mir mehr Verdruß bereiten als alles andere, das ich mitmachen musste, sonst muss ich bei der Lehrtätigkeit bleiben … Bedenke, daß inzwischen aus der jungen Braut eine ernste, denkende und berufstätige Frau und Mutter geworden ist … Halte mich immer am Laufenden, denn mir ist tausendmal lieber eine offen einbekannte finanzielle Entgleisung, als diese Lügen in den eigenen Sack …

Starke Worte! Und schon wieder das liebe Geld. Man könnte es den Vater aller Dinge nennen, wenn der Titel nicht schon an den Krieg vergeben wäre. Hier hat es also eine tief gehende Auseinandersetzung ausgelöst.

Die Antwort von Franz am 12. Januar 1941 beginnt so:
Ich kenne wohl Deine Sorge und schätze sie, habe sie immer geschätzt. Deswegen aber darfst Du nicht ins Extrem fallen. Ich habe eigens zwei Tage gewartet, um Deinen Brief nicht im Affekt zu beantworten … So darf es nun schon nicht weitergehen, anderenfalls geht unsere Ehe, so schön sie doch immer war, wenn nicht in Brüche, so doch in einen Zustand über, der gegen das Interesse unserer Kinder wäre. Und die lieben wir doch beide im gleichen Maße. Was gewesen ist, hat die Not gebracht, von A bis Z. In nichts hätte es sich anders machen lassen … Du vergisst doch ganz, daß ich durch nun 11 Jahre keine andere Sorge hatte als die für Dich und die uns geschenkten lieben Kleinen. Der Boden wird fest und ich stehe darauf, ausgerichtet: Gerade in die Zukunft. Vielleicht kannst Du, wenn Du dann kommst, eine Wandlung in mir feststellen, an der Du viel Freude haben kannst …

Zuletzt versucht er, die Rangordnung wieder herzustellen:
Denk einmal nach über die Demütigungen, die in Deinem Brief direkt und indirekt enthalten sind …

Margret beginnt ihre Replik vom 20. Januar 1941 sehr milde, und das wird ihrem Mann gefallen haben:
Nun will ich in aller Ruhe Deinen lb. Brief beantworten. Zuerst möchte ich Dir eine Freude machen und schicke Dir zu Deinem Namens- und Geburtstag ein Foto unserer Kleinen unter dem Weihnachtsbaum … Und ich denke, wir rauchen zum Namenstag die Friedenspfeife.

Dann aber kommt der Nachtarock:
Die Dinge, die ich Dir schrieb, waren wohl überlegt und ich war mir voll und ganz bewußt, wie sehr sie Dich treffen mussten, aber ich

ersehe aus Deiner Antwort, daß Du um den Kern der Sache herum-geschrieben hast wie, nun sagen wir: Katze und Brei. Nicht daß Du Schulden gemacht hast, habe ich Dir vorgeworfen, sondern dass Du mir nichts davon sagtest, hat mich in Harnisch gebracht ... Du hättest mich manchmal sollen Einblick nehmen lassen in Deine Geschäftsbü-cher, es wäre rentabler gewesen als Strümpfe stricken. Nun lassen wir das, was war, soll nicht wieder sein.

Franz antwortet auf seine Weise am 31. Januar 1941:
Es war in meinem letzten Schreiben nicht so sehr ein Herumreden um den Brei, sondern eine Probe auf Deinen Glauben an mich. Es war nicht Mangel an Vertrauen zu Dir, sondern es fragte sich, ob die Sor-gen auch Du noch tragen musstest ...

Margret mag darauf in ihren Gedanken eingegangen sein, in ihrem nächsten Brief ist davon nichts mehr zu lesen. Die Sache ist abgetan, die Friedenspfeife geraucht, es gibt genug andere Themen. Sie ihrerseits erhält auf ihre folgende Bemerkung am 20. Januar 1940 auch keine Antwort:
Du kannst mir die Freude, die Du erlebt hast, schon mitteilen, ich ahne sie schon und gratuliere zu Deinem Erfolg. Kannst mir glauben, daß ich mich freue, wenn ich sehe, daß Du Deine geistigen Fähigkeiten entfalten kannst ...

Die geheimnisvolle Erfolgssache bleibt verborgen. Wenn nun unser spekulatives Gedankenspiel zuletzt die Idee aufbrächte, Franz habe mit seinem großen Erfolgserlebnis überhaupt bloß einmal ordentlich aufs Kalbfell gehauen, um wenigstens virtuell ein Gleichgewicht herzustel-len (*Nicht nur Du hast Erfolge ...*), täten wir ihm dann Unrecht? Ja, be-stimmt. Er war, wir wissen es, für eine Ideologie zu haben, er glaubte gerne, aber Blendwerke baute er nicht.

Der vom Fliegeralarm etwas übernächtigte Doktor Unger sagt zu sei-nem – der Leser erinnert sich – gleichfalls müde aussehenden Mitarbei-ter: »Ja, ohne Urkunde ist alles nichts. Stellen wir uns vor: Berlin hat entschieden, Sie werden zum Regierungsrat ernannt, der Akt mit der Urkunde – übrigens vom Führer unterzeichnet, nein, nein, nur ein Fak-simile, Sie können aber große Augen machen, haha – der Akt ist also unterwegs und ... verunglückt irgendwie. Es würde Ihnen nichts helfen, dass die Entscheidung längst zu Ihren Gunsten getroffen ist, es müsste eine neue Urkunde her ... verstehen Sie?«

Franz nickt.

»Nun, lieber Herr Kollege, ich habe Sie eigentlich aus einem anderen Grund zu mir gebeten: Ich wollte Ihnen eine Empfehlung geben. Wenn Sie ein paar Tage ausspannen, und ich sagte schon, dass Sie das sollten, dann wären Sie da gut aufgehoben, wo wir schon seit Jahren Urlaub machen, nämlich im Rupertiwinkel. Wir kennen da eine hübsche Pension ...«

Also fährt Franz nach Ruhpolding. Es sollte eigentlich in den Frühling gehen, aber zuletzt müssen die Räder, die für den Sieg rollen, kräftige Schneeverwehungen bewältigen, und manches Bäumchen, das schon belaubt ist, hat sich unter der weißen Last quer über die Schienen gelegt. Immerhin, zu der Zeit hatten die Lokführer und ihre Heizer noch eine Säge an Bord und eine Axt, und sie wussten auch damit umzugehen. Und so kommt der Urlauber doch noch an, wenn auch erst bei Dunkelheit, wird mit einem guten Essen (nur 50-Gramm-Fleischmarke) freundlich begrüßt und in ein hübsches, wohlgeheiztes Zimmer geführt.

Franz am 12. April 1941 aus Ruhpolding:

Da es ja ganz wurst ist, wohin man geht, wenn man allein ist, habe ich den Rat befolgt, hierher zu fahren. Und es ist wirklich wundervoll, wenn nicht das Wetter so undankbar wäre. Es hat gleich 30 cm Neuschnee mitgebracht ... aber ich schlafe sehr viel und gehe doch etwas aus. Auch mein Zimmer ist ganz reizend, wunderbar getäfelt und mit schönster Aussicht auf die Berge ...

Und weil hinter diesen Bergen irgendwo die Stadt Salzburg liegen muss, kommt Franz auf die Idee, dem alten Onkel Alois, der ihm doch kürzlich das Darlehen aus der Studienzeit so großzügig erlassen hat, einen Besuch abzustatten. Zeig ihm, sagt er sich, dass du auch etwas von der Begabung der Zwerger in dir hast, mach ein Aquarell, gleich hier vom Fenster aus.

Am Karsamstag fährt er früh nach Traunstein, die Gleise sind ja wieder frei, und von dort mit dem einzigen Zug dieses Vormittags nach Salzburg. Wie schön, denkt er, dass es keine Grenzen mehr gibt, dass alles ein Reich ist. In die Innenstadt geht eine Straßenbahn, und dann fragt er sich durch zur Imbergstraße 1, einer Adresse, die er seit Langem im Kopf hat. Der Onkel wird überrascht sein, denkt er und kauft für dessen Frau noch einen Osterstrauß. Oh, ein wirklich ansehnliches Haus, dreistöckig zum Fluss hin, mit Arkaden, blumengeschmückt!

Ein Dienstmädchen, gar nicht unhübsch, an dem Franz auch gleich seinen mächtigen Frauenblick anwendet, fragt, wen sie dem Herrn Professor melden dürfe, und führt ihn dann ins Atelier, wo ihn Onkel Alois erwartet, im weißen Kittel und freundlich lächelnd, verhalten, beobachtend. Alt sieht er aus mit dem schütteren weißen Haar und dem kleinen Oberlippenbärtchen, aber freilich, er muss ja auch hoch in den Siebzigern sein. Frappierend die Ähnlichkeit mit der Mutter!

»Franz, mein lieber Neffe, was für eine Überraschung! Lass dich anschauen! Gut siehst du aus. Aber auch schon fast weiß?«

»Es geht mir gut, Onkel, nie ist es mir so gut gegangen in meinem ganzen Leben. Ich mache gerade ein paar Tage Urlaub in Ruhpolding, da hab ich mir gedacht, ich könnt mich doch noch persönlich bedanken für deine Großzügigkeit. Ich leg das einmal da her, das ist für die Tante Mathilde. Wunderbar, dein Atelier, so hell und groß, und was es da alles zu sehen gibt! Was für ein gewaltiges Kreuz! Woran arbeitest du gerade?«

»Irma, sag meiner Frau, dass wir heute zu dritt essen. Ja, der Kerl da, er bekommt gerade seine Farben.«

Der Kerl ist eine hölzerne Halbfigur, die auf ein paar Büchern kauert, mit Spitzbart und einer langen Feder an der Kappe. Onkel Alois pinselt an dieser Feder.

Franz staunt: »Die ist ja nicht eingesetzt, die ist ein Stück mit der ganzen Figur! Da hast du ja … enorm viel herausarbeiten müssen, nur wegen dieser Feder! Und wenn sie dir abbricht?«

Der alte Herr lächelt. »Dann ist alles hin, alles umsonst. So geht's eben zu bei uns Bildhauern. Naja, wenn sie mir abbricht, dann setze ich eine ein, aber die Figur ist nur noch die Hälfte wert.«

»Bei einem Aquarell«, sagt Franz, »kann es auch passieren,

dass man mit einem falschen Pinselstrich alles kaputt macht. Nur … so viel Arbeit steckt wohl nie drin. Das zum Beispiel hat mich nur eine Stunde gekostet.« Er hat sein Mitbringsel aus der kleinen Aktentasche gezogen. »Vielleicht findest du ein Plätzchen dafür, Onkel.«

»Oh, Respekt, Franz! Respekt, Respekt, ich hab gar nicht gewusst, dass du neben der Juriderei …«

»Ich mach immer was mit Zeichnen und Malen, sogar jetzt, wo ich mit meinen neuen Aufgaben so beansprucht bin. Da werden halt die Nächte hübsch kurz. Was sind denn das für interessante Zeichnungen? Ein skelettierter Arm und hier ein Bein mit allen Muskeln. So präzise! Wie in einem wissenschaftlichen Buch.«

»Ja, das ist noch von der Fachschule in Bozen, wir haben da ganz intensiv Anatomie gelernt. Du musst als Bildhauer wissen, wie ein Mensch unter seinen Kleidern aussieht, und sogar unter seiner Haut.«

Dann sieht Franz zwei kleine gerahmte Metallkreuze an der Wand, an grün-weißem Band das eine und an rot-weiß-gelbem das andere, hübsch auf schwarzem Samt. »Das sind ja richtige Orden, Onkel. Hast du die …?«

Alois lacht, nicht ohne Stolz. »Ja, die habe ich … *Pro Ecclesia et Pontefice*, das ist der mit dem roten Band, der kommt immerhin vom Papst, von Leo dem Dreizehnten noch, für eine Franziskusstatue, die der Vatikan gekauft

hat«, Franz lässt es vor Anerkennung im Rachen schnarren, »der andere ist das sächsische Albrechtskreuz, das ist für ein großes Kruzifix, das jetzt im Schloss von Dresden hängt. Aus meiner besten Zeit. Jetzt bin ich alt …«

»Nein, Onkel. Du machst mich ganz … Ah, ich will mich auch anstrengen, es zu etwas zu bringen. Es war höchste Zeit, dich zu besuchen. Und da oben, die Fotografie, das ist natürlich der Bischof.«

»Ja, unser Bischof, der Onkel, also … dein Großonkel. Dem verdanke ich, dass ich überhaupt aus dem Dorf Altrei herausgekommen bin. Er hat sich sehr dafür eingesetzt, dass ich auf die Fachschule gekommen bin. Aber von da ab musste ich schon auf meinen eigenen Beinen stehen, das kannst du mir glauben! Gehen wir zum Essen hinauf. Wart, wen, glaubst du wohl, stellt diese Figur dar?«

»Hab ich mir auch schon überlegt. Bin aber nicht sicher. Faust? Aber der Ausdruck ist eher ... und die Feder ...«

»Jajaja! Du bist ganz nahe dran. Der Mephisto ist es.«

»Jaa, einverstanden, das Teuflische ist ganz da. Aber die Bücher, auf denen er sitzt?«

»Richtig! Die gehören eigentlich dem Faust. Aber der Mephisto spielt ja auch einmal selber den Faust, erinnerst du dich? In der Schülerszene?«

»Jajaja«, sagt Franz leise, aber er erinnert sich keineswegs. Das wird alles nachgeholt, denkt er.

»Küss die Hand, Madame«, sagt er, als er seinen Strauß überreicht.

Die Frau Professor amüsiert sich. »Oh, das ist aber charmant. Danke! Irma, bitte in die Vase mit dem Goldrand.«

Man könnte sie für eine Salzburgerin halten, die Tante Mathilde, so wie sie redet. Franz sieht die schönen alten Möbel, den sorgfältig gedeckten Tisch, er tritt auf den Balkon, lobt den Blick auf den Fluss und die Festung, zeigt sich angetan von den prächtigen Geranien und Petunien. Mathilde lächelt und gibt das Kompliment weiter.

»Das ist meine Spezialität«, sagt Alois und lacht. »Ich weiß, wie man am besten düngt, ich bin halt doch als Bauer auf die Welt gekommen.«

Franz ist verblüfft, will aber nicht weiterfragen, ob er auf die richtige Spur gesetzt ist. Er gibt sich Mühe, das Mädchen beim Servieren nicht zu mustern, zumal wenn er Fragen der Tante nach Gretl und den Kindern zu beantworten hat. Und als das Gespräch zwischen der Suppe und dem – bescheidenen – Fleischgang auf den *Führer* kommt und auf alles, was mit ihm zusammenhängt, zeigt es sich, dass der Professor die Begeisterung seines Neffen nicht so eindeutig teilt. Ja, der Anschluss Österreichs sei schon recht, aber wegen der ungelösten Südtirolfrage halt auch nur eine halbe Sache. Und etwas störe ihn schon ganz gewaltig, nämlich die religions- und kirchenfeindliche Haltung der Nationalsozialisten. Das Christentum und seine Wahrheiten könne man doch nicht durch eine verwaschene Rassenideologie ersetzen. Alois sieht Franz sehr streng aus seinen hellen Augen an.

»Meine besten Arbeiten, lieber Franz, sind religiösen Themen gewidmet, und sie wären nicht das, was sie sind – ohne meinen Glauben.«

Da lässt Franz lieber von seinem Einwand ab. Der alte Onkel ist eine natürliche Respektsperson, und außerdem hat er ihm kürzlich das Darlehen erlassen.

»Nun ja«, lockert die Frau Professor auf, »der Führer hat die Südtirolfrage auf seine Weise gelöst, und das hat uns immerhin den charmanten Besuch deines Neffen eingebracht.«

Franz bedankt sich mit einer Verbeugung.

»Und ich schlage vor«, fährt sie fort, »den Kaffee, oder was man halt heutzutage Kaffee nennt, in der Stadt zu trinken, im Tomaselli. Die kühle frische Luft, Lois, wird dich deinen fehlenden Mittagsschlaf vergessen machen.«

Über den Mozartsteg sind sie bald in der Altstadt. Franz schaut und staunt. Bozen ist hübsch, aber das hier ist doch etwas ganz anderes. So kompakt und dennoch so heiter. Irgendwie kommt da auch München nicht mit. Alois strebt quer durch bis zur Peterskirche, wo er ein heiliges Grab weiß, es ist ja Karsamstag. Eine ganze Weile stehen sie mit dem Volk vor dem tot daliegenden Jesus. Franz wird an seinen Bruder Ulrich erinnert, der Passionsbilder gemalt hat, dann aber stellt er sich vor, was für große Augen seine Kinderchen, seine lieben Kinderchen machen würden vor den bunten Glaskugeln, hinter denen die Kerzen flackern.

Im Café versucht er, seine Gastgeber auf Kosten seiner Reichsbrotkarte zum Kuchen einzuladen – erfolglos.

»Das wär noch schöner. Außerdem kennt man uns hier so gut, dass es auch einmal ohne Marken geht.«

Bevor Franz von Mathilde mit ein paar bunten Eiern zum Bahnhof entlassen wird, zieht ihn der Onkel noch in seine Werkstatt. »Du hast Talent, ich glaub, du könntest es auch einmal mit Schnitzen versuchen. Da hast du vier Hohleisen und ein Stemmeisen, ich hab genug davon. Du könntest anfangen, diesen Engelskopf zu kopieren. Und besuch mich doch wieder, ich kann dir manches zeigen.«

»Das glaub ich, lieber Onkel, mit nichts könntest du mir eine größere Freude machen. Wollen wir hoffen, dass ich noch Zeit finde dafür, bevor ich unter die Waffen gerufen werde. Ansonsten halt nachher.«

»Waffen? Ziehen sie jetzt schon die Weißhaarigen ein? Und was wird mit deiner Familie, wenn du einrückst?«

»Da ist schon gesorgt.«

Franz am 12. April 1941 an die *liebste Mammi*:

… das höchste Ehrenkleid im Reiche zu tragen? Wenn es der Fall ist, dann geht die Besoldung des Amtes gleich weiter, damit Du diesbezüglich ohne Sorge bist.

»Es dauert nicht mehr lange, Onkel. England geht bestimmt bald in die Knie. So schnelle Siege wie die unseres Führers gab es noch nie. Jetzt leb wohl, und danke für alles.«

Viel Sinn hat es nicht, jetzt weiter Druck zu machen auf die Gretl, denkt

Franz, bevor er im ruckelnden Zug einschläft, wenn sie mich dann in München doch nicht antrifft. Das muss ich ihr noch schreiben, bestimmt kommt es ihr zupass.

Franz am 12. April 1941 an die *liebste Mammi*:
Ich bin nun wohl einverstanden mit Dir, die Wohnung nicht zu nehmen, da es ja keinen Sinn hat, Euch eventuell da ganz allein zu lassen – auf Monate hinaus. Du hast bis dorthin ja dort bekanntere Gesichter unter Dir und um Dir und würdest Dich doch schwer tun, hier allein anzufangen.

Was wird Franz in jenen Tagen veranlasst haben, so intensiv mit der »Einziehung« zu rechnen? Im selben Brief heißt es gegen Schluss:
Rüste Dich also mit Pass aus und komme einmal … Wenn Du eines der Kinder mitnehmen kannst, umso besser, denn ich freue mich darauf ja so unendlich. Aber bis zu meinem nächsten Schreiben kommt eine Fahrt nicht in Betracht, da ich Dir wohl erst mitteilen muss, ob Du mich in München treffen kannst, oder weiß Gott, wo anders. Denn an den Fjorden des hohen Nordens oder an Hellas' Gestaden kannst Du mich natürlich nicht besuchen.

Hellas' Gestade? Das hätte dann Mussolini, der Freund und Zwetschgenröster, mit seinem griechischen Abenteuer eingebrockt. Und zu den Fjorden gibt Franz zum Abschluss selbst einen Kommentar:
Wir fühlen und erleben voll heller Begeisterung mit unseren herrlichen Truppen die stolzen Siege gegen Englands letzte Köder auf Europas Festland. Ihr denkt wohl alle nicht anders in diesen Oster- und Frühlingstagen und werdet fleißig am Lautsprecher sitzen.

Köder? Ein eigenartiger Ausdruck für Norwegen, von dem der *Führer* behauptet hat, es wäre, wenn nicht von ihm, von den Engländern besetzt worden. Köder? Sollte Franz hier Ansätze von Hellsichtigkeit gehabt haben, ausnahmsweise? Ja, der »Köder«, wenn es denn einer war, er wurde geschluckt vom deutschen Raubfisch, und der hing dann zuletzt selbst an der Angel, an der Angel der Angelsachsen.

Mit Mann und Ross und Wagen

Franz am 8. März 1941 an die *liebste Mammi*:

Ich hoffe, daß Du inzwischen auch beim kleinen Georg sein konntest und dass es ihm recht gut geht. Der wird jetzt wohl auch gewachsen sein an Körper und Geist. Hansl und Tante Mu werden ihm recht viel von der Landwirtschaft beibringen. Das ist auch gut so, denn wir beide kommen von der Erde und haben uns am Lande immer erfreut, und das ist ja so gesund für Geist und Gemüt, wenn wir uns von Mutter Natur nicht zu weit entfernen. So sollen auch Georg viele Erinnerungen an seine Jugend aufs Land lenken, auf die Weinberge, auf die Äcker, die Wiesen, die Ochsen und Kühe, auf den Pflug und den Protzen. Das ist etwas Gesundes und real Natürliches. Dabei wird er rote Wangen haben, er ist ja so stark und gesund, daß es eine Freude ist, nur an ihn zu denken.

*G*anz recht, lieber Tata. Rote Wangen hatte er gewiss, der *Mann*, gesund war er auch. Nur: *So* stark nun auch wieder nicht. Nein, nein, als er nämlich dann heranwuchs, im *Reich* und danach, da schoss er ziemlich auf, und jahrelang litt er, war er nicht zufrieden mit sich: Zu enge Brust, zu schmale Schultern, ach, der eine und andere Mitschüler war doch breiter, und sieh dir mal den Luis Trenker an oder später den Burt Lancaster aus Hollywood, von Marlon Brando gar nicht zu reden … Was sagte Tota, als sie den Sechzehnjährigen zum ersten Mal nach der Auswanderung wiedersah? »Wärst du hiergeblieben, hättest du sakrisch schinden müssen, da wärst du nicht so gewachsen.« Ja, hatte er gedacht, da hätte ich den Pflug geführt, das hätte Muskeln gegeben! Wie es beim Pflügen zuging, beim *Bauen*, das kannte er nämlich. Erinnerungen sind da, ganz so wie der Tata es wollte, Erinnerungen, die den Georg *aufs Land lenken,* und eine hat sich besonders eingegraben. Für sie brauchen wir einen Weinberg, einen Ochsen und einen Pflug.

Hansl glaubt, dass das üppige Gras unter den Pergeln den Reben Konkurrenz macht. Die Energien, die es zum Wuchern bringen, seien für die Trauben verloren. Hinunter also mit diesem Kraut in den Orkus! Das macht der Pflug, und den ziehen unsere lieben Ochsen. Einen können wir freilich nur einsetzen, da nehmen wir den Kleineren, denn auch der hat kaum noch Platz, wenn unser Pflug sich dem Bereich nähert, wo die Reben aus der Erde kommen. Der Ochs, er muss allemal so tief gehen, dass er mit seinem Buckel keine Schäden an der Pergelkonstruktion anrichtet oder gar Trauben herunterstreift. Der Pflug fährt dann nicht mehr in der Zuggeraden, sondern, je nach Gangrichtung, links oder rechts davon. Alle seine Kraft muss der Bauer in die Holme des Pflugs legen, vom Aufwand für das Anfeuern, das Geißeln und das Fluchen noch nicht zu reden. Da der Ochs nicht klug genug ist, von sich aus die optimale Ganglinie zu finden, muss er geführt werden. Die Italiener haben für so etwas das Wort *menare*, also sagen die Unterlandler *menen*.

Georg mit seinen sechs Jahren wird für reif genug befunden, den Ochsen durch die Pergeln zu *menen*. Er geht vor dem Zugtier einher, häufig rückwärts, und zieht am rotzigen Geschirr, nach vorne, aber auch schräg, je nach Weisung des Bauern. Er hat ein Stöckchen in die Hand bekommen, mit dem er dem Stierverschnitt auf die Schnauze klopfen soll, wenn er nicht pariert. Georg glaubt allerdings, dass eine solche Maßregel beim Ochsen nicht die rechte Gangart, sondern Ratlosigkeit auslösen dürfte. Soll er etwa zurückgehen, wenn von vorne geschlagen wird? Das eine weiß nämlich der dümmste Ochs: Vorwärts soll er gehen, wenn er von hinten gepiesackt wird. Georg ist überdies, seit er die Prügelorgie an den zwei Ochsen neben dem Kegelplatz hat miterleben müssen, nicht geneigt, an dem Tier seine Macht auszuspielen. Im Märchen wäre er dafür belohnt worden, da hätte sich der starke Vierbeiner bei passender Gelegenheit erkenntlich gezeigt. Aber nichts davon in unserer Geschichte, im Gegenteil: Der Ochs steigt dem Buben auf den Fuß. Ja, mit der eisenbeschlagenen paarhufigen Klaue auf den nackten, ungeschützten kleinen Fuß! Wie es dazu kam? Nun, Georg geht, wie schon gesagt, bei seiner *Menarbeit* nicht ungern *hinterschi*, so kann er besser am rotzigen Geschirr ziehen, dabei sich gar noch nach hinten stemmen, also in Zielrichtung. So hat er auch den kommandierenden Bauern gut im Visier. Und das ist von Vorteil, denn es gilt, die Kommandos bestmöglich einzuhalten. Da ist nämlich nichts Kindlich-Spielerisches an dieser Arbeit, es herrscht eher eine aufgeregte, ja gereizte Stimmung. Und beim Bauern sitzt nicht nur das *Ostiamadonna* locker und Gleichwertiges, darunter vielleicht auch *Ostiaputtana*, sondern vor allem die Geißel, von der er einmal besonders heftig Gebrauch macht, als der Ochs sich eine Pause gönnen will und Georg vorne vergeblich am rotzigen Geschirr zieht. Das muss für das mächtige Tier so schmerzhaft sein, dass ... oder war es einfach einmal zu Ende mit seiner Geduld? Jedenfalls macht es gegen seine Gewohnheit eine Art

Sprung nach vorne. Und schon ist Georgs ungeschütztes Füßchen unter der Klaue begraben. Klar, dass das einen gewaltigen Schrecken auslöst, zumal auch der riesige gehörnte Schädel eben knapp am Kopf des Buben vorbeigeschossen ist. Jetzt aber aufgeschrien und den Fuß herausgerissen, was erstaunlicherweise möglich ist, weil der Ochs ihn gleich wieder freigibt. Es muss ihm sofort bewusst geworden sein, dass er so etwas nicht machen kann. Und da kommt auch schon das Blut! Und der Schmerz! Hansl hat alles gesehen, seine Flüche erleben eine mächtige Steigerung. Ist das Kind vielleicht doch noch zu klein für diese Arbeit? Es muss sich hinsetzen, der Fuß wird betastet, und sehr schnell kommt das wunschgedachte Urteil: Ah, da fehlt dir nichts, das bisschen Abschürfung … In der Tat, der *Stietz* hat Glück gehabt, er ist tief in den weichen Boden hineingetreten worden. Die Mutter Erde hat nachgegeben, hat ihn aufgenommen. Und der Ochs hat Georg auch nicht einfach umgerannt, sondern ist seitlich ausgewichen, da braucht man ihn also nicht nachträglich zu prügeln.

»Geah za der Tota und lass dir an Leukoplascht draufpicken. Und sag ihr, dass i sie brauch zan *Menen*.«

Georg bekommt also erst einmal Krankenurlaub, der freilich mehr ein Schreckurlaub ist. Und Tota, beim Leukoplastkleben, was hat sie sich wieder einmal beim Schutzengel zu bedanken! Wahrscheinlich malt auch sie sich aus, nicht nur wir heute, was herausgekommen wäre in jenem spitalähnlichen Altersheim da unten in Kurtatsch, wenn die zarten Knochen zermalmt gewesen wären. Mindestens ein lebenslanges Hinken? Und Gretl und Franz, was hätten sie gesagt? Dass die Aufsichtspflicht grob verletzt worden sei? Oder nur, dass so etwas halt passieren könne? Oder gar, dass man den Buben jetzt herin lassen müsse, weil er zum Auswandern nicht mehr tauge? Nein, nein, das Letzte ist nur so in den Kopf geschossen, das sind wirre Gedanken, die man nicht einmal der lieben Tota unterstellen darf.

Übrigens, der Fuß des Buben nimmt die Attacke doch erst einmal übel, er schwillt an. Aber wir wissen schon, was hilft: ein Umschlag mit unserem Essig, der an Schärfe nichts zu wünschen übrig lässt. Oder sollte vielleicht doch etwas zermalmt sein? Nein, nein, nach einiger Zeit schwillt es wieder ab und der Kleine läuft herum, vorsichtig zwar … Zum Pepi will er hinunter, ihm alles erzählen, ja das lassen wir ihn. O Schutzengel, o Schutzengel!

Weil das *Stietzl* so rasch heilt und folgenlos auch noch, fühlt sich die Tota gedrängt, den höheren Mächten einen spür- und sichtbaren Dank abzustatten. Sie verspricht Georg eine Wanderung hinüber nach Graun, dessen Kirchturmspitze man vom Küchenfenster aus gerade noch sehen kann. Eine

Dankeswanderung, eine Dankeswallfahrt zum Kirchlein, das sinnigerweise dem heiligen Georg gewidmet ist. Da werden sich auch einige Gebete an Bildstöcken und Wegkreuzen unterbringen lassen, was dem Kind nicht schaden kann, es hat ja bald Erstkommunion. Georg freut sich mächtig, noch nie war er da drüben, und am nächsten Samstag soll es schon sein.

Und doch wird nichts daraus. Er selbst verscherzt es sich. Er sündigt, und das fromme Projekt wird gestrichen. Strafe muss sein. Genascht hat er, Honig gelöffelt aus einem Glas, das die Tota von einer Bäuerin aus der Bodenwiese bekommen hat, etwas ganz Rares. Schon zweimal, dreimal war es ihm gelungen, die Abwesenheit der Tota auszunutzen und einen Kaffeelöffel voll … Nein, etwas Besseres hatte er sein Lebtag nicht genossen. Jetzt geht sie hinaus aus der Küche, um die Läden, die *Schalú*, zu schließen, schnell, schnell …

»Ja Gäorg!«, tönt es entsetzt vom Küchenfenster herein. Ha! Sie sieht ihn! Natürlich sieht sie ihn. O Schande, o Scham. Jetzt wird's was setzen. Gleich kommt sie wieder herein. Er verkriecht sich unter den Tisch, will sich unsichtbar machen. Aber sie verkündet ihm das Urteil unter den Tisch hinein: »Hinter meim Buckel! Nix weards mit Graun!«

Er krabbelt heraus, umfasst ihre Knie, umsonst. Die Entscheidung ist nicht revisibel. Hansl? Hansl mischt sich da nicht ein. Ihm passt es ohnedies so besser in den Kram, ein Tag ohne Hausfrau ist für ihn ohne Reiz, wäre nur mehr Arbeit. Ob vielleicht die Tota sich schon selbst nicht mehr so gedrängt gefühlt hat zur frommen Wanderung? Weil der Schreck doch schon einige Zeit zurücklag? Ein Löffelchen Honig …

Bis zum Heiraten hast du's vergessen … Das war alles, was Hansl beizusteuern hatte. Das mit dem Heiraten ziehen die Erwachsenen ja bewusst bei den Haaren herbei. Liegt es bei den Kindern nicht um Lichtjahre voraus? Und doch kann man, und das scheinen die Erwachsenen nie zu bedenken, auch schon als ganz Kleiner in Gewässer geraten, die mit dem Heiraten artverwandt sind. Auf dem Schulweg zum Beispiel.

An einem Herbsttag gegen ein Uhr kommt Georg ziemlich rasch den steinigen Weg von der Kirche herunter, eine lederne alte Aktentasche an der Hand. Gewiss zieht es ihn zur frischen Polenta mit Speckeinlage und saurem Zichoriensalat. Oder nicht? Warum biegt er ins *Tal* ab? Das ist doch gar nicht der direkte Weg zur Tota. Will er vielleicht seine Tante Tona im Vorbeigehen grüßen? Die lebt ja seit Neuestem da unten mit ihrem Mann, der immer so freundlich lächelt (wenn das nicht lediglich sein blonder Schnauzer vortäuscht). Der Bub weiß, in diesem Haus ist er gern gesehen, hat er doch auch bei ihrer Hochzeit ein Gedicht aufgesagt.

Mama Margret am 9. April 1941 an den *lieben Vater*:

In P. gibt es wenig Neues. Deine Schwester Tona wird nun wirklich den Franz Gabasch heiraten und zwar schon bald nach Ostern. Sie soll halt nach ihrer Fasson selig werden. Georgele wird ihr ein Versl aufsagen, das der Ganzner fabriziert.

Ein bisschen eigenartig ist diese Tante schon. Neulich hat sie etwas ganz Unverständliches von sich gegeben. An ihrer Nähmaschine sitzend schlug sie unvermittelt die Hände zusammen und rief aus: »*Schicksal, du bist unbarmherzig!*« Wer ist das, was ist das, Schicksal?

Aber Georg, wo will er nun eigentlich hin? Zur Tante Tona offenbar doch nicht. Zu ihr müsste er noch weiter ins Tal hineingehen, am Haus des Mesners und Ziehorgelspielers Siegfried vorbei. Tut er aber nicht, nein, er nimmt jetzt den Weg, der vom Tal wieder hinausführt, zum Wirt und damit zur Tota. Warum dieser Umweg? Und was ist jetzt? Auf einmal ist er verschwunden, hat sich rechts ins Gebüsch geschlagen! Da geht es doch ziemlich steil hinunter, in eine *Zetten!* Nun, er wird schon nicht hinuntergepurzelt sein … Drei Schulkinder, drei Mädchen kommen auf demselben Weg, gehen aus dem Tal heraus. Die eine, mit langen dunklen Zöpfen und großen braunen Augen, sticht heraus. Für die anderen scheint sie so etwas wie eine große Schwester zu sein, die Kleinste lässt sich von ihr sogar an der Hand führen. Die Große erzählt gerade etwas, gespannt hören die anderen zu, aber plötzlich nicht mehr, plötzlich schreien sie sogar vor Schreck, denn mit einem fürchterlichen »Haaah!« ist Georg aus der grünen Wand gesprungen. Wild fuchtelt er mit einem dünnen Stecken, an dem noch einige Blätter hängen. Die Kleinste fängt zu weinen an, sie greint, sie werde es der Lehrerin sagen. Die Große sieht den Wegelagerer streng an mit ihren dunklen Augen und sagt, überraschend sanft: »Lass uns in Ruhe, Georg.« Dann geht sie weiter, aber Georg tut nicht, worum er gebeten ist, sondern läuft ihr nach und schlägt ihr seinen Stecken wortlos über den Rücken. Ganz rot ist er im Gesicht. Bevor er noch einmal zuschlagen kann, hat sich das Mädchen umgedreht, fängt den Stock mit der Hand ab, und das tut ihr weh. Tiefrot ist auch ihr Gesicht, aber wieder geht sie weiter und wirft unwillig die Gerte ins Gebüsch. Die beiden Kleinen heulen wütend, sie werden es bestimmt ihren Tatas sagen. Georg steht da, bis die Mädchen außer Sichtweite sind, Tränen laufen ihm herunter und er ruft ein paarmal, kaum hörbar: »Walburg«, denn er weiß natürlich längst, wie sie heißt, geht er doch schon seit Wochen mit ihr in die Schule.

Die Tota hat ungeduldig auf ihn gewartet, denn sie sollte schon beim Hansl sein, hinten im *Benz*, zum Rebenschneiden. Sie hat heute etwas Besseres zu bieten, Reis vom gestrigen Sonntag, mit Hühnersoße. Dass der Bub das nicht mit großer Begeisterung isst, kann sie nicht recht verstehen. Warum er geweint habe, was er heute gelernt habe in der Schule. Er könne nicht verstehen, sagt er nach einigem Schweigen, warum man *Ei* nicht mit einem *A* schreibe, man sage doch nicht *E-i*, sondern *A-i*. Das habe er der Lehrerin heute auch gesagt, aber sie habe nicht nachgegeben. Da muss Tota lachen. Sie ist selbst keine große Schriftgelehrte, aber jetzt fällt ihr auf, dass man zu allem Überfluss auch noch *O-a* sagt für Ei, wenigstens in Penon. Sie empfiehlt Georg, und dabei lacht sie wieder, morgen noch einmal mit der Lehrerin Maria zu verhandeln. Das heitert auch ihn auf, die Spuren der Herzensverwirrung verlassen ihn allmählich.

Er will gleich mit ihr gehen, aber Tota besteht darauf, dass er erst seine Hausaufgaben macht. Das hat ihr Gretl eingeschärft. Besonders auf das Schreiben, das Gretl ihm schon vor dem Schuleintritt beibringen wollte, solle geachtet werden.

Margret am 29. Januar 1941 an den *lieben Vater*:
Ich habe auch versucht, ihn in den Ferien in die Kunst des Schreibens einzuführen, und er begreift es überraschend gut. In der Schule werden wir Freude erleben.

Aber vielleicht haben ihn diese frühen Schreibkenntnisse eher träge gemacht als angespornt, denn:

Mama Margret am 6. April 1942 an den *lieben Vater*:
Georg kann ganz gut lesen, aber mit dem Schreiben bin ich nicht besonders zufrieden. Sonst ist er sehr groß, alles geht ihm zu klein.

So muss der große Bub die Tota allein weggehen lassen. Er holt seine Schiefertafel aus der alten Aktentasche heraus, die alle seine Schulsachen enthält, und das ist nicht eben viel: eine Lesefibel, ein hölzernes Kästchen für Griffel, Federhalter und ein paar Stifte, zwei Hefte, eins mit Linien, eins mit Karos. Die alte Aktentasche hat die Mama in Tatas unaufgeräumter, ja chaotischer Kanzlei gefunden, unter allerlei anderem Plunder, damals, als sie verzweifelt den Akt des Klienten suchen musste. Georg hat auf seine Schiefertafel Wörter zu schreiben, in denen ein *ei* vorkommt. Eine Zeile voll *Beil*, eine voll *Wein*, in Gottesnamen schreib ich es halt mit *ei*, denkt er sich, wenn die Lehrerin darauf besteht. Interessant war ja, was sie mit den Großen gemacht hat, während wir, die Kleinen, ein paar Zeilen voll mit *Ei* schreiben sollten. Ein Gedicht haben sie gelernt: *Vor allem eins, mein Kind, sei treu und wahr ...* Diese Zeile hat sie jeden der Reihe nach vorsagen lassen.

Die Walburg hat nicht aufgesagt, denn sie gehört zum ersten *Kurs* wie ich selber, auch wenn sie schon etwas größer ist. Dass ich sie immer wieder anschauen muss! Ich habe ihr gezeigt, dass ich stark bin. Und wenn sie nun ihren Tata schickt, mich zu strafen? Sie hat nicht geweint, und sie hätte mit dem Stecken nach mir schlagen können, aber sie hat ihn weggeworfen. Ob ich ihr morgen sagen soll, dass ich das nicht mehr tue? Noch eine Zeile, mit *Neid.* Und auf die Rückseite der Tafel, die keine Zeilen hat, das hat die Lehrerin uns auch noch aufgegeben, sollen wir Zahlen schreiben. Das dürfen wir aber nicht weitersagen. *Eins und eins, zwei und zwei, drei und drei ...* das ist wirklich nicht schwer. Bis zwanzig hat sie gesagt. Ah, bei dreizehn ... Doch nicht so leicht.

Warum soll er das nicht weitersagen?

Aus den Richtlinien zur Berliner Vereinbarung vom 23. Juni 1939 über die Umsiedlung der Südtiroler:

Es darf kein anderer Unterricht als ausschließlich Sprachunterricht erteilt werden. Kundgebungen, Gesinnungsunterricht oder ein anderer Fachunterricht sind absolut unzulässig. Der Besuch der staatlichen (italienischen) Schule wird empfohlen.

Da haben wir's: Ein Unterricht im Rechnen ist etwas Verbotenes. Wenn euer Georg legitimen Rechenunterricht haben soll, dann müsst ihr ihn eben in unsere italienische Schule schicken. Verpflichten wollten wir euch *Optantencrucchi* dazu nicht: Sollen doch eure Kinder als Ignoranten in euer glorioses *Reich* kommen, wenn ihr es nicht anders wollt! Die obersten Repräsentanten eures *Reichs* haben sich auch nicht groß eingesetzt für euch. Was? Naturrecht? Flausen! Euch hier Unterricht in allen Materien auf Deutsch erlauben und damit unsere eigenen Schulen völlig ausbluten lassen? Nicht mit uns, schließlich sind wir ... Ja, wo sind wir denn? *Kundgebungen,* also den Unterricht mit »Heil Hiiitler« einleiten, Führerbilder aufhängen, Hakenkreuzfähnchen drapieren und Ähnliches, das hätte euch so gepasst! Und Deutsch gesungen wird auch nicht auf unserem Boden, basta!

Von italienischem Unterricht für Georg, den kleinen Abc-Schützen, berichtet keine Quelle, weder das Gedächtnis noch eine Briefstelle noch irgendein Zeitgenosse.

Die Lehrerin Maria aber muss allerhand Verbotenes riskiert haben, wie sonst hätte Georg im Rechnen den Anschluss in der Volksschule im *Reich* so ohne Weiteres geschafft? Oder hat auch Tota als Nachhelferin mitgewirkt? Und warum nicht auch Hansl? Das bisschen Rechnen werden sie doch gekonnt haben. Hat es nicht Hansl später sogar bis zum Obmann der Kellereigenossenschaft gebracht? Margret hat natürlich auch nachgeholfen bei ihren Besuchen, so wenig Zeit sie dabei auch hatte. Franz in der Ferne jedenfalls konnte sich vom Wohlergehen seines Sprösslings ein sonniges Bild machen:

Franz am 28. April 1941 an die *liebste Mammi*:
Du warst also bei unserem lieben Georg. Es freut mich, dass wir für unsere lieben Kleinen so viel mehr tun können, als meine Eltern nicht in der Lage waren zu tun und Deine verehrte Stiefmutter vorsorgte, dass nicht getan wurde. Ihnen das Leben zu verschönern dadurch, dass wir ihnen helfen können, die Wege ihrer Zukunft zu ebnen, ist doch der Inbegriff des Glückes, auch für uns. – Auch Schwester Gustl und Nanni, der letzteren habe ich noch gar nie geschrieben, haben mir nur Liebes und Gutes von unserem lieben Manne berichtet.

Der liebe Mann an Totas Küchentisch schiebt die Schiefertafel in ihr Pappdeckelfutteral. Das wären also die Hausaufgaben gewesen.
Er wird wohl bald dem Tata einen Brief schreiben, nach Deutschland, seinen ersten überhaupt. Da muss ihm die Tota helfen oder die Mama. Neulich hat er nämlich selbst einen Brief vom Tata bekommen, eigens an ihn geschrieben, den musste ihm freilich die Mama vorlesen, schon wegen der Schrift, die gar nicht dem entsprach, was er in der Schule lernt. Wie sehr er ihn liebe, schrieb Tata, und wie gerne er ihn ans Herz drücken wolle. Da war die Erinnerung gleich da, wie der Tata roch und wie kräftig seine Stimme war, und Georg hatte begonnen, sich auf ihn zu freuen. Ja, deutsch wollte auch er sein, wie der Tata es wollte, und tapfer wie die Soldaten, die jetzt so siegreich die Feinde Deutschlands bekämpften. Die Mama hatte beim Vorlesen dieser Stelle einmal zum Himmel geblickt, dann eine Zeit lang nur »blablabla« vor sich hingemurmelt und schließlich gesagt, das fehle noch, dass der Bub jetzt schon ein kleiner Soldat des Führers sei.

Franz am 6. Juli 1941 an seine Tochter Annemie:
Du wirst sehen, was das dann für eine Freude ist zu arbeiten in unserem schönen deutschen Vaterland! Denn jeder einzelne Deutsche ist notwendig, für alle weiß unser geliebter Führer ein Plätzchen, das ganz ausgefüllt werden muß. Nur deshalb kann Deutschland bestehen, weil es so fleißige Menschen hat.

Georg hatte von der Mama dringend verlangt, dass ihm alles vorgelesen werde, aber die Mutter hatte leichtes Spiel, ihn zu täuschen und es bei ihrer Auswahl zu belassen. Ergüsse der Art kannte sie zur Genüge, sie waren ja in nahezu jedem Brief ihres Manns enthalten. Merkwürdig: Der *liebe Vater* beschwerte sich nicht ein einziges Mal darüber, dass seine doch so mächtig ausgreifenden politischen Äußerungen ohne Echo blieben.

Es gelang freilich auch anderen nur selten, Margret in einen politischen Diskurs zu verwickeln, dem Hansl etwa, oder wer sonst gerade in Penon um die Wege war.

Margret am 25. Februar 1941 an *den lieben Vater*:
Georgele, mein liebes Söhnchen, gedenke ich am kommenden Samstag zu besuchen. Prof. Kramar wird mich begleiten, damit ich auch noch am Samstag heimfahren kann; man verliert so viel Zeit, und in Penon wird doch zum Großteil politisiert, wenn man mich derspannt. Und Du weißt schon, daß ich die Penoner Kirchturmpolitik dick habe.

Kann sie denn zu so großen Dingen wie den Russlandfeldzug, der eben nach Osten raste und von dem nichts als Siege gemeldet werden, auch schweigen? Hansl, der den ersten großen Krieg aus eigenem Erleben gut kennt und nicht selten von den *Bosniaken* (ein Wort, das Georg besonders gefiel) erzählt, zieht aus dem Krieg gegen die Kommunisten in der *Sowjetunion* aufgeregte Fragen: Wer werde denn die *Massa* von Ackerflächen übernehmen, die da frei werden? Da würden doch noch viele, viele Bauern gebraucht? Ob er nicht vielleicht doch hätte hinausoptieren sollen? Was der Herr meine? Der Herr ist der Professor Kramar, der mit gelockerter Krawatte vor seinem Weinglas sitzt und bisher nicht viel gesagt hat. Auf die Frage wiegt er den Kopf, prüft mit dem Finger sein Oberlippenbärtchen und meint, man müsse wohl erst das Ende des Kriegs abwarten, bevor man das Fell des russischen Bären verteile. Ach was, dieser Krieg sei doch schon gewonnen, sagt Hansl. Gretl erinnert sich an ihren Geschichtsunterricht in Marienberg und zieht den Kaiser Napoleon an den Küchentisch. Mit Mann und Ross und Wagen, so habe ihn Gott geschlagen. Am russischen Winter sei er gescheitert, und der komme in ein paar Wochen.

Zur Überraschung aller leistet auch Georg einen Beitrag: Er fragt: »Haben die Kommunisten in der Sowjetunion auch die Kommunion?«

Wem anhangen?

Ich wollte, es wäre endlich Frühling, denkt Franz, ich wollte, es wäre wenigstens bis sieben Uhr hell, ich wollte, ich könnte ihr diese Stadt in einem heiteren Zustand präsentieren, wie bei ihrem ersten Besuch vor einem halben Jahr. So aber muss sie heute in diesem abgedunkelten, kalten und zugigen Bahnhof aussteigen, in dem es nach saurem Lokomotivenqualm riecht und wo es keine anständige Restauration gibt. Überhaupt scheint sich alles verdüstert zu haben seit dem letzten Mal, obwohl wir uns doch so erfolgreich ausgesprochen hatten und alles so schön auf neue Beine gestellt schien:

Ob so lange Trennungen letztendlich jeder Beziehung zusetzen, zwangsläufig? Sie schreibt nicht, wochenlang schreibt sie nicht, auf Umwegen muss ich erfahren, dass sie auf Schulungskursen ist, dass sie Krankheiten durchmacht.

Am 20. November 1941 an die *liebste Mammi*:
Von Karls Anruf war ich sehr überrascht, da ich keine Ahnung von Deiner schmerzhaften Krankheit hatte, denn der Brief Rosls hat mich erst am gleichen Tag abends erreicht. Ich hoffe und wünsche, daß es Dir wieder gut geht und daß Deine Sehkraft nichts eingebüßt hat.

Und ein definitiver Termin für den Umzug ist immer noch nicht in Sicht! Nein, ein neues Schuljahr hat sie beginnen müssen, und jetzt will sie mir weismachen, sie könne vor seinem Ende nicht weg. Und die ewige Abwicklung der Schulden! Und die ewige erfolglose Eintreibung der Außenstände! Weil ich mich nicht selber an Ort und Stelle um die Dinge kümmern kann.

In diesem trostlosen Bahnhof scheint die wichtigste Botschaft zu sein, dass die Räder für den Sieg zu rollen haben. Freilich muss das so sein, mehr denn je, und für die tapferen Soldaten, die hier auf den Bahnsteigen auf ihre Züge warten, die sie nach ihrem Urlaub wieder an ihre Einsatzorte bringen, rollen die Räder ja auch programmgemäß. Die Männer in Richtung Osten sind jetzt bestimmt wärmer angezogen als bei ihrer

Ankunft vor zwei Wochen. Wann werde *ich* in Uniform auf dem Bahnsteig stehen? Und wer wird dann bei mir sein? Gretl und die Kinderchen, die lieben Kinderchen? Oder wird es die Traudl sein? Oder alle zusammen, was doch das Beste wäre? Ziehen wir nicht alle am selben Strang? Kommt nur her, ihr Mädels, bei mir klappert ihr nicht vergebens.

»Bitte um eine Spende für das WHW[4]!«

»So charmant, da kann man nicht widerstehen. Geht denn ein Markstück da überhaupt durch?«

Das eine der beiden Mädels errötet leicht und sagt keck: »Da sind schon Fünfmarkstücke durchgegangen.« Sie hat einen hellroten Schal um den Hals, der ihre BDM-Uniform auflockert, wahrscheinlich unerlaubt.

»Was? Heute auch schon?«, fragt Franz erschrocken und schiebt noch ein Fünfzigpfennigstück nach.

»Heute noch nicht, ehrlich gesagt. Jetzt dürfen Sie sich aber drei Abzeichen aussuchen.«

»Das passt ja gut, da denke ich natürlich an meine drei Kinder.« Er wählt zwei bunte Keramikplaketten zum Anstecken, Schneewittchen und den Froschkönig, und das winzige Kunststoffmodell eines Sturzkampfbombers. Die Mädchen ziehen klappernd weiter. Müsste der Zug aus Innsbruck nicht schon da sein? Durchsagen scheint es nicht zu geben. Sie hat sich ein öffentliches Lokal ausbedungen für unsere Unterredung, und ich weiß, warum. Am liebsten ginge ich mit ihr jetzt heim zur Frau Waldecker, da ist das Essen vorzüglich und es herrscht südtiroler Atmosphäre.

Franz am 20. November 1941 an die *liebste Mammi*:

Mit der Frauenknecht bin ich auseinandergekracht, da sie mir Vorwürfe gemacht hat, als Willi aus Penon auf eine Nacht auf dem Divan bei mir Quartier bezogen hat. Als sie wieder alles einrenken wollte, habe ich nicht mehr gewollt, denn offen gestanden will ich nach 11 Monaten aus diesem Kerker heraus. Ich bin bei Frau Waldecker untergekommen, da gerade in diesen Tagen etwas frei geworden ist, bis März, und dann hoffe ich, unsere Wohnung beziehen zu können.

Aber nein, sie muss in ein öffentliches Lokal! Weil sie glaubt, ich würde mich da nicht getrauen, meine kräftige Stimme zu erheben, wenn es im berechtigten Zorn nötig sein sollte … Da! Jetzt kommt er hereingedampft. Am besten stelle ich mich da vorne hin … Nein, da ist sie ja schon, das ist sie, in ihrem alten Mantel, sie hat mich noch nicht gesehen,

[4] Winterhilfswerk

gut sieht sie aus, aber mit ihrem aufgerollten Zopf im Nacken merkt man doch sofort, dass sie aus der Provinz ...

»Ja Mutter, da bist du ja, lass dich anschauen! Lass dich umarmen!«

»Vatter, griaß di, naa, isch dös a lange Roas gwesen. Und a soffel Militär iberall.«

»Wie schön, den heimischen Dialekt wieder zu hören.«

»Ich kann schon auch Hochdeutsch, mit den Schulkindern müssen wir ja sowieso ... Wo solls denn hingehen? Bist du allein?«

»Also, was für eine Frage!« Da ist die Stimme von Franz schon etwas angeschwollen.

»Hast du ein Lokal?«

»Da gehen wir jetzt hin. Gib mir dein Kofferle.« Franz steuert den Stachus an, zeigt Margret im Vorbeigehen »das schönste Haus Münchens«, den Justizpalast, der finster aufragt. Er hat die Zahl der Straßenbahnzüge im Kopf, die täglich den Platz passieren, was für ein Vergleich zu Bozen! Ob das Winterhilfswerk für die Soldaten in Russland sammle, damit sie endlich warme Unterhosen bekommen?, fragt Gretl. Und warum erst jetzt? Franz klärt auf, diese Sammlung habe nichts mit der Wehrmacht zu tun. Für die Soldaten im Osten habe das Volk, wie er ihr geschrieben habe, inzwischen Wintersachen gespendet, er selbst nicht ausgenommen.

Franz am 13. Januar 1942 an die *liebste* Mammi:

Und dann habe wieder ein starkes Herz, einen Glauben an die Zukunft! Meinst Du, mir ist es nicht auch ein freudiges Bewußtsein, auch mittun gekonnt zu haben an der stolzen Gabe für unsere braven Soldaten im Osten, so wie es eben möglich war. Es war nicht viel, aber alles, was ich hatte: Den Pullover, die Strümpfe und die Fäustlinge, die Du gestrickt hast, und meine Bergstiefel. So haben Deine geliebten Hände indirekt auch mittun können, unseren Männern zu helfen im weiten, eisigen Osten und Norden.

»Unglaublich, was unsere heldenhaften Soldaten auszuhalten haben im Kampf gegen den Bolschewismus. Was ist so ein Kleideropfer schon im Verhältnis zum Opfer der Front? Nichts, gar nichts!«

Gretl seufzt. »Alles schön und gut, aber ich fürchte ... Mit Mann und Ross und Wagen ...«

»Keinen Defätismus bitte!«, befiehlt Franz. Schlimm genug, dass er sich in den letzten Tagen seine Enttäuschung über die Dauer dieses Feldzugs eingestehen musste. Warum ist der russische Koloss auf seinen tönernen Füßen nicht schon vor dem Wintereinbruch zusammengestürzt, wie es der Führer vorausgesagt hat? Haben die Generäle wieder einmal versagt?

»Schreien hilft da auch nichts«, murmelt Gretl. Sie sind an der Gaststätte *Roter Hahn* angekommen. Da ist es einigermaßen gemütlich, obwohl … Ja, es könnte wärmer sein, aber die Mäntel ziehen sie jedenfalls einmal aus. Franz hat einen Tisch bestellt, die Kellnerin Anni weiß Bescheid. Erst als die beiden sich gegenübersitzen, bemerkt Gretl, die sich in ihrem Winterdirndl recht gut macht, das kleine runde schwarz-weiß-rote Abzeichen an Franz' Revers. Sie lächelt und sieht ihn ein wenig resigniert an.

»Ja, du hast es mir ja so nebenbei geschrieben. Bist also wieder in einer Partei.«

Franz am 27. September 1941 an die *liebste Mammi*:

Erst die Kinder und Kindeskinder werden verstehen können, wie unendlich groß und unheilvoll die Gefahr war, die der Führer von uns abgewandt hat. Wir haben hier die Möglichkeit, des öfteren Vorträge zu hören von Männern, die das Sowjetparadies mit eigenen Augen sehen konnten und es selbst erleben konnten, was man sich alles ausgedacht hatte, um uns und der ganzen Menschheit die Welt zu einer unsagbar grauenhaften Hölle zu machen, aus der es kein Entrinnen mehr gegeben hätte. Erst gestern habe ich, anläßlich meiner Aufnahme in die NSDAP, wieder so einen Vortrag gehört, nach dem sich zwangsläufig der Wunsch einstellte, daß doch alle, die noch zweifeln an der Sendung Deutschlands und des Führers, all das mitgehört hätten, was uns zugedacht war. Sie würden wahrhaft gesunden und dem Führer und unseren Helden in ihrem Herzen heute schon in übervollem Dank ein Denkmal setzen.

»Und diesmal ist es die richtige!«, verkündet Franz in die Speisekarte hinein.

»Vorher war es jedenfalls die falsche.«

Margret am 14. November 1940 an den *lieben Vater*:

Du kannst froh sein, draußen zu sein, denn hier warst Du doch sehr angefeindet, das merke ich immer mehr aus verschiedenen Reden, die mir früher fremd waren.

Und am 17. Dezember 1940:

Du glaubst nicht, wie froh ich für Dich bin, daß Du aus dem ganzen politischen Zwiespalt heraußen und von den ›lieben‹ Boznern weg bist.

»Jeder hat das Recht und die Pflicht, der besseren Einsicht zu folgen!«

»Jaja. Wenn das nur die Mitmenschen auch so sehen! Genug Gelegenheit hab ich gehabt, dich in deiner Abwesenheit zu verteidigen, es war nicht immer leicht. Bist du bereit, fünfzig Gramm Fleisch für mich zu opfern von deiner *annonaria*, für einen Schweinsbraten? Ich hab wirklich Hunger.«

»Alles bin ich bereit zu opfern für dich«, sagt Franz mit unerwarteter Wärme und ergreift die Hände seiner Frau, die wie immer ein wenig aufgeschwollen wirken. Sie meint, das käme vom eiskalten Waschwasser ihrer Jugendzeit. »Du hast dich für mich eingesetzt, Gretl. Vergelts Gott. Bei wem denn?«

»Bei allen, die dir deine Nähe zum Faschismus übel nehmen. Aber es gibt auch einige, die dich trotzdem noch mögen und dich grüßen lassen, die Unterganzner zum Beispiel, der Waudl, der Karl natürlich und die Rosl, der Doktor Dapunt, der Dollinger, der ist inzwischen ja auch schon heraußen. Der Straudi lässt dich übrigens auch grüßen, er will nun wieder nicht hinaus mit seinen drei Söhnen, er tut sich mit der Entscheidung schwer, und ich kann's verstehen.«

Franz seufzt. »Ja, das kannst du verstehen. Das kann sogar ich verstehen. Meinst nicht, dass manchmal auch ich so etwas wie Heimweh hab? Die blühenden Bergwiesen auf unseren Wanderungen! Die lustigen Kegelabende mit den Kollegen, das Essen beim Vögelewirt …«

Das ist der richtige Augenblick, denkt Gretl und erbittet sich ihren Koffer. »Da hast du ein paar Grüße aus der Heimat.« Sie legt vor ihren Mann ein Stück Speck, eingewickelt, der ist von der Tota in Penon, ein Kistchen Marmelade, das ist von Karl und Rosl, eine Flasche Wein, die ist vom Unterganzner, und noch ist Gretl nicht fertig, da bringt die Anni das Essen, und außerdem bekommen die Leute am Nachbartisch Stielaugen. Alles habe sie vor den welschen Grenz- und Zollbeamten retten können, nur nicht die Flasche Schnaps vom Hansl. Die habe keine Steuerbanderole gehabt, so hätten sie sie »leider« beschlagnahmen müssen. Franz ist sehr erfreut über die Mitbringsel, er sagt, so liebevoll habe sie ihn schon lange nicht mehr behandelt, worauf sie die Augenbrauen ein wenig hochzieht.

Der Braten tut ihr gut, sie braucht ihn dringend, »für die Nerven«. Sogar ein kleines Bier will ihr schmecken, die Zigarette danach lehnt sie natürlich ab. Dann berichtet sie über die Kinder, so ausführlich wie möglich, Franz kann nicht genug davon kriegen. Das Lisele sehe blühend aus, sie komme mit der Schule leicht zurecht, obwohl sie praktisch in zwei Schulen gehe, die italienische reguläre und die deutschen Sprachkurse bei der Mutter. Die italienische Lehrerin habe nicht umhin gekonnt, sie

zu loben. Die Annemie sei zwar in harter Zucht bei der Rosl, aber das
brauche sie in diesem Alter. Schulisch sei sie in besten Händen, vor allem,
was den Unterricht in den Realfächern anbelange, den ihr ganz privat der
Professor Kramar erteile, gratis übrigens. Nein, auf den Vorschlag des
Tata habe sie damals nicht eingehen können, zu ungewiss sei es gewesen,
ob er in München bleibe.

Franz am 9. Mai 1941 an die *liebste Mammi*:
*Ich denke jetzt des öfteren nach, ob es für den Fall meines Hierbleibens
in München nicht tunlich wäre, wenn ich Annemie zu mir kommen
lassen würde. Ich würde einen Familienanschluß mit Wohnmöglich-
keit für uns beide suchen. Für sie wäre es wegen der Schule von großem Vorteil, für mich wäre es etwas Großes, wenn ich wenigstens sie
hätte. Was sagst Du dazu?*

Margret am 25. Februar 1941 an den *lieben Vater*:
*Wie ist das mit Deiner Versetzung, die Du angedeutet hast? Das sollte
schon vorerst sicher sein, denn das Wandern ist des Müllers Lust, aber
nicht die meine.*

»Und wie steht es zurzeit damit, Franz? Bleibst du in München?«
Franz zieht die Brauen zusammen und schüttelt unwillig den Kopf. Er
ist misstrauisch. Bastelt sie schon wieder an einer Ausrede?
»Von Versetzung ist nicht mehr die Rede seit meiner Ernennung, und
die war vor einem halben Jahr. (Noch am 14. Juni 1942 wird er schreiben:
*Bei mir kommt eine Änderung auf längere Zeit hinaus nicht in Frage, so
dass Du deswegen keine Sorge zu haben brauchst.)* Ich habe ein eigenes
Sachgebiet, sehr umfangreich, und zwei Mitarbeiter, wovon sie mir wahr-
scheinlich demnächst wieder einen abziehen, dann wird da noch mehr
Arbeit sein. Ich bin sozusagen … *uk.* Und ich bin sehr gut angeschrieben
bei meinen Vorgesetzten, das musst du wissen.«
Sie legt ihre Hand auf seinen Ärmel. »Ich weiß es, mein Franz, Du
hast es ja auch geschrieben, mehr als einmal, und wir sind stolz darauf.
Meinst du, dass noch so ein Glas Bier zu bekommen ist, und gibt es gar
ein Dessert? Und dann erklärst du mir, was *uk* bedeutet. Wird doch nichts
Unkeusches sein?« Sie versteckt ihr Lächeln, er fixiert sie ein wenig lau-
ernd, aber seine Brauen sind am alten Platz.
»Wir könnten jetzt schon heimgehen, bei der Frau Waldecker ist immer
ein Viertele Kalterer See zu haben.«
»Nein, nein, wir haben noch nicht alles geklärt. Ruf ruhig die Kellnerin.«

Das Bier bringt Anni ohne Weiteres, aber für zwei Stücke Roggenkuchen muss sie noch einmal Marken verlangen, fünfzig Gramm *Nährmittel* und zwanzig Gramm Zucker.

»Gar nicht schlecht, die Marlene vom Ganzner backt allerdings noch besser ... Wie backt denn die Traude? Oder sage ich besser bäckt?«

»Traud-*l* heißt sie, und das weißt du auch. Wie sie backt oder bäckt? Du hättest es nicht leicht bei einem Wettbewerb!«

So, da hat sie's. Gretl lächelt nicht mehr. Sie sieht eine Zeit lang vor sich auf das Tischtuch. Dann versucht sie, ihre Heiterkeit zurückzugewinnen.

»Das Backen war freilich nie meine Stärke. Der Pfarrer von Margreid, wo ich kochen gelernt hab, hat ja keinen Wert auf Mehlspeisen gelegt. Aber ... Ist sie mir auch in der Kindererziehung überlegen?« Diese Frage kommt unerwartet scharf.

Franz schüttelt den Kopf, seine Lippen sind ganz schmal. »Das steht nicht zur Debatte! Das steht überhaupt nicht zur Debatte! Du hast noch nichts von unserem Sohn erzählt.«

Gretl aber sieht ihren Mann sehr konzentriert an. »Wie ist das mit der Föckerer? Das muss geklärt sein. Sonst komme ich nicht.«

»Was soll da schon sein? Suchst wieder einen Grund zu kneifen?«, braust er auf.

Der Nachbartisch sendet einige Blicke herüber.

»Franz! Schon vor einem Jahr hast du dich verraten, in deinen Briefen.«

Franz am 11. Februar 1941 an die *liebste Mammi*:

Wenn dann der Schnee kommt, werden die lieben Kleinen herumtollen können, dass es eine Freude ist. Föckerers Rodel wird dann sehr gelegen kommen. Hast noch gar nicht gedankt. Meinst nicht, es wäre doch kleinlich, wenn Du es nicht tätst? Gestern war ich zu einem herrlichen Bohnenkaffee-Marenden und zum Nachtessen eingeladen. Mama F. ist eine so liebe alte Dame, so fein und nett, und ihre Tochter, die so viel Pech mit ihren vielen Bräuterichen hatte, weil sie Dinge beanspruchten, für die sie vor der Ehe kein Verständnis hat, ist ein lieber Kamerad. Also diesmal darfst Du mir aber schon gar nicht eifersüchtig sein.

»Warum soll ich nicht einen harmlosen Umgang mit netten Menschen haben, wenn ich schon allein leben muss?«

»Schrei nicht! Ich war zuerst ja auch ganz arglos. Warum hast du überhaupt die Eifersucht ins Spiel gebracht? Du weißt, dass ich von Haus aus gar nicht eifere.«

Margret am 16. Februar 1941 an den *lieben Vater*:
Deinen Brief vom 11. ds. habe ich erhalten. Was Du mir da wegen Eifersucht wegen Flöckerers [sic!] sagst, kommt mir komisch vor. Ich habe nicht im Entferntesten daran gedacht zu eifern. Für so dumm brauchst mich dann doch nicht anzuschauen. Da habe ich schon andere Sorgen.

»Aber allmählich habe ich dann doch angefangen, zwischen den Zeilen zu lesen. Auch in den Briefen an deine große Tochter: Immer geht's um die Traudl. Traudl, Traudl, Tante Traudl …«

Tata am 6. Juli 1941 an seine *liebste Annemie*:
Tante Traudl hat Dir nun die Bücher schicken lassen … Du wirst ihr dann viel erzählen müssen. Und auch ihre alte Mutti freut sich so auf Euch, das sind so feine gute Menschen …

»Was sollen denn die Kinder mit einer Tante anfangen, die keine ist und die sie nie gesehen haben? Aber schöne Ausflüge mit ihr an den See machst du schon.«

Franz am 8. März 41 an die *liebste Mammi*:
Am Sonntag war ich mit Frl. Föckerer am Starnberger See. Eine ganz wundersame Gegend mit Wellen und Hügeln. Und ganz in der Ferne die geliebten Berge.

»Das war in aller Unschuld, damals, das kannst du mir glauben! Wir haben dir sogar eine Karte geschrieben.
»Ja. Und wie steht's jetzt mit der Unschuld?«
»Jetzt? Ich hab nun einmal keine Begabung, jahrelang wie ein Mönch zu leben. Du hast damit rechnen müssen. Du hast es dir selber zuzuschreiben! Mit deinen ewigen Ausflüchten!!« Mit dem letzten Satz ist Franz wirklich sehr laut geworden. Er hat jetzt die Aufmerksamkeit des ganzen Lokals. Die Leute sind dankbar für die Abwechslung, so etwas lenkt so schön ab von den eigenen Querelen.
»Achtung, Feind hört mit!«, ruft ein Witzbold in den Raum. Er sitzt genau unter dem Führerbild. Da wird gelacht, Franz schaut zornig in die Runde, und Margret braucht ihn jetzt, wenigstens für den Augenblick, nicht zur Mäßigung anzuhalten.
Sie schweigt erst einmal. Jetzt hat sie das Eingeständnis, und sobald die Leute nicht mehr herstarren, sagt sie leise: »Franz. Du weißt, dass es nicht

nur Ausflüchte waren, du weißt, dass deine Kanzlei nicht gut abgewickelt war, und du weißt, dass ich nicht nur meine Heimat, sondern auch meinen neuen Beruf liebe.«

Franz hat steile Falten in der Nasenwurzel, er redet mit beinahe geschlossenen Augen: »Es ist auch meine Heimat, erstens. Du kennst zweitens die Umstände, die zu alledem geführt haben. Wir haben eine große Chance, es ist unser Vorteil, es ist auch zum Vorteil unserer Kinder, der Kinder vor allem! Und schließlich und endlich hat das Weib dem Manne anzuhangen!«

»Bleib nur schön leise. Die Föckerer hat einen netten Bubikopf. Möchtest du lieber mit ihr leben? Möchtest du lieber *ihr anhangen?*«

»Das steht nicht zur Debatte!«

»Das steht zur Debatte, ich stell es zur Debatte.«

»Nein!«, schreit er wütend.

Gretl schert sich diesmal nicht darum, ob die Leute herschauen. »Dann musst du auch die Konsequenzen ziehen.«

»Und du auch!«

»Was meinst du damit?«

Franz haut auf den Tisch und pafft hektisch, es ist schon seine dritte Zigarette am Tisch. »Du hast mich vernachlässigt«, zischt er. »Lässt mich im Ungewissen. Hast wochenlang nicht geschrieben. Ich erfahre von dritter Seite, dass du im Sanatorium bist. Ich weiß nicht, wie es den Kindern geht. Du zeigst kein Interesse für meine Bemühungen um eine Wohnung. Und Weihnachten? Letztes Weihnachten? Mühselig hab ich für euch etwas auf den Weg gebracht, aber was kam von dir? Nichts. Nichts von nichts!«

Franz am 30. Dezember 1941 an die *liebste Mammi:*
Wirst Du nun wohl die Bücher erhalten haben und die anderen kleinen Gaben? Bei mir hat es null gebracht. Meinst, dass das schon ganz recht ist? Null, ganz null! Weißt Du, ganz null!

Ja, denkt Margret, da ist was dran, da liegt er nicht ganz falsch, das werde ich nicht lange in Abrede stellen. Aber genau genommen ist das ein Nebenschauplatz. Denn: Das Oberwasser, das ich in Bezug auf den »Bubikopf« gewonnen habe, könnte er ziemlich leicht zum Sinken bringen, wenn er nur in die richtige Richtung zielte. Es wäre keineswegs aus der Welt, die *einschlägige* Gegenfrage zu stellen. Gut, ich könnte dann sagen, dass sich die Waagschale meiner Schuld deutlich weiter oben befindet. Faktisch, sozusagen. Aber herzensmäßig?

Ja, sie war ein paar Wochen im Sanatorium gewesen; die alte Lungensache war wieder aufgeflammt. Da hätte sie viel Zeit gehabt zu schreiben, aber es war ihr nicht danach gewesen. Sie hatte sich einsam gefühlt, bis auf die Tage, an denen der Schulinspektor Kramar zu Besuch war. In aller Unschuld allerdings, also ... in Unschuld. Da war sie dann schon der Gedanke angeflogen, überzulaufen ins Glück mit dem edlen verwitweten Vorgesetzten.

Leopold Kramar aus Bozen am 25. April 1944 an die *liebe Frau Doktor: Dr. K., von dessen Unfall ich Dir erzählt habe, liegt noch immer im Sanatorium. Der Knochenbruch heilt nicht. Ich besuche den Patienten des öfteren; dabei fiel mir ein, dass auch Du einmal in diesem Sanatorium lagst und dass ich Dich einige Male besuchen durfte.*

Nach ihm, den er doch kennt, von dem er doch weiß, hat Franz nicht gefragt. Oder wird er es noch tun? Wird er ihr gar noch die Frage ins Gesicht klatschen, paritätshalber, ob sie lieber dem alten Herrn *anhangen* wolle?

Franz am 30. Dezember 1941 an Margret:
Rosl wird Dir berichtet haben, was zu berichten war. Es tut mir leid, dass Du nun diese Krankheit wieder ausgegraben hast. Ich war schon seit je in Sorge, als ich seinerzeit wegen des Heizungsverbots hörte. Sicherlich hast Du Dich ordentlich erkältet. Ich kenne doch mein zartes Pflänzlein und hätte es lieber bei mir gewußt, in einer warmen Stube. Wenn die Schule auch nur irgendeinen schlechten Einfluß auf die Wiederherstellung haben sollte, dann musst Du sie ausschalten.

Diese Schule aber führt sie zu Erfolgen, stärkt ihr Selbstbewusstsein, bringt sie mit Menschen ganz anderer Art zusammen, öffnet ihr neue Welten. Darauf freilich kann Franz seine Eifersucht nicht offen gründen. So versteckt er sie hinter seiner Sorge um ihre Gesundheit, einer Sorge, die im Übrigen auch echt ist.

»Jaja, Franz«, sagt Gretl, »Weihnachten ganz null, so hast du dich ausgedrückt in deinem Neujahrsbrief, da hast du schon recht gehabt. Ich hab einfach nichts besorgen können, was willst du vom Sanatorium aus schon machen? Kannst meine Mitbringsel heute als verspätete Christkindln betrachten. Auch für die Kinder ist es diesmal viel magerer ausgefallen. Den Krieg spürt man inzwischen halt schon ganz gewaltig, es ist alles knapp und obendrein teuer. Bei euch da wird es nicht anders sein, oder? Gewundert habe ich mich schon, was du da geschrieben hast über die Eisenbahn des Herrn Klötzl oder wie er heißt, mit der ihr gespielt habt, die Traudl eingeschlossen. Dass es so etwas noch gibt in diesen Zeiten?«

Franz am 30. Dezember 1941 an Margret:
Weihnachten habe ich vor dem Rundfunk mit den Soldaten an der
Front gefeiert. So hat das Fest, auch im Gedanken an Dich und die
lieben Kinderchen, den richtigen Sinn bekommen. Am Christtag war
ich bei Ing. Kögl zu Mittag und Abend. Der kleine Michael hat eine
ganz moderne Eisenbahn bekommen. Gespielt hat natürlich nicht er,
sondern sein Vati und ich und wenn einmal klein Michael doch auch
sein Recht als Eigentümer geltend machte und schaltete, hat er, da er
Eisenbahnkatastrophen hervorrief, eins aufs Patschhandi bekommen.
Silvester verbringe ich bei Dr. Hölzls zusammen mit Kögls und Traudl,
die schon aus früherer Zeit eine Bekannte der Hölzlschen Familie ist.

»Also, das mit der Eisenbahn war an Weihnachten und das mit der Traudl war an Silvester, das bringst du durcheinander. Ja, der Kögl ist Ingenieur, er hat eine besondere Laufbahn eingeschlagen, da gibt es Möglichkeiten, die unsereiner nicht hat. Aber auch nicht braucht!« Das war etwas lauter. »Es ist für alles gesorgt im Reich! Jeder hat ein auskömmliches Dasein, auch in diesen heroischen Kriegszeiten. Die Preise sind stabil. Und wenn der Krieg vorüber ist, und das wird, *muss* bald sein, *siegreich* vorüber ist, dann gibt es große neue Aufgaben, dann werden alle gebraucht. Und für unsere Kinder tun sich riesige Chancen auf!« Franz freut sich, dass er mit diesen Worten einige Heiterkeit ins Gesicht seiner Frau zaubern konnte. Wir aber fragen uns: Lächelt sie aus Vorfreude auf die herrlichen Zeiten oder nur über seinen gläubigen Optimismus? Ihm jedenfalls gefällt sie jetzt ganz mächtig. Herrgott, sie ist doch die Schönere!

»Ach, Franz! Dass du doch immer der Alte bleiben musst.« Eine Zeit lang geht ihr Blick irgendwohin, dann atmet sie tief. »Dann werden wir halt doch in diesem Jahr kommen müssen.«

Franz schnappt nach Luft. »In diesem Jahr? Wo denkst du hin! Spätestens im Sommer!«

»Mhm. Da bleibt aber noch viel zu richten, und die Friedenspfeife muss auch definitiv geraucht sein.«

»Das kann jetzt gleich sein, und zwar in meinem Zimmer bei Frau Waldecker. Eigentlich wollte ich dir noch das Haus zeigen, in dem unsere zukünftige Wohnung liegt. Ein prächtiger Palazzo! Aber dafür ist morgen auch noch Zeit. Ich hab mir doch Urlaub genommen für dich!«

Voralarm

Der *getreue Tati* am 24.Feber 1942 an die *liebste Mammi*:

Ich bin so froh, daß Du bei mir warst. Es war sehr notwendig, denn nun bin ich schon doch wieder der Tati, gelt? Nimm nun nochmals meinen herzlichsten Dank für alles, alles, was Du für mich getan, und trag mir nicht nach, was ich Dir angetan. Hab bitte ein Verzeihen auch für den Vulkan, der nunmehr doch abgekühlt ist und Dir ein treuer Gatte sein kann und will, wie er ein guter Vati seinen Kindern sein wird. Mein Dank ist Dir mein Vorsatz, mehr zu sein, als ich Dir gewesen bin. Wenn Dir die Heimat fehlen wird in ihrem Äußeren, so wird Dir doch die Familie unendlich viel ersetzen. Ich aber darf Dich nun wieder meine liebe Grete heißen. So fangen wir wieder ein neues Leben an und ich bitte Dich um das Vertrauen. Du sollst nicht getäuscht sein.

*G*retl liest das lächelnd, sie ist gerührt. Das schätzt sie so an ihm: Wenn einmal ein Gewitter niedergegangen ist, dann ist die Luft aber auch gründlich gereinigt. Fragt sich allenfalls, für wie lange. Der Brief erinnert sie nämlich an einen, den sie vor gut einem halben Jahr bekommen hat, nach ihrem ersten Besuch in München. Da ging es nach einer nicht minder profunden Aussprache um die Wiederherstellung der gegenseitigen Wertschätzung, die Akzeptanz des einen durch den anderen, so wie er ist, und nicht, wie man ihn haben möchte. Große Inhalte auch damals, und entsprechend groß waren die Worte:

Der *getreue und glückliche Tati* am 8. Juni 1941 an die *liebste Mammi*:

Wie sollte es uns gelingen, unsere Aufgaben zu erfüllen, wenn wir auf wankenden Füßen stehen? Es war also gut, dass es zu einer sehr eingehenden Aussprache gekommen ist. Nun werden wir uns das Leben nur noch schön machen. Mögest auch Du wieder glücklich sein. So und nur so können wir wieder unsere Pflichten erfüllen und vor dem Herrgott dastehen, wie er es mag und wie er uns will.

Vom Herrgott also war sogar die Rede, siehe da, das kann doch als Beweis dafür dienen, dass es Franz ganz außerordentlich ernst war. Von einem Vulkan hingegen ist damals noch nichts zu lesen. Aber der Druck, der zuletzt zur Eruption dieses Vulkans geführt hat (interpretieren wir ihn auch richtig? Meint er das und nur das, wenn er dieses starke Naturphänomen heranzieht?), scheint sich damals schon aufgebaut zu haben:

Der *getreue und glückliche Tati* am 8. Juni 1941:
Traudl hat nun eine gar mächtige Freude mit der kleinen Gabe gehabt. Sie wäre mir bald um den Hals gefallen. Ich bin nun sehr froh, dass Ihr Euch gefunden habt. Du wirst leichter nach München können, denn sie wird Dir ein selbstloser Freund sein ...

Gretl hatte sich damals gefragt, ob diese Traudl sich wirklich in der Rolle des selbstlosen Freunds sehen will. Oder war es nur Franz, der sich das so zurechtgelegt hatte? Es war wohl die lange Trennung, die zu so eigenartigen Konstruktionen führen musste. Schwamm darüber, denkt Gretl jetzt, schließlich habe ich gespürt, unabhängig von seinen Beteuerungen, dass in der Affäre gar nicht mehr so viel Dampf ist.

Sie möchte ihrem Franz gleich antworten, ihn vielleicht mit *Mein lieber kleiner Vulkan* titulieren, nein, besser *Mein erlöschender Vulkan*, nein, er soll ja ernst genommen werden, und überhaupt ist er, war er, Vulkan ja gar nicht in Bezug auf sie. Besser vielleicht, ihn mit *mein lieber Goggolo* anzureden wie vor Jahren, als die Annemie erst eineinhalb war und in Penon jeden Tag jauchzend den Briefträger begrüßte, obwohl keineswegs immer ein Brief vom Tati aus der Stadt oder aus Riccione dabei war.

Aber, bei aller wiedererweckten Liebe, sie kann den Brief gar nicht gleich beantworten, denn heute hat sie Abendkurs zu halten, und zwar für die Freiwilligen, für die jungen

Leute also, die nicht mehr schulpflichtig sind, aber dringend Schulung brauchen, weil sie de facto weder Deutsch noch Italienisch können. Der Kurs beginnt nach dem Abendessen, bei Dunkelheit muss sie also noch einmal hinein nach Rentsch. Und bis übermorgen hat sie dem Schulamt einen Bericht darüber zu erstatten. Der muss erst einmal aufgesetzt werden, und da passt es gerade, dass Franz die Rückseite eines Blatts leer gelassen hat:

Die Schüler meines Abendkurses sind sehr fleißig u. strebsam u. beteiligen sich mit großer Anteilnahme an dem Unterricht. Nur ganz dringende Gründe halten den einen oder anderen Schüler ab, den Kurs zu besuchen. Drei Teilnehmer sind sehr schwach, dies hemmt den Fortgang einigermaßen. Es macht mir Freude, diese strebsamen jungen Leute zu unterrichten. Bes. die Sprachübungen werden fleißig einstudiert u. zum Teil auch in Form von freien Aufsätzen in die Hefte geschrieben.

Wann Gretl dann dazu kam, Franz zu antworten? Wer weiß es, der Brief fehlt. Nicht der einzige, übrigens, der fehlt aus dem Jahr 1942, der Zeit vor der endgültigen Ausreise. Warum? Hat Franz die Briefe nur verschlampt oder hat er sie vernichtet? Freilich kommt auch Gretl dafür in Betracht, Zeit hatte sie ja später genug, an die fünfunddreißig Jahre. Hat sie nach der Auswanderung überhaupt noch einmal die Briefsammlung durchgesehen? So manche Szene ihrer Ehe noch einmal erlebt? Wir müssten da spekulieren.

Franz steigt am Goetheplatz aus der Tramlinie 6 und geht zur Haltestelle der Linien 12 und 17, gegenüber dem fein geschwungenen Postamt. Eine Station nur wäre es bis zum Kapuzinerplatz, er könnte zu Fuß hingehen, aber er muss heute ja weiterfahren, bis über die Isar, um Föckerers abzuholen, die ihm unbedingt helfen wollen. Seit vor ein paar Tagen die Möbel angekommen sind, gibt es in der Wohnung Arbeit über Arbeit.

Franz am 1. März 1942 an die *liebste Mammi*:
… Haben mir Frau und Trude Föckerer geholfen. Die alte Frau ist zwar ganz auf dem Steckl, aber sie hat es sich nicht nehmen lassen, mir behilflich zu sein, wenn ich auch sehr viel Zeit verlieren musste, sie abzuholen und wieder heimzubringen.

Da drüben ist übrigens der Eingang zum großen Luftschutzraum, ja, es ist eigentlich der neue U-Bahnhof, noch nicht fertig zwar, und sie haben obendrein die Arbeiten eingestellt, vorübergehend versteht sich, aber jetzt bietet er Luftschutz für viele, viele Leute. Vielleicht benutzen wir ihn auch einmal, falls es wider Erwarten nötig wird, aber ob wir schnell genug hier sein können? Gewiss haben wir einen tadellosen Luftschutzkeller im eigenen Haus, und da ist schon die 12, ein ziemlich altmodisch wirkender Kasten. Brav heult und klingelt er die Häberlstraße hinunter, und schon können wir auf die mächtige Fassade des Thomasbräukellers schauen. Da oben im dritten Stock glänzt in der Abendsonne eine goldene Bischofsmütze, die den flachen Erker ziert. Dahinter, ja genau dahinter ist unser eheliches Schlafzimmer! Und weitere vier große Fenster gehören uns, zwei für den Salon, eins für das Zimmer des Manns und eins für das der Mädelen, das geht sogar noch ums Eck herum. Nein, so großzügig haben wir allenfalls in der Villa Fattor in Gries gelebt.

Franz am 1. März 1942 an Margret:
Wie Du siehst, liebes Mammele, geht es mir wieder recht gut, was hauptsächlich darauf zurückzuführen ist, daß ich im eigenen Hause bin. Ja, wahrhaftig, ich freue mich daran, auch im Gedanken, daß es Dir ein Heim werden soll, wie es noch nicht war.

Es zieht sich hin bis zu Föckerers, besonders der Fußmarsch zuletzt vom Baldeplatz zur Albanistraße. Diese Zeit hätte ich schon gut oben am Parkett des Wohnzimmers verbringen können, denkt er. Aber sie sind nett, sag was du willst. Sie werden mich sogar zum Kaffee einladen, nur werde ich es nicht annehmen.

»Ganz reizend von Ihnen, Madame, aber ich muss die Zeit nutzen.«

»Du brauchst wirklich nicht mitzugehen, Mutti.«

»Oh doch, mein Kind, ich hab sehr wohl mitzugehen.« Ein fast schelmischer Blick auf Franz. »Der Doktor tut gut daran, auf meine Erfahrung nicht zu verzichten. Wo ist mein Stock? Hast du die Putzmittel?«

Franz lässt es sich nicht nehmen, die Fahrtkosten zu tragen. Sehr bequem ist es, dass die Tram exakt vor der Haustür zur neuen Wohnung hält. Hinauf also, hohe Räume bedingen hohe Treppen, das ist freilich nicht so bequem und viel verlangt von einer alten Frau. Gut, dass man zwischen den Etagen kleine Ruhebänkchen vorgesehen hat. Darauf muss die Mutter sich setzen, mehr als einmal, und sie kann nicht verhindern, dass die jungen Leute einen Vorsprung gewinnen. Aber kurz nur fallen Umarmung und Kuss hinter der Wohnungstür aus, kürzer als nötig, Franz geht nicht bis an den Rand der Möglichkeiten. Traudl spürt die Entfremdung, es muss mit dem letzten Besuch der Ehefrau zusammenhängen, die sie diesmal gar nicht zu sehen bekam. Dabei hatte sie es doch so gut mit ihr gemeint, es müsste doch zu machen sein … irgendwie zu dritt … So schabt sie schon eine Zeit lang verdrossen mit einem Päckchen Stahlwolle am Schlafzimmerparkett, als die Mutter schnaufend ankommt. Franz meint, die alte Dame solle es sich am Küchentisch bequem machen, und da seien auch die *Münchener Neuesten Nachrichten*, es werde ihm eine Ehre sein, die beiden später zum Essen einzuladen, unten in der großen Gaststätte. Aber da kennt er Frau Föckerer schlecht, sie will sich unter allen Umständen nützlich machen, und zwar in der Nähe ihrer Tochter. So geht sie an die Möbel, die im Schlafzimmer schon ihren endgültigen Standort haben, aber verstaubt sind und mit Malerfarbe verspritzt. Schön, wie dieses Kirschholzfurnier herauskommt, die Schränke sind vielleicht ein bisschen altmodisch, jetzt hat man kleinere, und auch die Betten sind niedriger. Kalt aber ist es hier. Der Doktor hat im Wohnzimmer nebenan den großen Kachelofen angesteckt, schon um seine Leistungsfähigkeit zu erkunden: Wie viel Kohle schluckt er, bis er ordentlich etwas von sich gibt?

Tata Franz am 20. März 1942 an die *liebste Mammi*:
Das Wohnzimmer ist sehr leicht zu heizen, da der Ofen ganz ausgezeichnet und sparsam ist. Die Öfen sind übrigens alle gut.

Die Tür zwischen den Zimmern ist offen.

»Was meinen denn die Damen, wo hänge ich dieses Bild hin?« Franz hält ein Aquarell – sind es Dahlien, sind es Pfingstrosen? – an die Wand über den Betten.

Frau Föckerer schüttelt leicht den Kopf. »Zu klein, zu klein für diese Fläche. Hübsch ist es, das schon.«

»Ja, ein Ignaz Stolz, ich wollte, ich könnte es auch so. Ein Hochzeitsgeschenk, von der Familie übrigens, bei der Gretl gerade noch wohnt. Zu klein also. Dann vielleicht hierher?«

»Sie können sich doch selbst etwas malen, in jedem Format.«

Das hört Franz gerne. (Am 14. Juni 1942 an die *liebste Mammi: Überhaupt hätte ich mit Malen sehr viel zu tun. Ich kann gar nicht ausführen, was mir aufgetragen wird, weil mir die Zeit fehlt. Ich male jetzt Dr. Hölzls Frau und Kind. Auch soll ich für seinen Bruder eine größere Landschaft malen.*)

Und Traudl, die glaubt, ihn etwas ärgern zu müssen, sagt: »Es muss ja nicht gerade ein Führerbild sein, über den Ehebetten.«

Aber er ist einfach zu gut aufgelegt, um sich zu ärgern, er hat jetzt Boden unter den Füßen, eigenen Boden. Er hat auch schon einmal hier geschlafen, der Auszug bei Frau Waldecker steht allerdings noch bevor. Gut, keine Rose ohne Dornen, da sind die drei steilen Treppen, und da ist kein Aufzug. Auch werden die großen Räume viel Arbeit machen.

Der *getreue Tati* [in liebenswürdiger Illusion] am 13. Januar 1942 an die *liebste Mammi:*

So, liebes Mammele, nun mach Dich ernstlich auf die Suche nach einem Dienstmädchen, vielleicht findest Du es bei irgendeiner zahlreichen Familie in Penon, vielleicht beim Wöni oder bei Karlina. Es ist sicher die eine und andere, die gerne herausmag.

Aber schön sind sie, diese vier Zimmer mit ihren Stuckdecken, durch große Flügeltüren miteinander verbunden.

Franz am 20. März 1942 an Margret:

Dann ist sie sehr, sehr hell und wenn die Sonne scheint – sie tut es jetzt öfters – ist es eine Pracht. Ich glaube, sie wird Dir sehr gut gefallen. Mir gefällt sie, wie mir noch keine gefallen hat. Dass sie geräumig ist, ist für die Kinder erfreulich.

Dann ist da noch ein Gang, von dem aus jeder Raum erreichbar ist, an die fünfzehn Meter lang.

»Hier können deine Kinderchen, deine lieben Kinderchen sogar Rad fahren«, sagt Traudl, als sie eine Zigarettenpause machen.

Franz überhört die leichte Bitterkeit und sperrt die Augen auf. »Du bringst mich auf eine Idee.«

»Würde mich freuen, wenn es eine gute ist.«

Franz wiegt den Kopf. »Vielleicht kann ich der Gretl das Radfahren auf diesem Gang beibringen.«

»Die kann nicht Rad fahren?«

»Nein, kann sie nicht. Sie hat neulich zugegeben, dass sie ihre Hausaufgaben insoweit noch immer nicht gemacht hat.«

Franz am 8. Juni 1941 an die *liebste Mammi*:

Nun wirst Du Dir ein großes Herz nehmen müssen, wenn Du ans Radfahren denkst. Es wird Dich aber nicht gereuen, denn die Ausflüge, die wir dann von München aus machen können, sind sehr, sehr lohnend. Also Mut und Schneid! Sonst muß Mammi auf dem Tandem mit, denn die Kinderchen werden alle mitfahren und Mammi lassen wir nicht daheim. Auf gar keinen Fall! Versuchst halt einmal, mit etwas Schneid und Selbstvertrauen geht es leicht.

Versucht hat sie es wohl, mithilfe der Mariedl vom Unterganznerhof, die sich viel Mühe gab. Das sportliche Mädchen konnte nicht glauben, dass da nichts zu machen war. Was ist sie nicht hinterhergelaufen mit der Hand am Gepäckträger! »Nicht auf den Vorderreifen schauen! Weiter nach vorn schauen! Treten nicht vergessen! Lass dich nicht hängen, ich kann dich doch nicht ewig halten, gut, ja, sehr gut, weiter so!« Dann ließ sie aus, und sowie Gretl das merkte, ging sie zu Boden. Ja, bei dieser Reihenfolge blieb es, wäre es bis ans Lebensende geblieben, wenn sie es später noch versucht hätte. Auf dem Tandem? Man braucht sich nicht lange auszumalen, wie das gegangen wäre, aber so etwas lag ja außerhalb jeder Reichweite. Für welchen Sieg wären solche Räder schon gerollt?

»Um hier Radfahrunterricht erteilen zu können, müsstest du aber mindestens diese zwei Kommoden aus dem Weg räumen«, sagt Traudl und führt die Zigarette zum Mund, ohne damit dort anzukommen, weil ein wild aufsteigendes Heulen von draußen sie erstarren lässt. Es braucht einige Zeit, bis die beiden begreifen: Fliegeralarm! Heult es gleich wieder nach unten? Nein, der Ton bleibt oben, an die zehn Sekunden, dann herunter, dann wieder hinauf.

»Voralarm!«, schreit Frau Föckerer, »wir müssen sofort heim, Traudl!«

»Ist es nicht zu weit, Mutti?«, antwortet Traudl erschrocken. »Fährt die Straßenbahn überhaupt?«

»Es ist entschieden zu weit«, stößt Franz halb laut heraus und läuft zu den Fenstern, um die Rollos herunterzulassen. Schon fast dunkel ist es draußen, und das Licht brennt nicht nur auf dem Gang, das könnte böse Folgen haben, er hat selbst an zwei Luftschutzübungen teilgenommen. Es fehlt ja hier überall noch die eigentliche Verdunkelung. Nein, das wäre noch schöner, sich jetzt mit den beiden Frauen auf den weiten Weg zu machen. Es kann doch, wenn er es auch bisher nur zweimal erlebt hat, bald Vollalarm geben, wo soll dann *er* hin? Er muss doch bei seinen Sachen sein …

»Sie könnten bei uns in den Keller, Doktor, falls …«, bietet Frau Föckerer an. »Aber ich verstehe auch, wenn Sie uns nicht begleiten wollen. Komm, Traudl.« Sie zieht ihren Mantel an.

»Nein!«, sagt Franz. »Sie gehen jetzt nicht, weder mit mir noch ohne mich. Das wäre unverantwortlich. Jetzt werden die Dinge einmal genommen, wie sie sind. Bei Vollalarm sind wir hier gleich im Keller, bei Entwarnung löst sich alles in Wohlgefallen auf. Ein Radio … ein Radio bräuchte man, dummerweise habe ich meinen Volksempfänger noch bei Frau Waldecker.« Mit festem Griff nimmt er der Frau den Mantel wieder ab und schiebt sie mit ihrer Tochter ins geheizte Wohnzimmer. »So, jetzt setzt ihr beide euch auf die Eckbank und ich werde in der Küche etwas … Ach, vielleicht könntest du, Traudl, inzwischen die Kartoffeln abpellen, die rösten wir dann, ich geh mal schnell zur Nachbarin.«

»Liebe Frau Dedel, ich hab noch kein Radio in der Wohnung drüben. Wie steht's mit dem Alarm?«

Er hat sich natürlich schon vorgestellt bei den braven Leuten. Der Mann ist Direktor bei der Thomasbrauerei, deren Sudhäuser vom Küchenbalkon aus zu sehen sind, die dicken Schlote mit ihren kreisrunden Windfahnen fallen sofort ins Auge. Die Frau, eine mächtige Sechzigerin, winkt ihn wortlos herein. Im Gang stehen Koffer. Vor dem Gerät im Wohnzimmer sitzt die nicht minder kräftig gebaute Tochter. Franz weiß, dass der Ernst, mit dem sie ihm entgegenblickt, nicht vom Alarm allein kommen muss: Ihr Mann ist »im Felde«, und das liegt in Russland, und er, Jagdflieger, sieht es oft von oben. Hoffentlich, wie zu ergänzen ist, denn schon seit drei Wochen haben sie keine Nachricht von ihm.

»Es sind zwei Einzelgänger unterwegs, Aufklärer wahrscheinlich, in der Gegend von Nürnberg, das haben sie vorhin durchgegeben«, sagt sie. »Sie nutzen jetzt die Dunkelheit.«

Im Augenblick ist aus dem Apparat nichts als ein Tak – tak – tak – tak zu hören.

»Na«, meint Franz, »das müsste doch eine Kleinigkeit sein für unsere Luftwaffe, oder?«

»Viel Luftwaffe ist zurzeit im Osten«, sagt die Mutter, die bisher wortlos daneben gestanden war. Da hält es Franz für angebracht zu schweigen. Und jetzt geht draußen die Sirene wieder an, drohend zuerst in der Tiefe, hinauf in die Höhe, bleib, bleib, bleib! Ja, sie bleibt. Entwarnung! Franz umarmt die Nachbarin nicht, aber er packt sie fröhlich an den Oberarmen und verbeugt sich vor der Tochter. »Ich habe Gäste drüben, danke.« Und schon ist er draußen. So reizende Leute. Man muss sich einmal erkenntlich zeigen.

Franz am 9. Juli 1942 an die *liebste Mammi*:

Die Tasche für Frau Dedel, die sie ihrer Tochter schenken will, um ihr eine Freude zu machen, soll aus Bast sein, bunt und das Format ca. 25 mal 25 cm haben. Wegen des Preises ist es gleich. Ich möchte ihr den Gefallen gerne tun, weil sie mir auch schon öfters gefällig war und weil sie auch Dir sicherlich manchen guten Rat geben kann.

»Zwei einzelne. Zwei einzelne Flieger! Die Flak wird sie heruntergeholt oder ihnen wenigstens heimgeleuchtet haben. Was wollen sie mit diesen Harmlosigkeiten? Unseren Betrieb stören? Können sie nicht! Unseren Schlaf stören? Ja, können sie, wenn es spät in der Nacht ist. Jetzt aber gehen wir hinunter ins Gasthaus. Lass es gut sein mit den Erdäpfeln, Traudl.«

Die beiden harmlosen Flieger vermögen Franz dann doch noch zu ärgern, denn die Gasträume sind dunkel und sie bleiben es.

»Unsere Kellnerinnen und Köche sind heimgegangen zu ihren Familien, das ist so die Regel beim Voralarm«, sagt der Schankkellner. »Ein Bier könnt ihr haben.«

»Ein Bier im Dunkeln? Danke«, sagt Frau Föckerer.

»Auch nicht, wenn das Bier hell ist?«, witzelt Franz, der Hunger und Durst hat. Die Föckerers bekommen nun doch noch ihre Heimbegleitung und er bekommt dort hoffentlich etwas zu essen. Auf dem Weg ist genug Gelegenheit, sich über die Zeitläufte zu unterhalten, zumal die Tram trotz der Entwarnung nicht kommen will. Sie marschieren zur nächsten Haltestelle in der Hoffnung, nicht mittendrin überholt zu werden.

»Gespannt bin ich, wie lange es hier im Süden bei solchen Harmlosigkeiten bleibt, wie Sie es nennen.«

»Ach, Mutti, wir sollten besser nicht politisieren.«

»Politisieren? Es geht um unsere Existenz, Kind. Hamburg, Berlin,

München-Gladbach, Emden: Da gab es massive Angriffe! Wenn das erst einmal bei uns losgeht ...«

»Sie müssen jetzt nicht den Glauben verlieren, Madame. In ein paar Monaten, jedenfalls noch heuer, ist Russland besiegt.« Franz bleibt stehen und breitet die Arme aus. »Sie erreichen nichts, die Bolschewisten, mit ihrer Winteroffensive, als das eigene Verderben.«

Die Frauen bewegen sich weiter, Franz muss folgen. »Und unsere Gegenoffensive wird bald beginnen. Danach kann es gegen England gehen, und dann ist der Friede da. Der Führer hat sich noch nie getäuscht. Meine Kinderchen werden friedliche Weihnachtsglocken hören im Reich.«

»Ja, deine lieben Kinderchen. Da ist die Straßenbahn! Nur leider in die falsche Richtung, aber immerhin, sie fährt. Es hat also einen Sinn, zu warten, Mutti, der lange Weg wäre zu viel für dich.«

»Gut, setzen wir uns hier. Ich weiß nicht, woher Sie so viel Optimismus nehmen, Doktor. Ich rede jetzt einmal ganz offen ...«

»Vor mir, ja. Aber nicht vor diesen Leuten. Warten wir, bis die vorbei sind.«

»Also ... das muss ich jetzt loswerden. Von wegen dass die Russen nichts erreichen! Der Bub von unseren Nachbarsleuten war auf Fronturlaub daheim. Was der erzählt hat! Eigentlich durfte er es gar nicht. Er war nicht weit vor Moskau, als auf einmal die Gegenangriffe der Russen begonnen haben! In der fürchterlichen Kälte! Und sie sind viel besser ausgerüstet, sagt er, mit Filzstiefeln und Pelzen. Von den Unseren sind mindestens so viele erfroren wie gefallen. Und was wir an Panzern und Flugzeugen verloren haben ...«

»Ach, Mutti, du sollst dich doch nicht so aufregen!«

»Madame, das ist alles bekannt. Das wissen wir, und inzwischen ist die Ausrüstung auch längst nachgebessert worden. Haben Sie nicht gelesen, dass über drei Millionen Stück Pelzmäntel vom Volk gespendet wurden und viereinhalb Millionen Paar Handschuhe? Ich habe übrigens auch meinen bescheidenen Teil dazu beigetragen. Mir kommt vor, eine gewisse Kleingläubigkeit ist nicht ungern bei euch Frauen zu finden. Meine Gretl neigt auch dazu, sie zitiert dann etwas von Napoleon, faselt von Mann und Ross und Wagen, und neulich hat sie sogar grundsätzliche Zweifel angedeutet. Und nicht nur Zweifel: Von Wahnsinn hat sie geschrieben, ich wundere mich, dass die Zensur das hat durchgehen lassen:

Franz am 13. Januar 1942 an die *liebste Mammi*:
... denk auch daran, dass der Wahnsinn, von dem Du in Deinem letzten Schreiben sprichst, nichts mit Dir zu tun hat, nachdem Dein Gatte hier ist und Du Deinen Platz an seiner Seite einzunehmen hast.

Franz schweigt ein wenig vor sich hin. »Von Wahnsinn könnte sie höchstens in dem Sinn sprechen, dass es noch nie in der Geschichte der Menschheit einen solchen Aufstieg eines Volks durch einen einzigen Mann gegeben hat. Das ist wirklich nicht normal. Aber das hat sie natürlich nicht gemeint. Ich habe ihr angemessen geantwortet.«

Bald schon wird der Tag kommen, an dem auch die Kleingläubigen, die Verzagten erschauern werden vor der Größe alles dessen, was ein Mann aus einem Volke gemacht hat, und die Generationen werden uns alle beneiden, in dieser Zeit gelebt zu haben. … Glücklich, wer die Größe heute schon fühlt, der wir mit Riesenschritten unaufhaltsam entgegengehen: Auch dem Herrn zur Freude.

»Das glaub ich auch, dass sie das nicht gemeint hat. Ich bin eine alte Frau und ich nehm kein Blatt vor den Mund …«

»Da kommt sie, Mutti! Und Franz, ich bitte dich inständig, reg nicht immer meine Mutter so auf. Ein bisschen wenigstens könntest du manchmal die rosa Brille ablegen, das sag ich nur so und jetzt will ich wissen, ob du lieber ein Blutwurstgröstl willst oder Speckknödel.«

Da lächelt Franz und schluckt. »Ich glaube, das Gröstl geht schneller.«

Beim Essen denkt Franz, dass er seiner Gastgeberin zur Abwechslung einmal ein wenig entgegenkommen sollte. »Wissen Sie, was uns im Amt neulich beinahe allesamt aus dem Konzept geworfen hätte? Die letzte Rede des Führers vor dem Reichstag! Er hat da unter anderem angekündigt, unnachsichtig gegen jede Korruption und Pflichtvergessenheit in Justiz und Beamtenschaft vorgehen zu wollen. Ja, um Gottes willen, haben wir uns gesagt, wo wäre denn bei uns so etwas vorstellbar? Pflichtvergessenheit, Korruption! Sind wir nicht alle tagtäglich bemüht, unsere Leistung zu steigern, um die Lücken auszugleichen, die durch die vielen Einzüge zur Wehrmacht entstanden sind?«

Franz am 11. Juni 1942 an Margret:
Im Amt haben wir jetzt sehr viel Arbeit. Es geht ohne Rast und Ruh, so daß mir sehr wenig freie Zeit für die Wohnung bleibt.

»In dem kleinen Betrieb, in dem ich arbeite«, sagt die Traudl, »ist gerade diese Passage der Rede begrüßt worden.«

»Und warum, mein Kind? Weil die einfachen Volksgenossen die Beamten nun einmal nicht mögen. Also tut der Führer es auch nicht. Solche Äußerungen habe ich früher schon erlebt, so etwas kommt immer an.

Wenn der Führer mehr Siege zu verkünden hätte, hätte er das nicht gebraucht.«

Herrgott, denkt Franz, so unschlüssig klingt es gar nicht, auch wenn's von einer Frau kommt. Aber den Unglauben braucht es dazu.

Endlich, endlich!

Franz am 30. Dezember 1941 an die *liebste Mammi*:
Ich habe damit den Monat Juni (1942) als letzten Termin festgesetzt. Das hat alles seine Gründe und ist wohl überdacht. Ich werde davon nicht mehr abgehen und bitte auch Dich, nicht mehr daran rütteln zu wollen. Auch die Kinderchen kommen sämtliche mit.

*E*in Machtwort. Und? Hat Gretl noch gerüttelt? Nach ihrem letzten Besuch Anfang zweiundvierzig und der Auseinandersetzung im Roten Hahn hat sie eingesehen, dass sie ihre Verzögerungen nun wohl einstellen müsse. Und wie ging es weiter? Wie schon! Die Fäden, die Schnüre, die Ketten, die die Frau an ihre Welt banden, hatten sich nicht in zwei Stunden Debatte am Wirtshaustisch einfach kappen lassen. Franz, dessen ideologische Fehlsichtigkeit seiner Klugheit im Übrigen nicht im Weg stand, spürte, wusste, dass jeder weitere Trennungsmonat seiner Ehe und dem Zusammenhalt der ganzen Familie gefährlich werden konnte.

Franz am 1. Juli 1941 an Margret:
Du wirst meinen Briefen entnommen haben, was mir am meisten am Herzen liegt. Du kannst versichert sein, dass von meiner Seite alles getan wird, damit das Einverständnis in allem werde, so wie es in unserer schönsten Zeit gewesen ist ... Wir müssen die Trennung möglichst abkürzen, denn sonst beginnen wir ein jeder ein Eigenleben, freuen uns wohl unendlich aufeinander, sind uns danach aber fremd, wenn wir beisammen sind. Denke einmal darüber nach, es ist schon der Mühe wert ...

Franz wusste freilich auch, dass er seiner abwanderungsunwilligen Frau mit Machtworten allein nicht beikommen konnte. So reagierte er auf einen ihrer – verloren gegangenen – Briefe, in dem sie so ziemlich alles infrage zu stellen scheint, mit bemerkenswerter Milde.

Franz am 13. Januar 1942:

Anstatt die Nachricht [von der Vorbereitung der neuen Wohnung] *mit der Ankündigung eines frohen Kommens zu quittieren, gibt Mammi zu verstehen, daß sie nicht mehr jenes starke und große Herz hat, mit dem sie in vollem Glauben das Leben zu meistern verstand, dem sie in so stiller Einfachheit und selbstverständlicher Klarheit voll Freude entgegen ging, an der Seite ihres Gatten, der, ja leider, wohl auch zu oft bärenbrummig war und nie eingestehen wollte, welch herrlichen Schatz er in seinem Weibe hatte, wenn er es auch im Innersten seines Seins wohl wusste, dass er nimmermehr ein besseres haben könnte.*

Milde? Das ist zu wenig. Ein Hymnus ist das! Ein Hymnus auf ein *Weib*, wie es früher war, aber leider nicht mehr ist. Und ein reuiges Schuldeingeständnis des Ehemanns ist auch da, nicht unbeträchtlich, wenn auch drollig, *bärenbrummig* eben.

Und heute revoltiert es [das Weib], *geht es zur offenen Meuterei über, nur wegen dieses einzigen Grundes. Es scheinen mir nicht andere möglich, weil Du stets gut warst, treu wie Gold.*

Der einzige Grund? Da kommt nur die starke Bindung an die Heimat in Betracht und, natürlich, an die Menschen, die Margret umgeben. Dabei wird nicht mehr an menschlicher Bindung unterstellt, als erlaubt ist, denn da ist das Gold der bisherigen, stetigen Treue. Keine ehewidrigen Herzensbeziehungen also, aber es steht das Weib in politischen Glaubenssachen unter schlechtem Einfluss:

Sicherlich bist Du bestärkt worden durch das stets einseitige Einflüstern Deiner heutigen Menschen und vielleicht wohl auch durch deren kleinen Blick, die im Glauben wankend sind aufgrund einer aufgezogenen Propaganda, die bewußt die Menschen verzagt machen möchte ...

Wer mögen diese »heutigen« Menschen gewesen sein, diese Kleingläubigen? Karl und Rosl? Vielleicht – über ihren politisch-ideologischen Seelenhaushalt sind wir nicht so recht im Bilde. Die Familie Mayr? Sie war der Ideologie wahrlich nicht abgeneigt, gehört also kaum zu den Verzagtmachern. Die Penoner Kirchturmpolitiker? Hansl? Er dürfte seine Siegeszuversicht schwerlich schon jetzt verloren haben. Gut möglich aber, dass Tota in ihrem Bestreben, das *Biabl* zu behalten, Gretl mit

Hilfe der Politik im Lande zu halten versuchte: Bleibt sie da, bleibt auch das Georgele da.

Lehrerkollegen? Oh ja, da kommt gleich der edle Leopold Kramar ins Spiel. Kaum vorstellbar, dass nicht auch Franz an ihn gedacht hat. Aber er nennt ihn nicht. Vielleicht aus einer Scheu heraus, die auf einem uneingestandenen Respekt beruht? Wir können jedenfalls ziemlich sicher sein, dass dieser Kramar, dem Gretl in Verehrung zugetan war, der herrschenden Ideologie reserviert gegenüberstand, dass er vielleicht auch das schwindende Kriegsglück früher erkannt hat als die meisten. Seinen Kommentaren also mag es zu verdanken gewesen sein, dass Gretl, die ja im Übrigen auch einen eigenen Kopf zum Denken hatte, sich zum Einsatz des starken Worts Wahnsinn verstieg.

Dringend nötig also aus der Sicht des Franz, dass seine Frau aus dem Dunstkreis dieser heutigen Menschen herauskommt, endgültig herauskommt. Es muss Schluss sein mit dem Auf und Ab, Schluss damit, dass ihre Zusagen nicht lange vorhalten, ungeachtet der eheherrischen Eingeständnisse und emphatischen Bekräftigungen eines ganz neuen Anfangs (*... trag mir nicht nach, was ich Dir angetan. Gelt, nun werden wir uns in Zukunft das Leben nur mehr schön machen, gegenseitig wieder alles auf uns nehmen*).

Franz steigert nun die Frequenz seiner Briefe, zeitweilig so sehr, dass Margret einmal eine Sammelantwort geben muss:

Am 22. April 1942:
Lieber Vater, Deine Briefe vom 15., 16. u. 18.d. habe ich erhalten ...«

So viele Briefe, obwohl er so wenig Zeit hat:

Am 18. April 1942:
Vater spart und arbeitet. Ich sollte übrigens einen Porträtauftrag ausführen, der sicherlich 250.- RM bringen würde und auch andere Bilder malen. Das würde wohl auch tragen, aber jetzt will ich einmal alles verschieben, bis die Bude in Ordnung ist. Der Tag ist halt viel zu kurz, trotzdem ich vor ½ 1 das Bett nie sehe und um 7 Uhr schon wieder heraus muss. Die ganze Zeit ist mit Arbeit im Amt, beim Einkaufen und in der Wohnung ausgefüllt.

Obendrein muss er in diesem April eine Nachricht verkraften, die ihm sehr zusetzt: Lise ist an den Augen erkrankt.

Margret am 13. April 1942:

Lieber Vater, ich schreibe sehr eilig hier vom Wartezimmer Dr. Schnabls, weil Lise hier sein muss. Sie hat eine Entzündung der Regenbogenhaut u. des Sehnervs u. muss neben der Behandl. Dr. Fliri noch von Schnabl behandelt werden. Ich wollte Dir das nicht schreiben, weil Du nur in Sorge kommst, aber es wird recht lange dauern, bis sie heil ist u. Du würdest vergeblich auf einen Brief von ihr warten. Es geschieht alles, was möglich ist für sie, u. wir hoffen halt das Beste.

Darauf Franz schon am 15. April 1942:

Liebste Mammi, Du hast mir mit den Mitteilungen über Lise einen schönen Schrecken eingejagt! Du schreibst gar nichts darüber, wieso und warum die liebe Kleine diese vielseitigen Krankheiten, die mir von schlimmster Natur scheinen, bekommen konnte.

Gretl am 22. April 1942:

Lieber Vater ... Wie es gekommen ist, kann ich Dir nicht genau sagen. Eines Tages klagte sie, dass sie in der Schule für kurze Zeit trüb gesehen habe, und am nächsten Tag sah ich eine leichte Rötung und schickte sie gleich zum Arzt ... Dr. Schnabl gibt ihr Cocain durch die Nase, weil das hintere Auge so leichter erreichbar ist.

Das Leitmotiv der Zusammenführung bringt Franz natürlich auch bei dieser Gelegenheit zum Klingen.

Am 15. April 1942:

Ich verstehe Deine Pflicht für die Schule, aber ihr voran steht die Gesundheit unseres Kindes und damit die Pflicht der Mutter. Ich bitte Dich also sehr, diese einzige Angelegenheit an die Spitze aller anderen zu stellen, bis das Kind wieder außer Gefahr ist. Seitdem die Kinderchen nicht mehr bei uns sind, haben wir uns zu wenig um sie kümmern können. Es ist nun höchste Zeit, daß es wieder so wird, wie es sein soll. Schreibe mir auch, ob die behandelnden Ärzte verläßlich gut sind, denn sonst müsste unser Kind hierher, sobald nur möglich.

Margret wird es aus mehr als einem Grund recht gewesen sein, am 22. April 1942 schreiben zu können:

Es geht ihr jetzt besser, der Arzt sagt, man kann hoffen, daß sie ihre volle Sehkraft wieder erhält. Sie bekommt Vitamine Lorenzini u. Betasin u. ein Kalkpräparat. Sie sieht blühend aus u. die Faulenzerei bekommt ihr gut. Sei also ohne Sorge u. glaube nicht, dass ich mich um das liebe Kind nicht kümmere.

Natürlich war sie froh darüber, dass es ihrem Kind besser ging, aber wegen der ärztlichen Betreuung beschleunigt nach München zu müssen, das sollte vorerst auch einmal wegfallen.

Und der Krieg? Seine Auswirkungen auf das zivile Leben? Da setzt Franz auf Beruhigung, damit Gretl nur ja keine Gründe für weitere Verzögerungen findet.

Am 30. 3.1942:

Vom vorigen Jahr habe ich die Aufnahmen, wie Annemie und Lise den Osterhasen suchen und wie sie ihn finden. Heuer wird er mager sein und die Freude der Kinder auch. Doch es ist nicht schwer, sich darüber hinweg zu trösten, denn wichtig ist ja, daß sie alle Tage genug essen können, damit sie wachsen und in ihrer Entwicklung nicht zurückbleiben. Und darüber brauchen wir keine Sorge zu haben. Wenn auch ab der nächsten Zuteilungsperiode eine geringfügige Schmälerung eintritt, so ist es doch noch genug in der Menge und im Nährwert. Du brauchst Dich also in keiner Weise zu sorgen. Und dann wird es ja sicherlich nicht mehr lange hingehen, bis der Kampf zu Ende ist, denn ich meine, daß den Feinden eher der Atem ausgeht, als wir heute vielleicht ahnen.

Wir sehen da wohl eine Diskrepanz zur begeisterten Schilderung der Lebensmittelversorgung im Brief von Franz am 8. März

1941 (das war ein Jahr zuvor), aber wie klein diese Diskrepanz sich doch bei ihm ausnimmt!

Vor Jahresfrist konnte er noch schreiben:

Von einer Teuerung ist hier gar keine Rede, da gibt es eben keine Bereicherung auf Kosten der Volksgenossen. Das Kilo Brot kostet 0,38 RM, Butter 3,20, Fleisch 2,- bis 2,60, Kartoffeln 0,10 usw. Noch nie ist fürs deutsche Volk in einer derartig mustergültigen Weise gesorgt worden.

Jetzt muss er eine Schmälerung der Zuteilung einräumen. Aber: Für ihn ist sie nur *geringfügig*. Aus objektiven Quellen wissen wir, dass Ende März 1942 eine Herabsetzung der Zuteilungen um 20 bis 25 Prozent dekretiert wurde, was doch keineswegs geringfügig ist. Es führte sogar dazu, dass die Beobachter des Sicherheitsdienstes in ihren geheimen Berichten an die Reichsleitung große Enttäuschung und Beunruhigung in der Bevölkerung konstatieren mussten.

Um Gretl ja auf dem richtigen Gleis zu halten, setzt Franz wieder einmal ein hoffnungsfrohes Signal: das Kriegsende. Aber wie vage muss er sich auch diesmal ausdrücken! Eher, als wir heute vielleicht ahnen, geht den Feinden der Atem aus.

Zehn Tage davor, am 20. März 1942, hatte es schon geheißen:

Die Vorhänge sind samt und sonders nicht zu gebrauchen, weil sie zu schmal und zu kurz sind. Ich habe mit Frau Schmidt alles genau ausgemessen und ausgetüftelt und bin gestern um einen Bezugsschein eingekommen. Leider bekomme ich keinen Store. Aber bis zum Kriegsende geht's auch mit Scheibengardinen.

Was wohl Gretl von diesen Prognosen zum Kriegsende hält? Sie könnte sie als unrealistisch abtun, aber wir finden nichts dergleichen. Auch die Furcht vor Kriegseinwirkungen führt sie nie ins Feld, nicht einmal in der ersten Hälfte zweiundvierzig, da doch der Krieg schon fatale Fortschritte macht und sich die Auswanderungsschlinge immer enger um ihren Hals zuzieht. Eher mochte sie sich erwarten, dass ein gutes finanzielles Argument noch etwas bewirke.

Am 22. April 1942:

Wenn ich im Sommer wirklich gehen muss, dann bekomme ich ab Juni keinen Knopf Gehalt mehr, denn die Ferien werden nur bezahlt, wenn ich wieder anfange.

Ein Hinweis, mit dem sie nichts ausrichtet, denn Franz ist mittlerweile sehr wohl in der Lage, genügend Geld zu überweisen.

Worauf ließe sich denn eine allerletzte Frontlinie aufbauen? Ein Vorgang bietet sich da an, den Gretl glaubt, kräftig dynamisieren zu können. Eine Kellereigenossenschaft hatte den Anwalt Franz vor Jahr und Tag mit der Eintreibung von Außenständen beauftragt. Seine Bemühungen, Klagen vor dem Prätor eingeschlossen, müssen weitgehend erfolglos gewesen sein, hauptsächlich wohl wegen der Zahlungsunfähigkeit der Herangezogenen. Nun, da sich die Bonität der Schuldner vielleicht verbessert hat, will ihnen die Genossenschaft erneut auf den Leib rücken. Aber wo sind die Akten? Da der Anwalt abgewandert ist, wendet sich der Vorstand der Genossenschaft, ein Herr v. W., an die Ehefrau. Weiß sie, wo die Akten sind? Natürlich weiß sie es nicht. Also alarmiert sie den Gatten. Und der kann es leider so genau nicht sagen.

Am 18. April 1942:
Ich habe dem Vorstand v. W. geschrieben, daß sie bei Dr. Perathoner sind. Dir habe ich neulich von einem Sammelakt geschrieben. Telefoniere vielleicht doch Perathoner, er möge in diesem Sammelakt nachsehen lassen. Sie müssen doch gefunden werden, damit diese arme Seele von einem W. ihre Ruhe bekommt.

Sie werden offenbar nicht gefunden, und die arme Seele findet ihre Ruhe keineswegs. Im Gegenteil, sie scheint recht böse zu werden. Ein entsprechender Brief muss an das hilflose Gespann Gretl–Perathoner gegangen sein, worauf sich nun die *liebste Mammi* ihrerseits mächtig in Fahrt versetzt gibt:

Am 16. Juni 1942:
Lieber Vater! Beigeschlossen übersende ich Dir den inhaltsschweren Brief. Es erübrigt sich, davon zu sprechen, wie er auf mich gewirkt hat. Dr. Perathoner hat es abgelehnt, ihn Dir zu schicken; er, sowie auch ich wissen in der Angelegenheit gar nichts. Gestern erfuhr ich, dass eine außerordentliche Sitzung der Genossenschaft stattfinden wird, und zwar sehr wahrscheinlich in dieser Sache. Ich wollte persönlich mit v. W. sprechen, doch habe ich mir das anders überlegt. Es hätte zu sehr einem Bittgang gleichgesehen. Es ist Deine Pflicht, Dich raschestens zu rechtfertigen u. aus der Sache keine lange Wurst zu drehen, denn bevor nicht alles klipp und klar und bei Heller und Pfennig geregelt ist, darf ich nicht abwandern. Ich kann meine Stelle

beim Schulamt nicht niederlegen, bevor meine und der Kinder Zu-
kunft nicht sichergestellt ist. Bedenke, daß Dir die Angelegenheit
Deine Stelle kosten kann, wenn Du Dich nicht vollständig rechtfer-
tigen kannst.

Huh! Stelle kosten. Hat die arme Seele etwa angekündigt, den *Führer* zu
benachrichtigen?

Nun warte ich auf Antwort. Schreibe klar und ohne Umschweife, daß
ich auf jeden Fall weiß, wie ich daran bin.

Da muss Franz aber in die Knie gegangen sein! Oder? Nein, keineswegs!
Er wird rabiat, so rabiat wie noch nie!

Am 23. Juni 1942:
Liebe Gretl! Deinen Eilbrief habe ich gestern erhalten. Es ist der lieb-
loseste Brief und zugleich der dümmste, den Du mir in bald zwanzig
Jahren je geschrieben hast … Jetzt, da Du die Sache vollständig ver-
fahren hast, weißt Du nicht mehr weiter und kommst mit Vorwürfen
über mich her, die vollständig unbegründet sind. Da hätte es noch ge-
fehlt, den W. zu sprechen. Was Du von Generalversammlung sprichst
ist doch reiner Unsinn! …

Hoho, Gretl, da bekommst du aber starken Tobak zurück. Und jetzt geht
es erst richtig los:
Aus Deinem Brief jedoch nehme ich noch etwas anderes heraus. Es
ist gut, dass es einmal, wenn auch erst in letzter Stunde, auf des Mes-
sers Schneide gebracht werde. Du faselst in Deinem Geschreibsel von
einer Erlaubnis zur Abwanderung und Niederlegung der Stelle beim
Schulamt. Ich erblicke darin mit gutem Recht einen so und so vielten
Versuch Deinerseits, wieder auszukneifen. Wenn dem so ist, sage ich
Dir nur das Eine: Tue meinetwegen schon, was Du willst.
Du weißt, wie ich mich seit bald zwei Jahren auf den Tag freue … Auf
Deiner Seite hingegen war es ein unablässiges Suchen nach irgendei-
ner Gelegenheit, Dein Kommen zu verzögern. Eines muss einmal ge-
geben sein: Entweder siegt die Liebe oder sie unterliegt. Du hast mich
während meines Urlaubs vor eine erschreckende Tatsache gestellt:
Dass Du, die Mutter, deren größter Schmerz des Lebens es war, nie
eine Mutter gehabt und gekannt zu haben, schon bereit warst, Deinen
eigenen Kindern die Mutter für ihr Leben lang zu nehmen. Es vergeht

kaum ein Tag, an dem ich mir nicht die Frage über den tieferen Grund dieses Deines bereits gereiften Entschlusses vorlege. Ich finde als Antwort immer nur eine und dieselbe, ich sage es ganz offen heraus: Es muss ein dritter Mensch zwischen Dich und mich getreten sein. Man gibt doch das, was einem das Teuerste auf Erden ist, nicht einfach kampflos auf, es sei denn man hat nicht die Kraft durch den Druck der eigenen Schuld … Wenn dem nicht so ist, dann erkläre mir Dein Verhalten. Das aber, was Du mir weinend gesagt hast, mag mir nicht genügend erscheinen … Herzliche Grüße, noch immer Dein Franz.

Kaum zu überbieten, diese Vorwürfe. Warum aber nehmen wir sie nicht so ernst wie es wohl angemessen erschiene? Weil wir schon wissen, was Franz seiner *liebsten Mammi* zwei Wochen später auf ihren Brief vom 1. Juli 1942, den wir wieder nicht haben, geantwortet hat:

Ich danke Dir für Deine Mitteilung, dass Du Mitte August nun wirklich kommst. Ich darf Dir wohl sagen, daß Du mir damit eine Freude gemacht hast, die Du vielleicht gar nicht ermessen kannst. Ich bin froh, daß meine Vermutungen falsch sind. Sieh sie mir nach.

So. Einfach so: Ich bin froh, daß meine Vermutungen falsch sind, sieh sie mir nach.

So leicht kann er seine Mutmaßungen, die doch etwas Monströses hatten, zur Registratur verfügen. Sehr überzeugend also muss Gretl sie widerlegt haben. Oder ist es die Freude über ihre Zusage, schon in ein paar Wochen wirklich und wahrhaftig zu kommen, die alles andere überdeckt?

Ich denke nun, dass es besser ist, wenn wir den Kriegspfad verlassen und einem friedlichen Gedankenaustausch den Vorzug geben. Die Unklarheiten, die noch bestehen, verschieben wir lieber auf die mündliche Erörterung, wenn es schon sein muss, dass wir uns noch etwas an den Kopf werfen müssen. Ich meinerseits verzichte heute schon darauf.

Auch in der Frage der unauffindbaren Genossenschaftsakten ist die Schärfe gewichen:

Ich weiß nun nicht, welche Akten Du gefunden hast und übergeben konntest. Wenn es das ist, was gesucht worden ist, dann ist es ja recht.

Nein, der Franz ist kein nachtragender Dickschädel. Man sehe sich das noch an:

*Sicherlich wird auch zwischen uns alles wieder gut. Ich habe nur so
gelitten darunter, daß Du kein Vertrauen mehr zu mir hattest. Habe es
bitte in Zukunft wieder. Du wirst ja selbst feststellen können, dass ich
es nicht mehr mißbrauche. Ich weiß auch und verstehe es, daß Du die
Heimat lässt. Ich weiß aber auch, daß ich die Aufgabe habe, Dir eine
zweite Heimat zu geben. Ich werde nichts unterlassen, sie Dir so zu
gestalten, dass Du das Gefühl hast, nicht allein zu sein.*

Mehr kann niemand verlangen, auch nicht du, liebe Gretl. Mit so einem
Mann musst du einfach zufrieden sein. Andere schlecken sich da alle Finger ab. Schluck die Kröte also endlich hinunter! Sind es nicht dieselben
Sterne, die hier wie dort auf dich herunterscheinen? Du siehst, wir sind
geneigt, uns auf die Seite von Franz zu begeben. Liegt es nur daran, dass
uns Deine Briefe fehlen?

Jedenfalls könntest du jetzt endlich den Zug besteigen, mitsamt deinen
Frätzchen. Aber was müssen wir im letzten Moment noch erfahren, und
zwar im Spiegel des letzten Briefs, den der Franz dir am 7. August 1942
schreibt?

*Natürlich bin ich über Deinen Entschluss, unseren lieben Buben dort
zu belassen, sehr betrübt. Ich will nun Deine Entscheidung nicht umstoßen, bitte Dich aber, doch folgendes zu beherzigen ...* [Es folgen
breite Ausführungen zur schulischen Benachteiligung des Buben, wenn
er im Dörfchen Penon bliebe.] *Du schreibst dann, dass Georg krank
würde vor Heimweh. Ja Mammele, glaubst Du nicht, dass er sich am
besten bei seinen Eltern und Schwesterlein fühlen wird? Seine Heimat
ist doch die der Seinen. Weißt Du, ich habe die Überzeugung, daß er
auch Dir so abgehen würde, daß Du ihn doch nachkommen ließest ...
Nun begrüße ich Dich allerherzlichst mit vielen Bussi für Dich und
unsere lieben Kinderchen. O bitte, bring Georgele auch mit!«*

Ja *Ostia Madonna*, wollte Gretl tatsächlich ihren Buben, ihren Jüngsten
zurücklassen? Und muss der auf seine alten Tage erfahren, dass er um
Haaresbreite einem Leben als Kleinbauer entgangen ist, statt sich mit
guten Bildungsvoraussetzungen eine bürgerliche, wohlgeordnete Existenz aufbauen zu können? Oder? Man weiß nicht, was besser gewesen
wäre? Also, auf so etwas lassen wir uns nicht ein. Aber wir wundern
uns über die Milde, die Franz hier an den Tag legt. Seinen *Mann* will sie
drinnen lassen, und er donnert kein Machtwort dazu! In dieser funda-
mentalen Frage! Wo doch das Bürgerliche Gesetzbuch, sicherlich auch
der *Codice Civile* damals das letzte Wort beim Familienoberhaupt be-

lassen hat. Nein, er *will die Entscheidung nicht umstoßen*, verlegt sich auf's Betteln.

Was wird in der krisengeschüttelten Gretl damals vorgegangen sein? Der Tota das Kind nach fast zwei Jahren wieder wegzunehmen, gewiss, das wäre eine Härte gewesen. Und es hat doch die gute Frau immer darauf hingearbeitet, den Buben behalten zu können. Was wird sie zuletzt für eine Trumpfkarte ausgespielt haben? Die Heimat natürlich! Wenigstens einer soll sie nicht verlieren. So hast du immer einen Fuß in der Tür, Gretl. Und er bekommt das Höfl. Wird stets zu essen haben, während ihr draußen im Krieg immer schmaler abbeißen werdet. Vielleicht wird er es sein, der euch noch über Wasser hält, eines Tages.

Aber: Dem Vater das Kind vorenthalten, ist das keine Härte? Den *Schwesterlein*? Gut, die hätten es vielleicht verkraftet. Aber sich selbst, der Mutter? *Schließlich mußt Du auch in Betracht ziehen, dass uns der Bub ja ganz fremd wird. Seine Erinnerung an die Jugend soll ja schließlich unzertrennlich vom Gedanken an seine Eltern sein.*

Vielleicht haben die bittenden Argumente des Franz bei der Gretl mehr ausgerichtet, als es ein Machtwort hätte. Das Georgele kam mit. Ohne von dem Gezerre etwas mitbekommen zu haben, übrigens. Das hätte ja noch gefehlt, dass man ihn gar gefragt hätte, wohin er *optieren* wolle.

Es ist wahrlich ein Abschlussbrief, den Franz am 7. August 1942 schreibt: *Daß nun bei der Deutschen Abwicklungs- und Treuhand alles beiläufig in Ordnung ist, ist mir sehr recht. Ich danke Dir für Deine Bemühungen.*

Und noch etwas:
Föckerers? Du hast ganz richtig geschlossen aus meinem diesbezüglichen Schweigen. Das Mädchen ist einfach zu anspruchsvoll gewesen. Ich hätte mich ihr und ihrer Mutter dauernd widmen sollen. Ein Tag in der Woche war ihr zu wenig und mir war der oft schon zu viel. Nun, das andere mündlich. Es ist ja anderen auch nicht anders gegangen. Sie steht scheints ziemlich allein da, sie fängt an zu altelen. Mir war wichtig, viel Zeit für die viele Arbeit für mich zu haben: Amt, Malen, Übersetzerarbeiten ... Auf frohes Wiedersehen, Dein Tati.

Bolschewisten!

E inmal, ein einziges Mal mag sich Gretl die Prophezeiung ihres Mannes zu eigen gemacht haben:

»Der Franz schreibt, der Krieg ist bald zu Ende. Wenn es so weit ist, komme ich zurück nach Penon, jeden Sommer, wie eh und je, und das *Biabl* bring ich mit.« Die Tota reibt sich die Augen. Sie nimmt ihn ihr also doch weg. Die Enttäuschung greift ihr an die Kehle. Sie schüttelt nur den Kopf, was soll sie sagen?

»Der Franz, wo er recht hat, hat er recht. Das Kind gehört in die Familie, solang es sie gibt. Ich hätt' es dir ersparen sollen.«

Also werden die Sachen gepackt. Alle Sachen. Georg freut sich, dass es heute noch abgeht, hinunter zur Bahn, mit der Mama und dem Onkel Karl, der mitgekommen ist, um zu helfen, und der jetzt schweigend und schwitzend vor seinem Rotwein sitzt. Der Metallbaukasten muss mit, in einem Stoffbeutel allerdings, weil die Schachtel zu sperrig wäre. Die Schulsachen! Haben sie draußen auch Schiefertafeln? Das neue Kommunionanzügl.

Die Gemütsbewegungen der Erwachsenen macht Georg nicht mit. Er glaubt, Hansl könne doch unmöglich ernsthaft flennen, er macht sich lustig. Darauf wird der Bauer sachlicher und stellt dem Kind in Aussicht, dass es *draußen* viel *ins Kino* gehen werde. Was ist das? Tota kocht noch ordentlich, der Bub bekommt sogar ein *Schmarrele*. Die beiden, die beinahe seine neuen Eltern geworden wären, gehen mit, bis Kurtatsch hinunter. Von da ab hat Karl ein Fuhrwerk besorgt. Jetzt heißt es wirklich Abschied nehmen, und das geht wahrlich nicht ohne Tränen, bei der Gretl schon gar nicht. Pepi übrigens war mit seiner Schwester Rosa an der Kegelbahn gestanden, um den Auswanderern alles Gute zu wünschen.

Pater Gaudenz Vigilius Konzi zu Weihnachten 1965 (zwanzig Jahre nach Kriegsende!) an Franz und seine Familie:
Dir und Deiner Frau gesegnete Weihnachten und alles Gute für das Neue Jahr. So Gott will, verläuft es gesund [Gott will nicht, Franz stirbt in diesem Jahr. Gretl wird ihn um 17 Jahre überleben]. *Dass mein Neffe*

so jung und schnell sterben musste, ist Dir ja bekannt. Ein schwerer Schlag für mein Heimatshaus. Was dort weiter geschieht, weiß man nicht. Schade um den lieben Pepi. Es grüßt herzlich P. Gaudenz [der am 12. Januar 1973 »ruhig und frohen Mutes im Alter von 90 Jahren« sterben wird].

Tante Rosa liegt schon, als sie in Gries ankommen. Sie nimmt Georg der Einfachheit halber gleich zu sich ins Bett, nicht ohne ihn vorher gesäubert zu haben. Eine neue Erfahrung, die Dusche, neu aber auch, den heißen Körper der Frau zu spüren.

Und am hochsommerlichen Morgen des 20. August 1942 kämpft sich die verstörte Margret mit ihren drei Kindern in ein Zugabteil. Der Bruder und die Schwägerin helfen, es gibt ja so viel Gepäck, wenn auch einige Kisten schon vor Tagen aufgegeben worden sind.

Franz hat am 6. Juni 1942 noch einen Wunschzettel verfasst:

Marmelade oder Obst, das dazu verarbeitet werden kann, den Kindern zur Freude. Suppenwürze in Würfeln und Wurstform (Einlagen für Suppen, es gibt dort sehr gute Sachen). Polentamehl, Zwiebel, Knoblauch, Gemüsekonserven, Tomatenpasta, Parmesankäse, Fisolen, Pfeffer, Honig für Kinder. Bodenwachs oder Bienenwachs und Terpentinöl, Sohlenleder. Speck.

Für so viele Viktualien also kann der stolze *Reichsnährstand* schon nicht mehr sorgen? Oder ist es das Heimweh, das wir der Liste entnehmen müssen? *Polentamehl, Fisolen.* Beim *Sohlenleder* sehen wir klar: Das deutsche Leder ist ganz und gar in Anspruch genommen für die Millionen Knobelbecher der tapferen Soldaten. Zuletzt aber ist da ein Wunsch von Franz, der sich als nicht erfüllbar erweist, da nützt auch ein Reim nichts:

Ein Fäßchen Wein (0,50 hl?), Du wirst sehr froh darum sein.

Unerbittlich stehen die Ausfuhrbestimmungen des Brudervolkes entgegen.

Rosl fährt mit, sie ist es, die die Aktion weltgewandt und umsichtig leitet. Georg beobachtet, wie sie dem alten Gepäckträger Geld in die Hand drückt, mit verschwörerischer Miene, *schau, wie großzügig ich bin,* wie der Mann aber nüchtern zählt und etwas nachverlangt. Wie kann er so undankbar sein?

Die Kinder sind seit Langem nicht zusammen gewesen. Die beiden Jüngeren werden nicht satt, vom Gang aus hinauszuschauen und Wetten abzuschließen, wann es nach einem Tunnel wieder hell wird. Annemie wäre in Hochstimmung, weil die Macht der Tante zu Ende geht, aber was ist nur los mit der Mama, die die Macht übernehmen sollte? Sie weint und weint, sie ist kaum ansprechbar. Gelegentlich versucht Rosl, sie an ihre Pflichten als Mutter zu erinnern, umsonst.

In Innsbruck etwas Aufregendes: die medizinische Untersuchung. Nur gesundes Blut darf ins Großdeutsche Reich. Den kleinen Georg will Margret nicht zu den Männern lassen, da wäre er verloren. So kommt er, den niemand weiter beachtet, zu unerwarteten Anblicken: nackte Frauen, die vor dem Röntgengerät anstehen, nein so etwas. Er schaut da schon hin, das interessiert ihn, und einige Zeit wird es dauern, bis ihm die Idee kommt, es könnte diese Neugier Sünde sein.

Weil Franz vorgesorgt hat, darf die Gruppe noch am selben Tag bis München weiterfahren, Gretl kann ja eine Wohnung im Reich nachweisen. Wie oft der Zug doch hält, Hall, Wattens, Terfens, wie sich das hinzieht und wie heiß es ist! Aber, meint Rosl, für eine echte Auswanderung sei die Reise doch recht kurz, da solle Gretl einmal an Amerika denken. Das hilft freilich ebenso wenig, ihre Stimmung aufzuhellen, wie der Gladiolenstrauß, den der glücklich strahlende Franz seiner Frau am Münchner Hauptbahnhof entgegenstreckt. Was sie damit solle, wo sie doch ohnehin so viel Zeug zu schleppen habe, mault sie, und die Blumen landen bei Lise. Franz aber lässt sich so schnell nicht kränken, er ist ganz auf Toleranz eingestellt, er muss und wird alles tun, ihr die Eingewöhnung zu erleichtern. Hauptsache, sie ist jetzt endlich da und die Sache ist unumkehrbar.

Franz am 30. März 1942:
Deine Tage werden nicht nur mit Arbeit, sondern auch mit viel Angenehmem ausgefüllt sein. Sicherlich wird es für Dich eine neue Welt, sie bringt Dir aber auch viel, das zu genießen Du keine Gelegenheit gehabt hast. Du wirst für Deinen regen Geist unendlich viele Anregungen haben, so daß Du den Schmerz der Trennung vom lieben Landl schon verwinden wirst.

Bei den Kindern hat es Franz leichter. Annemie zeigt ihm ihre Zuneigung spontan, sie erwartet ein neues Leben in seinem Schutz; ist sie nicht sein Liebling, seine Erstgeborene? Der Lise tätschelt er die Wangen, fragt nach ihren Augen, den *Mann* nimmt er gar auf den Arm, setzt ihn aber dann gleich wieder ab. Franz ist gesund, aber kein trainierter Gewichtheber.

Weit ist es nicht zur Wohnung. Aber das viele Gepäck! Taxis gibt es nicht mehr, alles ist requiriert, die Fahrer sitzen jetzt auf ganz anderen

Fahrzeugen. Also halt doch die Straßenbahn, Linie 17. Rosl überwacht die Vollzähligkeit der Stücke und Gretl muss auch etwas tun, auf die Kinder achten beispielsweise, ja, auch irgendwie auf ihren Mann eingehen. Das lenkt sie ab von ihrem Elend und eine Zeit lang kommt sie nicht zum Weinen. Im Treppenhaus nutzt sie die Sitzbänkchen und findet dabei sogar lobende Worte.

Dann die Führung durch die Wohnung. Franz beginnt im Schlafzimmer, in dem die Abendsonne ein Bild bescheint, das ihn die letzten Monate intensiv beschäftigt hat. Ein Porträt der Mutter seiner Frau, seiner wirklichen Schwiegermutter, die er wegen ihres Frühtods im Kindbett mit der Gretl nur von einer Fotografie kennt.

Franz am 4. Mai 1942:
Das Schlafzimmer wird in dieser Woche fertig. Ein Teil der Bilder hängt schon, darunter eine sicherlich sehr große Überraschung, ganz besonders für Dich.

Charmant lächelnd blickt eine blutjunge blonde Frau im hochgeschlossenen Rüschenkleid aus dem Rahmen. Davor steht nun Gretl und gleich hat sie wieder den Kampf mit den Tränen. Ja, sie ist in Trauer geboren wie weiland Tristan, und da war kürzlich der Vorwurf ihres Manns, sie würde ihre Kinder aufgeben, sie, die nie eine Mutter hatte …

Franz, der sich eine andere Reaktion erwartet hat, findet wenigstens in der Schwägerin eine Bundesgenossin. Sie lobt das Bild, das ja auch *ihre* wirkliche Schwiegermutter darstellt. Allmählich kommt Gretl zur Besinnung und zur Anerkennung, und ein Übriges tun die Jubelschreie der Kinder, die sich nicht an die Führungslinie halten, sondern auf eigene Faust durch die Räume ziehen. Franz nimmt ihnen nichts übel, alles ist ihnen erlaubt, sogar ein lustiges Probeliegen in ihren Betten. Und du, liebe Gretl, sei jetzt einmal zufrieden, was ist das doch für eine Verbesserung, denkst du nur daran, wie zerrissen die Familie in den letzten zwei Jahren war! Du könntest ruhig ein Wort des Respekts für deinen Mann erübrigen, der sich mit der Einrichtung so angestrengt hat und der obendrein noch so ein prächtiges großes Führerbild in Pastellfarben gemalt hat, das nun die Südwand des großen Wohnzimmers ziert.

Franz hat eine ergiebige Kartoffelsuppe mit Würstchen vorbereitet, man soll sehen, dass das Reich seine Leute ernährt. Natürlich kommt der Kalterer See, den Rosl mitgebracht hat, sehr zupass. Dann gibt es noch einen knackigen Salat. Und mittendrin erschallt – nein, keine Alarmsirene – die Wohnungsklingel, und in der Tür steht die Nachbarin, die mächtige Frau

Dedel, mit Blumen, die sie der neuen Hausfrau überreicht, um nach kurzer Musterung der Kinder mit Entschiedenheit wieder zu verschwinden.

Aus Franz' Wunschzettel vom 6. Juni 1942:
Eine Handtasche, bunt, aus Binsen geflochten, für Frau Dedel, gute und entgegenkommende Nachbarin im Hause, die Dir in vielen Dingen gute Ratschläge erteilen kann. Alter 58. Keine Ratsch. Sei so lieb, sie hat mich sehr darum gebeten.

Gerade noch kann die gerührte Gretl berichten, dass die bunte Basttasche für die Tochter in einer der Kisten liege, die noch zu kommen haben. Gretls ungewohnte Sprache, doch, doch, die kann die Frau Dedel schon verstehen.

Das Klingeln der Straßenbahnen, ihr heulendes Anfahren, das Röhren der Dreiradler, das Raunzen der Elektrolastwagen, gelegentliches Pferdegetrappel, das kämpft morgens mit Georgs Schlaf, bis er ganz wach ist. Er will gleich sehen, was er hört, aber da ist die Verdunkelung, die gilt es erst zu überwinden. Er schiebt die schwarze Papierrolle in die Höhe, aber sie fällt zurück. Er zieht an der Schnur, die seitlich herabhängt, es hebt sich, wenn auch schief, und er kann ans Fenster. Er sieht eine lange Kolonne von großen zweirädrigen Karren, jeder von einem Pferd gezogen und von einem Mann kutschiert. Was tun die? Die Linie 17 kurvt über den Platz. Drüben fahren kleine Lastwagen durch Toreinfahrten, hinein und heraus. Ist es möglich? Die haben ja vorne nur ein einziges Rad! Und siehe da, nein, nicht zu glauben, jetzt ist so ein Ding tatsächlich umgefallen, mit Krach, ist auf die Seite gekippt, mitten in der Kurve. Ein Mann klettert heraus und schüttelt die Faust, ein anderer Dreiradler bleibt stehen, und die beiden Männer stellen das Fahrzeug wieder auf die drei Räder, laden dann die mächtigen Schweinehälften wieder auf, die herausgefallen waren.

»Ja Georgele, was machst du am Fenster, wirst dich noch erkälten!« Franz umarmt seinen Sohn und schiebt ihn zurück ins Bett. Ja, da drüben sei der Schlachthof, da sei viel los, die Metzger von ganz München bezögen da ihr Fleisch. Er zeigt Georg, wie man die Verdunkelung hochzieht, ohne sie zu beschädigen, dann schaut der Vater zu den *Maidlein* hinein, die sich aber noch nicht rühren.

»Da ist noch ein großes Schlafen«, sagt er gedehnt. Was ist er glücklich, alle seine lieben Kinderchen jetzt bei sich zu haben. Er geht mit dem *Mann* ins Bad und hilft ihm beim Waschen, gibt ihm eine Zahnbürste, so etwas kennt Georg noch gar nicht.

Am 4. Mai 1942:
Das Bad ist auch fix und fertig und recht schön. Ich habe die Ofenrohre und den Boden streichen lassen. Jetzt ist es blitzblank.

Aber was ist das, was ist denn in den Tüten, die da an der Wand stehen? Ist das etwas zum Essen? Nein, keineswegs, da ist Sand drin, den muss man in jeder Wohnung haben. Da, kannst du das lesen in der Fraktur-schrift? *Löschsand für Luftschutz.* Wenn also die bösen Feinde kommen, die Engländer mit ihren Fliegern, und Brandbomben werfen, dann löscht man den Brand mit diesem Sand. Georg schaut nach oben und schüttelt das Fäustchen: »Denen werd ich helfen!«

Margret erscheint nicht zum Frühstück, sie ist noch »zu müde«, aber das beschäftigt die Kinder nicht weiter, die Tante Rosa ist ja bei ihr. Begehr-lichkeit weckt ein Glas mit einer goldgelben Flüssigkeit, die man auf das Schwarzbrot verteilen kann, wo sie aber versinkt, soweit sie nicht seitlich herunterrinnt. Kunsthonig nennt das der Tata. Er schmeckt recht süß, hält aber den Vergleich mit dem Honig, den Tota hatte, nicht aus, lässt Georg sinngemäß vernehmen. Dass er ihn stehlen musste, braucht er ja nicht zu sagen. Das Kakaogetränk ist nicht so gut wie das beim Ganzner, konstatiert Lise, worauf Franz erwidern muss, dass es sich dort wohl um volle, hier aber um magere Milch handle. Nur Annemie kritisiert nicht, sie spürt, dass sie die dünnere Kost für das hoffnungsvolle neue Leben in Kauf nehmen muss.

Der Küchenbalkon bietet imposante Ausblicke, so hoch wie er hängt. Ein kleiner Kastanienwald ist da unten, ein Biergarten, und die gewalti-gen Rundkamine mit ihren Windklappen stehen da hinten. Sie gehören zur Brauerei, in der Herr Dedel Direktor ist. Auf dem Balkon nebenan holt ein Mann ein großes Stück Eis aus einem Sack und versenkt es in einen finsteren Kasten. Ah, ein Eisschrank, und nur die Dedels haben so etwas. Wie angenehm muss das sein, jetzt in den heißen Tagen.

Tata hat Urlaub. Am 4. Mai 1942 schrieb er:
Ich spare eigens den Urlaub für Euer Kommen auf. Wenigstens vier-zehn Tage werden es sein.

Er will den Kindern die Stadt zeigen, am besten mit der Straßenbahnli-nie 12, die vor dem Haus wegfährt, aber auch dahin wieder zurückkommt, wenn man nur lange genug sitzen bleibt. Ein begeisternder Programm-punkt, auf den sich alle drei freuen, aber da ist Rosa, die behauptet, Hilfe zu brauchen, sie könne die Hausarbeit nicht allein bewältigen, Gretl sei doch in ihrer Lethargie nicht zu gebrauchen, also müsse die Annemie dableiben. Das Mädchen weint bitterlich, hält die Macht der Tante denn immer noch an? Franz setzt sich für seine Älteste ein, man hört ihn mit seiner Frau im Schlafzimmer reden, ziemlich laut sogar, aber zuletzt gibt er doch nach. Es sei nur eine Ausnahme, bis die Mama sich erholt habe. Tränen, Tränen.

Dann also ohne die Schwester. Schau, die junge Schaffnerin mit ihren roten Lippen, sogar Tata interessiert sich für sie. Sie muss nicht nur Fahrscheine verkaufen mit ihren Sprüchen (»Wer noch ohne? Wer noch zugestiegen?«), sondern vor jeder Abfahrt an einer Klingelleine reißen. Zehn Pfennig kostet die Fahrt pro Kind, zwanzig für einen Erwachsenen. Tata hält nach dem Zahlen inne und verteilt an jedes eine Reichsmark. »Eisern einteilen!«, befiehlt er. Draußen ist nicht viel zu sehen, weil die Fenster blau verdunkelt sind, außerdem ähneln sich die Häuser in den durchfahrenen Straßen doch sehr. Franz aber wird nicht müde, die Größe der Stadt herauszuheben, es sei nur ein Bruchteil, den man jetzt erlebe. Man solle das einmal mit Bozen vergleichen! Am Sendlinger-Tor-Platz unterbrechen sie die Fahrt, gehen durch die Sendlinger Straße – hier oben wohnt Frau Waldecker! –, betrachten den Marienplatz mit dem haken-kreuzgeschmückten Rathaus, schön, schön, aber lieber Tati, könntest du uns nicht ein paar Schulhefte kaufen und so einen Radiergummi, wie in diesem Schaufenster zu sehen? Nur mit Bezugsschein, den aber hat er jetzt nicht. Dann weiter mit der Linie 12, die zuletzt auch einen langen Berg herunterzufahren hat, vorbei an einem riesigen nackten Mann aus Stein, ein Denkmal für irgendwas, weiß nicht, was Tata da erklärt, es ist ganz neu, dann über die Isar. Frischer ist die Luft ja, wenn man sich auf der Plattform aufhält, weil einen nur ein Gitter, das zum Ein- und Aussteigen hochgeklappt wird, von draußen trennt. Für junge Burschen scheint es ein Vergnügen, neben der Tram herzulaufen, wenn sie schon losgefahren ist, auf das Trittbrett aufzuspringen und dort auch noch ste-hen zu bleiben, wenn der Wagen gar nicht voll ist. »Mach das ja nie!«, mahnt Franz Georg. Für Lise kommt so etwas eh nicht in Betracht. Erst recht nicht, wenn man statt solider Schuhe das anhat, was man bei vie-len Kindern sehen kann: *Holzklapperl*, Sandalen mit einer Holzsohle, die mitunter sogar mehrteilig, also flexibel ist. Franz verspricht den Kindern auch solches Schuhwerk, die Bezugsscheine dafür hat er schon. »Das ist übrigens unsere Pfarrkirche, das sind die Kapuzoggler.« Als sie wieder am Kapuzinerplatz angekommen sind, will er wissen, in welchem der Häuser ihre Wohnung ist. Das ist gar nicht so leicht – ah, das mit der goldenen Bischofsmütze im dritten Stock!

»Und wer sind die vielen Leute, die durch das Tor ins Haus hineingehen? Da sind ja Soldaten mit Gewehren dabei!«

»Das sind ... Gefangene, Ukrainer, Bolschewisten. Die werden zur Arbeit eingesetzt. Und da drin bekommen sie etwas zu essen. Ihr dürft nie mit solchen Leuten reden ... verstehen euch ja eh nicht. Wir gehen jetzt hinauf.«

Bolschewisten? So zerlumpt sehen also Bolschewisten aus. Die Mama steht mit der Rosl in der Küche, im Dirndl und mit rot geweinten Augen. Sie kochen Speckknödel, Speck haben sie ja mitgebracht, und das Knödelbrot haben sie beim Bäcker in der Tumblinger Straße gekauft. Die Lebensmittelkarten haben sie in der Schublade gefunden. Aber es ist kein Weißbrot, es sind alte Roggensemmeln, die er ihnen aufgeschnitten hat. »Negerkugeln« wird Georg die Knödel nennen.

Die Kinder haben ihre Schulsachen ins Wohnzimmer gebracht, wo Tata sie begutachten will. In zwei Wochen sind die Ferien zu Ende. Lise und Georg sind schon eingeschrieben, in die vierte und zweite Klasse der Volksschule. Bei der Annemie ist es noch ungewiss, ob sie schon in die Oberschule kommt, sie muss davor eine Prüfung bestehen. Plötzlich schaut Franz auf die Uhr und rennt zum Volksempfänger mit dem runden, stoffbespannten Loch in der Mitte.

»Nachrichten!«, ruft er.

»Mit dem Gongschlag zwölf Uhr«, kommt es aus dem Apparat. »Der großdeutsche Rundfunk bringt Nachrichten. Das Oberkommando der Wehrmacht gibt bekannt: Auf dem höchsten Berg des Kaukasus, dem Elbrus, weht seit heute Morgen die Reichskriegsflagge. Unsere Gebirgsjägereinheiten haben trotz starker Schneefälle den hartnäckigen Widerstand der Bolschewisten ...«

»Oh, das ist schön!«, ruft Franz und denkt an seinen früheren Mitarbeiter Weinzierl, der jetzt da unten seine Passion für die Berge ausleben darf.

»Die Bolschewisten«, sagt Georg zu seinen Schwestern und kommt sich dabei sehr wichtig vor, »die Bolschewisten!«

»Ruhe!«, ruft Franz.

»Das da unten auf dem Platz waren auch Bolschewisten«, raunt Georg.

»Red nicht immer so dummes Zeug!«, raunzt Lise, aber jetzt wird der Tata ordentlich böse: »Ruhe hab ich gsagt, kruzei zuzei!«

Georg hat so hart schon lange keiner mehr angefahren, er könnte jetzt beleidigt sein, und das wäre auch besser für ihn. Aber der Tata ist doch immer so lieb zu ihm. Flüsternd, nur flüsternd lacht der Bub, wiederholt: »Kruzei zuzei« und klopft dabei der Schwester viermal leicht aufs Knie, worauf sie hysterisch reagiert:

»Lass mich in Ruhe!« Als ob er ihr weiß der Himmel was angetragen hätte.

Und schon steht der liebe Tata vor seinem *Mann* und gibt ihm ein ordentliches Kopfstückl. »Hinaus!«, schreit er. Jetzt ist das Geflenne groß, wie kann er seinen lieben Sohn so behandeln! Er sucht Trost bei der Mama. Die ist beinahe amüsiert. »Habt ihr schon den ersten Krach? Ja, wenn der Vater Nachrichten hört, muss heilige Stille sein. Das wirst du noch lernen.«

»Aber du kannst den Tisch decken, im Wohnzimmer«, sagt Rosl, »da sind die Teller.«

Damit ist Georg legitimiert zurückzukommen. Er meidet den Kontakt mit dem Vater und Annemie hilft ihm. Margret regt ein Tischgebet an, Franz zeigt sich glücklich, dass sie zum ersten Mal zusammen zu Mittag essen im neuen Heim, er nickt auch dem Sohn versöhnlich zu. Rosl fordert nach einiger Zeit ein Lob ein, weil »ihre« Gitsch, die Annemie, doch die besten Tischmanieren habe, worauf sich Lise ziemlich anstrengt.

»Unser Bauernbiabl hat noch viel zu lernen«, meint Rosl. »Er schlürft wie ein Hündl, so wie sie halt in Penon unten essen.« Dann schwenkt sie ein in die Politik. »Wie steht's denn an der Ostfront, Franz?«

»Ja … Gut! Im Kaukasus ein großer Sieg.«

»Kaukasus? Das ist da unten am Schwarzen Meer, haben wir gelernt. Ist das noch Ostfront? Noch ein Knödel? So übel sind sie gar nicht, die Negerkugeln, gelt?« Sie nickt dem Georg verschwörerisch zu. Dann aber schweigt sie.

»Die deutsche Fahne weht auf dem höchsten Berg«, berichtet Georg.

»Redet nicht, wovon ihr nichts versteht«, sagt Franz unwillig. Er sieht seine Frau warnend an. Sie soll nicht wieder mit ihrer Leier von Mann und Ross und Wagen kommen. Aber Gretl ist nicht kampflustig, sie ist traurig, sie überlässt das Feld ihrer Schwägerin.

»Der Karl sagt, die Ostfront ist halt arg lang.«

»Freilich ist sie arg lang! Aber wir haben den Führer, den größten Feldherrn aller Zeiten, und wir haben Soldaten, die sind tapfer wie sonst keine, die Bolschewisten am allerwenigsten.

Franz am 1. Juli 1941 an die *liebste Mammi*:

Doppelten Einsatz sind wir ja ganz besonders jetzt schuldig, da unsere Soldaten ihr Höchstes in nie gewesener und erlebter Tapferkeit daransetzen, die bolschewistische Pest für alle Zeiten zu zerschlagen. Für den Führer und für das ganze Heer erbitten wir den Beistand des Herrn. Lange wird es ja nicht hingehen, dann wird der größte Sieg aller Zeiten auf unserer Seite sein.

»Bolschewisten«, flüstert Georg Lise wieder einmal zu.

»Freilich sind sie tapfer«, sagt Rosa, »aber Russland ist riesig und der Krieg zieht sich in die Länge. Du darfst mich nicht falsch verstehen, Franz, du Ostia, ich will keine Niederlage, aber ich bin in Sorge.«

»Bin auch in Sorge«, murmelt Franz. »Man darf deswegen aber nicht den Glauben verlieren. Auf den Endsieg kommt es an! Nehmt euch ein Beispiel am Kofler Willi.«

Am 18. April 1942 an die *liebste Mammi*:
Vor einigen Tagen hat mich Willi Kofler in der Wohnung besucht. Er ist hier im Lazarett. Es geht ihm gut, nur möchte er wieder einsatzfähig sein. Er ist ein Prachtsoldat. Er bekommt jetzt elektr. Massagen und die Finger fangen schon wieder an zu zappeln.

»Der ist schon wieder draußen im Feld. Er hätte kneifen können mit seiner Verwundung. Und ihr solltet einmal Leute reden hören, die schon an der Front waren.«

Am 27. September 1941 an die *liebste Mammi*:
Traudls Mutter ist doch zum Teil wieder ganz gut beisammen. Wir haben ihren 70. Geburtstag in Freuden gefeiert, die Feier hat bis vier Uhr früh gedauert. Es waren einige Herren dabei, die so unendlich interessant erzählt haben von Erlebnissen des Krieges und von der absoluten Sicherheit, dass der Sieg und zwar nur der vollständige Sieg für Deutschland sein wird.

»Was die Leute erzählen, die an der Front waren, wird nicht immer ganz einheitlich ausfallen«, sagt jetzt Gretl und fängt an, die Teller ineinanderzustellen. »Wie ich dich kenne, wirst du jetzt einen Kaffee wollen.«

»Das stimmt natürlich!«, ruft Franz erfreut und holt seine selbst fabrizierten Zigaretten heraus. »Hast du denn einen? Einen echten?«

»Von Frau Mayr, sie hat ihn mir extra für dich mitgegeben.«

»Die Gute. Dafür muss ich ihr aber danken. Jetzt wollen wir einmal sehen, was für eine Stütze wir an den Kindern haben. Annemiedele, du übernimmst das Kommando beim Abspülen. Ihr dürft dann auch einmal hinuntergehen und die Gegend erkunden.«

Von heute ab hat Georg eine feste Aufgabe als Geschirrtrockner.

Elterngabe

ie großen Schwestern nehmen ihn nicht immer ernst, er ist der *Buale*. Sie finden ihre Geheimsprache, aber er ahnt oft genug, was sie meinen. Er lernt überhaupt gewaltig in diesen ersten Wochen, in denen auch der Schulbeginn zu meistern ist, im dunklen, streng riechenden Schulhaus, mit einer Lehrerin in schwarz glänzender Kittelschürze, die ihm freilich wohl will, anders als manche Mitschüler, die sich anfangs über seine Aufmachung und Sprache, vor allem die Sprache, lustig machen. Ist er krank vor Heimweh, wie es die Mama für ihn vorausgesehen hat? Keineswegs. Aber *sie* ist es! Und nichts lernt sie in diesem Zustand. Sie beklagt sich beim Franz über die Grobheit der Leute, ist beleidigt, wenn sie auf die Frage nach einer Straße gesagt bekommt, sie solle der Nase nachgehen, was doch nur ein anderer Ausdruck für *geradeaus* ist. Tag für Tag sitzt sie weinend herum und vernachlässigt den Haushalt, Anlass zu manchem *Kruzei zuzei*. Rosl ist bald wieder abgereist. Was sie der elfjährigen Annemie an Kenntnissen in der Hauswirtschaft beigebracht hat, kommt jetzt zum Tragen, mehr, als für das Kind gut ist, denn die Oberschule, die sie aufgenommen hat, verlangt ganzen Einsatz. Das Bestehen der Aufnahmeprüfung verdankt sie übrigens der Vorbereitung durch den edlen Leopold Kramar, der an Gretes exzessivem Heimweh nicht wenig schuld ist. Wir malen uns aus: Sein Brief vom 28. August 1942 (also nur eine Woche nach der Abwanderungsreise) an die *sehr geehrte Frau Doktor* müsste bei ihr wenigstens für ein Zwischenhoch gesorgt haben:

Es ist ein Ausnahmsfall, begründet in Deinem ausgezeichneten Wirken, daß der Landesschulleiter das beiliegende Zeugnis ausgestellt hat. Es wurde mir mit dem Ersuchen übermittelt, es Dir nachzusenden. Ich komme diesem Auftrag umso lieber nach, als es der Wunsch der Schulstelle ist, mit den abgewanderten Kameraden und Kameradinnen in Fühlung zu bleiben. Als Dein ehemaliger Schulleiter schließe ich mich der Anerkennung und dem Danke des Landesschulleiters Deluggi vollinhaltlich an. Wir alle bedauern es sehr, Dich verloren zu haben. Leider haben wir für Dich keinen vollgültigen Ersatz.

Das sind Sätze, die zum Lesen zwischen den Zeilen einladen. Beinahe hinter jeder dienstlichen Formalie ist ein Kompliment versteckt und spitzt das heraus, worauf es dem Schreiber eigentlich ankommt.

Eine so intelligente, tüchtige Lehrerin, eine in ihrem Wesen so harmonisch ausgeglichene Frau suchen wir vergebens. ... daß ich wahrscheinlich im September mit einer Schülergruppe nach Deutschland werde reisen müssen. ... würde ich, falls Du es gestattest, Dir gern in Deinem neuen Heim einen Besuch abstatten. Empfehlungen dem Hrn. Reg.Rat u. Grüße den Kindern ... bleibe Dein ergebener ...

Der Herr Regierungsrat liest den Brief mit Stirnfalten (»dann soll er mir halt auch willkommen sein«), aber nicht ohne Stolz. Denn da ist auch ein Zeugnis des Leiters der »Arbeitsgemeinschaft der Optanten für Deutschland« (eines gewissen Peter Hofer) beigefügt, das der Frau Margret *freudige und stete Einsatzbereitschaft, hohes Pflichtbewußtsein und sehr gute Unterrichtserfolge* bescheinigt, obendrein noch mit dem Führergruß besiegelt – ein amtliches *Heil Hitler* auf fremdem Hoheitsgebiet? Ja wo sind wir denn? Verständlich hinwiederum, dass Franz dieses Dokument zur Grundlage aktueller Ermahnungen macht. Er umarmt seine Frau und gratuliert ihr zur Anerkennung, fordert aber dann ein: Die baldige Wiederherstellung der *harmonischen Ausgeglichenheit*, das *Pflichtbewußtsein für die ihr anvertraute Jugend*, die jetzt aus drei Kindern besteht, und die *freudige Einsatzbereitschaft* für ihre neuen Aufgaben. Besonders eindringlich liest er ihr vor: *Frau D. scheidet in Erfüllung ihrer Abwanderungspflicht vom Lehrdienst aus.* »Siehst du, eine Pflicht war es, du hast deine Pflicht getan, wir haben unsere Pflicht getan, jetzt steh auch freudig dazu!«

Sie aber will wissen, wie man auf die Idee kommen kann, das Verlassen der Heimat als eine Pflicht darzustellen. Jaaa ... Dem Führer gegenüber sei es eine, weil er dieses Opfer wolle, aus übergeordneten Gründen. Hier im Reich könne man dem Volk eben viel besser dienen, schließlich habe man ja hinaus- nein, *heraus*optiert. So, und jetzt habe er Hunger, sie solle eine Marenn, was hier Brotzeit heiße, herrichten, der Abend sei schön, man werde nach unten gehen in den Biergarten, da werde es ihr und den Kindern gewiss gefallen. Nun ja, ein Bier trinkt sie nicht ungern, so dünn es ist, löst es doch die Beklemmung, und man kann auch einem Abwesenden heimlich zutrinken und sich gleichzeitig daran erfreuen, wie die Kinder jede Stimmungsaufhellung begrüßen.

Franz kann von Glück reden, dass der Himmel über der Stadt so lange ruhig bleibt. Fliegeralarme würden Gretl das Eingewöhnen bestimmt nicht erleichtern. Immerhin, die nächste Großstadt nördlich hat es schon eine Woche nach dem Eintreffen der Familie erwischt, in bisher ungekanntem Ausmaß. Das war schon recht nahe, die hundertfünfzig Kilometer weiter nach Süden, das muss man fürchten, die werden sie auch bald schaffen. Und sie tun es am 20. September. Margret muss die Kinder mitten in der Nacht wecken, das Geheul der Sirenen ist grauenhaft. Die Mädchen sind bald angezogen, aber Georg sitzt noch halb schlafend auf der Bettkante, als sie ihn holen will. Die passende Redensart, er könne sich nicht »derrennen«, hat er schon gelernt. Hastige Geräusche im Treppenhaus, gerade kommen auch die Dedels heraus. Alle schleppen Koffer und Taschen, wie für eine große Reise. Das Licht geht immer wieder aus, wer drückt als Nächster den Knopf? Gesäumt mit Sandsäcken und Wasserkübeln ist der Gang da unten, weiß gekalkt der Aufenthaltsraum, muffig, niedrig unter den Wellen des eng gestaffelten Gewölbes, mit Bänken und hölzernen Schlafpritschen an den Seiten. Da hinauf legen sie die *Kindulien*, wie Franz sich ausdrückt. Ein paar Decken gibt es auch. Manche Hausgenossen lernt Gretl hier erst kennen. Da ist die Frau Stangl, oh, die ist aber sorgfältig angezogen! Ja, überhaupt alle, da wird sich Gretl in ihrem Morgenmantel das nächste Mal mehr anstrengen müssen. Und das ist Herr Schwarz mit seiner jungen Frau, Herrgott ist die hübsch … Was tut sie? Unsicher schaut sie an die Decke, da kann Franz fragen, ob sie etwa an der Festigkeit des Gewölbes zweifle. Das bejaht sie, und er glaubt, ihr eine mutige Versicherung geben zu sollen: Da seien doch die nachträglich eingezogenen Abstützungen. Oh, was knallt denn jetzt so laut durch den Luftschacht herunter, sind das schon Bomben? Nein, das ist die Flak, das sind die Unseren, hoffentlich holen sie sie alle herunter, diese Terrorengländer. Gar nicht weit weg, auf der Theresienwiese, stehen die Flakbatterien. Auf dem Dach des städtischen Hochhauses, neben der Schule der Annemie, sollen auch Kanonen stehen. Dass ein Gebäude so etwas aushält! Feindliche Flieger sind also schon über uns? Jaja, sonst würden sie nicht so schießen. Ha! Jetzt wummert es aber ganz anders, ha, und so oft, es zittern ja die Wände. Sind das …? Ja, das müssen Bomben sein, und wie nahe ist das wohl? Die Annemie ist es, die als Erste von der Angst gepackt wird, sie klammert sich an die Mama. Aber die Mama findet sich in ihre Rolle, bleibt gelassen, sagt, sie wisse ganz genau, dass ihnen nichts passieren werde. Georg und die Lise, sieh mal an, die bekommen gar nichts mit, sie sind tatsächlich eingeschlafen auf ihrer Pritsche. Am besten lassen wir sie, bis auf Weiteres. Es rumst recht ordentlich jetzt, das muss man zugeben, denkt Franz, sehr ungemütlich ist das, wo bleibt denn die Luftwaffe des Reichsmarschalls? Herrgott, es wird doch nicht meine ganze Mühe mit dieser Wohnung umsonst gewesen sein? Aber auf dem Dachboden ist ja die Brandwache, die werden schon löschen, falls ... Lässt es nach jetzt? Doch, es lässt nach. Die Leute sehen sich hoffnungsvoll an. Es scheint tatsächlich ganz aufzuhören. Wenn der Krieg aus ist, sagt die hübsche Frau Schwarz, und man versteht nur nicht recht, warum sie gerade jetzt auf diesen Gedanken kommt, werde sie nur noch Bohnenkaffee trinken. Und prompt, wie als Vorgeschmack auf die guten Zeiten, dringt die Sirene durch den Lüftungsschacht, die ersehnte Sirene mit dem Dauerton: Entwarnung. Großer Aufbruch. Die Kleinen müssen fast hinaufgetragen werden, sie wachen gar nicht richtig auf. Das Haus ist unversehrt geblieben.

Aber viele andere hat es gehörig erwischt. Nicht nur Häuser, auch Menschen: Hundertvierzig sind tot. Wie genau sie das angeben können in der Zeitung! Wie viele Kilogramm Spreng-, Brand- und Phosphorbomben abgeworfen wurden, wie viele Luftminen. Und, was natürlich sehr wichtig ist: Von neunzig Bombern wurden sechs heruntergeschossen, immerhin. Ja aber kann man das überhaupt verantworten? So ein abstürzendes Flugzeug ist doch noch gefährlicher als die Bomben selbst! Schon, schon, haha, was für ein Gedanke! Soll man die etwa ungestört ihr Wesen treiben lassen? Es ist halt Krieg, die meisten fallen schon irgendwo aufs freie Feld. In der Lessingstraße, nahe der Theresienwiese, da waren die Einschläge, die es im Keller so krachen ließen. Dorthin spaziert Franz am nächsten Abend mit den Kindern, viele andere tun es auch. Tatsächlich: halbierte Häuser! Man sieht in die offenen Zimmer, Bilder hängen hinten an der Wand, Parkettstäbe starren in die Luft. Das packt einen, da verstummt man schon einmal. Aber da sind auch schon Handwerker, es wird aufgeräumt, es wird abgestützt. Wenn das so gut funktioniert, meint Franz, werden die Leute ja bald wieder einziehen können.

Gretl tut eines nicht: Franz Vorhaltungen machen, etwa der Art: In schöne Zustände hast du uns da hineingelockt, im Landl drinnen gäbe es so etwas nicht. Nein, jetzt ist sie nun einmal hier, und was ihr aufgesetzt ist, nimmt sie hin, wenn auch unter Tränen. Länger als ein Jahr wird es ohnehin nicht dauern, bis es auch in der Heimat Bomben regnet.

Leopold Kramar am 30. März 1944 aus Bozen an die *liebe Frau Doktor*: *Wir hatten gestern einen Fliegerangriff, es ist bereits der achte und bisher schwerste. Es wurden sehr viele Spreng- und auch Brandbomben geworfen. Soweit mir die Schäden bekannt sind, teile ich sie Dir mit: der Nordteil der neuen Gewerbeschule in Gries ... fünf Häuser*

in den Lauben ... die Franziskanerkirche zerstört ... vier Bomben auf
dem Waltherplatz ... der Gasthof Sargant schwer beschädigt. Ich war
gerade beim Mittagessen, als Alarm war; ich aß weiter, bis die ersten
Flakschüsse dröhnten, dann verschwand ich im Keller. Ob Menschen-
leben zugrunde gegangen sind, ist mir nicht bekannt; es scheint nicht
der Fall zu sein.

Und vier Wochen später teilt Kramar etwas mit, was Franz, der selbst-
verständlich jeden dieser Briefe zu lesen bekommt, besonders bedauert:
Beim letzten Angriff ist sehr viel Wein zugrunde gegangen, darunter
Flaschenwein, der ganze Vorrat des Lageder, 4000 Stück.

Nein, was für ein Jammer! Wenn man nur zwei oder drei davon hätte
haben können!

Doktor Unger erkundigt sich, wie die Familie des geschätzten Kollegen in
der neuen Umgebung zurechtkäme. Aha, ja, das könne er verstehen, dass
die Frau unter Heimweh leide. Dass die Kinder sich leichter tun, brauche
einen auch nicht zu wundern, sie seien eben von Natur aus neugierig. Ob
man der Gattin nicht einmal zur Abwechslung etwas Kulturelles bieten
solle? Freilich, das schwebt Franz ohnedies schon lange vor.

Franz am 8. Juni 1941:
... werde ich mit DAF Karten Gelegenheit haben, Faust I, Maria Stuart
und Othello sowie das Mädel aus der Vorstadt anzusehen ... Ich freue
mich auf die Zeit, in der wir zusammen das nachholen werden kön-
nen, was wir in der vergangenen Zeit auf dem Gebiete versäumt haben.
Wenn man einmal auf den Geschmack kommt, dann gefällt es einem
wohl gar sehr. Die Kunst ist doch der Ausdruck des edlen Strebens der
Menschheit nach höheren Werten. München aber ist eine Kulturstadt
ersten Ranges. Die Kartennot hat mir gezeigt, dass auch die Volksge-
nossen es schätzen, etwas Gutes und Edles zu sehen und zu hören.

Alsbald trägt Franz sich neben anderen Volksgenossen in die Liste der
Deutschen Arbeitsfront ein, und eines schönen Tages – Kraft durch
Freude! – ist die Kartennot wenigstens für eine Veranstaltung behoben:
Tannhäuser. Der Opernneuling will das Theater direkt von der Arbeits-
stelle aus ansteuern, Gretl soll die Tram bis zum Marienplatz nehmen,
und dann ist es nur noch ein Katzensprung. Aber was ist nur mit ihr,
sie kommt und kommt nicht, die Trambahnen funktionieren doch offen-

sichtlich, und Alarm ist auch keiner! Franz muss in letzter Minute allein hineingehen, schwankend zwischen Zorn und Besorgnis. Auch in der Pause nach dem ersten Aufzug: keine Spur von Gretl. Resigniert lässt er die ungewohnte Darbietung an sich vorüberziehen, ja diese Elsa, wenn sie nur ein wenig schlanker wäre, aber was da alles sich einfindet zum »Sängerkrieg« … Wie viele es doch gibt, die noch nicht eingezogen sind zum echten Krieg, mich ja eingeschlossen. Fabelhaft kostümiert sind sie alle, und die Musik jetzt ist wirklich hinreißend, nein, dieser Marsch! Dass der Führer die Wagneropern so liebt kann ich jetzt gut verstehen. Hätte vielleicht Georg die Mutter herbegleiten sollen? Der kennt sich ja schon besser aus als sie, sie ist halt doch ein Landkind. Landpomeranze! Das muss sie mir erklären, dieses Fiasko! Rechtfertigen muss sie sich!

Aber das Landkind hat nicht viel zu bieten. Ja, sie ist am Marienplatz ausgestiegen, aber dann? In welche Richtung? Was hat er ihr gesagt? Sie ist losgegangen, aber da kam dann so ein Tor, und weit und breit war keine Oper, da ist sie umgekehrt und zuletzt wieder heimgefahren, es war ja auch schon zu spät geworden. Ob es denn wenigstens schön gewesen sei?

Franz, grau im Gesicht, packt sie am Dirndlleibchen. »Warum hast du nicht gefragt! Jedes Kind hätte es dir sagen können!«

Nein, sie frage niemanden mehr, seit man ihr gesagt habe, sie solle der Nase nach gehen. Er solle endlich sagen, ob es schön war. Mit geschlossenen Augen atmet er ein paarmal tief und knurrt: »Großartig. Allein die Kostüme!«

Diese Gretl! Auf die Dauer kann sie sich doch nicht jedem Kontakt mit den Leuten hier verschließen! Sie muss zusehen, wie sie die Lebensmittel ins Haus bekommt, dafür muss sie sich in die Warteschlangen stellen, und da kann sie nicht immer stumm bleiben. Naja, es sind ja gar nicht alle so grob, und ihr ungewohnter Dialekt gefällt manchen sogar. Was Rosl aus der Heimat schreibt, lässt auch nicht auf reines Honiglecken schließen. Dort hilft oft nicht einmal das Schlange stehen. Dann muss Gretl etwas einräumen, womit sie gar nicht gerechnet hat: Das Klima hier, der kühle Herbst, der frühe Winter, schön ist es nicht, aber gut ist es für ihre Gesundheit. Sie, die doch schon einmal so schwach auf der Brust war, fühlt, wie ihr in München die Kräfte wachsen. Frau Dedel bestätigt ihr, dass sie inzwischen viel besser aussehe als in den Tagen ihrer Ankunft. Eigentlich hätte sie von den Auswirkungen des bayerischen Klimas schon vorher wissen können, denn Franz schrieb am 14. Juni 1942:

In Bezug auf die Arbeitsmöglichkeit wegen des Klimas ist es hier viel besser. Das freut mich sehr, denn man macht nie schlapp.

Und dann hat sie auch noch die Theres. Zweimal die Woche kommt die Theres. Sie ist der realistische Ersatz für das Dienstmädchen, von dem Franz in seinen Briefen gelegentlich geschwärmt hat. Nun ja, man hat immer schon ein Dienstmädchen gehabt, warum also nicht auch hier? Deshalb, weil jetzt andere Zeiten herrschen! In Franz' letztem Brief vor der großen Reise, am 7. August 1942, hieß es:

Wegen der Mehrarbeit brauchst Du nicht in Sorge zu sein. Wir werden alle fest zusammenstehen; die Wohnung ist vollständig neu in Stand gesetzt und nicht schwer, rein zu bekommen. Dazu habe ich eine Putzfrau bekommen, die mir versprochen hat, uns auch die Wäsche zu machen. Sie ist vom alten Schlag, äußerst arbeitsam und scheut gar keine Art von Arbeit. Neulich hat sie von 8 h früh bis ½ 10 h abends geschuftet, da hat sie schon sehr viel weggebracht. Wenn Du sie in der Woche zweimal ein paar Stunden hast, dann ist Dir mehr geholfen als durch ein Dienstmädchen, das womöglich selbst einen Dienstboten braucht.

Nein, diese luxuriöse Gefahr besteht bei Theres nicht. Sie arbeitet als Kellnerin unten in der Bierwirtschaft und ist auf ein Zubrot angewiesen. Sie kommt nämlich nie allein, sondern hat immer ihren *Satan* dabei, wie sie ihr Kleinkind gerne nennt, wenn es nicht mehr zu schreien aufhört. Es ist ganz gewiss ein Mädchen, denn Annemie zieht ihm eines Tages die Windeln ab, um Klarheit zu schaffen. Über den Vater ist nie etwas zu hören. Theres, die dürr ist und schielt, scheut wirklich keine Arbeit, aber ihre Stärke liegt eher im Groben. Entsetzen löst sie bei Franz aus, als sie, in seiner Gegenwart sogar, das große Führerbild abstaubt. Sie lobt die künstlerische Qualität, »so a schöns Bild!«, während sie heftig über die Pastellkreiden wischt. Es braucht Tage, bis der Schaden behoben ist.

Weihnachten naht. Die Sonderzuteilungen fallen diesmal sehr mager aus. Ein Pfund Weizenmehl, ein halbes Pfund Zucker und ein Viertel Butter, naja, pro Person, da kann Margret schon einige Bleche *Pappelen* liefern, ihre altbewährte Sorte, die Georg später Standardkeks nennen wird. So etwas wie Dominosteine gibt es auch, gegen Zuckermarken, ein halbes Kilo für die ganze Familie. Sie kommen in eine schöne Dose, deren Versteck aber für die Kinder bald kein Geheimnis mehr ist. Und am Weihnachtstag, da Franz auch einmal zugreifen möchte, ist es zu spät. Nein, diese *Wampen!*

Überhaupt ist die Stimmung von Franz recht gedämpft in diesen Tagen. Er sitzt viel vor dem Volksempfänger. Kein Sieg in Stalingrad, dafür dort »heftige, heldenmütige Abwehrkämpfe gegen eine feindliche Übermacht«. Dann beklagt sich der Führer, dass er seine Weihnachtsansprache nun schon ein viertes Mal in Kriegszeiten halten müsse, in diesem Krieg, der dem deutschen Volk aufgezwungen worden sei. Der Propagandaminister sagt, das Volk müsse das Inferno dieses Kriegs durchschreiten, damit die Kinder einst den Eingang zu einer edleren Welt finden. Margret aber, die drauf und dran ist, ihr Tal der Tränen zu verlassen, analysiert die Bekanntgaben des Oberkommandos der Wehrmacht mit kühler Gelassenheit: Wenn von heldenmütigem Widerstand die Rede sei, werde es wohl besonders schlimm sein, wenn nicht gar hoffnungslos. Ihr altes »Mit Mann und Ross …« vermeidet sie, um Franz nicht zu sehr zu strapazieren. Aber sie sieht auch keine Notwendigkeit, ihren Kindern aus dem Buch *Mutter, erzähl von Adolf Hitler* vorzulesen. Wofür hätten sie denn inzwischen alle selbst lesen gelernt? Ja, das blau gebundene Werk lag unter dem Christbäumchen, gemäß der offiziellen bürokratischen Parole: »Das deutsche Buch muss zu diesem Weihnachtsfest in erhöhtem Maße andere Geschenke vertreten.«

Für den Stephanstag haben die Kögls eingeladen. Das sind Landsleute, bei denen fühlt sich die Familie ein wenig wie zu Hause.

»Zeig ihnen doch die Eisenbahn!«, ruft der joviale Hausherr seinem Sohn zu, sobald er Annemie, Lise und Georg begrüßt hat. Ja, sie sind prächtig, Franz hat nicht übertrieben. Der kleine Michael, der vorige Weihnachten noch katastrophale Fehlentscheidungen am Schaltpult getroffen hat (wir erinnern uns an den Bericht von Franz), lässt heute mehrere Züge gleichzeitig verkehren, öffnet und schließt Schranken, trillert mit seiner Pfeife vor jeder Abfahrt, verbietet aber seinen Zuschauern jegliche Annäherung an die Bahnanlagen, erlaubt Georg nicht einmal, die rote Stationsvorstehermütze aufzusetzen. Warum hab ich so etwas nicht, denkt Georg, während die Schwestern sich bald zur Hausfrau in die Küche begeben, um sich als anstellig zu erweisen.

Auf den Tisch kommt aufgeschnittener Braten, eine ganze Platte. Wenn er sich da die nötigen Fleischmarken vorstelle, meint Franz, müsse er sich Sorgen um die Familie machen. Aber die Hausfrau beruhigt ihn lächelnd mit einer einzigen Handbewegung. Die beiden Väter sind sich darüber einig, welch ungeheure Arbeitsleistung der Führer in dieser schweren Zeit für sein Volk erbringt. Gretl bemerkt, ungeachtet der zusammengeschobenen Augenbrauen ihres Manns, dass ihr die Lage in Stalingrad *nicht halb genug* passe. Im Zigarettenqualm, beim Kaffee, den Gretl hat beisteuern können, zeigt der Herr des Hauses stolz seine neue Uniformjacke, seine Mütze und ein kleines Schwert, an der Seite an einem Gehenk zu tragen. Den Buben erklärt er, dass eine bestimmte Goldlitze ausschließlich der Mütze des Führers vorbehalten sei, des Führers, der ansonsten doch so einfach auftrete, nur mit dem Eisernen Kreuz, das er sich sauer verdient habe. Im Gegensatz zum Reichsmarschall, flicht hier Franz ein, worauf alle Erwachsenen lachen. Ja, wenn der Vergleich zugunsten des Führers ausfällt, darf man so etwas schon sagen. Herr Kögl bemerkt, er habe einen Herzenswunsch, nämlich dass Franz ihn in seiner neuen Uniform male. Das Bild von Frau Hölzl mit ihrem Sohn gefalle ihm außerordentlich. Es müsse dann aber schon der ganze Kerl dargestellt werden, damit der Ehrendolch auch zur Geltung komme, sagt seine Frau, und sie scheint hier ein wenig zu zwinkern. Franz seufzt und beruft sich auf bereits zugesagte Arbeiten, er werde den Gastgeber aber gerne in die Warteliste aufnehmen. Gretl, die angesichts der vollen Bratenplatte eine Bezahlung nicht nur in Papiergeld wittert, verspricht, den Auftrag im Auge zu behalten.

Indes haben die Mädchen Klein-Michael ins Eisenbahnzimmer gelockt und ihn so weit bezirzt, dass er Georg wenigstens einmal einen Güterzug fahren lässt. Lise setzt die rote Mütze auf und hebt die Kelle, Annemie bläst in die Trillerpfeife. Georg hat seinen kleinen Sturzkampfbomber vom Winterhilfswerk auf einen Pritschenwagen geklemmt, nicht vorschriftsgemäß, denn er ragt zu weit heraus und kollidiert mit einem abgestellten D-Zug, dessen letzter Wagen umstürzt. Jetzt ist Hilfe gefragt, die Ärztin Annemie und die Krankenschwester Lise haben alle Hände voll zu tun und obendrein die Schreie der Verletzten zu übernehmen. Klein-Michael, zum Krankenträger ernannt, wird zuletzt mit roten Backen sagen, die drei sollten so bald wie möglich wiederkommen.

Auch bei Gretl gibt es rote Backen, als der Hausherr die Sprache auf den nahen Silvesterabend bringt. Wie im Vorjahr werde der Jahresausklang bei den Hölzls gefeiert werden, da sei dann auch die Traudl Föckerer, ob Franz und Grete nicht eingeladen seien? Franz meint, bisher habe er nichts vernommen, ob nicht vielleicht Herr Kögl vorfühlen könne? Aber da geht Gretl mit großer Entschiedenheit dazwischen: Ganz überflüssig sei diese Frage. Kommt ihre Röte vielleicht doch nur vom Likör, den sie eben genossen hat? Herr Kögl wechselt einen Blick mit seiner Frau und Franz das Thema, wobei er sich gar nicht so schwertut (»Die Traudl fängt an zu altelen«). Ob Herr Kögl mit seinem Sohn in diesem Winter schon einmal beim Schlittenfahren gewesen sei, fragt er. Er, Franz, wisse da einen besonders guten Platz, nämlich gleich neben dem Maximilianeum. Tatsächlich war er vor einigen Tagen bei viel Neuschnee mit dem *Mann* auf dem soliden *Davos*-Schlitten, Geschenk der Föckerers vom Vorjahr, die Isar entlanggewandert, bis an den Rand eines steilen Abhangs. »Jetzt fahr nur hinunter!«, hatte er gleich gesagt, und schon ging es dahin. Noch nie hatte der Georg eine derartige Beschleunigung erlebt, nicht in der Kipplore damals mit Lise in Kardaun und auch nicht bei seiner Rodelfahrt in die Arme der Carabinieri in Penon. Wie der Wind pfiff, wie die Kufen klackten auf der glatten Bahn! Da hatte er es schon mit der Angst zu tun bekommen. Zum Glück war ihm keiner in die Quere gefahren, er hätte nicht gewusst, wie man lenkt oder bremst.

Fröhlich platzen die vier Kinder in die Erwachsenengesellschaft herein. Eine Abwechslung, gar nicht so unwillkommen. Klein-Michael drängt sich zu seiner Mama und flüstert ihr ins Ohr.

»Sag das doch gleich dem Papa selbst, kannst ruhig laut reden!«

»Ich möchte eine Schwester.«

»Hoho!«, ruft Herr Kögl. »Ich glaub, der Führer möchte eher, dass du einen Bruder bekommst.«

»Alles was Recht ist, das wollen wir doch …«, sagt Frau Kögl.

»… einem anderen Führer überlassen«, ergänzt Gretl.

Inzwischen hat sich Lise auf den Schoß von Franz gesetzt und die Zuckerreste aus der Kaffeetasse gekratzt. »Zuckersparen grundverkehrt«, ruft sie, »der Körper braucht ihn, Zucker nährt.«

Damit hat sie einen Lacherfolg, sie hat den Spruch in einem Lebensmittelgeschäft gelesen.

»Als ob man Zucker bekäme, so viel man will«, sagt Gretl.

»Man bekommt ihn nur in Gemäßheit der Reichszuckerkarte«, bemerkt Franz. »So schön juridisch drückt man sich hier aus.«

»Und in Gemäßheit der Sonderzuteilungen«, sagt Frau Kögl, die ihre Dialektfärbung ebenso wenig loswird wie Gretl, »da gibt es ja auch so einiges. Habt ihr schon gehört? Die neueste Sonderzuteilung? Dreihundert Reichsmark für jeden gefallenen Sohn. Elterngabe nennen sie das.«

Herr Kögl sieht sie streng an. »Du wirst dich doch nicht etwa … lustig machen darüber?«

Da wird Frau Kögl böse. »Wo denkst du hin, Max? Du hast eine Mutter vor dir! Und hier ist mein Sohn, den es auch treffen könnte, wenn dieser Krieg nicht sowieso bald zu Ende sein müsste! Nein! Ich frage mich, ob nicht der sich einen Spaß erlaubt hat, der die Idee mit den dreihundert Mark hatte! Dreihundert Mark, Max! Für einen Sohn!«

Da sagt Max nichts mehr.

Alle schweigen, bis Franz leise und mit zugedrückten Augen anhebt. »Natürlich ist das nur eine Geste, kann das nur eine Geste sein. Natürlich weiß jeder, dass auch dreißigtausend Reichsmark kein Äquivalent wären, dass solche Beträge allerdings die Staatsfinanzen ruinieren würden.« Er seufzt. »Was mir schon seit Langem zu schaffen macht, ist die Tatsache, dass diese jungen Helden ihr Bestes geben, sich opfern, während die Früchte, nämlich die Befreiung von der bolschewistischen Pest, andere genießen werden, wir wahrscheinlich, jedenfalls aber unsere Kinder. Wir haben also die stolze Pflicht, uns mit dem größten Respekt vor den Gefallenen zu verneigen.«

Tata Franz am 5. September 1941 an die *liebste Mammi*:
Ich bin ganz erschüttert über die Nachricht, dass K's einziger Sohn sein Leben vor dem Feind lassen musste. Der blonde, hoffnungsvolle Kurt! Wie tut mir der Vater leid. Ich weiß wohl, er wird's ertragen als bester Deutscher, aber wie von Herzen gerne möchte ich doch jeden, der als Soldat den höchsten Einsatz gibt, auch die Früchte des kommenden Sieges erleben lassen. Aber es ist nun schon so, dass der Soldat zu häufig seine Krönung im höchsten Opfergange finden soll. Und wenn einst unsere Kinder und Kindeskinder zu ihren hellen Tempeln ziehen werden, dann werden sie ihnen erst zu danken wissen ob der Abwendung all der entsetzlichen und unausdenkbaren Gefahren, die uns von Osten in besonderem Maße gedroht und unser ganzes Sein gefährdet haben ...

Das Schweigen, das Franz auslöst, ist noch schwärzer als das von vorhin. Georg hätte gern die *bolschewistische Pest* zitiert, wenigstens flüsternd, zu seinem Glück verschluckt er es. Gretl murmelt endlich: »Das alles sollte bald vorbei sein. Wir danken Ihnen für die Einladung, Frau Kögl, vergelt's Gott, es war schön bei Ihnen.«

Gleich da oben ...

Das alles war aber so bald nicht vorbei, nein, keineswegs. Vieles steigerte sich erst. Da blieb der Gretl nichts übrig als gehörig anzutauchen. So drückte sich ja Franz gern aus. Sie gewann nun den alten Gleichmut und die Lebenszuversicht zurück, zum Heil ihrer selbst und der Kinder, auch ihres Mannes, dessen Weltbild freilich mehr und mehr in Bedrängnis geriet. Wir sehen sie, wie sie sich konzentriert über die Patiencekarten beugt, ein ergänzendes Orakel zu ihren heimlichen Gebeten, wir sehen, wie sie die angsterfüllte Annemie beim Fliegeralarm an sich drückt, wie sie dem Georg nahelegt, sich auf dem Schulweg nicht alles gefallen zu lassen, wie sie der Lise ein neues Jankerchen anmisst. Wir sehen auch, wie sie die Frau Sigl aus dem ersten Stockwerk grüßt, wie dankbar sich die verhuschte alte Jüdin für diese seltene, ja verbotene Respektbezeugung zeigt. Leider müssen wir hören, wie Franz seine Frau deswegen zur Rede stellt, ohne dass sie freilich ihr Verhalten ändert. Lange dauert es ja nicht, und die Frau Sigl ist nicht mehr zu sehen.

Beinahe ein Jahr ist seit der Zuwanderung vergangen, da empfiehlt Gretl ihrem Mann, die Nähe großer Steine zu suchen, falls es knallt. Er hat jetzt sein Ehrenkleid bekommen, ist eingezogen worden. Wer aber zieht nun statt seiner die Steuern ein? Man hält es für wichtiger, ihn im niedrigsten Dienstgrad (Doktortitel ade!) hoch oben an der Ostsee am Funkmessgerät auszubilden, zur Ermittlung der Flughöhe feindlicher Flieger. So kommt der achtjährige Sohn zu Kenntnissen, bruchstückhaft, aber geeignet, auf dem Schulweg Eindruck zu machen, besonders auf den Freund Berti: Einfallswinkel des Funkstrahls ist gleich Ausfallswinkel, mein Lieber! Das habe ich von meinem Papa, der arbeitet an Flakkanonen.

Feldpostkarte an den Schützen F.D., 7. Batterie, Feld F.A.S.13 Mitte, Stolpmünde. Am 6. Mai 43:
Diese Karte sollte zwar die faule Lise schreiben, aber ... Gestern waren wir im Deutschen Museum. Heute abend schauen wir im Volksth. ›Die beiden Stacherl‹ an. Sonst geht es uns gut, die Kinder sind wieder mit

Eifer in der Schule. Herzl. Grüße vom Prof. und bes. grüßt Dich Deine Mami und Kinder.

Eine schöne Idylle zu Hause, kulturell auf Niveau. Da weiß der Franz, wofür er den Waffenrock trägt. Die Anwesenheit des alten Professors braucht uns nicht zu beunruhigen, wir können uns da auf Gretls Zusicherungen verlassen. Für sie ist jeder Besuch des lieb gewordenen Vorgesetzten ein Brückenschlag zur verlorenen Heimat. Was zieht sie ins Deutsche Museum? Die Kinder ziehen sie, die vom Tata schon auf den Geschmack gebracht sind. Da entdeckt nun auch sie so manche Attraktion. Sie führt ihren Kindern stolz den Inhalt der Geldbörse, dann auch den Knochenbau ihrer Hände vor, an einem Röntgenschirm, der jedermann zugänglich ist.

Nicht lange, und Franz trifft auf einen Kameraden, der ihn fragt, warum er nicht die Dolmetscherlaufbahn einschlage, wo er sich doch mit Italien so gut auskenne. Oh ja, das ist etwas für Franz! Nichts hingegen ist für ihn die Empfehlung eines Landsmanns, der sich auf die Laufbahn eines Kriegsrichters begeben hat, es ihm darin doch gleichzutun, Karriere winke. Wie gut, dass er die Finger davon gelassen hat! Er hat gespürt, ja gewusst: Da wären die Todesurteile nur so gepurzelt, und er wäre nicht ausgekommen bei diesem Geschäft.

Nach nur wenigen Wochen muss Gretl ihre Briefe und Postkarten an eine *Lehrabteilung für Dolmetscher* in der Reichshauptstadt adressieren. Wieder eine kleine Weile, und die Völker Italiens trennen sich von ihrem *Duce*. Dieser aber, der alte wohlbekannte Zwetschgenröster, wird von seinem deutschen Kollegen alsbald wieder aufmarionettiert. Große Konfusion. Da kann man eine Menge deutschitalienischen Gesprächsbedarfs erwarten in Italien, natürlich nur da, wo die Alliierten noch nicht sind. Ist man nicht Freund, wenigstens gewesen? Wenn jetzt aber Feind, spricht man ja auch nicht ausschließlich aus Gewehrläufen miteinander. Übersetzungs- und dolmetschbereit rollt Franz den Brennerpass hinab, grüßt im Vorbeifahren hinauf zu seinem Vaterhaus und lässt sich, jetzt im Rang eines Leutnants, in den schönen Städten Bologna und Verona bei braven Familien einquartieren, Leuten, die ihn liebgewinnen, selbst über den Krieg hinaus. Von da geht er täglich in seine Schreibstube, übersetzt, diktiert, ist bei Verhandlungen aller Art dabei, führt also ein unkriegerisches Soldatendasein. Nicht, dass der Krieg nicht spürbar wäre, nur erlebt Franz ihn wie seine zivilen Vermieter, nämlich in der Hauptsache im Luftschutzkeller. Die Bombardements der Alliierten stehen denen in Deutschland nicht nach, nur scheinen hier die Leichen auf den Straßen länger herumzuliegen. Und es manifestiert sich der Krieg noch auf andere

Weise: Dank seiner *juridischen* Vorbildung wird Franz zu sehr ernsten Veranstaltungen abkommandiert, nämlich zu Kriegsgerichtsprozessen, und seine Rolle hier heißt Pflichtverteidiger. Sie ist – nicht nur in unseren Augen heute, auch schon in seinen damals – dankbarer als die des Kriegsrichters. Der Verteidiger darf wenigstens etwas vortragen, das für den Delinquenten spricht, und darf er etwa nicht darauf plädieren, dass man von der Todesstrafe einmal absehen könne? Ja, doch, schon, aber vorsichtig und in Maßen, und ein Mitglied des Feldgerichts so richtig angehen, wegen Befangenheit etwa, das geht nicht. Ohnedies sind die Chancen, der Kapitalstrafe zu entgehen umso kleiner, je niedriger die Charge des Angeklagten ist. Von einem Burschen, der nach der Verhandlung verzweifelt *»Mi vogliono uccidere!«*[5] über den Gang gebrüllt hat, hat Franz seinen Kindern einmal erzählt. War er Verteidiger gewesen oder nur Dolmetscher? Haben deutsche Feldgerichte auch über Italiener geurteilt? Partisanen? Erfolg muss Franz gehabt haben in einem Verfahren, in dem eine Frau eine unehrenhafte, als solche entlarvte Rolle gespielt hat. Denn mit den Worten *Dieses saubere Bärchen ...* will er sein Plädoyer begonnen haben. Oder sagte er *Dieses saubere Pärchen?* Klägliche Splitter der Erinnerung, mit denen wir uns begnügen müssen.

Vor seiner Inmarschsetzung hat er Zeit und Kraft gefunden, für die Evakuierung seiner Lieben aus der mehr und mehr in den Bombenhagel geratenden Stadt zu sorgen. Er führte seine Familie hinaus ins Alpenvorland, vierzig Kilometer südöstlich, auf einen Bauernhof, der eigenartigerweise einer Villa gleicht. Was gäbe es nicht alles zu erzählen von der temperamentvollen Bäuerin Amalie, die ungeniert Radio London dröhnen ließ, von ihrem herzensguten Vigil, der jede zweite Nacht in Uniform ausrücken musste, um ein Kraftwerk zu bewachen, vom Gileivater, der Tag für Tag auf dem Sofa verbrachte, bemüht, seine Pfeife in Gang zu halten, geschweige von den anderen Leuten, die der Krieg in dieses Haus geschwemmt hat! Aber einmal muss es vorbei sein mit dem Erzählen, wir haben nur noch dieses Kapitel.

Die Evakuierten sind eine Vorform der Flüchtlinge, die ein, zwei Jahre später das Land überfluten werden. Zwei Zimmerchen müssen alles aufnehmen, was Gretl braucht, um ihr Leben und das der heranwachsenden Kinder zu fristen. Die Einheimischen, die seit Generationen nur ihresgleichen kennen, sehen sich jetzt mit Leuten konfrontiert, die anders sind und andere Lebensweisen daherbringen. Nicht uninteressant, aber sich anpassen sollen gefälligst sie! Diese tirolische Frau trägt die Nase zu

---

[5] »Sie wollen mich umbringen!«

hoch, lassen sie ihr ausrichten. Sie glaubt zwar, nach ihrer Herkunft dazu berechtigt zu sein, muss es sich aber letztlich zu Herzen nehmen. Die Kinder können ihr noch nicht helfen, sie muss sich allein zurechtfinden, jetzt ist auch sie eine *tapfere* – wenn auch nicht kleine – *Soldatenfrau*. Das Prädikat hat übrigens Konjunktur. Sogar das zwölfjährige *Fräulein* Annemie bekommt es verliehen, vom ›Onkel‹ Leopold Kramar, der am 6. August 1943 der kleinen tapferen Hauswirtschafterin herzliche Grüße aus Linz sendet.

Die großbürgerliche Wohnung mit dem Hauptteil der Habe ist schutzlos zurückgeblieben. Werden die Bomben sie treffen? Das fragen sich Gretl und ihre Kinder nachts, bald auch tags, wenn die gewaltigen Fliegerpulks über sie hinwegdröhnen, zum Angriff auf die große Stadt. Nein, sie treffen nicht, aber unangetastet bleibt die Wohnung dennoch nicht. Nicht weniger als drei ausgebombte Familien werden vom Amt einquartiert, den Mieter fragt man nicht mehr. Lange nach Kriegsende erst werden sie wieder ausziehen.

Bietet der Krieg so gar nichts auf dem Lande? Oh, doch! Der Zickzacksplittergraben im Hof der Schule ist nicht ohne Grund angelegt. Immer öfter knallt es in der Luft, stoßen feindliche Tiefflieger auf die Jagdflugzeuge herab, die an einer Alleestraße unter den Bäumen aufgereiht sind, mit Tarnnetzen überzogen, zu schade, um auf einen Schlag in den Hangars des Flugplatzes zerfetzt zu werden. In der Luft wären sie die schneidigen Me-109, die Georg so gerne zeichnet, wie seine Schulkameraden auch, mit den Geschoßbahnen in Richtung der angloamerikanischen Bomber. An Treibstoff fehlt es ihnen, wohl auch schon an schneidigen Piloten. Was für einen Effekt könnte man schon mit einem einzigen aufgetankten Flugzeug erreichen, wenn es nur in die ›richtige‹ Gegend fliegen könnte! Der *Feind* macht es vor. Halbe Nächte liegen die Volksgenossen aus -zig Quadratkilometern wach in ihren Betten, auch Gretl mit ihren Kindern, weil ein Einzelner da oben kreuz und quer herumgeistert und einmal da, einmal dort herunterfeuert, Herrn Meiers Luftwaffe zum Hohn. Nicht viel später gibt es derlei schon am helllichten Tag.

Unerwartet kräftig pulst das kulturelle Leben. Dem Dorfkino sprechen die Leute zu, täglich, bis zum Eindrücken der Scheiben an den Türen. Es werden auch zu hübsche Sachen geboten: *Die goldene Stadt, Die große Liebe, Das Bad auf der Tenne*, oh, das weckt Erwartungen! Vom Krieg kündet nur die Wochenschau davor, heroisch, martialisch, da seht ihr den edlen neuen Tigerpanzer, der durch ein Haus fährt, als wäre es aus kreidiger Pappe, er bringt uns ein Stück dem Endsieg näher. Wie jubeln da die Buben, wenn der Hauptfilm nicht gerade Jugendverbot hat. Um das zu umgehen, verbündet sich Margret übrigens gelegentlich mit der großen Tochter; hohe Absätze können schon entscheidend sein.

Der Sonntagnachmittag gehört dem Filmtheater, der Vormittag der Kirche. Der Kurat kann herzbewegend predigen. Über die Mutter. Die Gottesmutter hat ihren Sohn verloren. Von ihr muss manche Mutter heute lernen. Mutter, oft das letzte Wort des fallenden Soldaten. Sie bleibt zurück, muss sich mit der Staffage des Trauergottesdienstes begnügen, einem leeren Sarg, schwarz eingehüllt, ein Birkenkreuz davor und ein Stahlhelm darüber. Und wenn die Bläser zuletzt intonieren: *Ich hatt' einen Kameraden,* so schüttelt das alle durch, so stolz ihre Trauer auch sein mag.

Die Schule funktioniert, was gibt es Wichtigeres für Acht- bis Zwölfjährige? Der Lehrer unseres *Buale* heißt Lorenschat, von woher mag es ihn ins bayerische Oberland verschlagen haben? Seine Frontferne verdankt er einem Klumpfuß, dem Propagandaminister vergleichbar. Ob alles im Lehrplan steht, was er die Kinder lehrt? Von der Reichshauptstadt, ihrer S-Bahn, ihrem Zoo, ihrer herrlichen Straße *Unter den Linden?* Gewiss nicht im Lehrplan stehen die Ohrfeigen und Tatzen, die der Kurat im Unterricht austeilt, um der Religion mehr Beachtung zu verschaffen, der Mann, über den sich die Schwestern daheim auf besondere Weise lustig machen. Nun, eine Ohrfeige hat doch noch nie jemandem geschadet, oder? Das sehen die arroganten und ortsfremden Führer der Hitlerjugend nicht anders, diese schneidigen Kerlchen unter ihren Schirmmützen. Der *Buale* erfährt davon nichts am eigenen Leib, er ist einfach noch zu klein, er mag sich noch so oft vor den Spiegel stellen und lautstark feststellen, dass er ein deutscher Junge sei. Er erfährt es von seinen Schwestern und seinem Freund, dem Sigl Franzi, der zu seiner Empörung von so einem *Preißen* gefragt wird ob er *ein Fotz* haben wolle. Ein Fotz! Natürlich will er kein Fotz haben, aber er bekommt dennoch eins. Verständlich, dass er da gar nicht mehr hinwill. Aber sie sitzen am langen Hebel, seiner armen Mutter drohen sie eine Geldstrafe an, falls sie ihn nicht mehr hinschickt.

Da ist dieser kräftige Gaul in seiner Umzäunung, ein Einjähriger, der noch nie ein Zaumzeug gespürt hat, der aber aus Langeweile Kontakt sucht. Den aufzunehmen schlägt Franzi dem Georg vor. »Sag feig!« war die Redensart, und schon sitzt der Buale oben, aber schon liegt er auch wieder unten, denn mit allen Vieren geht der Halbstarke in die Luft. Das ganze Leben wird es bei diesem einen Reitversuch bleiben. Und da ist der defekte Lichtschalter, von dem Franzi meint, Georg müsse ihn mit einem Stück Draht von innen erkunden. »Sag feig!«, und wie es ihn durchschüttelt, auch das reicht fürs Leben.

Wenn überall geschossen wird, will so ein Bub nicht hintanstehen. Ein Luftgewehr zu besitzen muss die reine Seligkeit sein. Ein ziemlich großes Blechauto mit Aufziehmotor, vom Onkel Karl noch, und eine Gruppe hübsch bemalter Infanteristen in diversen Kampfpositionen reichen endlich aus, Franzi zu einem Tausch zu veranlassen. Ein armer Spatz wird das erste Opfer der neuen Leidenschaft, er ist allerdings auch gleich ein Raub der Katze. Das muss der ferne Tata erfahren, dem man ja ohnedies zu schreiben hat. Die Antwort: Eine umfangreiche Schießanleitung, leider verloren gegangen wie alle Briefe aus Italien, aber doch im Gedächtnis geblieben. Alles steht darin über Kimme und Korn, Rückschlag, Schussbahn, ballistische Kurven, Skizzen eingeschlossen. So aber beginnt die Epistel: »Vor allem eins, mein Sohn: Ziele nie, auch nicht im Scherz, auch nicht wenn Du sicher bist, dass das Gewehr nicht geladen ist, auf einen Menschen. Zu viele Male schon sind bei solcher Gelegenheit Menschen zu Schaden gekommen …« Nein, dass die Zensur so etwas durchgehen lässt! Wie soll aus dem Buben noch ein Soldat werden? Worauf soll der Soldat denn zielen, wenn nicht auf Menschen? Ist das nicht vorauseilende Wehrkraftzersetzung, vor dem Feldgericht zu verhandeln? Ein unsoldatisches Vorbild anscheinend, dieser Vater, ein ewiger Zivilist. Schlägt nicht die Hacken zusammen und starrt ins Leere, wenn er gefragt wird, ob er das Verbot nicht kenne, mit den Schreibmädchen zu plaudern, sondern begleitet sein *Nein* mit einem verwunderten Kopfschütteln *(»Wackeln Sie nicht mit dem Kopfe!«)*. Hat in ihm etwa schon der Prozess des Erkennens, des ideologischen Umdenkens begonnen? Wie lange kann dieser Krieg noch dauern und auf wessen Seite wird der Endsieg sein? Die Front ist schon sehr deutlich zu hören, von unten herauf, die Landung in der Normandie war auch erfolgreich – für die anderen. Der Führer ist unversehrt geblieben in seinem Wolfsloch, und der Mussolini hat ihn gleich beglückwünschen können. Er hat aber schon ein unglaubliches Glück, unser Führer, ist da nicht doch eine höhere Macht im Spiel? Sollte der Endsieg doch noch möglich sein, dank des aufopfernden Beharrungsvermögens dieses so uneigennützigen Mannes?

Derlei überlegt Gretl nie. Aber *das* beschäftigt sie, nämlich wie sie ihre Kinder und sich davor bewahrt, von der Schleppe dieses Krieges, der mehr und mehr in seinen Todeslauf taumelt, noch erwischt zu werden. Weniger die Bomben und Granaten hat sie zu befürchten als die Mangelernährung. Sie näht und bügelt in einer Gastwirtschaft mit Metzgerei, und das bedeutet, mehr zu essen zu bekommen, als die Marken hergeben. Sie muss aber auch ihre große Tochter im Auge behalten, die sich in einen ungarischen Leutnant verliebt, arg früh für eine Vierzehnjährige, diese

»Seelenbewegung«. Wer hat erwürfelt, dass der Angehörige einer verbündeten Streitmacht ausgerechnet in unsere bäuerliche Villa einquartiert wird, mit einem fidelen Offiziersburschen sogar? Ja, ab welchem Dienstgrad bekommt denn so ein Offizierchen überhaupt einen Diener? Freilich braucht er ihn auch, selbst fast noch ein Kind, der er ist. Ein paar Wochen, und er ist wegkommandiert, hinterlässt nichts als Tränen.

Eine Kolonne bewaffneter schwarzuniformierter Soldaten, es sind in Wahrheit verkleidete Jugendliche, steht für kurze Zeit auf der Straße vor der Villa. Ein paar davon können von dem Wasser bekommen, das der Bub spontan herbeischafft. »Sauft nicht so viel!«, sagt ein Offizier. Sie marschieren ab, wohin? Wozu?

Im Wäldchen ihrer Streifzüge stehen die Buben vor einer Pyramide aus vier Armeegewehren. Aha, da haben sich welche selber entwaffnet. Das wäre ein Ersatz für das schwächliche Luftgewehr! Sie widerstehen aber der Versuchung. Tags darauf schaukelt eine Schlange unterschiedlichster Armeefahrzeuge den schwachen Feldweg hinauf ins Wäldchen. Immer wieder müssen die Soldaten stützen und schieben. Große Aufregung, wie beim Holztransport vom Hansl und seinen Ochsen. Wie lange wollen sie hier bleiben? Werden sie noch kämpfen? Der wulstlippige schwäbische Kommandeur quartiert sich beim Sigl Franzi ein, sitzt in der Küche, bemüht sich, die starrenden Buben nicht zu beachten, verlangt eine Feile und macht sich daran, das lange beäugte Hakenkreuz auf seinem Koppelschloss wegzuarbeiten. Der Atem der Geschichte. Die Kinder sind oft genug im Kino gewesen, um ihren Sinn fürs Tragische geschärft zu haben. Wofür hat dieser Offizier gekämpft, woran hat er geglaubt? Alles vorbei, alles umsonst! Oder hat er nur überlegt, wie er das Symbol verschwinden lässt, ohne den Adler zu verhunzen?

War das vor oder nach dem Einmarsch der Sieger? Am ersten Mai schneit es, und eine Hausgenossin mit einem besonders ausgebildeten Sinn fürs Tragische sagt, das sei das Leichentuch für Deutschland. Einiges Geknalle in der Landschaft hat alle in den Keller getrieben, bis auf Gretl, die zuletzt mit einer Pfanne voll Rührei und der Mitteilung erscheint, drüben auf der Hauptstraße rollten Panzer in Richtung Rosenheim, einer nach dem anderen, das müssten Amerikaner sein, jetzt sei es vorbei, jetzt habe die Not keinen Schwung mehr. »Freut euch, Kinder, und esst die letzten Eier aus der Kriegszeit!« Jetzt aber heraus ins Freie! Tatsache: Da drüben auf der Staatsstraße rasselt es unaufhörlich, und geschossen wird nicht mehr.

Eine neue Ära, und quirlig geht das Leben weiter. Die Wohlgenährten aus den Vereinigten Staaten, schwarz wie weiß, bestimmen das Dorfbild, tun sich leicht, mit ihren Gaben Sympathien einzuheimsen. In die Bügelstube der Gretl strudelt es Zivilisten unklarer Herkunft, großzügig, freundlich, zivilisiert, die nach ein paar Monaten wieder verschwinden, und die Zeitungen nennen wohlbekannte Namen, hohe SS-Leute sollen darunter gewesen sein, namentlich gar ein General, den man jetzt aus dem Untergrund herausgefischt habe.

Franz, der mit seiner Truppe von den Alliierten immer weiter in den Norden heraufgetrieben wird, kann eines Abends seinem Hauptmann das väterliche Anwesen zeigen, das da oben auf halber Höhe des Berges zu sehen ist. Dahin wolle er jetzt für ein paar Tage gehen, das läge doch nahe, da seien seine Geschwister, dafür werde der Herr Hauptmann wohl Verständnis haben, zu dolmetschen sei in dieser Gegend ohnedies nichts mehr, hier spräche man ja durchwegs deutsch.

Und ob man in jenen Monaten dort deutsch spricht! Es ist die Phase der *Operationszone Alpenvorland*. Das Landl ist zwar de jure italienisch (in den Augen der Südtiroler *noch* italienisch), aber de facto ist es deutsch (*schon* deutsch), dank der Anwesenheit von viel Wehrmacht und dominanter NS-Administration. Für Viele eine Zeit der schönen Täuschungen. Die alte Frau Mayr vom Unterganznerhof, die der *lieben Frau Doktor,*

ihrem früheren *Fräuln Margret*, schwarz Umrandetes berichten muss, nämlich den Tod ihres Manns, des uns bekannten Dichters und Bauern, schreibt am 14. Juli 1944:

Unser Trost ist nun, dass unser Vater zeitlebens als guter Katholik gelebt hat, mit allen seinen Nebenmenschen stets im Frieden und mit den Armen stets hilfsbereit und wohltätig war. Auch erlebte er noch, dass wir deutsch wurden und aus unserer Auswanderung nichts mehr wird.

In Sachen Auswanderung hatte sie recht, aber nur da.

Der Hauptmann von Franz nimmt wohl zum letzten Mal Anstoß an der wenig militärischen Körpersprache seines weißhaarigen Dolmetschers. Soll er das noch rügen? Er schnauzt zurück, ob sich der Mann auf diese Weise von der großdeutschen Wehrmacht verabschieden wolle? Die Frage, offenbar nur rhetorisch gestellt, wird mit Schweigen, zum letzten Mal in angedeutet strammer Haltung beantwortet, mit starrem Blick aus leicht vorgeschobenen Augen. Bald darauf setzt ›der Mann‹ zum Aufstieg in sein Dorf an.

Deutlich vorgeschoben über den Hügeln liegt der Ansitz Voldersberg. Von ihm aus lässt sich das Geschehen unten auf der fernen Hauptstraße gut beobachten. Da wird es bei Polenta und Salat manches Gespräch mit den Brüdern über die richtige oder unrichtige Optionsentscheidung gegeben haben, über diese oder jene politische Ideologie. Als unten im Tal sich nur noch alliierte Fahrzeugkolonnen sehen lassen, ist es Zeit für unseren Dolmetscher, sich in Gefangenschaft zu begeben, die einzige Möglichkeit, diesen aufgeregten Lebensabschnitt mit Aussicht auf geordnete Heimkehr zu beenden. Und oh des Glücks, des günstigen Geschicks! Der Gefangenentransport führt nicht weit ins Weite wie bei Vielen, sondern dorthin, von wo aus man die benzinlosen Me-109 unter die Alleebäume verteilt hat: in die Nähe der bäuerlichen Villa also, zum Flugplatz, den man in ein Lager umgewandelt hat. Das ist nun beinahe in Sichtweite der Gretl und ihrer Kinder, was aber auf die lagerverwaltenden deutschen Kameraden, Oberkameraden, zunächst gar keinen Eindruck macht. Mit solchen Behauptungen könne ja jeder kommen. Ausgeharrt also in der riesigen Gefangenenherde auf dem Magerrasen, ohne Dach über den Kopf, und den Schneeschauern getrotzt, in eine Decke eingeschlagen, den Rücken nach Westen gewandt, wo die ahnungslose Gretl sitzt. Nach ein paar Tagen ergibt sich Gelegenheit, dem amerikanischen Oberst den Fall vorzutragen, im Vorbeigehen gleichsam. Gleich da oben, man kann das helle Haus ja beinahe sehen, da sitzt meine Familie, da läge es doch nahe … Kein Anstoß daran, dass der Mann sich auf diese Weise von der Wehrmacht verabschieden will, sondern: »Sergeant, der Mann verlässt morgen das Lager!«

Ende

Glossar

Arantschatta (ital. Aranciata)	Orangenlimonade
Carrula (lat. carrus, carrulus)	vierrädriges Fahrgestell
Dungget	Dünger
Fack	Schwein
Fürtig	Fürtuch, der nur für den Kirchgang abgelegte blaue Schurz der Bauern
Gitsch, Gitschele	Mädchen
Halbele	ein halber Liter (Wein)
Häuslsur	Jauche
kliaben	spalten
lappet	beschränkt, dumm
latzen	fesseln
Leps	Wein zweiten Aufgusses, höchst minderwertig
Marenn (ital. merenda)	nachmittägliche Brotzeit, Jause
Metzet	Speckseite
Ostia (= hostia) Madonna!	einer der zahlreichen religiösen Flüche, den Italienern abgehört
Pappa (ital.)	Essen
Pergel (ital. Pergola)	in Südtirol überwiegend verwendete Konstruktion für die Führung der Reben
Pfearscher	Pfirsich
reahrn (= röhren)	weinen
Reber	krummes Rebmesser
schrepfen	bremsen
Spaget	Schnur
Specker	Schusser, Murmel
Stietz	Bein (Stütze)
Teixl	Teufel
Tirgg (= Türk)	Mais
Tschik	Zigarettenstummel
Tschinggele (lat. Cingulum)	Seil
Vitriol	auf Kupferbasis gewonnenes Spritzmittel im Weinbau
Walsch (= welsch)	italienisch
Wampen	Bäuche
wotschelen	Boccia spielen
Zapfweimer	Muskatellertrauben
Zegger	geflochtene große Tasche
Ziachorgel	Ziehharmonika